Hans Zimmer

Just Friedrich Wilhelm Zachariä

Hans Zimmer

Just Friedrich Wilhelm Zachariä

ISBN/EAN: 9783743654143

Hergestellt in Europa, USA, Kanada, Australien, Japan

Cover: Foto ©Raphael Reischuk / pixelio.de

Weitere Bücher finden Sie auf **www.hansebooks.com**

Just Friedrich Wilhelm Zachariä.

Inaugural-Dissertation

zur

Erlangung der philosophischen Doktorwürde

an der

Universität Leipzig

eingereicht von

Hans Zimmer

aus Dresden.

Leipzig,
Roßberg'sche Buchhandlung.
1892.

Just Friedrich Wilhelm Zachariä.

Inaugural-Dissertation

zur

Erlangung der philosophischen Doktorwürde

an der

Universität Leipzig

eingereicht von

Hans Zimmer

aus Dreßden.

Leipzig,
Roßberg'sche Buchhandlung.
1892.

Inhaltsverzeichnis.

Einleitung.

Friedrich Wilhelm Zachariä war bisher immer ein Stiefkind litterarhistorischer Forschung, war noch nie voll zu seinem Rechte gekommen. Und doch hätte schon der flüchtigste Blick auf ein Verzeichnis der langen und so verschiedenartigen Reihe seiner Werke, auf die vielen Auflagen, die sie erlebten, die vielen Nachdrucke, die sie erlitten, zum Nachdenken anregen müssen, ob er denn wirklich so ganz ohne Bedeutung für die deutsche Dichtung des 18. Jahrhunderts geblieben. Die Urteile, welche Göthe und Lessing über ihn fällten, hätten ihn der Beachtung empfehlen sollen, und die kleine Mühe, sich den Umkreis seiner Stoffe einmal zu beschauen, würde gezeigt haben, daß er die Poesie fast des gesamten Auslands in Deutschland nachahmend einführen half, daß kaum eine Richtung auftrat, die er nicht sofort ebenfalls pflegte. Ganz abgesehen davon, daß er Oden, Lieder, ernste und religiöse Epen, „musikalische" d. h. kompositionsfähige Gedichte, gern gesungene Kirchenlieder, ein Lustspiel, ja sogar einen Operettentext verfaßte, daß er Addison, Thomson, Young nachahmte, Milton übersetzte, sind es vier Punkte, die ihn zu einer bisher nicht erkannten und anerkannten Wichtigkeit erheben: seine komischen Heldengedichte, seine Wiederbearbeitung deutscher Märchen[1], die erste, die wir erhielten, seine kritischen Auslesen in- und ausländischer Poesien[2], seine Fabeln und Erzählungen in Burkard Waldis Manier.

Nur hier und da hatte bisher der oder jener Litterarhistoriker

---

[1] Zwey schöne Neue Mährlein, Leipzig 1772.
[2] Auserlesene Stücke der besten deutschen Dichter von Opitz bis auf die gegenwärtigen Zeiten, Braunschweig 1776 ꝛc. — Beiträge zum spanischen Theater, seit 1769.

ein meist vorschnelles, blos auf den ersten, flüchtigen Eindruck auf-
gebautes Urteil über Zachariä komische Epopöen gefällt, das Andere schien man so gut wie gar nicht zu kennen, und erst Franz
Muncker erwarb sich das Verdienst, in der Einleitung zu seiner
Neuausgabe des „Renommisten" im II Bande seiner „Bremer
Beiträger" (Kürschners Deutsche National-Litteratur, Band 44 [127])
sich einmal eingehend und im Besonderen mit Zachariä zu beschäftigen und in großen Zügen einen Überblick über Leben und Werke
desselben zu entwerfen. Freilich darf man bei dieser Arbeit tiefer
eindringendes Studium, inniges Versenken in den gewählten Stoff
nicht erwarten, aber das liegt — denn Muncker gilt mit Recht
als sorgfältiger und gewissenhafter Arbeiter — in der Anlage und
dem Charakter der Kürschner'schen Sammlung, in der Notwendigkeit,
sich kurz zu fassen. Fast alles, was ich gegen die Muncker'sche Arbeit,[1] die es hier nötig scheint, einer knappen Besprechung zu unter-
ziehen, auszusetzen habe, wird also in diesem Umstande seine Erklärung und Entschuldigung finden.

Munckers Aufsatz beginnt mit einer freilich nur 1 ½ Seiten
umfassenden Lebensbeschreibung des Dichters, die, mit einem guten
Bilde nach Kaukes Kupferstich ausgestattet, zwar von dem, was sie
überhaupt bringt, nur weniges falsch giebt, aber als durchaus un-
vollständig zu bezeichnen ist, vor allem, weil ihr Verfasser Zachariäs
und Anderer Briefe, sowie Andeutungen in den Werken des Dichters
wohl überhaupt nicht benutzte. Die beiden wichtigen Episoden im
Lebensgange Zachariäs, die Streitereien um das Gedicht auf Hagedorns Tod und mit dem Freiherrn von Gemmingen, hat Muncker
schlechthin übergangen, und doch waren sie in so hohem Grade interessant und bedeutungsvoll, daß ich mich sogar veranlaßt sah, sie aus
dem Rahmen der eigentlichen Biographie loszulösen und abgesondert
zu behandeln.

Von der Biographie lenkt Muncker hinüber auf Zachariäs
Hauptwerk, den „Renommisten". Auch dieser Abschnitt seiner Arbeit
leidet natürlich unter der aufgedrungenen Kürze. Einleitungsweise

---

[1] Ich bespreche dieselbe hier nur, soweit sie die Biographie und den „Renommisten" betrifft; ihre übrigen Abschnitte werden vielleicht einmal an geeigneter Stelle anderswo Beurteilung finden.

wird uns die geschichtliche Bedeutung des Werkes als des ersten komischen Heldengedichtes in Deutschland, das diesen Namen verdient, klargelegt. Darüber werden Andere anderer Ansicht sein; ich meinesteils stimme in dieser Frage Muncker vollkommen bei. Wo die Einwirkung Boileaus und Popes auf Zachariä, sowie die Entwicklungsgeschichte der sogenannten Maschinen dargestellt wird, nimmt es mich Wunder, daß die Übersetzung des „Rape of the Lock" durch Frau Gottsched nur so ganz obenhin abgethan wird, ohne die Frage nach einer Beeinflussung des „Renommisten" durch diese Arbeit auch nur anzuregen, geschweige denn zu lösen.

Weiterhin betont Muncker den kulturhistorischen Wert des „Renommisten", leider nur auf knapp einer Seite, trotzdem er vollkommen richtig zugiebt, daß gerade hierin mit eine hauptsächliche Bedeutung des Gedichtes liegt. In letzterem Punkte, wie überhaupt in der Beurteilung des „Renommisten" sehe ich mich mit Muncker in genauer Übereinstimmung, nur kann ich nicht zugeben, daß Zachariä „an geeigneter Stelle auf die größere Verbreitung des Theetrinkens (im Gegensatze zum Kaffeetrinken) in jener Zeit" hingewiesen haben soll. Er, der die Kulturverhältnisse seiner Zeit so photographisch getreu abschildern konnte, hätte damit ja auch gradezu einen groben Fehler begangen, denn nach dem trefflichen, unumstößlichen Nachweise Biedermanns („Deutschland im 18. Jahrhundert") „trank man damals in der That weit weniger Thee, als man Kaffee verbrauchte." Was Pandur, der Renommistengeist, Vers 817—832) zum Kaffeegotte sagt, ist nichts, als eine kleine Vorspiegelung falscher Thatsachen, um seinen Zweck zu erreichen. Ein anderer Beweis ist statistisch für mich zu erbringen: Erschs „Handbuch der Litteratur" führt aus jener Zeit nur 12 Schriften über den Thee, dagegen 30 über den Kaffee an, gewiß ebenfalls ein Zeichen, welches dem Kaffee das Übergewicht über den Thee zugesteht.

Mit Muncker das Metrum des regelrecht gereimten Alexandriners „wegen seiner feierlichen Schwerfälligkeit" glücklich gewählt zu nennen, möchte ich mich ebenfalls bedenken, ja ich finde fast, daß es mit der Zeit herzlich ermüdend auf mich wirkt. Endlich war es mir

---

¹) Wo es mir nicht auf die Verszahl einer bestimmten Ausgabe ankommt, citiere ich stets nach Munckers Neudruck.

nicht angenehm zu sehen, daß die Besprechung der zweiten, 1754 er Ausgabe des „Renommisten" eigentlich nur aus einer kurzen Inhaltsangabe des „Vorberichts" besteht, doch halte ich mich entschädigt durch die von mir vollkommen geteilte Auseinandersetzung über den moralischen Gehalt des Gedichtes, die Muncker unmittelbar daran zu schließen Gelegenheit nimmt.

Was nun den Neudruck selbst anlangt, so kann ich, wie empfehlenswert derselbe auch besonders seiner Anmerkungen wegen ist, die Frage nicht unterdrücken: warum hat Muncker, wenn er seiner eigenen Angabe nach die 1772 er Ausgabe zu Grunde legte, an zwei Stellen die Lesart der 1763 er Ausgabe bevorzugt, nämlich Vers 585: „wenn der Mund" für „wie der Mund", Vers 1682: „sieht" für „schaut"? — Daß die Verse durchgezählt sind, ist für den, welcher Citate zu geben beabsichtigt, angenehm und erwünscht — aber warum denn citiert Muncker nicht selber nach seiner Ausgabe, sondern nach den Verszahlen innerhalb der einzelnen Gesänge, z. B. III, 195 statt 903, IV, 343 statt 1464? Hier mache ich, weil ich es anderswo nicht gut thun kann, auf die Anmerkung Munckers S. 295 aufmerksam: „Die Schöne, von Zachariä indeklinabel gebraucht". Das trifft nicht immer zu; aus mehreren Beispielen dagegen führe ich nur ein einziges an: „Die vier Stufen des weiblichen Alters" II, 102: „Aber sein schmeichelndes Bild schwebt stets der Schönen vor Augen."

Soviel über die Thätigkeit Munckers für Zachariä. Es bleibt dieser Einleitung nun nur noch übrig, auch über meine eigene Arbeit ein Wort der Erklärung zu sagen.

Von den auf Seite 1 angeführten Punkten, derentwegen Zachariä für litterarhistorische Betrachtung von großer Wichtigkeit erscheint, behandelt die vorliegende Arbeit nur den ersten: des Dichters komische Heldengedichte, und zwar diese wiederum nur in ihrem Hauptvertreter, dem „Renommisten". Später hoffe ich auch auf die anderen drei Punkte genauer eingehen zu können.

In der Biographie und bei Vergleichung der einzelnen Ausgaben des „Renommisten" mit einander habe ich geglaubt, so vollständig sein zu müssen, als nur möglich, selbst auf die Gefahr hin, manches scheinbar Überflüssige zu verzeichnen, den Vorwurf der Kleinlichkeit auf mich zu laden. Ich bin der Ansicht, daß der Biograph selbst die kleinsten Züge berücksichtigen muß, denn auch sie werden zur Vollendung seiner Aufgabe dienen: so viel an ihm liegt, den ganzen Menschen zu schildern. Besonders den Charakter abzumalen, werden gerade die seinen, für den äußeren Lebensgang unbedeutenden Einzelheiten am geeignetsten sein. Und wenn ich gewissenhaft die Veränderungen feststellte, welche Zachariä in den späteren Ausgaben seines „Renommisten" in Bezug auf die sprachliche Technik, die Orthographie, die Interpunktion vornahm, so schien es mir gar nicht unmöglich, damit vielleicht einem späteren Forscher etwa für eine Geschichte des Stils, der Orthographie, der Interpunktion oder für irgend eine ähnliche Arbeit brauchbares Material angesammelt zu haben, ganz abgesehen davon, daß man meiner Ansicht nach vollauf berechtigt ist, selbst aus Kleinigkeiten, wie es Orthographie und Interpunktion ja an und für sich sein mögen, Schlüsse auf den Charakter eines Menschen zu ziehen.

Ursprünglich hatte ich beabsichtigt, als Schlußkapitel der vorliegenden Arbeit eine Vergleichung des „Renommisten" mit Boileaus „Lutrin" und Popes „Rape of the Lock" anzustellen, indessen habe ich einsehen gelernt, daß ich dabei die übrigen Epopöen Zachariäs nicht außer Acht lassen darf, da sie mindestens ebenso viel, das „Schnupftuch" sogar noch mehr Anlehnungen an die französischen und englischen Muster aufweisen, als der „Renommist". Hier alle diese Epopöen zu behandeln, wäre ermüdend und meinem Plane zuwider gewesen. Ich werde also den Leser nicht mit einer Menge von Einzelheiten über dieselben überschütten, sondern sie ruhig für mich durcharbeiten und dann nur in einem Aufsatze, der wahrscheinlich in irgend einer wissenschaftlichen Zeitschrift erscheinen wird, eben jenes Verhältnis zu Boileau und Pope darstellen.

Wertvolle Notizen verdanke ich der Güte der Bibliotheksverwaltungen zu Leipzig (Universitäts- und Stadtbibliothek), Dresden, Berlin, Wolfenbüttel, Göttingen, ferner den Herren Dr. Albrecht, Direktor des Martino Katharineums in Braunschweig (inzwischen †), Dr. Küster, Vorstand der Hamburger Stadtbibliothek, vor allem Dr. Zimmermann, Archivar des Landeshauptarchivs in Wolfenbüttel. Ihnen allen gebührt an dieser Stelle mein herzlichster Dank!

Was die Quellen betrifft, die ich benutzte, so legte ich naturgemäß den Hauptwert auf Briefe. Es waren mir zugänglich:

1. Durch die Güte des Herrn Oberbibliothekar Prof. Dr. Schnorr von Carolsfeld in Dresden: Abschriften von Briefen der Bremer Beiträger nach Originalen aus dem Kestner'schen Nachlaß in Dresden. Darunter von Zachariä: An J. A. Schlegel, Braunschweig, den 30. October 1749; an denselben, Braunschweig, den 26. December 1749; an denselben, Braunschweig, den 1. Februar 1770.

2. Durch das freundliche Entgegenkommen der königl. Universitäts-Bibliothek zu Göttingen: die daselbst liegenden 3 Briefe von und an Zachariä aus der Zeit von 1755 bis 1756.[1])

3. 31 Briefe Zachariäs an Gleim und Gleims an Zachariä aus der Zeit von 1748—1766, befindlich in der Gleim'schen Familienstiftung zu Halberstadt, herausgegeben von Pröhle im „Neuen Jahrbuch für Philologie und Pädagogik", Band 114 und 116.

Daß ich außerdem auch die Briefe bedeutender Zeitgenossen meines Dichters durchsuchte, ist selbstverständlich. Wo ich das eine oder das andere aus ihnen, sowie aus den vielen von mir angesehenen Werken benutzen konnte, habe ich es stets durch ausdrückliches Citat angezeigt, es sei denn, daß ich auf selbständige Weise zu dem gleichen Resultate gelangte, letzteres also als mein gutes, rechtmäßiges Eigentum betrachten durfte. Nur in der Biographie bin ich von diesem Grundsatze abgewichen, um den Gang der Erzählung nicht zu hemmen. Dafür mache ich hier die wenigen Werke namhaft, denen man Berichte über Zachariäs Leben entnehmen kann. Es sind dies:

1. Johann Joachim Eschenburg: Vorwort zu den „Hinterlassenen Schriften" von F. W. Zachariä, 1781.

2. Jördens: Lexikon deutscher Dichter und Prosaisten, 1810.

3. C. W. G. Schiller: Braunschweigs schöne Litteratur in den Jahren 1745—1800. — 1845.

[1]) Über diese drei werde ich an geeigneter Stelle Näheres angeben.

Kapitel I.

Biographie.

Just Friedrich Wilhelm Zachariä[1]) wurde geboren am 1. Mai 1726 zu Frankenhausen im thüringischen Fürstentum Schwarzburg und getauft am 11. des Monats. Sein Vater war der fürstlich Schwarzburgische Kammersekretär und Regierungsadvokat Friedrich Siegmund Zachariä, der gleichzeitig das Amt eines Gerichtsdirektors zu Ichstedt und Borxleben versah, seine Mutter Martha Elisabeth, geb. Müller, die Tochter eines Frankenhausener Registrators beim Konsistorium und der fürstlichen Regierung. Ersterer, ein offener Kopf, war als heiterer Gelegenheitsdichter in den geselligen Kreisen der Nachbarschaft sehr beliebt, und von ihm erbte der Sohn jene anmutende, von seinen Freunden stets so gern hervorgehobene Geschicklichkeit, sich im Umgang durch ein freimütig offenes, ungezwungenes, aber dabei doch stets feines, elegantes Benehmen sofort die Neigung Aller zu erobern, sofort den Mittelpunkt der ganzen Gesellschaft zu bilden, vor allem aber — unterstützt durch thätige Munterkeit des Geistes und lebhafte Phantasie — die Lust am poetischen Schaffen. Wo Zachariä in der „Nacht" aufs tiefste beklagt, beim Tode seines Vaters nicht anwesend gewesen zu sein, rühmt er in herzlicher Dankbarkeit, daß dieser ihm schon in die kindische Hand die Leier gelegt, daß er den Tönen gütig gelauscht habe, welche der Knabe ihm sang, ja daß er ihnen sogar seinen Beifall gespendet. Diese frühe Begierde, zu dichten, äußerte sich — allerdings zunächst kaum beachtet — bereits in seinen Schülerjahren. Unter Rektor Borck, Konrektor Jäger und Subkonrektor Tebel besuchte er die fürstliche Landesschule seiner Vaterstadt, bis er sich am

---

[1]) Der Dichter schreibt sich stets: Zachariä, niemals, wie man so oft in neueren Werken fälschlicher Weise geschrieben sieht: Zachariae.

22. Mai 1743 als Mitglied der Meißnischen Nation in Leipzig
immatrikulieren ließ, um sich dem Wunsche seines Vaters gemäß
dem Studium beider Rechte zu widmen. Allein im Anfang lag ihm
daran, das ungebundene Leben der hohen Schule in vollen Zügen
zu genießen, und sein Enkel Justus erzählt im poetischen Vorwort
zu seiner Neuausgabe des „Renommisten" (1840), daß er bei manchem
Gelage den Vorsitz geführt und einen kräftigen Ziegenhainer als
Waffe getragen. Sehr bald auch lenkte ihn von dem starren Formel-
system der Jurisprudenz eine immer mächtiger werdende Neigung zu
den schönen Wissenschaften hinüber, und wenn man erwägt, daß seit
und durch Gottsched Leipzig den Ruf einer litterarischen Hauptstadt
genoß, so scheint das bei einem Charakter, so lebhaft, so allem, was
künstlerisch und schön hieß, zugethan, wie der des Studenten Zachariä,
mindestens sehr leicht erklärlich. — Gleich im ersten Jahre seiner
Studien, vermutlich gleichzeitig mit seinem vertrauten Freunde Gärtner, lernte der Diktator Gottsched den fähigen Jüngling aus einigen
Produkten seines Geistes von einer vorteilhaften Seite kennen und
wandte ihm seine volle Gunst zu. Jedenfalls gehörte Zachariä, wie
z. B. auch J. E. Schlegel und die meisten der späteren Bremer
Beiträger Gottscheds freier Rednergesellschaft an, aber viel wichtiger
für ihn und seine spätere Thätigkeit war es, daß sein Lehrer es
unternahm, an seinem Erstlingswerke größeren Umfangs Patenstelle
zu vertreten, seinen „Renommisten" Januar bis Juni 1744 in
Schwabes „Belustigungen" einrücken zu lassen. Diese standen vollkommen unter der Botmäßigkeit Gottscheds und waren besonders
geeignet, gerade hier den „Renommisten" zum Abdruck zu bringen,
brachten doch die deutschen Monatsschriften vor und neben den „Belustigungen" eigentlich nur Auszüge und Nachrichten aus allerhand
alten und neuen Büchern, oder erzählten die Geschichte und Begebenheiten der Reiche, Staaten und Länder in der Welt, während
die wenigen, die auch dichterische und wissenschaftliche Produkte ent-
hielten, teils lateinisch abgefaßt waren, teils von deutschen nur
kritische und theoretische Untersuchungen, fast nie aber praktische
Proben aus der deutschen Kunst boten.[1] Zudem hoben ja die
„Belustigungen" ganz ausdrücklich hervor, daß sie „den Nach-

---

[1] Vorrede zu den „Belustigungen" von 1741, S. 3 u. 4.

ahmungen sowohl alter als neuer Sachen einen Raum verstatten wollten," wie sie selbst „mit dieser Art von Monatschrift den Franzosen und Engländern nachahmten." Und auch Zachariä nahm sich ja gerade in seinem „Renommisten" je einen Franzosen und Engländer zum Vorbild.

Kurze Zeit jedoch, nachdem der „Renommist" in den „Belustigungen" erschienen war, trat ein Bruch zwischen den Begabteren unter den Anhängern Gottscheds und diesem selbst ein. Eine originelle Illustration erhält dieser Vorgang z. B. durch einen Brief Schwabes an Gottsched vom 4. Juli 1744. Gottsched hatte durch sein Faktotum Schwabe als er selbst gerade mit seiner Gemahlin in Preußen reiste, einen Preis ausgesetzt, allein keiner der jungen Leipziger Dichter bewarb sich darum, jeder suchte und fand Ausflüchte. Zachariä beispielsweise hatte vorgegeben „viele Collegia abwarten" zu müssen Er neben Gärtner als einer der Ersten, machte dem früheren Meister eine förmliche, kühle Verbeugung, sie entzogen den „Belustigungen" ihre Mitarbeiterschaft und gründeten eine neue, selbständige Zeitschrift, die „Bremer Beiträge" („Neue Beyträge zum Vergnügen des Verstandes und Witzes"), worin sie vor allem den ihnen verhaßten Ton der Polemik vermieden, den Gottscheds Streitigkeiten mit den Schweizern in die „Belustigungen" getragen hatte. In der Gemeinschaft dieser jungen Männer und in besonders engem Verkehr mit Gärtner, Ebert und Schmid genoß Zachariä die beste litterarische Anregung, die ihm damals überhaupt nur zu Teil werden konnte, ganz ungehindert von dem jede freiere Regung der Individualität hemmenden Gängelbande, das er bis dahin mit sich herumtrug. Mehr und mehr wandten sich die jungen Männer dem außerordentlichen Professor der Mathematik, Kästner, zu, der mit einer auserlesenen Anzahl Studenten ein Disputatorium abhielt, an welchem sich unter anderen auch Mylius und die beiden Schlegel beteiligten. Hier traf Zachariä zum ersten Male mit Leffing zusammen, der Michaelis 1746 nach Leipzig gekommen war, aber sehr bald aus der Gesellschaft austrat. Fast zu gleicher Zeit schied Zachariä aus dem Disputatorium aus, um Leipzig zu verlassen und für kurze Zeit zum Besuche seiner Eltern nach Frankenhausen zurückzukehren.

Jetzt schon zeigte sich seine später immer deutlicher hervortretende Neigung zur Musik, indem er während des halben Jahres, welches

er in Frankenhausen zubrachte, beim Organisten Wagner den General-
baß studierte. Dieser Unterricht hatte den guten Erfolg, daß Zachariä
bereits ein Jahr nachher selber zu componieren versuchte. Später
in Braunschweig lebte er in täglichem, freundschaftlichem Verkehr
mit dem Kapellmeister Friedrich Gottlob Fleischer, dem er in der
„Ode an Herrn Fleischer, einen Virtuosen auf dem Klavier“ ein
ehrenvolles Denkmal setzte und im „Schnupftuch“ und den „Tageszeiten“ huldigte. Er war es, der dem Dichter im Klavierspiel sich
vervollkommnen half und auch auf die „Sammlung einiger musikalischen Versuche“ (1760) wird er nicht ohne Einfluß geblieben sein,
Compositionen, die Zachariä zu eigenen Texten geschrieben hatte und
von denen Goethe in „Dichtung und Wahrheit“ berichtet, daß er sie
sechs Jahre nach ihrem Erscheinen mit Käthchen Schönkopf in Leipzig
gern und oftmals gesungen. Für Fleischer verwandte sich Zachariä
in der liebenswürdigsten Weise in seinem Briefe vom 2×. April
1757 an Gleim, indem er den Halberstädter Freund dringend er-
suchte, etwas Geld für Fleischer zu senden. Dieser hatte nämlich an
Gleim den zweiten Teil seiner von ihm componierten „Oden“ mit
einer höflichen Widmung geschickt, und diesen Umstand eben sollte
Gleim benutzen, um den hilfsbedürftigen Virtuosen zu unterstützen.
— Als Zachariä im Sommer oder Herbst 1757 wieder einmal, wie
er so gern pflegte, in Schweckhausen einige Tage verbrachte, ist er
nach seinem Briefe an Gleim, Braunschweig den 23. November
1757, „ein bloßer Componist gewesen“ und hat „nichts weiter gemacht, als Clavierstücke, Arien, Menuette, alles für die Frl. Spiegel“, und in Marpurgs „Beiträgen zur Aufnahme der Musik“, Teil
III, S. 71 fg. findet sich ein launiger Brief Zachariäs über das
musikalische Ausschreiben, der seiner Offenherzigkeit Ehre macht.
Regen Anteil nahm er ferner an den größeren musikalischen Unterhaltungen, die — verbunden mit den sogenannten Conversationen —
bis zum Jahre 1768 allwöchentlich unter des Hofmusikus Weinholz
Leitung am Carolinum abgehalten wurden, und als nach Zachariäs
Tode Eschenburg mit der Sichtung des litterarischen Nachlasses be-
traut wurde, entdeckte er darunter auch ein langes Schreiben an
eine Dame über die französische Musik, das allerdings nur „bekannte
und von Rousseau nachdrücklicher gesagte Wahrheiten“ enthielt. Auf
dem Umschlage las man „Musikalische Briefe“ — ein Beweis, daß

er deren mehr schreiben wollte. Auch aus seinen Dichtungen, und hier sogar am allerdeutlichsten, erkennen wir seine große Liebe zu Frau Musika, besonders aus den „Oden". Da werden die Sängerinnen Pompeati und Colizzi gefeiert, da werden dem Klavier drei, der Orgel und der Geige je eine besondere Ode gewidmet. Im „Schnupftuch", IV Gesang, rühmt er den Componisten Graun, in den „Verwandlungen" steht eine Apostrophe an die „mächtige Musik", im „Abend" werden zusammenfassend alle die Musiker aufgeführt, die Zachariä besonders hochstellte, außer den schon Genannten Namen wie: Hasse, Telemann, Bach, Matheson, Wagenseil, Sack, Nichelmann, Benda, Quanz, Ried, Schafrath, Hertel, Schale und Kunz. —

Nachdem sich Zachariä in Frankenhausen genügend erholt hatte, ließ er sich am 12. Mai 1747 als Student der Rechte in Göttingen eintragen, allein er beschäftigte sich abermals fast ausschließlich mit schönwissenschaftlichen Arbeiten, hat sogar vielleicht eine Zeit lang an der Redaktion der „Bremer Beiträge" Anteil gehabt. In Göttingen herrschten damals ungemein lebhafte englische Sympathieen, denn laut Parlamentsbeschluß vom 23. Juni 1701 bestieg Georg I. beim Tode der Königin Anna (1714) den englischen Thron, verband durch Personalunion Großbritannien mit dem deutschen Kurlande Hannover, und London that alles, um Göttingen zu verhätscheln. Ich glaube, dies wird nicht ohne Einfluß auf die Entwicklung und Fortbildung des „Renommisten" geblieben sein: Zachariä wird vermutlich erst jetzt den „Lockenraub" im Originale kennen gelernt haben. Hier in Göttingen wurde er sehr befreundet mit dem Rate Claproth, der ihn — als derzeitiger Senior — in die „deutsche Gesellschaft" aufnahm. Auch mit seinem Altersgenossen, dem Freiherrn Friedrich Eberhard von Gemmingen verkehrte er täglich und schloß mit ihm eine Jahrzehnte dauernde Freundschaft, die nur durch seine eigene Taktlosigkeit gestört werden sollte.[1]

Von Göttingen aus wurde er 1748 als öffentlicher herzoglicher Hofmeister an das Collegium Carolinum in Braunschweig berufen. Dieses war ein sogenanntes „gymnasium illustre", das erste Beispiel, daß sich deutsche Fürsten in so hervorragender Weise um die Erziehung ihrer Unterthanen bekümmerten, und um seine 1745 er-

---

[1] Vgl. Anhang 1.

folgte Gründung hatte sich besonders der Erzieher des Erbprinzen,
Hofprediger Jerusalem, seit 1724 Schüler Gottscheds und übrigens
Vater des durch Goethes „Werther" unsterblich gewordenen, jungen
Selbstmörders Jerusalem, verdient gemacht. Er hatte die für das
Carolinum nötigen Lehrkräfte mit besonderer Vorliebe aus dem
Mitarbeiterkreise der „Bremer Beiträge" entnommen. Zunächst kam
Gärtner nach Braunschweig, auf dessen Empfehlung 1748 Ebert und
gleich darauf — am 18. April 1748 — auch Zachariä. Dieser
fand hier alles, was er brauchte, um sich wohl zu befinden. Er
hatte hier seine vertrautesten Freunde als Berufsgenossen um sich
und genoß die Achtung seiner Vorgesetzten sowohl, wie die Liebe
und Verehrung seiner Zöglinge in reichstem Maße. Von letzteren
sind zu erwähnen der spätere königlich preußische Staatsminister und
Curator der Universitäten, Freiherr von Zedlitz, dem im III. Buche
der „Oden" ein Denkmal gesetzt ist, ferner der spätere markgräflich
bayreuthische Kammerherr und Oberforstmeister Freiherr von Spiegel,
der in seinem siebenzehnten Lebensjahre verstorbene junge Herr von
Lucke, von dessen Gedichten Zachariä 1767 eine Ausgabe besorgte,[1])
endlich ein „Yorkschierer" namens Shore, der den Helden der
„Lagosiade" abgab. In seiner Eigenschaft als Hofmeister hatte
Zachariä die Aufsicht über das aus vierzig Zöglingen bestehende
Alumnat zu führen, hatte den Unterhaltungen seiner Schüler bei-
zuwohnen, die nach der „Lagosiade" in Billardspiel, Tanzen, Feder-
ballspiel, Fechten und Lustwandeln bestanden. Mit seinen jungen
Leuten wird er den nahen Nußberg wohl öfters besucht haben
(„Lagosiade" II), mit ihnen, oder allein auch „die hohe Rotunde"
der Wolfenbüttler Bibliothek („Der Mittag") und das herzogliche
Lustschloß Salzdahlum („Der Mittag"), das in seiner berühmten
Bildersammlung unter anderem den „opfernden Abraham" von
Lievens, die „Diana" von Rubens, die „Eva" von van der Werft
als kostbare Schätze barg. Von dieser Bildersammlung für Sulzer
ein Verzeichnis sich zu verschaffen, war nach einem Briefe an Gleim
vom 20. Februar 1757 ein eifriger Wunsch des Dichters.

---

[1]) Olint und Sophronia, ein Gedicht in drey Gesängen; nebst einem An-
hange einiger anderer Gedichte. Zum Druck befördert von F. W. Zachariä,
Braunschweig, 1767.

Ein Jahr, nachdem die „Scherzhaften Epischen Poesien" zum ersten Male erschienen waren, 1755, erfolgte der erste litterarische Angriff gegen Zachariä. Der Verfasser des „Gnissel" (Lessing) erließ ein „episches Gedicht", betitelt „Der Sieg des Mischmaschs", welches Zachariä arg mitnahm, weil er sich — vom Alexandriner abschwenkend - in seinen späteren Epopöen, und zwar zuerst im „Phaeton", des Hexameters bediente. Allein die kleine Schmäh= schrift ging spurlos vorüber, und am 30. Januar 1761 erhielt der Dichter den Beweis, daß sie bei seinen Vorgesetzten nicht den min= desten Eindruck hinterlassen hatte, indem er zum ordentlichen Pro= fessor der Dichtkunst und der schönen Wissenschaften am Carolinum befördert wurde. Er hatte in dieser seiner neuen Stellung, die ihn zehn Stunden in der Woche auf das Katheder rief, über die Theorie der schönen Wissenschaften nach Batteux, über Mythologie nach Pomey und Gautruche, über Encyclopädie der schönen Wissenschaften nach Sulzer, über Litteraturgeschichte und Aesthetik nach Büsching zu lesen; außerdem hielt er mit einigen für die Dichtkunst veranlag= ten Schülern praktische poetische Übungen ab. Sein Amt, das ihm im Anfang 400 Thaler eintrug, wurde noch bei weitem angenehmer, als 1774 die Gehälter der Professoren erhöht und die Bestimmun= gen des Lehrplans verbessert wurden. —

Auf die beiden Jahre 1755 und 1756 verteilt sich ein inter= essanter Briefwechsel Zachariäs mit Michaelis, dem berühmten Göt= tinger Professor der orientalischen Sprachen († 1791).[1] In dem ersten dieser Briefe bedankt sich Michaelis bei Zachariä für Über= sendung der „Tageszeiten", die eben erst in Rostock ans Licht ge= treten waren, und bekennt, daß sie ihm ausnehmend gefallen haben, obwohl er sich mit der Wahl des Hexameters nicht befreunden kann. Der deutsche Hexameter, sagt er, habe eine „zweideutige Scansion",

---

[1] Die Briefe sind enthalten in Cod. mss Mich(aelis) 330, Bd. XI, Bl. 386 bis 401 auf der Göttinger Universitätsbibliothek, und sind die folgenden:

1) Bl. 398—401; Copie eines Briefes von Michaelis an Zachariä, Göt= tingen, den 4. December 1755.

2) Bl. 386—395; Zachariäs Antwort auf 1.), Braunschweig, den 14. De= cember 1755.

3) Bl. 396—397. Zachariä an Michaelis, Braunschweig, den 25. Novem= ber 1756.

weil die deutsche Sprache zu viel „zweideutige Silben" empfangen
habe. Zweitens finde er, daß die Dichter bei Anwendung des
Hexameters mehr als bei irgend einer anderen Versart geneigt seien,
von einander abzuschreiben, Wendungen wie z. B. „blühende Tochter" oder „lächelt ihm Muth" einer vom anderen zu entlehnen,
weil sie sich zufällig gut in den Gang des Hexameters fügten. In
demselben Briefe tadelt er auch den Gebrauch von Fremdwörtern
an den „Tageszeiten", die er nur in „familiären Gesprächen" oder
scherzhaften Gedichten gelten lassen will.

In seiner Antwort hierauf bedankt sich Zachariä zunächst für
das seinen „Tageszeiten" gespendete Lob und ehrt die Aufrichtigkeit
Michaelis' im Tadel. Bestrebt, den Hexameter zu verteidigen, behauptet er, wenn die Dichter nur Obacht geben und immer genügende Selbstkritik üben wollten, dann würden sie schon lernen,
die zweideutigen Silben entweder ganz zu vermeiden, oder in eine
Verbindung zu bringen, bei der man über ihre Quantität nicht in
Zweifel sein könnte. Ebenfalls nur an den Dichtern selbst liege
auch das Ausschreiben; Gellert und Rabener hätten ja bewiesen,
wie gern die Poeten auch aus gereimten Gedichten entlehnten, nur
falle der Borg beim Hexameter deshalb mehr auf, weil diese Versart noch wenig erst angewandt sei, man also mit Leichtigkeit die
Stellen ausspüren könne, bei denen eine Anleihe gemacht wurde.
Für ernste Heldengedichte hält Zachariä den Hexameter, dem es
übrigens auch erlaubt sein muß, für Spondäen Trochäen einzusetzen,
am besten geeignet. Dagegen zieht er für die meisten anderen
Stoffe den Alexandriner vor, und zwar am liebsten gereimt. Lehr-
gedichte, kleine, scherzhafte Oden und Fabeln können den Reim unter
keiner Bedingung vermissen. Immerhin muß er bekennen: „Der
Alexandriner hat eine Monotonie, die unausstehlich wird, hauptsächlich, da jeder Vers immer ganz gewiß in der Mitte den Abschnitt und also nicht die geringste Abwechselung hat." Über den
Gebrauch von Fremdwörtern fällt er das Urteil, daß sie zwar als
eine Bereicherung der deutschen Sprache angesehen werden können,
er persönlich jedoch nur dann zu ihnen greifen will, wenn er dafür
keinen deutschen Ausdruck zu finden vermag. —

Am 1. Januar 1761 erweitert sich die Thätigkeit Zachariäs
um ein bedeutendes: der Gelehrte wird nebenbei Journalist! Zu-

gleich mit der Aufsicht über die Buchhandlung und Buchdruckerei
des fürstlichen Waisenhauses wurde ihm von der Regierung auch
die Obhut über die „Braunschweiger Intelligenzblätter" und über
die mit letzteren regelmäßig zu gleicher Zeit erscheinenden, gemein=
nützige Aufsätze aller Art enthaltenden „Gelehrten Beyträge")
übertraut. Wie er am 6. Januar 1761 von Braunschweig aus
an Gleim schreibt, hat Zachariä sofort eine große Veränderung
mit den „Intelligenzblättern" vorgenommen. Die erste von ihm
besorgte Nummer erschien Sonnabend den 3. Januar, mit ihr zu=
gleich eine „Nachricht an das Publicum von einigen Veränderungen
in dem gelehrten Artikel dieser Anzeigen". Auf Zachariäs Bitte
versprach Gleim, als Mitarbeiter beizutreten und in demselben Briefe,
worin er dies zusagt, empfiehlt er dem Freunde, in der Waisenhaus=
Buchdruckerei „alle Autores classicos, die deutschen meine ich, wenn
wir welche haben, sauber und mit lateinischen Lettern drucken (zu)
lassen." Als am 28. November 1769 die verwitwete Markgräfin
von Bayreuth in Gesellschaft der braunschweigischen Fürstlichkeiten
die Buchdruckerei in Augenschein nahm, hatte Zachariä unter die
Presse, an welcher man der hohen Frau den Mechanismus des
Druckens erklärte, eine Reihe Verse setzen lassen, die, als man nun
den ersten Abzug machte, der Fürstin eine Huldigung darbrachten,
wodurch diese freudig überrascht wurde.

Zachariä muß die Leitung der „Intelligenzblätter" und der
„Gelehrten Beyträge" zu größter Zufriedenheit geführt haben, denn
seit 1768 übertrug man ihm auch die Redaktion der „Neuen braun=

---

¹) Zachariä selbst steuerte folgende Artikel (in Prosa und Versen) bei:
Stück 1: Betrachtungen bey dem Anfange des 1761er Jahres.
„ 2: Gebet um Frieden.
„ 8: Von der politischen Partheisucht.
„ 11: Empfindungen christlicher Dankbarkeit.
„ 19: Ein Traum vom menschlichen Leben.
„ 20: Von der Eitelkeit.
„ 23: Der Tod des Erlösers, als der kräftigste Bewegungsgrund zu
einem gottseligen Leben.
„ 29, 30: Von der wenigen Übereinstimmung unseres Lebens mit
den Vorschriften unserer Religion.
„ 37: Vom Frühling.

schweizischen Zeitung". Dies war ein politisches Blatt, aber Zachariä verfaßte selbst nur eine Menge von Beurteilungen neu erschienener Schriften, die sich zwar nicht durch kritische Schärfe, aber durch Wohlwollen und Gerechtigkeit auszeichnen.

In diese Periode seines Lebens und seiner Thätigkeit fallen zwei Bekanntschaften, die beide weniger mit dem Menschen, als mit dem Journalisten Zachariä angeknüpft worden zu sein scheinen. Am 18. December 1762 schreibt Hamann in seiner seltsam dunklen Weise an seinen Freund J. G. Lindner in Riga: „Ich habe kein Herz gehabt, an diesen Mann (Zachariä) zu schreiben, weil hier die christliche Liebe oder die alten Louisdor Schleichwaare sind", aber am 3. October 1764 meldet er, „den Herrn Prof. Zachariä habe ich daselbst (Braunschweig) kennen gelernt." Boie, der Herausgeber des Göttinger Musen-Almanachs hat, als er 1770 mit Zachariä in Verkehr trat, sicher nur litterarische Zwecke verfolgt.

Ganz anders dagegen stellte sich Zachariä zu Lessing, der schon von Hamburg aus die Briefe über den von ihm entdeckten Scultetus an unseren Dichter gerichtet hatte. Als er dann 1770 nach Wolfen-büttel gekommen war, schloß er sofort eine vertraute Freundschaft mit Zachariä, schrieb an seine Braut Eva König, sein „ganzes Schwirren" bestehe nur darin, dann und wann mit Zachariä ein Glas Punsch zu trinken, und brachte in launiger Weise für seinen Freund den Namen „Punschapostel" mit der „Walfischgesundheit" auf, den auch Heinse in einem Briefe an Gleim vom 2. April 1774 gebraucht. Besonders häufig trafen sich die beiden auf dem halb-wegs zwischen Braunschweig und Wolfenbüttel gelegenen Weghause. Hier fand auch am 6. Januar 1773 Zachariäs Hochzeit statt, von der ein Bericht Lessings an Eva König zu rühmen weiß, daß sie sehr lustig verlaufen sei, und daß kein Mensch zu Bette gegangen, als nur das Brautpaar. Das Mädchen, mit welchem sich Zachariä vermählte, war Henriette Wegener; er kannte sie lange schon und hatte lange und gewissenhaft geprüft. Sie besaß einen lebhaften Gesichtsausdruck, konnte munter und witzig sein und erfreute ihren Gatten durch musikalische Talente. Überhaupt lebte Zachariä mit ihr sehr glücklich, wie man aus dem am 13. März 1774 (Hen-riettens Geburtstag) entstandenen Gedichte „An meine Henriette" erkennt. Gleim schickte der Braut als Hochzeitsgeschenk einen Fächer,

und ein unbekannter Mitarbeiter (S—t) ließ 1774 in den „Leipziger Almanach der deutschen Musen" auf S. 43 ein vollkommen
anakreontisches Gedicht einrücken: „Beylage zu einem Fächer, den
Herr Gleim der Braut des Herrn Zachariä zum Hochzeitsgeschenke
schickte." Und noch ein anderes litterarisches Produkt brachte diese
Hochzeit hervor In den „Hinterlassenen Schriften" Zachariäs steht
es S. 57 unter der Überschrift: „Ein Kind der Flora bey Über-
reichung einiger Blumen an das Brautpaar und die Gäste bey der
Hochzeit des Verfassers." Vielleicht — aber auch nur vielleicht! —
wurde dieses Gedicht von einem Hochzeitsgaste geliefert, und Eschenburg hat es irrtümlicher Weise mit in Zachariäs Werke aufgenommen, weil es ihm in einer Abschrift des Dichters vorlag. Zum
mindesten wäre es seltsam, wenn der Bräutigam sich und seine Braut
selber anbichtete, wie hier geschieht.

Henriette Wegener war übrigens nicht die erste, die Zachariäs
Herz gewonnen hatte. Aus den beiden Briefen an J. E. Schlegel
vom 30. October und 26. Dezember 1749 erhellt, daß er vorher
zwei andere liebte: eine „Phyllis", die näher zu bestimmen unmöglich ist (man könnte höchstens auf eine der Fräulein Spiegel raten),
dann 1748,49 Johanna Cruse aus Gerdau, Gisekes nachmalige
Frau, die unter dem Namen Lucinde oder Selin(b)e in seinen Oden
und Liedern lebt. Auf sie bezieht sich die „Ode an Lucinden", die
Zachariä mit dem ersten der beiden Briefe an Schlegel abgehen
läßt, und ein ständiger Briefwechsel mit ihr bestärkte seine Neigung.
Ostern 1750 hat sie ihn sogar einmal in Begleitung ihrer Schwester
besucht.

Aber diese beiden Liebschaften scheinen nur vorübergehende,
harmlose Plänkeleien gewesen zu sein, und erst Henriette verstand
es, den Dichter für immer zu fesseln. Es war eine glückliche
Schickung für ihn, daß sie so treu für ihn sorgte, denn es sollte
nun eine Leidenszeit für ihn beginnen, in welcher ihm nur seine
Gattin helfend und tröstend zur Seite stehen konnte.

Wahrscheinlich fühlte Zachariä schon 1774, daß er nicht mehr
im Stande sei, alle seine Geschäfte mit der alten Kraft zu versorgen, denn er legte in diesem Jahre die dreifache Aufsicht über
die Buchhandlung des Waisenhauses, die „Intelligenzblätter" und
die „Neue braunschweigische Zeitung" freiwillig nieder, eine Stel-

lung, die von nun an A. Remer, Professor der Geschichte am Caro-
linum, bekleidete. Dafür erhielt Zachariä 1775 das Kanonikat des
St. Cyriaksstiftes in Braunschweig, das früher der Geheimrat von
Schliestadt innegehabt hatte.

1775 begann Zachariäs Gesundheit ernstlich erschüttert zu werden: ein anhaltendes hektisches Fieber, nur zeitweilig nachlassend,
stellte sich ein. Im Sommer 1776 sollte ihm eine Reise nach Pyrmont und der Gebrauch des Brunnens Linderung bringen. Hier,
in dem „beglückten Thale" war es sein Vergnügen, „sich einmal vom
Kerker finst'rer Stadt entfernt zu sehen, los von der Sorgen Last,
fern von erstickender Geschäfte Schwarm, die mich umringt und der
beklemmten Brust schon lange frey zu atmen untersagt." Die „Ein-
siedeley" war sein Lieblingsaufenthalt, die Auszeichnungen, welche
ihm der Fürst von Waldeck zu Teil werden ließ, behagten und
schmeichelten ihm, ja er gefiel sich überhaupt so gut in Pyrmont,
daß er den Vorsatz faßte, ihm zu Ehren ein größeres scherzhaftes
Gedicht „Pyrmont-Elysium" zu verfassen. In der froh gestimmten
Einleitung des ersten Gesanges, zu welcher ihn eine scheinbare Ge-
nesung verlockte, wandte er sich an einen seiner würdigsten und vertrautesten Freunde, den Kammerherrn von Kuntzsch,[1]) um ein Ge-
rücht zu widerlegen, welches jenen auf seinen sächsischen Gütern erreicht hatte: Zachariä sei gestorben. Dieses Bruchstück ist Zachariäs
letzte dichterische Arbeit und von ihm noch kurz vor seinem Tode
mit zitternder Hand abgeschrieben.

Mit dem Beginne des Herbstes siedelte der kranke Dichter
wieder nach Braunschweig über, aber im November verschlimmerten
sich seine Leiden immer mehr und mehr: ein offener Beinschaden,
die Folge von großer Säfteverderbnis, widerstand allen Versuchen
seiner beiden Ärzte. Nur von Zeit zu Zeit trat eine kleine Wendung
zum Guten ein, sodaß z. B. am 20. November 1776 Gleim an Jacobi
schreiben konnte, er hätte durch den Erbprinzen von einer Besserung
gehört, allein sehr bald trat noch eine mit Auszehrung verbundene
Wassersucht hinzu, und am 30. Januar 1777 brachte eine Reihe
peinlicher Leiden dem kranken Dichter den Tod. Seine letzten Worte,

---

[1]) Ihm ist eine Ode „bey seiner Vermählung mit dem Fräulein von Düring,
den 28. May 1773" gewidmet.

im Fieber ausgestoßen, sollen gewesen sein: „Da fahr' ich hin! Wo
fahr' ich hin? Das weiß ich nicht!"

Sein Begräbnis fand unter zahlreicher Beteiligung statt; auf
dem Gottesacker der Katharinengemeinde ruht er neben seinem kurz
vorher verschiedenen Freunde, dem Kammerrat Oeder. Das Grabmal aus blankenburgischem Marmor ist von seiner Witwe gesetzt
worden und trägt — seiner eigenen Ode: „Die Begräbnisse" entnommen — folgende Inschrift:

> Ruhet nun sanft, o ihr entschlafnen Gebeine!
> Moder und Staub wird euch nur herrlicher machen.
> Herrlicher noch sollt ihr die zärtlichen Freunde
> Und die Geliebte sehn!

Gleim ließ eine Klage über Zachariäs Tod drucken und schickte
sie an die Witwe des verstorbenen Freundes. Diese ehrte ihn dafür durch die Übersendung eines Exemplars der „Hinterlassenen
Schriften." —

Während seiner Braunschweiger Zeit ist Zachariä nicht eben
häufig aus der gewohnten Umgebung gekommen. Nur eine Stelle
im „Mittag" ließe sich vielleicht dahin auslegen, daß er Rhein,
Main, Weser, Elbe und die Stadt Hamburg besucht habe. Dazu
kommt ein längerer Aufenthalt in Leipzig, der in die Osterzeit 1767
fällt, und von dem Goethe im 7. Buche von „Dichtung und Wahrheit" erzählt: „Zachariä ließ sich's einige Wochen bei uns gefallen,
und speiste, durch seinen Bruder eingeleitet, mit uns an einem Tische."
Dieser Bruder war jünger als der Dichter und 1767 in Leipzig
als Hofmeister thätig. Zachariä hatte sich seiner bisher immer
brüderlich angenommen. Am 19. April 1756 hatte er ihn an Gleim
empfohlen und den Wunsch ausgesprochen, ihm durch den Domdechant
Spiegel in Halberstadt ein Stipendium auszuwirken, und am 25. November 1756 bittet er Michaelis in Göttingen, den jungen Studenten freundlich zu empfangen, der seinen Brief überbringt. — Wie
sehr Goethe von diesem Besuche Zachariäs in Leipzig entzückt war,
kann man aus seiner Ode „An Zachariae" (Weimarer Ausgabe,
Bd. 2, S. 149) sehen, die eine große und ungeheuchelte, wenn auch
nur vorübergehende Begeisterung für den „Liebling der Musen"
ausdrückt — Ferner führte den Dichter in den 50er Jahren ein
kleiner Ausflug mitten im November unter Schnee und Sturm in

2*

den Harz.¹) Nach der „Herchnia" führte ihn sein Weg über Goslar
nach dem Dorotheenschacht, den Puchwerken, dem Clausthal und
wieder über Goslar zurück nach Braunschweig. Wer der ihn be-
gleitende „Hylas" gewesen, läßt sich mit Sicherheit nicht bestimmen;
vielleicht könnte man am besten auf Giseke raten, wenn man die
folgende Stelle des „Abends" herbeizieht: „Mit dir, Giseke, war mir
im Harz ein längerer Abend ... nicht zuwider". — Von Zeit zu Zeit
ritt Zachariä einmal zum Besuche Gleims nach Halberstadt hinüber,
z. B. war er sicher am 3. Februar 1756 in dieser Stadt, und im
Frühling oder Sommer liebte er es, wenigstens bis zu seiner Ver-
heiratung, einige Wochen in Schweckhausen zuzubringen, wo er sich
mit den Fräulein von Spiegel zu treffen pflegte, so Juli 1756,
April 1759 u. s. f.

Das sind die wenigen Fälle, wo wir Zachariä Braunschweig
verlassen sehen; die ganzen 29 Jahre seines dortigen Aufenthaltes
hat er im übrigen immer daheim zugebracht. Allein was hätte ihn
auch in die Ferne treiben sollen, wo doch alles zusammentraf, ihm
den Aufenthalt zu versüßen? Der Hof war ihm überaus gnädig
gesinnt. Nach einem Briefe an Gleim vom 5. Juni 1760 überbrachte
er jedem der Prinzen Georg, August und Friedrich Wilhelm ein
Exemplar von Gleims Versifikation des „Philotas". Durch den
Verkehr am Hofe lernte er auch viele Ausländer, besonders Franzosen,
kennen, z. B. 1773 den Herrn Lacault, Professor an der Kriegs-
schule in Paris, dem er ein Exemplar seiner „Poetischen Schriften"
verehrte. Vor allem aber waren es Giseke, Ebert, Gärtner und
Eschenburg, mit denen er am meisten und liebsten verkehrte. Giseke,
welcher „der furchtsamen Leyer oft zu singen gebot", wird im „Mittag" und in der Ode „Der Religionseifer" ein freundschaftliches
Denkmal errichtet. Ebert sind die „Nacht" und drei Oden gewidmet,
Gärtner der „Morgen" und eine Ode des V. Buches. Letzteren
nennt Zachariä in seinem Briefe an J. E. Schlegel vom 30. October 1749 „den Besten unter uns", ihm kann er sein „Herz aus-
schütten", ihm und Ebert liest er seine Oden vor und ändert willig,

---

¹) Diesen liebte er sehr. In den „Verwandlungen" II gedenkt er der Harz-
sage vom „wüthenden Heer", und eine besondere Ode trägt den Namen dieses
Gebirges.

was ihnen nicht gut scheint. Für Gärtners Hochzeit hat er folgenden Plan entworfen. Der Freund hat ihm gestanden, „daß es ihm
bey der Gelegenheit nicht gleichgültig seyn würde, wenn seine Freunde
den Tag ewig machen wollten, der ihn so vollkommen glücklich macht.“
Zachariä unterbreitet Schlegel also den Vorschlag, alle Freunde —
Gellert, Hagedorn, Gleim, Rabener inbegriffen — sollten jeder irgend
eine Kleinigkeit, ob Verse, ob Briefe, ob Abhandlungen, aber sicher
auf die Hochzeit bezüglich, aufsetzen, und die Dyk'sche Buchhandlung
in Leipzig sollte das Ganze unter dem Titel „Schriften auf eine
Hochzeit“ verlegen. Dieser Plan mußte nachher allerdings fallen
gelassen werden, weil Cramer die Buchgestalt nicht für neu genug
hielt, und erst kürzlich in Hannover Schriften auf eine Hochzeit
herausgekommen waren. — Eschenburg, dem vierten der vertrauteren
Freunde Zachariäs und seinem Nachfolger in der Professur, wurde
das litterarische Erbe des Verstorbenen übergeben. Zachariä selber
hatte in seinen letzten Jahren wiederholt von einer neuen Sammlung seiner Werke gesprochen. Das Wenige, was Eschenburg von
der Witwe Zachariäs aus dessen Nachlaß anvertraut erhielt, war
von dem Dichter selbst zum Teil für diese Ausgabe bestimmt. Aber
trotzdem er bei weitem mehr zu finden gehofft hatte, kam Eschenburg der einmal übernommenen Verpflichtung nach und ließ 1781
Zachariäs „Hinterlassene Schriften“, begleitet von einer Lebensbeschreibung, erscheinen. Aus dem ihm vorliegenden handschriftlichen
Material sonderte er nur einige Gelegenheitsgedichte aus, darunter
auch das musikalische Drama „Die Feste der Thetis.“ Die Ent-
stehungsgeschichte dieses ungedruckten Gedichtes ist die folgende.
Anläßlich der Vermählung des Erbprinzen Friedrich von Dänemark
mit der Prinzessin Sophie Friederike von Mecklenburg-Schwerin
ließen die Schweriner Herrschaften Zachariä durch einen besonderen
Boten auffordern, das Gedicht zu verfassen, und so entstand es,
man kann sagen: über Nacht. Die in die „Hinterlassenen Schriften“
aufgenommenen Gedichte „An mein Jahrhundert“, „Sehnsucht nach
Einsamkeit“ und „Die Schnitter“ sollten eine Reihe ähnlicher Arbeiten beginnen, die unter dem Gesamttitel „Melancholeyen“ zusammengefaßt werden sollten.

An dieser Stelle muß ich auch des unglücklichen, zerfahrenen
Meinhard gedenken, zu dessen „Versuchen über den Charakter und

die Werke der besten italienischen Dichter" (2. Aufl. Braunschweig
1774) Zachariä einen Vorbericht verfaßte (6. April 1774). Er war
von Zachariä überredet worden, nach Braunschweig zu kommen, um
in großartigem Umfange Übersetzungen zu schreiben, und Zachariä
verkehrte sehr gern mit ihm, zumal er durch ihn oft von neuem auf
Arbeiten zurückgeführt wurde, die er schon längst mißmutig in sein
Pult vergraben hatte. 1766 siedelt Meinhard nach Erfurt über
und meldet von dort aus am 3. October dem Braunschweiger
Freunde seine Ankunft; seitdem entzieht sich sein Verhältnis zu
Zachariä unserer Beobachtung.

Auch außerhalb Braunschweigs besaß Zachariä viele und gute
Freunde. Da ist allen voran der alte Grenadier Gleim zu erwähnen, der immer von Zeit zu Zeit einmal aus Halberstadt herüber
kam, um den Braunschweiger Kreis zu besuchen, und sein Briefwechsel mit unserem Dichter atmet eine wahrhaft erquickende Herz-
lichkeit und Frische. 1750 kam Klopstock von Quedlinburg aus
nach der Welfenstadt Braunschweig und noch 1776 richtete er, wie
an seine übrigen Freunde, so auch an Zachariä ein Rundschreiben
mit der Bitte, ihm Nachrichten über die Zeit des gemeinsamen Ver-
kehrs zukommen zu lassen, weil er sich der schweren Aufgabe nicht
entschlagen könne, sein eigener Biograph zu werden. Mit Gellert
und Rabener stand Zachariä in wenig häufigem Briefverkehr; ersteren läßt er am 28. November 1750 durch J. E. Schlegel aufs
herzlichste grüßen. Eine Korrespondenz mit dem Rat Riedel in
Wien hatte den Zweck, letzterem Nachrichten über das Leben des
schon erwähnten Meinhard zu erteilen, um sie für eine Biographie
desselben zu verwerten. Am allerwichtigsten aber scheinen mir
Zachariäs Briefe an J. E. Schlegel zu sein, die er (siehe die Einleitung!) am 30. October 1749, am 26. December 1749 und am
1. Februar 1770 an jenen gerichtet. Aus ihnen erfahren wir die
merkwürdige Thatsache, daß Zachariä, seit er Göttingen verlassen
hatte, fast ganz außer Berührung mit den auswärtigen Bremer
Beiträgern gekommen war. Er fürchtet nun, daß man ihn nicht
mehr unter die Zahl der „wahren Beyträger" rechnet, ein Umstand,
der ihn „recht aufrichtig betrübt", und als dessen Ursache er nur
annehmen kann, daß er die in Leipzig genossene Freundschaft der
Beiträger erst jetzt in ihrem vollen Werte erkennt, daß man noch

immer „einen Begriff von ihm haben möchte, der noch gar zu sehr
auf die Jahre einer flüchtigen Jugend gegründet wäre," die er mit
den Beiträgern „zwar in Leipzig durchlebte, mit denen er aber niemals recht zufrieden sei, weil er jenen ihre unverdiente Freundschaft
nicht so vergolten habe, als er sie jetzt vergelten würde." Gärtner,
den er zu seinem Glücke in Braunschweig wiedergefunden, auch Ebert
und Giseke würden bezeugen können, wie anders man sich ihn jetzt
vorstellen müsse, wie „die ganze Welt nichts vor mich ist, und daß
mir sonst nichts nicht groß und wünschenswerth scheint, als Eure
Freundschaft." Davon auch Schlegel zu überzeugen, ist sein sehn-
lichster Wunsch. „Aber mein liebster, liebster Schlegel, es ist hier
noch kein freundschaftlicher Abend vergangen, an dem ich Sie nicht
tausendmahl zu sehn gewünscht hätte; mich deuchtet immer, daß ich
nicht eher ruhig seyn kan, als biß ich Sie wieder gesehn habe.
Nur eine Stunde möchte ich Sie umarmen, nur eine Stunde möchte
ich Ihnen ein Hertz wieder zeigen, das in Ihnen so sehr seinen
Lehrer verehrt." Und nun beginnt er, sich die Freundschaft sämt-
licher auswärtigen Beiträger aufs bringlichste wieder zu erbitten.
Er hofft Schlegel in Begleitung Cramers Ostern 1750) in Braunschweig begrüßen zu können, läßt durch Schlegel „unsern theuresten
Cramer einer Hochachtung und Freundschafft" versichern, „die unmöglich jemand mehr vor seine Verdienste und sein großes Hertz
haben kan, als ich sie habe," und er „jauchzt, daß Sie (Schlegel)
und Cramer so vollkommen glücklich sind, als Sie es verdienen."
Er sendet an Schlegel seine „Ode an Lucinden" für die „Sammlung vermischter Schriften von den Verfassern der Bremischen neuen
Beyträge",[1] dieselbe, welche unter der Überschrift „An Selinen" auch
in das I. Buch seiner „Oden" aufgenommen wurde. Ausdrücklich hatte
er Abänderungen gestattet, und als nun Schlegel verbessert und für
jede seiner Ausstellungen ausführliche Gründe angeführt hat, ist er
„ganz verwirrt" durch Schlegels „gar zu große Gütigkeit" und wird
es „durchaus nicht zugeben, daß Sie so viel Zeit und so viel Mühe
an meinen armen Versen verschwenden." „Mir könnte in der Welt
nichts vortheilhafters seyn, und durch Ihre Kritiken lernte ich vielleicht mich einigermaßen recht auszudrücken, aber ehe Sie sich so viel

---

[1] 1750, Bd. II, St. 1, S. 1—7.

Mühe geben sollen, so wollte ich lieber allem poetischem Nachruhme entsagen." Gleichwohl nimmt er auch in Zukunft Schlegels Urteil dankbar und mit Freuden an. Auf die Nachricht, man wolle auch seine „Ode auf die (Sängerin) Nikolini" in der „Sammlung vermischter Schriften"[1]) zum Abdruck bringen, schickt er sie sofort in verbesserter Gestalt an Schlegel, dem er noch zum Schlusse versichert: „daß Sie mir kein größeres Vergnügen machen können, als wenn Sie oft und recht lang an mich schreiben, ich habe die Feder sehr gern in der Hand, und ich will Ihnen genug wieder schreiben." —

Nachdem ich im Vorausgehenden den äußeren Lebensgang Zachariäs zu schildern versucht habe, erübrigt nur noch, seine Persönlichkeit, seinen Charakter und was mit diesem zusammenhängt, in kurzen Zügen zu zeichnen.

Zachariäs Äußeres war nach dem Berichte seines Freundes Eschenburg „von vortheilhafter Bildung." Man kennt zwei Darstellungen von ihm. Die erste wurde 1757 von Beckly gemalt und ist unter Nr. 90 im Besitze der Gleimstiftung zu Halberstadt. Die andere stammt aus dem Jahre 1759 und ist ein Kupferstich von F. Kauke, den Könnecke in seinem „Bilderatlas" abgedruckt hat. Diesem durch ein sehr energisches und großes Doppelkinn, durch die scharfgeschnittene Nase mit ihren länglichen Flügeln, den vollen Mund, die hohe Stirn, die großen, von nur spärlichen Brauen überdeckten Augen und die tiefen, charakteristisch auftretenden Falten ausgezeichneten Bilde entsprechen die großen, langen, dabei einfachen und deutlichen Züge seiner Handschrift. Schon in seinem behäbigen, gutmütig lebensfrohen Gesicht liegt ein Hinweis auf seinen Charakter. Er selbst behauptet zwar in dem Briefe an Schlegel vom 29. December 1749: „es liegt ein sehr großer Ansatz zum Stolz in mir," aber seine Herzensgüte, frei von aller Selbstsucht, frei von allem Neide ist für ihn bezeichnend, und er selbst sagt das in rührend schlichter Weise in seiner Ode „An Herrn Professor Ebert, als des Herzogs Durchlaucht ihm ein Canonikat geschenkt": „Und Neid, der Hölle Gift auf Erden, Mischt sich bey mir gewiß nicht ein." — Neben der Musik ist es die Natur, die er von ganzer Seele liebt, wie man am schönsten aus den Gedichten „Sehnsucht nach Einsamkeit" und

----

[1]) Bd. 11. St. 1, S. 72 fg.

„Das arkadische Thal" („Göttinger Musen-Almanach" 1772, S. 73) erkennt. Daneben aber lockte ihn nicht weniger der weit materiellere Genuß einer wohlbesetzten Tafel. Es ist bekannt, daß Goethe ihn in „Dichtung und Wahrheit" „einen großen, wohlgestalteten, behäbigen Mann" nennt, „der seine Neigung zu einer guten Tafel nicht verhehlt"; Justus Zachariä erzählt im Vorworte zu seiner 1840er Ausgabe des „Renommisten": „Aber des Herrn Professors Dukaten Tafelten vollauf Wein und Braten," und fast der ganze erste Gesang des „Phaeton" handelt von nichts, als vom Essen. Eine Zachariä'sche Spezialität war der Punsch. Der III. Gesang der „Tagosiade", die Ode „An Herrn Professor Gärtner" 2c. (V. Buch) singen das Lob dieses warmen Getränkes, und nicht unmöglich scheint es zu sein, daß Zachariäs Beispiel Gedichte entstehen ließ wie das „Punschlied" von J. („Göttinger Musen-Almanach" 1772, S. 143), ferner „Scherze und Erzählungen beim Punsch" (1760) oder „Lustiger Zeitvertreib eines Officiers beym .... Punsch und Bischoff" (1770).

Aber diese leiblichen Genüsse wurden dem lebenslustigen Dichter dann erst zu wahren und ganzen, wenn er sich ihrer in heiterer Gesellschaft erfreute. Seine leichte, natürliche Munterkeit, seine willige Teilnahme an Scherzen, seine glückliche und launige Art, zu erzählen, machten ihn stets zur Seele der ganzen Gesellschaft, war es nun draußen auf dem Weghause oder auf dem Parquet in den herzöglichen Galasälen oder im Theater, das er sehr gern und häufig besuchte.

Den Großen dieser Erde gegenüber war Zachariä sehr zuvorkommend und unterthänig, ohne doch in platte Schmeichelei zu verfallen, denn, wie er Gleim ausdrücklich versichert: „Sie wissen, daß Complimente zu machen mein Fehler nicht ist." Gedichte wie: „Ode an Seine hochfürstliche Durchlaucht den Herzog Ferdinand von Braunschweig, am Abend der feyerlichen Beerdigung der Herzogin Frau Mutter entworfen" oder „An die Göttin der Gesundheit. Als sich der Erbprinz im Achner Bade befand" oder „Auf die Vermählung des Königs von Dänemark mit der Königlich großbritannischen Prinzeßinn Carolina Mathildis, den 8. November 1766" („Göttinger Musen-Almanach" 1772, S. 23) liefern den Beweis, wie herzlich ergeben er den Fürstlichkeiten war, die er besang.

Sich selber schmeichelte er nicht grade ungern; er war ziemlich eitel und liebte den Glanz, sodaß der Dichter des „Renommisten" selbst fast in den Verdacht der Renommage geriet. Einst soll er in seiner reich geschmückten Equipage, an deren Schlage die Anfangsbuchstaben seines Namens in Gold und auffallend großem Maße angebracht waren, durch die Straßen der Stadt gefahren sein, als eben Lessing mit mehreren Begleitern, die sich neidischer Bemerkungen nicht enthalten konnten, vorübergekommen sei. Da habe Lessing bemerkt: So laßt ihn doch nur ruhig fahren; er hat ja deutlich genug sein 3 dahingesetzt, damit jeder gleich sehe, daß nichts weiter dahinter sei! —

Aber trotz dieser leeren Äußerlichkeiten war Zachariä seinem eigentlichen Wesen nach ein ernstdenkender Mann, ja er selber schreibt darüber am 24. December 1756 an Gleim: „ . . . ich versichere Sie, es ist mir manchmal ein rechtes Vergnügen, dumm zu seyn, und Witz ist mir manchmal unausstehlich." Bei ihm auch zeigt sich jener seltsame Umschwung aus dem Heiteren ins Ernste oder umgekehrt, den fast alle zu seiner Zeit lebenden Dichter verraten. So verfaßt der Sänger des „Messias" dazwischen heiter gesellige Lieder, der Sänger des „Renommisten" wiederum „Vergnügungen der Melancholey" in Young'schen Akkorden. Selbst zwar Genußmensch, predigt er den Gegensatz zwischen dem glücklichen, anspruchslosen Landleben und dem nur scheinbar glänzenden Loose der Höflinge: man sieht, wie wenig die Dichtung im 18. Jahrhundert Charaktersache war, wie wenig sie das Leben, wie wenig dieses sie berührte. — Zachariä besaß eine wahre und große Gottesfurcht, vielleicht nur ein wenig zu sehr nach Brockes'schem Muster; ja in seinen „Hinterlassenen Schriften" findet sich noch der Anfang einer von ihm geplanten religiösen Wochenschrift „Der Schutzengel". Den herrschenden Aberglauben bedauert er tief („An mein Jahrhundert"; „Beim Schlusse des 1770sten Jahres") und „der trüben Tage Last" seines „furchtbaren" Jahrhunderts, das Erdbeben in Lissabon, die asiatische Pest, die Hungersnot im Erzgebirge, finden in seinem Herzen einen tiefen Widerhall („An mein Jahrhundert"). Zachariäs Sehnsucht, den siebenjährigen Krieg beendigt zu sehen, sein Entsetzen vor der Kriegsnot, seine Teilnahme an allen Einzelheiten des Kampfes spiegeln sich wieder in seinen Briefen an Gleim, im „Gebeth um den Frieden",

im III. Gesange der „Hercynia", die er mit dem Tage des Huber-
tusburger Friedens aufjubelnd abschließen läßt. Eine Episode des
Krieges hätte auch für ihn leicht verhängnisvoll werden können: am
10. October 1761 mußte sich Wolfenbüttel nach dreitägiger Belage-
rung den Franzosen ergeben. Auch Braunschweig wurde angegriffen,
allein der jüngere Sohn des regierenden Herzogs, Friedrich August,
entsetzte es bald, und auch der Erbprinz Ferdinand eilte aus West-
phalen herbei, und es gelang ihm, die Franzosen am 15. October
zum Abzug zu zwingen.

Vom Dichterberufe denkt Zachariä ungemein hoch; die „Ver-
wandlungen" verspotten in der Gestalt des Speront den bloßen
„Reimer", im „Morgen" warnt er die Frauen nachdrücklich vor der
Schriftstellerei und mehrmals beklagt er sich, daß die Dichter in
Teutschland umsonst auf klingenden Lohn hofften; während „welsche
Sängerinnen und feile Tänzerinnen" reich belohnt würden, müsse die
Muse „Almosen erbetteln" und

> „Was kan der Dichter erwarten,
> Welcher den Grossen Germaniens singt? erzwungenen Beyfall,
> Ein zweydeutiges Lob, und eine gnädige Mine."   („Der Morgen".)

Im Gegensatz zu Friedrich II., bei dem „vor dem gallischen
Witz die deutsche Muse zurückbebt", sei Friedrich V. von Dänemark
als Schützer der Künste zu preisen. — Die Regeln der „stolzen
Kritik" haßt er („Der Abend", „Schnupftuch" II), und Eschenburg
hat Recht, wenn er in seinem Vorbericht zu „Fabeln und Erzählungen in Burkhard Waldis Manier" behauptet, daß „ein inniges
Mißfallen an harten und unbilligen Kritiken Zachariä bewog, die
Dichterlaufbahn in den letzten Jahren entweder gar nicht, oder doch
nur unerkannt wieder zu betreten". — Zachariä war und blieb als
Dichter stets Nachahmer. Zwar besaß er eine lebhafte Phantasie,
aber er verwandte sie nicht zur Erfindung einer reichen Handlung,
sondern zum feinen und oftmals geistreichen Ausbau einer spärlichen
Handlung im Kleinen, zur Detailmalerei. Eine eigene Ode — die
letzte des V. Buches — wird von der „Bibliothek der schönen
Wissenschaften und der freyen Künste" (Bd. XII, 2. Stück, S. 295
fg.) dazu benutzt, ihm die selbst verfaßten, fettgedruckten Zeilen
entgegenzuhalten: „So bleibt nicht immer Wiederhall, Und seyd
Original! . . . . . Erfindet und seyd neu!"

Zum Schluſſe mögen hier zwei Stellen aus ſeinem Gedicht „An Herrn Profeſſor Ebert" („Hinterlaſſene Schriften", S. 29) Platz finden, die intereſſant ſind, weil ſie litterariſchen Inhalts ſind, teils auf Zachariä ſelbſt, teils auf Zeitgenoſſen bezüglich:

> „Bin ich nicht in Paris gekannt?
> Hat Huber mich nicht überſetzt?
> Hat Eiſen nicht für mich geätzt?
> Hat man in manchem witz'gen Tone,
> In manchen zierlichen Präfacen,
> Wenn faſt die Deutſchen mich vergaſſen,
> Nicht meinen kleinen Werth geſchätzt?
> Hat ſelbſt der kritſche Hildebrand,
> Hat Freron ſelbſt mich nicht genannt,
> Geprieſen, und beyher geſchmäht,
> So wie den Meiſter Arouet?"

und

> „Wenn Leſſing unter Todten lebt
> Und nach gelehrten Schätzen gräbt;
> Wenn ich in dichteriſcher Hitze
> Bey Mexikos Erobrung[1]) ſchwitze;
> Wenn Weiße Geld für andre zählt;
> Wenn von Horazens Gluth beſeelt
> Freund Ramler nie ſich übereilet,
> Und Jahre lang an Strophen feilet;
> Wenn an der Sprea mit Verdruß
> Bey jedem Sang, bey jedem Kuß
> Fürs Geld Frau Sappho ſingen muß . . . ."

und ſo weiter. Ich glaube, man wird ſich über die Friſche und den Humor dieſer beiden ſcherzhaft litterariſchen Stellen kaum anders als freuen können und wird ſtaunen, daß der kranke Dichter noch immer ein ganzes Arſenal von Witz vorrätig hatte.

Anhang 1.
Zachariä und Gemmingen.

Eberhard Friedrich von Gemmingen, Herr zu Bürg und Peneſtel, 1726 geboren, 1791 als würtembergiſcher Regierungspräſident in

---

[1]) Vgl. ſeinen „Cortes".

Stuttgart gestorben, hatte Zachariä in Göttingen durch Claproth
kennen gelernt. Er war es, dem der Dichter eine ganze Reihe von
Kindern seiner Muse gewidmet, darunter „Der Adel", „Der Vesuv",
„Der Abend", und dem er sich mehr und mehr zugeneigt fühlte.
Schrittweise förmlich kann man verfolgen, wie sich die gegenseitige
Liebe vertiefte, wie Zachariä 1761 noch das erste Buch seiner „Oden
und Lieder" ohne besondere Widmung entließ, aber zwei Jahre
darauf zum Zeichen gesteigerter Achtung mit einer „Ode an den
Freiherrn von Gemmingen" eröffnete, wie dieser wieder als einer
der eifrigsten Leser der zahlreichen Werke seines gelehrten Freundes
in den Subskriptionslisten erscheint. Ein langsamer, aber desto ge-
wissenhafterer Arbeiter, hatte Gemmingen 1753 „Briefe nebst anderen poetischen und prosaischen Stücken" herausgegeben. Zachariä
nun veranlaßte zur Leipziger Michaelis-Messe 1768 (nicht, wie Jördens und nach ihm Muncker angeben: 1769) eine neue Ausgabe
dieser Schriften durch die Buchdruckerei des fürstlichen Waisenhauses
zu Braunschweig unter dem Titel „Poetische und prosaische Stücke
des Freiherrn von Gemmingen". Daraufhin „wird auf ausdrückliches Verlangen Sr. Excellenz des Herzogl. Würtembergischen Re-
gierungspraesidenten, Freiherrn von Gemmingen" in die „Allgemeine
Deutsche Bibliothek" 1769, Bd. VIII, St. 2, S. 321—323 eine
feierliche und geharnischte Erklärung eingerückt, „daß der Verfasser
an dieser neuen Ausgabe nicht den geringsten Antheil nehme, daß
sie wider seinen Willen und Wissen veranstaltet, und daß ihn der
unvermuthete Anblick derselben in Erstaunen und Misvergnügen gesetzt habe."

Diese Erklärung ist mit einigen kleineren Änderungen in den
„Almanach der deutschen Musen auf das Jahr 1770" S. 55 aufgenom-
men worden. Aber während Gemmingen selbst nur sagt: „kaum konnte
der Verfasser seinen Augen trauen, da er einige neue Stücke dieser
Auflage erblickte, die ihm verrieten, daß es einer seiner alten Freunde
sei, der ihm diesen danklosen Dienst gethan," ist hier mit direkter
Namensnennung ein offenes „Herr Zachariä" eingerückt worden.
Allein bereits hatte unter dem 27. Juni 1769 die Waisenhaus-Buchhandlung im ersten Stücke des X. Bandes der „Allgemeinen Deutschen
Bibliothek" S. 309 eine kurze Rechtfertigung ergehen lassen, gleichfalls ohne das offene Geheimnis zu lüften, wer der Beschuldigte sei.

Der wahre Sachverhalt dieser wenig erfreulichen Angelegenheit
ist der folgende.

Ob Zachariä bereits seit 1747, dem Jahre, in welchem er Gemmingen kennen gelernt, Kenntnis von seines Freundes handschriftlichen Aufzeichnungen hatte, ist nicht mit Sicherheit zu beweisen,
immerhin aber im höchsten Grade wahrscheinlich. Jedenfalls blieb
er, als er 1748 nach Braunschweig übergesiedelt war, mit seinem
Altersgenossen in schriftlichem Verkehr und hatte außer den „Briefen"
von 1753 eine Reihe von Manuskripten empfangen, Jugendarbeiten,
Entwürfe, Poesien des Freiherrn, die dieser in seine „Briefe" aufzunehmen verschmäht hatte, ehe er sie einer gründlichen Umarbeitung
würde unterzogen haben. Als Zachariä 1761 die Aufsicht über die
Buchhandlung und Druckerei des Waisenhauses übernommen hatte,
wurde ihm Kenntnis davon, daß „bei gedachter Handlung seit mehreren Jahren häufige Anfragen nach des Freiherrn von Gemmingen
poetischen und prosaischen Schriften geschehen" seien. Trotz aller
Erkundigungen bei den „vornehmsten mit ihr in Korrespondenz stehenden
Handlungen in Leipzig" hatte die Waisenhaus-Buchhandlung weder
die Schriften selber erhalten, noch auch den ersten Verleger erfahren.
Die nächstliegende Annahme war die, daß die erste Auflage gänzlich
vergriffen sein mußte, und das Unternehmen, eine zweite zu schaffen,
Beifall und Dank zu ernten begründete Aussicht hatte. Und dazu
war die Gelegenheit eine geradezu ausnehmend günstige. „Einer
ihrer Freunde" — Zachariä — war zugleich ein Freund des Verfassers der „Briefe", hatte von diesem Manuskripte in Händen, die
ihm geeignet erschienen, wertvolle Ergänzungen zu einer zweiten
Auflage beizusteuern, hatte endlich als Aufseher über die Buchhandlung eine gewichtige Stimme bei der Entscheidung über die Aufnahme eines neuen Verlagsartikels. Auf seine Anfrage bei Gemmingen erhielt er „Briefe, worin ihm der Verfasser in mehr als einer Stelle
freie Gewalt giebt, mit seinen Stücken nach seinem Belieben umzu-
gehen, und ihm ausdrücklich erlaubt, eine neue Auflage davon zu
machen." Diese Briefe, zugleich mit den von Gemmingens Hand
stammenden Manuskripten übergiebt Zachariä der Buchhandlung,
die sie „gern auf Verlangen zu unserer und des Herausgebers
völligen Rechtfertigung vorzeigen" will.

Worüber nun hatte Gemmingen Grund, sich zu beklagen? Daß

Zachariä überhaupt die Ausgabe unternahm, darüber nicht, denn
dieser hatte dazu ausdrücklich Erlaubnis erhalten, wohl aber, daß er sie
allzu vorschnell besorgte. Wie Zachariä im III. Buche der „Oden" („An
den Freyherrn von G....") den Freund zu schriftstellerischer Be-
thätigung dringend aufzufordern scheint, so ehrte er, die schätzbaren
Schriften des allzu Bescheidenen möglichst bald in den Händen des
Lesers zu wissen, des Verfassers Verlangen nicht, erst noch einmal
die Feile über die kleinen Erzeugnisse seiner Jugend zu führen,
brach die Verhandlungen mit Gemmingen vorzeitig ab, ging, ohne
das Material erst vorsichtig zu sondern, ganz ohne Auswahl daran,
zusammenzudrucken, was eben vorhanden, und, ohne Mitteilung oder
Anfrage bei Gemmingen, legte er dem Erstaunten das fertige Werk
in die Hände. Das ist aber eben so recht Zachariä — vorschnell
und flüchtig! Damit ganz überein stimmen die Schaaren von Druckfehlern, über die sich der peinliche Gemmingen noch ganz besonders
beschwert. Er, der weltmännisch feine Aristokrat, betrachtete das
ganze Vorkommnis als die Taktlosigkeit eines allzu eifrigen Freundes, die er zwar kühl ablehnen mußte, über die er sich dann aber
ohne Weiterungen ruhig hinwegsetzen konnte.

Anhang 2.

Zachariä und Gottsched nach Hagedorns Tod.

Als am 28. Oktober 1754 Friedrich von Hagedorn seine Augen
geschlossen hatte, veranlaßte sein Ableben eine ganze Reihe von
Klagegedichten, z. B. Bar: „Soliloque, à l'occasion de la mort
prématurée de Mr. de Hagedorn"; Götz: „Auf Hagedorns Tod"
(„Vermischte Gedichte" Teil II, S. 159); Gottlieb Fuchs: „Send-
schreiben an den Geheimen Legationsrath von Hagedorn über den
Tod seines Bruders, des großen Hagedorns in Hamburg" u. a.
Auch Zachariä verfaßte, aber ohne seinen Namen anzugeben, 1755
in gereimten Alexandrinern auf 19 Seiten ein „Gedicht dem Ge-
dächtnisse des Herrn von Hagedorn gewidmet" (Braunschweig bei
Schröders Erben). Ein Traum führt dem Dichter die klagende
Hammonia und die Poesie am Grabmal Hagedorns zu; die letztere

feiert den Verstorbenen als ihren Liebling. Eine kleine Abschweifung
hatte Gottscheds Schule in eine nicht eben vorteilhafte Beleuchtung
gestellt, ja, nachdem Gottsched als „grosser Duns" lächerlich gemacht
worden ist, wird bei der Stelle, wo der „brittsche Edelmuth", die
„edle Menschenliebe" Hagedorns ihr Lob findet, gar die folgende
Anmerkung im Anschluß an den Namen Fuchs hinzugesetzt:

„Herr Gottlieb Fuchs, der seit einigen Jahren Prediger in
Sachsen ist, und sich unter dem Namen des Bauernsohnes durch
verschiedne glückliche Gedichte bekannt gemacht hat, kam ohne Geld
und Gönner nach Leipzig, seine Studien fortzusetzen. Er fiel allda
einem unsrer größten Dunse in die Hände, der durch seine markt-
schreyerische Art, mit seinen Verdiensten um Deutschland zu prahlen,
und durch die kleinen niedrigen Mittel jemanden zu seiner Parthey
zu ziehen, genug bezeichnet ist. Dieser Mann, der wol eher versucht
hatte, mit einem alten Rocke Leute zu bestechen, für ihn zu schreiben,
dieser Mann war klein genug, Herr Fuchsen monathlich eine solche
Kleinigkeit zu geben, die man sich schämt hier auszubrücken, und
die er kaum dem gemeinsten Bettler hätte geben können. So bald
er indessen erfuhr, daß Herr Fuchs in die Bekanntschaft mit einigen
andern rechtschaffnen Leuten gekommen war, die er nicht zu seiner
Parthey zehlen konnte, so war er noch niederträchtiger, und nahm
Herr Fuchsen die Kleinigkeit, die er ihm bisher gegeben. Herr
Fuchs wurde sogleich von denenjenigen mehr als schadlos gehalten,
durch die er um dieses erniedrigende Allmosen gekommen war. Der
seel. Herr von Hagedorn, dem diese Geschichte bekannt wurde, brachte
durch seine edelmüthige Vorsprache, bey vielen Standespersonen,
Hamburgern, einigen Engelländern, und besonders bey dem Collegio
Carolino zu Braunschweig eine so ansehnliche Summe zusammen,
daß Herr Fuchs künftig vor dem Mangel gesichert, seinen Studien
auf eine anständige Art obliegen konnte."

Diese kleine Anmerkung hat mancherlei Folgen nach sich gezogen. Gottsched fühlte sich tötlich getroffen, zumal da Lessing, an
Zachariäs Äußerung anknüpfend, so heftig, wie nie bisher, gegen
ihn loszog.[1]) Sofort wandte er sich an den Vorgesetzten Zachariäs,

---

[1]) „Berlinische privilegirte Zeitung", 11. Januar 1755. Lessings Rezension
des Zachariäschen Gedichtes auf Hagedorns Tod. Daran schließt sich eine

Jerusalem, der ihm am 17. Januar 1755 antwortete: „Über den Herrn Zachariä bin ich aufs Höchste wegen der Hagedorn'schen Elegie mißvergnügt, und habe ihn auch, sobald mir dieselbe nur zu Gesichte kam, zu mir fordern lassen und ihm die höchst unanständige und beleidigende Unsittlichkeit dieses Gedichtes auf das Allerschärfste vorgeworfen. Er bedauerte es auch gleich, daß er sich so vergangen; aber da war es zu spät. Diesen Mittag sind ihm die beiden Klagen von Ew. Wolgeborn darüber zugeschickt, daß er seine Verantwortung darüber eingeben soll Ich werde nichts unterlassen, was zur völligen Beruhigung von Ew. Wolgeborn darüber gereichen kann."

Von den „beiden Klagen" war etwas Näheres nicht zu erfahren, aber die Reue Zachariäs war nur eine scheinbare und erheuchelte; das ergiebt sich aus allem, was folgte.

Geradeswegs gegen Zachariä selbst wandte sich Gottsched durch einen Mann, der sich mit seiner „Bodmerias" als besonders geeignet für Abfassung litterarischer Schmähschriften bewährt hatte, durch den Magister Johann Nathanael Reichel, eins seiner Geschöpfe, der 1756 auf 2½ Bogen herausgab: „Freymüthige Anzeige einiger Irrthümer, welche der Herr Friedrich Wilhelm Zachariä in seinem Gedichte, welches er dem Gedächtnisse des Herrn von Hagedorn gewidmet, wider seinen Willen begangen hat". Diese Schrift ist nicht, wie zuerst Eschenburg in seiner Ausgabe der Hagedorn'schen Werke (1800), IV. Teil, Seite 169 und nach ihm andere fälschlich angaben, im „Hamburger Correspondenten" als ein „Sendschreiben" erschienen, sondern in Buchform. Aufzutreiben war sie trotz vielfacher Nachfragen nicht, und so muß man sich mit einer einzigen Stelle begnügen, die Fuchs citiert, die aber auf wenigen Zeilen schon einen unangenehm gehässigen Ton verrät:

„Der Herr Professor Gottsched that noch mehr an Herrn Fuchsen. Er suchte ihm ein Stipendium und mehrere Wohlthaten auszuwirken. In dieser Absicht setzte er des Herrn Fuchsens Gedichte in seinen neuen Büchersaal. Der Herr von Hagedorn las sie und beschloß, dem Herrn Fuchs ein Geschenk von zwanzig Thalern

---

„Antwort auf die Frage: wer ist der grosse Duns?" in gereimten Versen: „dümmer als ein Hottentot ... der Philip Zesen unsrer Zeit ... der Büttel der Sprachreinigkeit ... kalt, wie er denkt und schreibt" ꝛc.

zu machen. Diese Popische Freygebigkeit wurde eben nicht von einer brittischen Großmuth begleitet: denn der Herr von Hagedorn ließ dem Herrn Fuchs verbieten, von der Zeit an zum Herrn Professor Gottsched zu gehen, und eine einzige Wohlthat von ihm anzunehmen. Seitdem hat ihn auch der Herr Professor Gottsched nicht mehr gesehen, und ihm, da er keine Wohlthaten von ihm mehr annehmen durfte, auch keine erweisen können."

Diese Reichel'sche Schrift hat Zachariä in die größte Aufregung versetzt; man erkennt dies am besten aus seinen Briefen. Am 8. Juni 1756 schreibt er an Gleim: „Ich möchte Ihnen wohl Gottscheds freymüthige Anzeige, so er wieder mich hat machen lassen, an den Hals schmeißen, so böse bin ich, daß Sie . . ." 2c., und weiter unten: „oder ich schimpfe noch ärger wie Gottsched." In demselben Briefe verlangt er von Gleim, er solle „dem Kerl einige tödtliche Streiche versetzen helfen", solle „uns einige Einfälle, wie Sie aus dem Stegreife auf ihrem Canapee haben, mittheilen, und uns ein Paar Sinngedichte mit hineingeben, die dem langen Duns recht schmerzen". Es scheint also, daß er eine Sammelschrift verschiedener Verfasser gegen Gottsched geplant hat. — Am 1. (?) Juli 1756 schreibt er an Gleim: „. . . . kurz das ärgste Schimpfwort anzubringen — du Gottsched." Am 25. November 1756 scheint er sich etwas beruhigt zu haben, er schreibt an Michaelis: „Ich glaube, Ew. Wohlgeb. werden die freymüthige Anzeige gesehn haben, die Herr Gottsched wieder mich veranstaltet. Ich werde von verschiedenen Seiten geplagt, sie zu beantworten, und doch halte ich eine solche Streitigkeit für einen solchen Zeitverderb, und eine so unnütze Sache, daß ich mich bis itzo noch nicht dazu entschließen können". Am 24. Dezember 1756 schreibt er scherzhaft an Gleim: „Herr Zachariä . . . . . denkt an keinen Gottsched mehr . . . . Und so lassen wir Herrn Gottscheden herrschen nach seinem besten Wohlgefallen." Aber noch am 25. Januar 1758 konnte Gleim an Kleist schreiben: „In ihrem letzten Schreiben, lieber Freund, sagten Sie, man müßte nun wieder Satyren auf Gottsched machen, Sehn sie hier ein halbes Dutzend die von Braunschweig hierher angekommen sind! Vielleicht hat sie Zachariä gemacht; wiewohl sie könten noch wohl etwas beßer gerathen seyn, wenn sie von ihm wären."

Zachariä antwortete nicht persönlich auf die Reichel'sche Schrift,

sondern an seiner Stelle that es Gottlieb Fuchs in einem längeren
Artikel des „Hamburgischen Correspondenten" Nr. 110, Sonnabend
den 10. Juli 1756. Zachariä nur im Vorübergehen erwähnend,
läuft das Ganze auf eine klare Darlegung des Verhältnisses zwischen
Fuchs, Gottsched und Hagedorn hinaus, und das Ergebnis dieser
Erörterung ist das folgende.

Gottlieb Fuchs, geboren 1720 zu Löpersdorf im Obererzgebirge,
war der Sohn eines sehr armen Bauern. Nachdem er seine Zeit
bis in sein achtzehntes Jahr mit landwirtschaftlichen Arbeiten auf
dem Felde zugebracht und dann sieben Jahre lang die Freiberger
Stadtschule besucht hatte, durfte er auf dringendes Bitten 1745 die
Universität Leipzig beziehen. Mit seinem im Voraus empfangenen
väterlichen Erbteil — 7½ Gulden — wanderte er die vierzehn
Meilen zu Fuß nach Leipzig. Unterwegs fertigte er zu seinem Zeitvertreib ein Poëm: „Der Dichter auf seiner Reise nach Leipzig."
So nannte es wenigstens Gottsched, dem es Fuchs zugleich mit
einem anderen, „Auf den Herbst", zur Beurteilung vorgelegt hatte.
Gottsched ließ beide im Mai 1746 ohne Wissen und ohne Namensnennung des Verfassers in seinem „Neuen Büchersaale der schönen
Wissenschaften und der freien Künste", Bd. 2, St. 5, Nr. 6, S. 450
bis 454 abdrucken. Er selbst setzte eine Anmerkung darunter, in
welcher er das Publikum auf Fuchs aufmerksam macht, denn „vielleicht erwecken diese Proben ihrem Urheber irgend einen Mäcenaten,
der sich ein Vergnügen macht, die Dürftigkeit eines so tüchtigen
Schülers der Musen zu erleichtern. Den Namen desselben wird
man bey dem Herausgeber dieses Büchersaals mündlich oder schrift-
lich erfahren können."

Was Gottsched außerdem für Fuchs that, bestand darin, daß
er ihm das Honorar für eine Vorlesung erließ und, nachdem jener
„fast ein Jahr höchst armselig hingebracht hatte", selber auch anfing,
ihn mit Geld vor dem dringendsten Mangel zu schützen, aber nur
so lange, bis er sah, daß sich ein Anderer Fuchsens erbarmte.

Dieser Andere war Hagedorn. Er hatte Fuchsens Gedichte und
die Gottsched'sche Anmerkung gelesen, erkundigte sich nach dem
Namen des Verfassers, und als letzterer grade in der äußersten Not
war, erhielt er einen Brief mit 25 Thalern und dem Versprechen
fernerer Hilfe und wurde auf Wunsch Hagedorns durch Giseke voll-

kommen neu bekleidet. Am meisten aber that Hagedorn für Fuchs durch immer neue Empfehlung an seine Freunde in Hamburg und anderswo. So schreibt Sulzer an Gleim am 29. April 1747 von Magdeburg aus: „Haben Sie von dem jungen Poeten Fuchs gehört, der eines Bauern Sohn ist? Herr von Hagedorn hat mir sein Gedicht aus dem „Büchersaal" geschickt, welches Herr Bodmer beurtheilt hat; er hat für ihn etliche Hundert Thaler gesammelt, und ich habe das Vergnügen gehabt, auch etwas für ihn zusammen zu bringen, das ich ihm nach Leipzig bringen werde."

Hagedorns Bemühungen hatten den guten Erfolg, daß Fuchs vier Jahre lang Theologie studieren konnte, und daß sich die Summe der Unterstützungen schließlich auf 700 Thaler belief.

Aus alledem ist ersichtlich, daß Zachariäs Anmerkung durchaus nicht erlogen ist; aber sein Angriff gegen Gottsched war bei gerade dieser Gelegenheit ein unpassender, taktloser und voreiliger.

Kapitel II.

Die Bedeutung des „Renommisten" für die Litteratur- und Kulturgeschichte.

Das komische Heldengedicht in Deutschland gleicht einer kurzlebigen Leuchtkugel. Nach einem haftigen Aufstieg erreicht es im „Renommisten" seinen Höhepunkt, sinkt dann schnell, und nur kurz vor dem Erlöschen flammt es in Thümmels „Wilhelmine" noch einmal empor. Und dieses kurze, flüchtige Dasein aufgebaut auf einer festen Grundlage mit sicherster Tragkraft, auf den vollendeten komischen Epopöen Frankreichs und Englands!

Eine knapp umrissene Geschichte des komischen Heldengedichts mag diese Thatsachen erhärten, aber zuvor ist es anzugeben nötig, was diese Gattung denn überhaupt vorstellt, welches die Prinzipien ihrer Technik, ihr Zweck, ihre Eigentümlichkeiten sind. Es ist angebracht, hierbei einer Quelle zu folgen, die zu einer Zeit abgefaßt ist, wo die komischen Epopöen blühten; diese Blütezeit währte ja eben nicht lange, und nur die Kritiker des 18. Jahrhunderts beschäftigten sich ernstlich mit der komischen Epopöe, während sie im neunzehnten mit einigen flüchtigen, von oben herab hingeworfenen Randbemerkungen abgespeist wird. Aus diesem Grunde werde ich mich in der Hauptsache an die Ausführungen halten, die Johann Jakob Dusch (1725—1787) in seinen „Briefen zur Bildung des Geschmacks an einen jungen Herrn von Stande" (Leipzig und Breslau 1764—73) und in seinen „Vermischten kritischen und satyrischen Schriften" (Altona 1758; S. 103—154 „Von der komischen Heldenpoesie") giebt.[1] Zwar wurde Dusch von seinen Zeitgenossen — so auch von Lessing, der aber in ihm nur Nicolai treffen wollte — oft und scharf getadelt, allein er muß in der Hauptsache doch die Anschauungen, die damals im Schwange waren, richtig wiedergegeben haben, da seine „Briefe" 1773—1779 eine zweite Auflage erlebten. Außerdem war Dusch selbst Verfasser beliebter komischer Epen, beherrschte also die Technik bei weitem besser, als die meisten anderen Kritiker, und Herder gesteht in seiner Rezension der „Briefe" („Allgemeine deutsche Bibliothek" 1768) Dusch ausdrücklich die Befähigung zu, über die von ihm aufgeworfenen Fragen zu urteilen.

Von vornherein sei betont, daß das komische Heldengedicht, das „eine komische Handlung sinnlich in abgemessenen Worten in Form einer Epopöe erzählt," dem Gefühle nichts bieten will und kann; soll es doch nur sprühen, nicht glühen. Sein Hauptzweck ist die Satire.[2] Wo diese einsetzen muß, kann nach der Art des Stoffes nicht zweifelhaft sein. Es gilt eine kleine, geringschätzige Handlung, d. h. eine

---

[1] Vorsätzlich vernachlässige ich die Ansichten Gottscheds und der Schweizer über die komische Epopöe, weil ihr Urteil ein parteiisches ist, bestimmt und ihnen abgezwungen durch die Sätze, die sie sich nun einmal als allgemeine Prinzipien vorgeschrieben hatten. Dusch dagegen ist grade seiner Unselbständigkeit wegen unparteiisch und rein objektiv.

[2] Zachariä selbst spricht sich in dem „Vorbericht" zur 1754er Ausgabe seiner „Scherzhaften Epischen Poesien" folgendermaßen aus: „Ich würde sie (seine Gedichte) kaum so (scherzhafte epische Poesien) haben nennen dürfen, wenn nicht durch und durch eine gewisse Satyre herrschen müßte, eine gewisse Art von sneer (Hohnlachen, Spöttelei), wie Sommervile in der Vorrede zu seinem Hobbinol sagt . . . . Man wird kaum glauben können, daß es noch immer Leute giebt, die auch die unschuldigste Satyre für unerlaubt halten. Ich glaube aber, Boileau bey den Franzosen und Rabner bey uns, haben mir die Müh erspart, die Zulässigkeit der Satyre darzuthun."

ſolche, „die an ſich keinen Einfluß auf andre hat", zu einer unge-
heuren Wichtigkeit aufzubauſchen,[1]) ſie mit denſelben Farben darzuſtellen, wie ſie das große Epos bei wirklich großen Handlungen
wählt.[2]) In dieſem Gegenſatze liegt das Komiſche, hier muß die
Satire wurzeln. „Alle dieſe kleinen Handlungen" — ſagt Duſch
a. a. O. I, 20. Brief — „gehören unter die Liſte der großen Begebenheiten, die aus geringen Urſachen entſtehen. Sie können Leidenſchaften erregen und erregen ſie in der That: und eben weil dieſe
Leidenſchaften ſo wenig Verhältnis zu ihren geringen Urſachen haben,
ſind ſie lächerlich. Hier liegt alſo der Punct, den die Satyre treffen
muß; und Sie ſehen zugleich, wie genau das Komiſche mit dem
Großen und Wunderbaren zuſammengehen muß." Zwei Gründe
ſind es, welche die komiſche Epopöe zur „vollkommenſten und an-
genehmſten Art von Satyre" erheben. Einmal bleibt der Dichter
ſelbſt gewöhnlich „hinter dem Vorhang", redet nur in den erzählenden Teilen und legt die eigentliche Satire den Helden ſeines Werkes
in den Mund. Dadurch wirkt die Satire entſchieden zarter, als
wenn ſie direkt vom Dichter ſelbſt ausgeſprochen würde. Und weil
zweitens „jede Erzählung oder Geſchichte mehr erinnert, als eine Reihe
von Vorſchriften", wird die Satire des komiſchen Heldengedichts
wirkſamer und lehrreicher ſein müſſen, als die irgend einer anderen
ſatiriſchen Gattung. — Will man an die einzelnen komiſchen Heldengedichte einen vergleichenden Gradmeſſer anlegen, ſo wird man wieder zuerſt an die Satire denken müſſen: je nachdem dieſe ſtärker
oder gemäßigter, derber oder feiner iſt, wird man das eine Werk
höher, das andere niedriger ſtellen. — Duſch unterſcheidet drei Arten
von komiſchen Heldengedichten: die ironiſche, die ſatiriſche, die ſcherz-
hafte, je nachdem der Dichter als Mittel, etwas lächerlich zu machen,
anwendet: eine ernſthafte Miene bei Erzählung der lächerlichſten
Dinge, oder den Spott, oder den Scherz. Den „Renommiſten"
rechnet Duſch unter die ſatiriſchen Heldengedichte. — Ausgeſchloſſen

---

[1]) Vgl. dazu: „Schnupftuch" I: „Ein zweytes Ilium aus einem Schnupftuch
wird." Ebenda II: „Es iſt im Heldenlied von Alters hergebracht, daß man ...
aus nichts etwas macht."

[2]) Vgl. dazu: Richard Owen Cambridge in der Vorrede zu „The Scribleriad",
1752: „A mock heroic poem should, in as many respects as possible, imi-
tate the true heroic."

aus der Handlung bleiben an sich schon wichtige Vorfälle (z. B. Gefahren) und alles, was „eine ernsthafte oder traurige Leidenschaft" (z. B. Mitleid) erregen könnte. — Über die Sprache des komischen Heldengedichts sagt Zachariä selbst im I. Gesange des „Schnupftuchs": „Der göttliche Homer sang Helden und sang Mäuse, Doch es spricht Held und Maus hoch, nach der Götter Weise, ... So sprich denn du auch hoch, du Magd und du Lakay."

Koberstein hat in seinem „Grundriß" die vollkommen richtige Beobachtung niedergelegt, daß das komische Epos gewöhnlich Ereignisse und Auftritte aus dem kleinlichen und dürftigen Leben der höheren Stände oder der sogenannten guten Gesellschaft abschildert. Ich möchte anläßlich dieser Koberstein'schen Bemerkung darauf hinweisen, daß der „Renommist" hiervon eine Ausnahme macht, indem er wenigstens in der Gestalt Raufbolds und der Jenenser geradezu Antipoden der guten Gesellschaft abmalt.[1] —

Nach diesen Vorbemerkungen über Wesen und Zweck der komischen Epopöe kann ich darangehn, den vorhin geplanten kurzen Streifzug durch die Geschichte derselben zu unternehmen, der allerdings um so weniger Anspruch auf Vollständigkeit erheben darf, als eine umfassende Zusammenstellung hierüber meines Wissens noch nicht erschienen ist, mich selbst aber der Versuch einer solchen viel zu weit abgeführt haben würde. Um so kürzer kann ich mich bei Entwurf dieser Skizze fassen, als es mir lediglich darauf ankommt, die geschichtliche Bedeutung des „Renommisten" in ein klares Licht zu stellen.

Dusch, der weit mehr Talent zum Kunsttheoretiker besaß, als

---

[1] Anmerkungsweise erwähne ich zwei Anschauungen über die komische Epopöe, deren erste durch die Person, aus deren Kopfe sie kam, deren zweite durch ihre Seltsamkeit unser Interesse gefangen nimmt: die Goethes und Gervinus'! — Goethe schreibt im VII. Buche von „Dichtung und Wahrheit": „Komische Heldengedichte dienten auch nicht, eine bessere Zeit herbeizuführen", und Gervinus entwickelt in seiner „Geschichte der deutschen Dichtung". IV, S. 120 fg. nachstehende Ansicht. Nach ihm müßte man der komischen Epopöe einen „anderen, bescheideneren Namen" geben, und nur eine wirklich komische Epopöe giebt es für ihn: „Reineke Fuchs", und nur ein Werk in Prosa, das sich diesem vergleichen ließe: „Don Quixote". Nur „gewöhnliche Parodie des Epos der Form nach, dem Inhalte nach aber komische oder satirische Idylle" sei das komische Epos.

er verstand, geschichtliche Thatsachen richtig zu erfassen und darzustellen, verlegt die Geburt des komischen Heldengedichts in die Neuzeit;[1]) allein in diesem Punkte stand durchaus nicht die Meinung
Aller auf seiner Seite.   Sonst könnte ja der Verfasser des „Meisterspiel im Lomber"[2]) unmöglich sagen: „ . . . . mit demjenigen Geiste,
der den Homer beseelte, da er von der Wuth der Mäuse sang."
Und Friedrich von Blankenburg bringt in seinen „Litterarischen
Zusätzen zu Johann Georg Sulzers allgemeiner Theorie der schönen
Künste" (Leipzig 1798) auch aus den früheren Jahrhunderten
deutscher Dichtung einige Beispiele bei: „Gott Amur aus dem
schwäbischen Zeitpunkt", die „Mörinn von Herrmann von Sachßen-
heim um 1450", Johann Fischart, Rollenhagen (1595 „Froschmäuse-
ler"), Balthasar Schnurr (1600 „Der Ameisen- und Mückenkrieg").
Über diesen Punkt ließe sich streiten, ja Dusch ist eigentlich nicht mehr
als konsequent geblieben, wenn er die von Blankenburg herbeige-
zogenen Werke zurückweist, denn sie lassen sich durchaus nicht auf
den Leisten spannen, den er als Theorie der komischen Epopöe
eingeführt hat.   Aber abgesehen hiervon ist Dusch keineswegs mit
sich darüber einig, ob Alessandro Tassoni (1565—1635), der hoch-
gestellte Reisebegleiter des Kardinals Colonna, oder Francesco
Bracciolini von Pistoja (1566—1646 [1645]) als Erfinder des
neueren komischen Heldengedichts anzusehen sei.   Er stellt den
Sachverhalt folgendermaßen dar, und zwar im Anschluß an Crescem-
binis „Istoria della Volgar Poësia": Bracciolinis komisches Hel-
bengedicht „lo Scherno degli Dei", worin die Götter des Heiden-
tums auf den Bergen Toscanas armseligen Landleuten gegenüber
eine höchst lächerliche Rolle spielen, sei zwar erst vier Jahre nach
Tassonis „la Secchia Rapita" erschienen, aber ein angefügter Brief
seines Verfassers habe ihm ausdrücklich bestätigt, viele Jahre früher
als jenes abgefaßt worden zu sein.   In Wirklichkeit ist gerade das
Umgekehrte der Fall: während „lo Scherno degli Dei" bereits
1618 zu Florenz gedruckt wurde, ist „la Secchia Rapita" erst 1622
in Paris erschienen, aber bereits 1611 in zwölf Gesängen abgefaßt
worden.   Als es 1622 zum ersten Male der Leserwelt vorgelegt

---

[1]) a. a. O. I, Brief 20, S. 251. „Die komische Epopöe war den Alten
ganz unbekannt, ist eine Erfindung der Neuern."

[2]) Schwabes „Belustigungen", März 1742, S. 224.

wurde, benutzte sein Verfasser das Pseudonym Androvini Melisoni,
weil er fürchtete, seiner satirischen Ausfälle wegen angefeindet zu
werden. Unter Tassonis eigener Flagge und von Anmerkungen begleitet ließ es erst Gasparo Salviani in Venedig herauskommen.
1676 folgt ihm in Florenz „Il Malmantile Racquistato" des Lorenzo
Lippi (1606—1664), den Settembrini einen „Halbnarren" nennt.
In zweiter Auflage 1688 von Anmerkungen des florentinischen
Malers und Dichters Paolo Minucci (Dusch: Puccio Lamoni)
durchsetzt, ist es heute seiner Unmenge von Florentinismen halber
kaum mehr verständlich. Übrigens ist es — mit Ausschluß der
„Göttlichen Komödie" — dasjenige Werk, auf das die meisten Com-
mentare und die größte typographische Pracht verwendet wurde.

Frankreich vertritt — einen bedeutenden Fortschritt der komischen
Epopöe gleich auf den ersten paar Seiten verratend — Boileaus
(1636—1711) berühmter „Lutrin", zuerst 1674 in vier, dann 1683
in sechs Gesängen erschienen. „Es ist eine neue Burleske, die ich
in unsere Sprache einführe", sagt der Dichter selber darüber. Er
hatte seinen Geist durch fleißige Lektüre der Alten genährt und so
kam er auf den Gedanken, das Epos der Griechen und Römer, besonders Virgil, zu parodieren, indem er „alle ernsthaften Umstände
in spaßhafte verwandelte" (Dusch a. a. O.). Der „Lutrin" zeichnet
sich aus durch „angemessene Bilder, Richtigkeit seiner Metaphern,
Harmonie seiner Verse, nachdrücklichen Stil, ganz besonders aber
durch seine Schönheiten im Einzelnen, in der Detailmalerei, und
nur im Anfang ist die Handlung ohne Noth mit Maschinen beschwert" sagt Dusch. Ins Deutsche übertragen wurde der Anfang
des „Lutrin" bereits von Drollinger („Gedichte", S. 313). Den ersten
Gesang übersetzte Gottsched in „Der deutschen Gesellschaft in Leipzig
eigenen Schriften" 1730, S. 412 fg., das Ganze G. E. E. Müller,
Leipzig 1758.

Ein Vierteljahrhundert nach Frankreich begann auch England,
angelehnt an Boileaus großes Vorbild, sich in der komischen Epopöe
zu versuchen. Der geniale Alexander Pope (1688—1744) „the
prince of rhyme and the grand poet of reason", wie seine Lands-
leute ihn mit Vorliebe nennen, ließ 1711 seinen „Rape of the
Lock" in zwei, bereits ein Jahr darauf aber in fünf Gesängen erscheinen. Im Lobe dieses Gedichts sind sich alle einig, die überhaupt

die Berechtigung der komischen Epopöe anerkennen. Dusch nennt es „in seiner Art so vollkommen, als die Ilias Homers", und Geßner schreibt am 2. Oktober 1755 von Zürich aus an Gleim: „Popens Lockenraub ist ein Meisterstück." Packend ist es, wenn Pope den Homer parodiert,[1] wenn er die ausgeführten Gleichnisse und den Kothurn ironisch nachahmt, wenn Belindens Nachttisch geputzt wird und dabei das Bild so prächtig ist, als ob Achill sich bewaffnete.[2] Köstlich sind die Nachbildungen des Virgil,[3] die Verwertung von Ariostos Idee, daß alle Dinge, die auf der Erde verloren gehen im Monde aufbewahrt werden,[4] oder die Parodie auf Milton in jener Stelle, wo ein kleiner Sylph von der Schere zerteilt wird. — Die erste Übersetzung des „Rape of the Lock" ins Deutsche hatte ein Ungenannter 1739 in Prosa geliefert. Fünf Jahre darauf, 1744 (2. Auflage 1772), gab Frau Gottsched geborene Kulmus „Herrn Alexander Popens Lockenraub, ein scherzhaftes Heldengedicht, aus dem Englischen in deutsche Verse übersetzt" heraus. — Schon vor Pope, aber ungleich weniger bedeutend, ein erster Versuch gleichsam, eine erste Ankündigung, daß die komische Epopöe in England zur schönen Blüte gelangen werde, hatte Samuel Butler (1612—78) den derben „Hudibras" (Teil I und II London 1663—64, Teil III 1678) ans Licht gesetzt, dessen ersten und zweiten Gesang Bodmer 1737 übersetzte; außerdem wäre höchstens noch Garths „Dispensary" zu erwähnen.

In Deutschland kann man die Geschichte des komischen Heldengedichts — vielleicht mit Ausnahme von Wernickes „Hans Sachs", jener 1702 herausgekommenen, nach Drydens Vorbild geschaffenen Satire gegen Postel — eigentlich erst beginnen lassen mit der Frau Gottsched oben angeführter Übersetzung von Popes „Lockenraub". Vor dieser hatte es zwar auch schon sogenannte scherzhafte Heldengedichte gegeben, aber Dusch nennt sie in seinen „Briefen" I, 25 sehr richtig „einen Versuch, welcher nicht die mindeste Kenntnis weder von einem Plan, noch von der Schicklichkeit der Maschinen, noch

---

[1] Agamemnons Zepter, Jupiters Wagschaale.

[2] Dusch.

[3] O thoughtless mortals! ever blind to fate etc. zu Virgils: Nescia mens hominum fati etc.

[4] Belindens Locke wird an den Himmel versetzt.

von der Satyre, noch auch von der Sprache dieser Gedichte zeigte,
einen Versuch, worin sie nichts weiter, als ihre partheyische Wuth
wider gewisse Gegner ausgossen, und mit hochtrabenden Redensarten
den gänzlichen Mangel alles Schönen zu ersetzen glaubten." Jeden=
falls spielt Dusch in dieser scharfen Kritik ganz besonders an auf
den „Deutschen Dichterkrieg" von N. H. D. in Schwabes „Be=
lustigungen" (Buch I 1741 im Juli; Buch II 1742 im Juni), eine
Verhöhnung Bodmers, aber kaum von Gottsched selbst, sondern viel=
mehr von einem seiner Anhänger. Hier wird ganz ausdrücklich hin=
gewiesen auf „das Pult", auf „Hudibras", auf „eine geraubte Locke",
und als Maschinen werden Eris, der Friede und „eine sanftere
Muse" eingeführt. März und April 1742 erschien in den „Be=
lustigungen" das unendlich langweilige „Meisterspiel im Lomber.
Ein Heldengedichte von C. F. H." in zwölf Büchern, die völlig
witzlose Erzählung eines harmlosen Kartenspiels mit Personifizierung
der einzelnen Kartenblätter und Einführung des „Geistes des Ge=
winnes und Spieles" als Maschine. Aber bemerkenswert ist, daß
hier bereits der Boden der Personalsatire vollkommen verlassen ist,
die bis dahin ein Hauptrequisitenstück der wenigen scherzhaften Hel=
dengedichte Deutschlands bildete. Zum ersten Male hatte diesen
entscheidenden, den französischen und englischen Vorbildern näher
anstrebenden Schritt Rost in seiner 1741 erschienenen „Tänzerin"
gewagt, die früher allgemein, aber mit Unrecht, dem 1707 in Ham=
burg geborenen J. F. Lamprecht zugeschrieben wurde. Auf Rost folgte
Pyra mit seinem allerdings unvollendeten „Bibliotartarus", zuerst
Halle 1741 in der Wochenschrift: „Gedanken der unsichtbaren Ge=
sellschaft", dann in „Thirsis und Damons freundschaftlichen Liedern",
2. Ausgabe, S. 189 fg. Hier, während bisher sämmtliche soge=
nannten komischen Heldengedichte in Prosa[1] abgefaßt waren, wendet
sich Pyra als Erster dem Alexandriner zu, den drei Jahre hernach
Zachariäs „Renommist" so zu sagen zum klassischen Vers des komi=
schen Heldengedichts erhob.[2] Hierin und in dem Umstande, daß

[1] Heutzutage würde man dieselben wohl überhaupt gar nicht für Gedichte
halten, aber damals that man es; sagt doch z. B. Gottsched in seiner „Kritischen
Dichtkunst": „Ganze Heldengedichte können in ungebundener Rede geschrieben
werden."

[2] Es herrscht dabei stets das Prinzip, Reimpaare mit stumpfem und solche

der „Renommist" die ganze Gattung erst überhaupt als fest ausgeprägte, ausgebildete Kunstform in Deutschland heimisch machte,
liegt eben die große geschichtliche Bedeutung desselben.[1] — Man hat
bisher immer geglaubt, Zachariä habe den Alexandriner in Anlehnung an der Frau Gottsched Lockenraub-Übersetzung gewählt; das
aber ist ganz unmöglich, denn das Versmaß der Gottsched ist überhaupt nicht der Alexandriner gewesen, sondern das folgende:

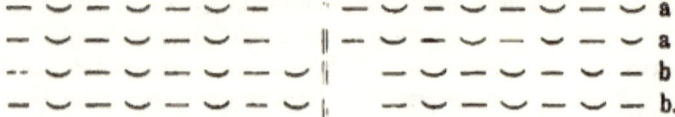

Der „Renommist" und Frau Gottscheds Übersetzung erschienen
im gleichen Jahre, der erstere seit Januar, die letztere zu Ostern
1744; ihre „Widmung" ist datiert vom 13. April 1744, die „Vorrede" „geschrieben" in der Ostermesse 1744. Demnach kann Zachariä
das Werk der Frau Gottsched im Druck nicht gekannt haben. Andererseits liegt es ungemein nahe, anzunehmen, daß Zachariä nicht
frei geblieben sei von der Beeinflussung durch eine Arbeit, auf der
das Auge seines Meisters Gottsched so sorgfältig geruht hatte, wie
gerade auf dieser Lockenraub Übersetzung. Ich bin infolgedessen der
Ansicht, daß Zachariä Einsicht hatte in das Manuskript der Frau
Gottsched. Ob er schon damals die genügende Fertigkeit im Englischen hatte, um Pope im Originale zu lesen, wissen wir nicht; die
prosaische Übersetzung eines Ungenannten vom „Lockenraube" (1739)
kannte er höchst wahrscheinlich.

Der „Renommist" kann nicht vor Ostern 1743 entstanden sein,
wo Zachariä die Universität Leipzig bezog, denn das ganze Gedicht
verrät deutlich genug die persönliche Anschauung des Studentenlebens
und Leipziger Örtlichkeiten.[2]

---

mit klingendem Ausgang abwechseln zu lassen, weil der Reimwechsel a b a b
nicht dem epischen, sondern dem elegischen Versmaß der Alten entspricht.

[1] Daß sich Zachariä selbst als einen der ersten, wenn nicht den ersten
komischen Heldendichter ansah, beweist folgende Stelle aus der den „Scherzhaften
Epischen Poesien" von 1754 als Widmung vorangestellten „Ode an den Freyherrn Eberhard von Gemmingen": . . . . (die hohen Töne der komischen
Epopöe), die unnachahmlich dem Deutschen noch sind."

[2] Die Anmerkungen der Muncker'schen Ausgabe, die ich nachgeprüft habe,

Es kann, nachdem ich die geſchichtliche Bedeutung des „Renommiſten" gewürdigt habe, unmöglich meine Aufgabe ſein, alle
die Nachahmungen zu beſprechen, oder auch nur aufzuzählen,
welche der „Renommiſt" hervorrief. In einer litterariſchen Epoche
der Nachahmung, wie das 18. Jahrhundert ja war, kann es nicht
Wunder nehmen, daß ſie für zwei Jahrzehnte die Schaubühne der
Poeſie überſchwemmten. Aus der ganzen großen Flut führe ich
nur einige wenige an: Duſch: „Das Toppe" (1751), „Der Schooß-
hund" (1756); Triller: „Der Wurmſaamen" (1751); Uz: „Der
Sieg des Liebesgottes" (1753), berühmt durch die Anfeindungen
Bodmers und ſeiner Anhänger und von Duſch in einem beſonderen
Briefe ſeiner „Critiſchen und Satyriſchen Schriften" getadelt;
Schönaich: „Der Baron oder das Picknick" (1753); Löwen: „Die
Walpurgis Nacht" (1756); Eberle: „Der verlohrne Hut" (1761);
Krauſeneck: „Die Saloppe" (1765); Rathlef: „Der Schuh" (1772);
Milbiller: „Schlittenfahrt im Lande der Hinkenden" (1777) u. a. m.

Auch Goethes Freund Horn hatte ſich in Anlehnung an Zachariä
im komiſchen Heldengedicht verſucht, und dies veranlaßte Goethe zu
folgender Außerung im VI. Buche von „Dichtung und Wahrheit":
„Es iſt nicht wunderbar, aber es erregt doch Verwunderung, wenn
man bei Betrachtung einer Literatur, beſonders der deutſchen, be-
obachtet, wie eine ganze Nation von einem einmal gegebenen und
in einer gewiſſen Form mit Glück behandelten Gegenſtand nicht
wieder loskommen kann, ſondern ihn auf alle Weiſe wiederholt haben
will; da denn zuletzt unter den angehäuften Nachahmungen das
Original ſelbſt verdeckt und erſtickt wird. Das Heldengedicht meines
Freundes war ein Beleg zu dieſer Bemerkung. . . . Das Gedicht,
in Alexandrinern geſchrieben, auf eine wahre Geſchichte gegründet,
ergetzte unſer kleines Publikum gar ſehr, und man war überzeugt,
daß es ſich mit der „Walpurgisnacht" von Löwen oder dem „Renommiſten" von Zachariä gar wohl meſſen könne."

Merkwürdig iſt es, daß die Nachfolger Zachariäs allmählich
wieder zurückkehrten zu dem Standpunkte, den jener eben erſt ſo

und die zum großen Teile von dem als Kenner Alt-Leipzigs anerkannten Dr.
Wuſtmann, Oberbibliothekar an der Stadtbibliothek zu Leipzig, herrühren, geben
über dieſe Örtlichkeiten vollkommen genügenden Aufſchluß. Ich kann mich alſo
damit begnügen, auf ſie zu verweiſen.

glücklich überwunden: die Personalsatire machte sich wieder breit!
Schon Dusch begann einige Stellen aus deutschen Epen von
Schönaich und Naumann mit satirischer Absicht zu parodieren; Uz
stichelt auf die geschmackverderbenden Epen der mizraimischen Dichter, und Klopstock besonders, sowie seine Anhänger werden mit ihrer
seraphischen Göttersprache noch 1786 in Sanders „Neuem Rabelais"
verspottet.

Aber auch in der Form schwankte man wieder zum Alten zurück,
benutzte von neuem die Prosa. So war schon Löwens „Marquise"
wenigstens zum Teil in Prosa verfaßt, dann 1765 Riedels „Trap-
penschüzze" vollkommen, vor allem auch Thümmels „Wilhelmine"
(1764).

Diese war gleich nach ihrem Erscheinen so verbreitet, daß Nicolai
seinen „Sebaldus Nothanker" am besten dadurch zu empfehlen
glaubte, daß er ihn als eine Nachahmung der „Wilhelmine" ein-
führte, die in der That von den komischen Heldengedichten nach
Zachariä das beste und feinste ist und wie der „Renommist" eine
geschichtliche Bedeutung besitzt. Sie ist die letzte komische Epopöe,
die wirklich viel und gern gelesen wurde. Seit den 70er Jahren
dagegen verlor sich in Deutschland allmählich der Geschmack an
komischen Heldengedichten, und nur einzelne Autoren, wie Weppen
(1741—1812) oder Ratschky (1757—1810) blieben denselben treu.[1]
An ihre Stelle traten die Travestieen von erzählenden Gedichten
ernsten Inhalts, z. B. Michaelis: „Leben und Thaten des theuern
Helden Aeneas", 1771; Blumauer: „Virgils Aeneis travestiert",
1784, 2c.

Ein später Ausläufer des komischen Epos ist etwa noch Kortums
„Jobsiade" (1799); im 19. Jahrhundert aber hat es gänzlich aufgehört zu leben. Immermanns „Tulifäntchen" oder Baggesens

---

[1] Einen Beleg für den Verlust des Geschmacks an komischen Heldengedichten enthält folgende Stelle aus einer 1772er Rezension in den „Frankfurter
Gelehrten Anzeigen" (über „Lobrede auf das Bier", S. 4): „Dergleichen Werke
der Einbildungskraft sind unerträglich, weil sie mit kaltem Herzen, aber doch
mit einem gewissen Schwung, der Begeisterung seyn soll, niedergeschrieben werden, und sie erinnern uns an die Zeit der epischen Poesie, die Herr Zachariä
ehemals bey uns eingeführt hatte."

„Adam und Eva“, an die man verſucht ſein könnte, zu denken, ſind viel zu wenig grotesk und viel zu ſein. —

Noch einmal erinnere ich daran, daß die Skizze der Geſchichte des komiſchen Epos, wie ich ſie im Voraufgehenden entworfen habe, nur dazu dienen ſollte, die hiſtoriſche Bedeutung des „Renommiſten“ würdigen zu können. Ebenſo wichtig jedoch iſt die kulturgeſchichtliche Bedeutung desſelben, die ich nunmehr darzuſtellen in Angriff nehme.

Der dichteriſche Wert des „Renommiſten“ iſt nur ein geringer. Zwar giebt es wohl kaum einen glücklicheren Stoff für das komiſche Epos, als die damalige Studentenwelt, die in phantaſtiſchem Idealismus edle und lächerliche Züge vereinigt, zwar beſaß der „Renommiſt“ das, was den Wert eines komiſchen Gedichts ſtets am meiſten erhöht, den Reiz der friſchen Gegenwart, zwar hat Zachariä den Ton gewiſſer Klaſſen meiſterhaft getroffen, aber der „Renommiſt“ zeigt, wie die meiſten Arbeiten unſeres Dichters überhaupt, allzu große Ungleichmäßigkeiten; die Bilder und Gleichniſſe, faſt durchgängig allzu lang ausgeſponnen, ſind nur teilweiſe gut, teilweiſe wieder ganz ſchlecht, die Reden reizen faſt ohne Ausnahme zum Gähnen, der Dichter verſteht nicht die große Kunſt, ſich einzuſchränken, der Alexandriner trägt auch nicht dazu bei, einen friſcheren Zug in das Ganze zu bringen, und oft genug ſchaut aus einem füglich überflüſſigen Verſe die verlegene Reimnot heraus.

Die Handlung — ganz abgeſehen davon, daß ſie durchaus nicht einheitlich aufgebaut iſt, daß ſie ſich ſtreng genommen in mehrere Zweige zerſpaltet — iſt für ſechs volle Geſänge mit 2052 Verſen doch faſt ein wenig zu mager und erſt im Beginn des III. Geſanges kommt ſie ins Rollen. Ein aus Jena relegierter Student flüchtet nach Leipzig, trifft hier ſeine alten Freunde von Torf, Banner und Krach und vollführt mit dieſen eine ganze Reihe die Stadt in Aufregung verſetzender Streiche. Alles vereinigt ſich, ihn zu den feinen Leipziger Sitten zu bekehren; vorübergehend ſcheint die Liebe zu der ſchönen Selinde eine günſtige Wirkung in dieſem Sinne ausüben zu ſollen, allein nach einem Zweikampf mit Selindens Liebhaber Sylvan verläßt er Leipzig roh und wild, wie er gekommen, und reitet mit ſeinen Genoſſen nach Halle.

Das iſt das Gerippe einer Handlung, die uns nichts anderes,

als eine unbezwingliche Langeweile abnötigen würde, wäre sie nicht von einer unerschöpflichen Fülle heiteren, spannenden, originellen Beiwerks umgeben, von dem wir gestehen müssen, daß es eine Meisterhand immer an die rechten Stellen verteilte. Hier in der Kleinmalerei liegt die Hauptstärke, hier die wohlberechnete komische Wirkung des ganzen Gedichts.

Da ist zunächst die Satire! An die des Moscherosch manchmal erinnernd, wird sie überall eingestreut, bald in einem einzigen, unscheinbaren Worte, einem epitheton ornans etwa, bald in einer unvermuteten Wendung, in einem Vergleiche,[1]) in einer einfachen Gegenüberstellung.[2]) Der Ehebruch, Mesalliancen, die Schmeichelei und höfische Liebedienerei, der Aberglaube, das Nachäffen ausländischer Sitten und Gebräuche, Modethorheiten, des Goldes und der Tressen Wirkung auf junge Mädchenherzen, der Gang der Frauen, Staatsleute „voller Wind", die „dunklen Weisen" im Hörsaal, abgedankte Dichter, der Bauer, der zum ersten Male verblüfften Gesichts die Oper besucht — das alles hat unter der satirischen Brille Zachariäs eine scharfe Prüfung und Zergliederung zu bestehen. Meistens satirischer Art sind auch die litterarischen Anspielungen (Vers 1198, 1216, 1250 fg., 1587).

Die Charakterzeichnung ist eine meisterhafte; der achtzehnjährige Student Zachariä muß scharfe Augen gehabt haben, um so eingehend und trefflich beobachten zu können. Da ist jede leiseste Regung des Gemüths geschildert, jedes Wort ist bezeichnend für den, der es spricht, jeder Gesichtsausdruck, jede Stellung, jede Bewegung der handelnden Personen ist berechnet und charakteristisch, und zählt man alle diese kleinen Züge zusammen, so sieht man, wie sich alle zu zwei Typen verdichten lassen: zum Renommisten und zum Stutzer. Der Gegensatz dieser beiden war kein erfundener, sondern bestand damals in der That, und die Verschiedenheit der Sittenzustände unter der Jenaer Studentenschaft einerseits und der Leipziger andererseits war sein Grund.

---

[1]) B 545. Die jungen Stutzer ziehn wie Kraniche davon.
[2]) B 404. . . . . was oft ihr Mund verneint, und doch ihr Herz gewährt.
     B. 716. Zur Arbeit ging der Mann, die Dame trank Kaffee.

Hier betreten wir nun das Gebiet der Kulturgeschichte,[1] und es drängt sich die Frage auf: kann der „Renommist" als kultur-historische Quelle betrachtet werden, oder nicht? Der Beweis, daß er es kann, ist leicht zu erbringen durch Goethes Zeugnis („Dichtung und Wahrheit", Hempel 21, 37). „Zachariäs „Renom-mist" wird immer ein schätzbares Dokument bleiben, woraus die damalige Lebens- und Sinnesart anschaulich hervortritt, wie über-haupt seine Gedichte Jedem willkommen sein müssen, der sich einen Begriff von dem zwar schwachen, aber wegen seiner Unschuld und Kindlichkeit liebenswürdigen Zustande des damaligen Lebens und Wesens machen will" Auch eine Rezension in der „Bibliothek der schönen Wissenschaften", Bd. 12, St. 2, S. 399 rühmt „die leb-haften Schilderungen der heutigen Sitten." —

Jena[2] und Halle, denn auch dieses wird, obwohl hier Thoma-sius und die Pietisten, auf die „Befreiung der Studenten von der Bestialität" hinarbeiteten, mit Recht in Gegensatz zu Leipzig gestellt, kennt man aus dem vom 15. August 1730 datierten „Gutachten des Universitäts-Canzlers und königl. preuß. Geh. Rathes Joh Peter von Ludewig über die Zustände der Universität Halle" und aus dem 1739 verfaßten „Gutachten des königl. Directors der Universi-tät Halle, des Geheim Rathes Just. Henning Böhmer über die Verbesserung der Universität Halle" als von einer Rohheit durch-drungen, die so groß war, daß uns nur wundern muß, wie sie später so schnell zu beseitigen war. Den Glanzpunkt derartiger Ausschreitungen bildeten Raufereien der Studenten unter einander, mit den Wachtmannschaften, bisweilen auch mit den Offizieren der Garnison. Freilich das 17te Jahrhundert hatte ein noch viel schlim-meres Bild abgegeben, als das 18te, und schon aus dem 13ten Jahr-hundert kann man Klagen über die Studentenschaft nachweisen. Buläus in seiner „Historia universitatis Parisiensis", tom. 3, S. 95, vermittelt uns das erste, 1218 verfaßte Aktenstück, das gegen die Zügellosigkeit der Studentenwelt gerichtet ist, und 1223, 1225 und

---

[1] Biedermanns „Deutschland im 18. Jahrhundert" bot mir für diesen Teil manche Belehrung.

[2] Zachariä selbst ist niemals in Jena gewesen, aber viele in ihren späteren Universitätsjahren nach Leipzig kommende Jenenser gaben ihm treue Berichte.

so fort in kurzen Zwischenräumen erneuern sich die heftigsten Be-
schwerden. Meyfart in seiner „Christlichen Erinnerung" (1636) und
Moscherosch im 7. „Gesichte" des VII Teiles seines berühmten Werkes
sprechen sich auf das bitterste gegen das Studentenleben des 17.
Jahrhunderts aus. Aber mochten sich auch die Verhältnisse im 18.
Jahrhundert im Allgemeinen gebessert haben, so wurde der Unterschied zwischen Jena-Halle und Leipzig dadurch nur noch schärfer
hervorgehoben, daß letzteres sich im Anschluß an französische Sitten
seit Beginn des Jahrhunderts plötzlich einer ganz ausgesucht feinen,
ja übertrieben polierten Lebensweise befleißigte. Dazu kam, daß in
Leipzig, wie Schlosser in seiner „Geschichte des 18. Jahrhunderts"
sagt, „die Mißbräuche des Studentenlebens durch die Größe der
Stadt, durch die Anzahl der nach der Sitte jener Zeit mit ihren
Hofmeistern dort studierenden Herrn der ersten Stände gemildert
wurden." Damit soll freilich nicht behauptet sein, daß die sittlichen
Zustände in Leipzig etwa gute und musterhafte gewesen seien,
nein! — Goethe konnte mit Recht das „verfluchte Leipzig" beschul-
digen, junge Männer „so schnell wegbrennen zu lassen wie eine
Pechfackel". Allein hier in Leipzig wurde alles, was faulig und
angefressen war, versteckt unter den glänzenden Mantel der äußeren
Wohlanständigkeit, unter feinen Formen, sauberen Spitzentüchern und
gestickten Kleidern.

Laukhard in seiner „Autobiographie" Bd. I, S. 254 erzählt
folgendes Zwiegespräch, das ich anführe, einmal, weil es aus der
Feder eines mitten im Studentenleben stehenden Verfassers geflossen,
also als eine wahrheitsgetreue Schilderung zu betrachten ist, andererseits, weil mir die Ähnlichkeit desselben mit dem Grundgedanken, dem
Plane, der Anlage des „Renommisten" auffällig in die Augen sticht.[1]

„Ein gewisser Sturm", erzählt Laukhard, „war in Göttingen,
den ich in Gießen gekannt hatte, das wußte ich und suchte ihn auf.
Nun, Bruder, sagte ich zu ihm, wie sieht's denn hier aus mit dem
Comment?

Sturm: Schofel, Bruder, sehr schofel! Die Kerls wissen dir
den Teufel, was Comment ist, halten ihre Commerse in Wein

---

[1] Bemerkt sei, daß Gießen in demselben Ruf wie Jena, Göttingen dagegen, das 1740 zur Blüte gelangte, in demselben wie Leipzig stand.

und Punsch, saufen ihren Schnaps aus lumpigen Matiergläsern,[1]) lassen sich alle Tage frisieren, schmieren sich mit wohlriechender Pomade und Eau de Lavende, ziehen seidene Strümpfe an, küssen den Menschern die Pfoten; kurz, Bruderherz, der Comment ist hier schofel.

Ich. Aber doch nicht allewege?

Sturm. Nein, Brüderchen! es giebt noch derbe Kerls; aber die stehen wenig in Ansehen, man hält sie für liederlich, und deswegen müssen sie für sich leben und miteinander ihre Sachen allein treiben.

Ich. Hör', Bruder, so viel an uns ist, müssen wir den Comment wieder herstellen, oder gar einführen à la Jena.

Sturm. Hast Recht, aber das wird schwer halten.“ —

Im „Renommisten“ nun wird der Gegensatz dieser beiden Städte, oder besser Städtegruppen, dargestellt an den beiden Typen Raufbold und Sylvan. Neben ersterem stehen seine drei Genossen von Torf, Banner und Krach, neben letzterem als Vertreterin der weiblichen Stutzerwelt die Geliebte Sylvans, Selinde.

Die Renommisten,[2]) die auch „Raufer“, „Schläger“ oder „Stürmer“ genannt werden, sind das Urbild eines rechten Burschen. (Die Studenten mußten in großen, kasernenartigen Gebäuden, mittellateinisch bursa [„Bursen“] unter Aufsicht eines Professors zusammenwohnen; von diesen Gebäuden wurde der Name dann auf die in denselben Wohnenden übertragen). Was damals der Student

---

[1]) Mattieren, technische Operation, durch welche Metall oder Glas ganz oder teilweise mit einer feinkörnigen, matten Oberfläche versehen wird.

[2]) Was man sich zu Zachariäs Zeit unter einem Renommisten vorgestellt hat, zeigt Dusch a. a. O. I, S. 325: „Ein Renommist ist ein Mensch, der gerade alles das thut, was den äußerlichen Wohlanstand, und die guten Sitten beleidiget; ein Mensch, der seine Ehre in einem leeren Kopf, einen vollen Magen, einer lüderlichen Kleidertracht, im Unsinn, und in Zänkereyen suchet. Die Universität ist die Scene dieser Helden, sie tragen alles, was fremd ist, und ein freches Ansehen machen kann: stecken bis zum Unterleibe in Stiefeln, bis an den Ellenbogen in Handschuhen, und schleppen eine halbe Straße weit das Ohrband (Ortband, Beschläge an der Spitze [ort] der Scheide) eines langen Degens hinter sich her.“ Eine Abbildung eines solchen Renommisten befindet sich in Bd. I von Westphals „Portraits“.

unter einem Burſchen begriff, zeigt der Geſang eines gewiſſen Hild
aus Saarbrücken:

> Wer iſt ein rechter Burſch? — Der ſo am Tage ſchmauſet,
> Des Nachts herumſchwärmt, wetzt,
> Der die Philiſter ſchwänzt, die Profeſſores prellt,
> Und nur zu Burſchen ſich von ſeinem Schlag geſellt,
> Und den man mit der Zeit, wenn er gnug renommieret,
> Zu ſeiner höchſten Ehr aus .... relegieret.

Mit dem Bürgertum und ſeinen Geſetzen iſt es den Renommiſten unmöglich, Frieden zu ſchließen, denn was Philiſter heißt
und vom Philiſter kommt, iſt ihnen verhaßt. Aller ernſten Arbeit,
aller Wiſſenſchaft[1]) feind, ſind ſie anmaßend und prahleriſch, rück-
ſichtslos und durch ein Nichts ſofort tief beleidigt. Aber durch ihre
ungeſchminkte Natürlichkeit, ihre derbe, kernige Sprache, durch das
ans Ideale nahe angrenzende ſelbſtloſe Einſetzen ihrer ganzen Per-
ſon oft um ein Nichts gewinnen ſie bald unſer Herz, zumal ſie zwei
glänzende Eigenſchaften beſitzen: beſcheidene Zufriedenheit ſelbſt mit
dem härteſten Looſe und treue, unverbrüchliche Freundesliebe.

Die Stutzer, „die galante Welt", „die art'ge Welt" ſind
die verkünſtelten Weltmänner in all' ihrer geſchraubten Unnatürlich-
keit; ſie arbeiten in Gefühl, aber das iſt bei ihnen eine falſche
Waare; ſie prahlen noch mehr als die Renommiſten, aber es iſt bei
ihnen noch weniger dahinter; ſie ſpielen mit ihrem verzärtelten
Herzchen, aber der Schlag desſelben iſt matt und träge; ſie ſind
nicht deutſch, ſondern franzöſiſch, und arten nur allzu leicht in die
ſogenannten „petit-maitres" aus, die „Stutzbocken", die ihre Mutter-
ſprache mit franzöſiſchen Formeln untermiſchen,[2]) die nichts anderes

---

[1]) Vgl. dazu Laukhard „Autobiographie" S. 89: „Da man es für Pedan-
terie hielt, von gelehrten Sachen zu ſprechen." — Wo ich in den Anmerkungen,
wie hier zum erſten Male, von Zeit zu Zeit eine Stelle zur Vergleichung anführe, geſchieht dies, um durch andere Zeugniſſe, die dasſelbe ausſagen wie der
„Renommiſt", des letzteren Glaubwürdigkeit in kulturgeſchichtlichen Fragen noch
mehr zu beſtätigen, als ich es oben ſchon durch Goethes Zeugnis gethan, zum
anderen aber, um klarzulegen, wie jeder nur halbwegs dazu geeignete Gegenſtand des täglichen Lebens nicht blos von Zachariä, ſondern überhaupt im 18.
Jahrhundert ganz im beſonderen beſungen wird, wie ſich um jeden ſo zu ſagen
eine ganze Litteratur bewegt.

[2]) Vgl. dazu die Menge franzöſiſcher Worte in Trömers (1698—1756) „An

bedeuten, als was man heute unter einem „zahmen Engländer"
versteht. Titel und Adelstand stehen bei ihnen in hohem Ansehen;
sie lassen sich „Herr Baron" oder „Ihro Gnaden" anreden, ja selbst
der derbe Renommist muß sich gefallen lassen, als „von Raufbold"
vor Selinde zu erscheinen. Widerliche Zierbengel sind sie, die man
immer nur mit Handschuhen anfassen möchte, zarte Rococofigürchen,
die leicht zerbrechen, dabei dumm wie der Pagode, der blödsinnig
mit seinem Kopfe nickt, oder wie der Papagei, der ein paar ein-
gelernte Redensarten herplappert, und stolz auf ihr Spitzengewand,
wie der Pfau auf seine bunten Federn.[1])

Gleich in der Kleidung unterscheiden sich Renommisten und
Stutzer wesentlich von einander: wer ihre Röcke ansieht, sieht ihren
Charakter.

Die Renommisten, welche sich im Gegensatz zu den glattrasier-
ten Stutzern die Bärte stehen lassen, tragen den kurzen, jenensischen,
ungesteiften Rock, über den von der Schulter zur Hüfte eine große
Peitsche geschnallt wird. Caput oder Capot genannt, ist er meist
aus flauschigem Stoff angefertigt und versehen mit einer Kappe,
die auf den Rücken herabhängt und bei Sturm oder Regen als
Deckung des Kopfes benutzt werden kann. Von ihm zur Linken
seitwärts herab schwankt das große „Rauferschwert", das „Mord-
gewehr" mit seinem mächtigen „Stichblatt", einer zum Schutze der
Hand am Degengefäß angebrachten Platte. Mit ihm „wetzen" sie
auf dem Pflaster, daß die Funken stieben und die Fensterscheiben
der Häuser erklirren[2]) Eine leichte, gelbe Weste schaut unter dem
kurzärmeligen Rock hervor, über dessen Kapuze ein keckes Zöpfchen

---

Königl von die Pohl und Chur-Fürst in die Sach ſu Ihr Geburts-Tagt" (1741)
und in anderen Werken desselben Verfassers. Ich wähle gerade dieses, weil
darin viel über Leipziger Verhältnisse geredet wird, wovon ich später manches
gebrauchen werde. — „Leipziger Almanach der deutschen Musen" 1770, S. 216:
„Warnung wider den Gebrauch der fremden Wörter".

[1]) Vgl. „Almanach der deutschen Musen", Leipzig 1771, S. 60: „Stutzerballade". — „Unterhaltungen", Bd. 9, St. 3, Nr. 8: „Stutzerballade, eine artige
Tändeley".

[2]) Vgl. Moscherosch, 7. „Gesicht" des VII. Teiles: „andere . . . . haueten
in die Stein" (also das Wetzen war schon eine studentische Unsitte des 17.
Jahrhunderts). — Laukhard „Autobiographie" S. 99: „hieb einigemal ins
Pflaster".

schaukelt, und sie ist ausgeschnitten genug, um das schmutzige Ober-
hemd sichtbar werden zu lassen. Hohe Stiefeln mit Sporen, ein
tüchtiger Knüppel in der derbbehandschuhten Rechten, ein großer
Schlapphut, der unter Umständen als Kopfkissen dient, vervollstän-
digen ihre Ausrüstung.

Ganz anders die Stutzer! Sie gaben sehr viel auf die Kleidung, ja durch sie glaubten sie ihre Damen am allermeisten verehren
zu können, und sie schwuren auf das damals in Sachsen geläufige
Sprichwort: „man sieht den Leuten auf den Kragen, nicht in den
Magen." Gegen die verschwenderische Pracht ihrer Kleidung eifer-
ten Luxusgesetze in Menge,¹) aber vergeblich! Die Mode blieb
lange Zeit so überladen, wie sie war, und hatte nur das e i n e Gute,
daß sie seltener zu wechseln pflegte, als heute. Zur späteren Rückkehr zu wieder etwas mehr Natürlichkeit und Einfachheit in der
Mode trugen die Einwirkung der Rousseau'schen Ideen und vielleicht auch die Zeit des Sturms und Drangs wesentlich bei. —
Vor allem mußten Kopf und Fuß „galant" sein. Dies zu bewerk-
stelligen brauchte man 2—3 Stunden vor dem Nachttisch oder dem
goldrahmigen Spiegel. Der Fuß wird gekleidet in einen weißen,
seidenen Strumpf, der bis zum Knie reicht; der Schuh ist mit Band
besetzt, und Schnallen aus böhmischen Diamanten zieren ihn. Täglich läßt man sich frisieren. Aus sorgfältig abgemessenen „Papil-
oten" werden mit Hilfe des Brenneisens Locken gedreht, aus diesen
wieder ein schroffes „Toppee"²) aufgebaut, das oben in eine Spitze
ausläuft und, während der Stutzer durch ein leinenes Puderhemd
geschützt ist, mit Waizenmehl überstäubt und mit Pomade, Öl, Jasmin und Lavendel eingesalbt wird.³) Um aber dies Wunderwerk von
Frisur nicht zu zerstören, trug man den großen, mit Tressen und
Federn besetzten Hut in der Hand, man „lief Chapeaubas". — Man
wechselte öfters des Tages das Kleid; früh ließ es sich der Stutzer
im seidenen Schlafrock und den weichen Pantoffeln bequem sein,
später trug er um den Hals ein schwarzseidenes, am Kinn in

---

¹) So schon 1626 die „Leipziger Kleiderordnung", die besonders die Aus-
länderei in Modesachen tadelnswert findet.

²) Vgl. „Leipziger Musen-Almanach", 1772, S. 102: „Eine hohe Frisur." —

³) Vgl. Zacharias „Sehnsucht nach Einsamkeit". Hier verdammt er allen
Ernstes den „Mehlstaub" und „den theuren Ambraduft im Haar des Höflings."

eine Schleife gebundenes Band, ein Oberkleid aus aschenfarbigem Modesammt, auf welches ausgeschnittenes und bemaltes Laubwerk genäht war, eine hellblaue Atlasweste, eingefaßt mit breitgewirkten Goldstreifen, und eine Hose aus schwarzem Atlas, aus deren Tasche das Uhrband heraushängt. Die Damen, die ihr Gesicht mit Schminke behandeln und mit Schönheitspflästerchen, sogenannten „Muschen" (französisch mouche, die Fliege) bekleben, tragen eine Schnürbrust und den weiten Reifrock,[1] dem es gelang, sich bis in die 80er Jahre zu halten. Sie, wie die Herren, sind mit Spitzen, Bändern, Flittergold, Schleifen und Blumen überschüttet, putzen sich durch Spitzenmanchetten und lassen zarte Schnupftücher aus ihren Taschen hervorsehn.[2] Außerdem tragen die Herren einen Degen an der Seite, der jedoch zum Zeichen ungefährlicher Friedlichkeit mit einem weißen Bande umwunden ist, einen Spazierstock aus indischem Rohr, gekrönt mit einem Frauenkopf aus Meißner Porzellan, während zur Ausrüstung der Damen ein Sonnenfächer aus Elfenbein[3] unbedingtes Erfordernis ist. Damit man sich aber seine so künstlich zusammengestellte Kleidung nicht etwa in Unordnung bringe, fuhr man meist entweder in einer Karosse, oder ließ sich noch lieber in einer Sänfte befördern.[4]

Auch in den Lieblingsgenüssen unterscheidet sich die Gruppe der Renommisten wesentlich von derjenigen der Stutzer.

Die Renommisten verehren zwei Gottheiten: den Bacchus und den Vulkan. Daß die Studenten in der ersten Hälfte des vorigen Jahrhunderts recht wacker zu zechen verstanden, erhellt aus Dreyhaupts „Chronik des Saalkreises" Bd. 2, S. 64, wo es zum 20. August 1734 heißt: es „soff sich ein fremder, armer Studio-

---

[1] Vgl. Trömer, a. a. O. „Fischbein-Rock".

[2] Vgl. Trömer, a. a. O. „ . . . ehn Schnupluck ehn Dieb ath aus mein Poche teohl, Wie ich zu erste mal in Leipzigl arrivir, Mein Liebst ath mir die Tuck mit uff die Reiß spendir."

[3] Vgl. dazu: 1) Zachariä, „Oden" IV, „Die Dose": „Der Fächer ward dem Frauenvoll gegeben".

    2) „Teutscher Merkur", 1774: „Auf Adelaidens Fächer".

    3) „Leipziger Almanach der deutschen Musen", 1773, S. 89. „Auf den Fächer einer künftigen Stiftsdame".

[4] Vgl. Trömer, a. a. O. „ . . . bald komm ehn Porte-Chaise, die schrey hel vor teseh!"

us theologiae zu tobe." Obwohl aber im Ganzen damals weit weniger Bier gebraut wurde als heute, war die Trunksucht doch nicht etwa blos in Studentenkreisen verbreitet, sondern war sogar als ein triftiger Entschuldigungsgrund für Verbrechen vor Gericht allgemein beliebt. Zur Zeit Zachariäs ward unter den Leipziger Studenten das „Wurzener Naß" nicht weniger gern getrunken, als es zu Goethes Zeit das Merseburger ward. Dieses Braunbier nahm man besonders gern aus Paßgläsern (hohe, durch Päffe oder Reifen am Rande in gleiche Teile eingeteilte Gläser), in welche man es aus einer Laje (bauchiges Henkelgefäß mit einer Schnauze) ein- füllte. — Der Tabak oder Knaster, der zweite der renommistischen Lieblingsgenüsse, aus Amerika stammend, wurde aus angerauchten Thonpfeifen[1]) genossen, die man mit einem Fibibus in Brand steckte. Der Tabaksbau war in Deutschland schon während des 17. Jahr- hunderts eingeführt worden, so in Brandenburg, wo Friedrich II. später den Tabak eine Zeit lang mit einem Monopol belegte, ferner in Baiern, Thüringen und der Pfalz. Heute ist — wie beim Biere — der Verbrauch des Tabaks im Verhältnis zum 18. Jahr- hundert bei weitem größer geworden, und eine alte Erfahrungs- thatsache ist es, daß biertrinkende Länder immer viel mehr Tabak verbrauchen als solche, in denen das Bier nur wenig beliebt ist. Bis zum Anfang des 19. Jahrhunderts kannte man nur die Pfeife; erst durch die spanischen Soldaten Napoleons machte man die Be- anntschaft mit den Cigarren. —

Der Stutzer Leibgetränk ist der Kaffee. Dieser war zuerst im Norden Deutschlands heimisch geworden. 1680 hatte der holländi- sche Arzt Boutekoe das erste Kaffeehaus in Hamburg angelegt. Hier bildete dann im 18. Jahrhundert das Dreyer'sche Kaffeehaus den Mittelpunkt eines geistig regsamen Kreises, dem die bedeutendsten Schriftsteller und Gelehrten Hamburgs, Hagedorn an der Spitze, angehörten. Ebenfalls schon aus dem 17. Jahrhundert stammt in Leipzig der „Caffeebaum" in der Klostergaffe, und 1725 gab es in Leipzig bereits acht Kaffeehäuser, von denen wohl das Richter'sche das besuchteste war; namentlich in der Messe fanden sich hier viele

---

[1]) Vgl. Trömer a. a. O. „Nach Tisch bey langke Feiff."

Fremde zusammen. In die Dörfer drang der Gebrauch des Kaffees langsamer, als in die Städte; zu einer allgemeinen Sitte wurde er überhaupt erst nach dem siebenjährigen Kriege, aber von jeher überwog er den Verbrauch des Thees. In Preußen behielt sich Friedrich II. einige Jahre lang das Kaffeebrennen und den Vertrieb des gebrannten Kaffees als sein Monopol vor und ließ dasselbe von einer aus Frankreich berufenen Regie verwalten. Privatleuten war es untersagt, sich ihren Kaffee selber zu brennen, und um die genaue Durchführung dieser Maßregel zu überwachen, stellte er ausgediente Soldaten als sogenannte „Kaffeeschnüffler" an.[1]) Merkwürdig ist es und bezeichnend, daß mit der Blüte der Anakreontik der Wein den Kaffee in seiner Eigenschaft als Galagetränk der feinen Welt verdrängte; Zachariäs „Ode an Herrn E(bert)" (Buch IV der „Oden") weiß sich noch nicht so recht mit dieser Ablösung zu befreunden und erwähnt in einem Atem Kaffee und Wein neben einander. — Ein anderes bei den Stutzern in großer Beliebtheit stehendes Genußmittel ist der „Rappee"[2]) (râpé), geriebener Schnupftabak, den man in zierlichen Dosen[3]) verwahrte. Aus der Pfeife zu rauchen galt bei den Stutzern für unfein.

Was die Lieblingsbeschäftigungen unserer beiden Gruppen anlangt, so ist folgendes zu bemerken.

Die Renommisten sind ein sangesfreudiges Völkchen; sobald sie

---

[1]) Vgl. 1) Zachariä: „Schnupftuch" I, „Verwandlungen" II und III, wo der Kaffee des öfteren erwähnt wird.

     2) Derselbe: „Einladung an Herrn E(bert)": „Was fürchten wir des Nordwinds Wüten an einem bunten Caffeetisch?"

     3) Trömer a. a. O. „Wir müß trink ehn Caffee."

     4) Schwabes „Belustigungen" 1741, Julinummer: „Caffeegedanken von T. L. P."

     5) Christoph Ludwig Pfeiffer: „Scherzhaftes Lobgedicht auf den Caffee"

und viele andere mehr, besonders in den Almanachen.

[2]) Vgl. Zachariä: „Die Dose" („Oden" IV): „. . . So nehm ich nur vermessen und voller Stolz Rappee," und „. . . So laß nur nie Rappee der treuen Dose fehlen!" — „Der Schnupftabak". Eine Ode von S., Hamburg, 1753.

[3]) Willamov im „Leipziger Musen-Almanach" 1772, S. 69: „Auf das Emblem einer goldenen Dose."

einen tollen Streich verübt haben, stimmen sie mit rauher Kehle ein wildes Siegeslied an; sobald sie von ihrem Strohlager aufstehn, sobald sie sich zum Biere setzen, singen sie „ein jenisch Lied", und wenn sie mit Pedellen, Schnurren und Häschern in Fehde geraten, brausen ihre Schlachtgesänge durch die Nacht, von Zeit zu Zeit durch ein lautes Pereat unterbrochen. Ganz besonders scheint alles, was Glas heißt, ihre Zerstörungswut zu erregen, denn Torf zertrümmert sowohl die Biergläser, als auch die Laterne an Schubarths Haus an der Ecke des Barfußgäßchens, und auch der Professor Wolfgang Heyder spricht in einer entrüsteten, auf uns gekommenen Rede davon, daß der Student leider so gern „mit Steinen in die Fenster wirft." — Verließ ein Student die Universität, so berief er seine Freunde zu einem Abschiedsschmaus, bei dem der „Praeses" einen Schlüssel als Zepter benutzte, und „zum Zeichen ew'ger Treue ward jeder Hut durchstochen". Ein origineller Vorwand, eine Unmenge Bier zu vertilgen, war das Trinken um die „Scharmante". Wer von den Nebenbuhlern mehr „Ganze" als der andere zu bewältigen wußte, dem wurde das Mädchen zugesprochen, obwohl er sie vielleicht gar nicht kannte, und er wurde so zum „Amanten".

Die Lieblingsbeschäftigungen der Stutzer dagegen sind zahm wie sie selber. Sie lieben das „Lomberspiel", das auch in England zu Popes Zeit das verbreitetste Kartenspiel war, führen die „Spadilje" (Pik-Aß) gegen die „Basta" (Treff-Aß) ins Feld, lieben es ferner, große Gärten anzulegen, die, ursprünglich nur für Privatpersonen gepflegt, dann auch dem größeren Publikum zugänglich werden, z. B. der Bosen'sche, der Apel'sche (später Reichel'sche), der Rudolph'sche, der Lehmann'sche, alle in holländisch-französischem Geschmack. Daneben spielen sie gern das Klavier[1]) und sammeln Porzellan.[2]) Die Herstellung des letzteren ist eine sächsische Erfindung und gab damals fortwährend 700 Arbeitern Verdienst. In Preußen mußten die Juden bei ihren Hochzeiten jedesmal für eine bestimmte Summe aus der königlichen Manufaktur zu Berlin ankaufen.

---

[1]) Vgl. „Phyllis an das Klavier" im „Leipziger Almanach der deutschen Musen", 1770, S. 190.

[2]) Vgl. Trömer, a. a. O. „Die so schoen fabricir die Meißnisch Porcelan". — „Almanach der deutschen Musen", Leipzig, 1778, S. 26: „Die Porcellan-krämerinn".

Sogar hinsichtlich ihrer Lieblingstiere unterscheiden sich unsere beiden Gruppen. Die Renommisten lieben das Pferd mit seinem alten, abgeschabten, roten Zaum; auf dieses häufen sie all' ihre Zärtlichkeit, sodaß sie ihr erster Gang nach dem Erwachen stets in den Pferdestall führt, während die Stutzer, und besonders die Damen, stets ihr Schooßhündchen haben, ein Möpschen, das meist Petit heißt.[1]

Bei Charakterisierung dieser beiden Hauptgruppen und bei der weniger ausführlichen, etwas oberflächlicheren Zeichnung einzelner Nebenpersonen, wie des französischen Friseurs Le Grand, des Gratulanten, der bei Hochzeiten für Geld Glückwunschgedichte verfaßt und verteilt, des Dieners, dem Zachariä den vom sächsischen Lustspiel her gewöhnten Namen Johann gab, erfahren wir noch eine ganze Anzahl für die Kulturgeschichte nicht unwichtiger Thatsachen. Zunächst treten uns einige berühmte Namen entgegen: der Professor Joachim Georg Darjes (1714—91), der ein gesuchter Lehrer der Logik und Metaphysik und eklektischer Wolffianer war, der Fechtmeister Johann Wilhelm Kreußler in Jena, der berüchtigte Dieb Louis Dominique Cartouche, Führer einer Gaunerbande bei Paris, geboren 1693, hingerichtet 1721. Ferner erfahren wir und daß man beim Duell den ganzen Oberkörper zu entblößen pflegte, daß am Schlusse des Zweikampfs, an dem sich auch die beiderseitigen Sekundanten beteiligten, eine allgemeine Versöhnung stattfand. — „Der Laternen Glanz", die Vers 125/126 in Zachariä einen so beredten Lobredner finden, wurde erst 1702 in Leipzig eingeführt. In dem Erlaß, durch welchen der Rat diese Neuerung ankündigte, wurde zugleich der fernere Gebrauch der Pechfackeln untersagt, womit bis dahin Fußgänger, Wagen und Sänften ihren Weg durch die finsteren Straßen suchen mußten. Auch der damals bestehende Gebrauch, die seidenen Tapeten, ohne sie festzukleben, an den Wänden herunterhängen zu lassen und die „geschärften Bilderscheeren", mit denen man aus Stoff Blätter oder Verzierungen ausschnitt, um sie auf

---

[1] Vgl. Schwabes „Belustigungen", 1741, Julinummer: „Trauerrede auf ein Schooßhündchen". — „Leipziger Almanach der deutschen Musen", 1773, S. 118: „Grabschrift eines Schooßhündchens". — Gleim: „Das Möpschen" (i. s. „Versuch in scherzhaften Liedern").

die Kleider zu nähen, sind uns heute fremd. Ganz besondere An-
ziehungskraft aber haben die Einrichtungen, welche zum Schutze der
Leipziger Bürgerschaft vom Stadtrat eingeführt worden waren.
Dabei muß man streng scheiden zwischen Stadtsoldaten einerseits
und Häschern oder Schnurren[1]) andererseits. Erstere lagen in den
Thoren der Stadt, um den Zinsgroschen zu erheben; es waren meist
alte, krüppelhafte Schwächlinge, nur geschaffen, um verhöhnt zu
werden, denn die Stadt scheute die Ausgabe, wirklich rüstige und
kräftige Männer für vieles Geld an eine Stelle zu beordern, die
dessen so wenig bedurfte, als eben die niemals gefährdeten Thore.
Ganz anders die Häscher! Sie — kräftige Gestalten mit tüchtigen
Knochen und Muskeln — haben ihr „Schnurrenreich" („Schnurr-
bartei") unter dem Rathaus auf dem Markte, tragen Helm und
Harnisch und zwei gefährliche Waffen, den Springstock („die lange
Stange") und den Fangstock. Muncker ist im Irrtum, wenn er
sagt: „Springstock oder Fangstock ist der Stock, mit dem die Häscher
die Entspringenden zu fangen suchen." Vielmehr hat man unter
dem „Springstock" Vers 1745 die lange Wurfstange[2]) zu verstehen,
die man speerartig schoß, unter den „krummgehackten Stangen" dagegen das, was Muncker unter Springstock begreift, also in Wirklichkeit den Fangstock. Vielleicht haben die Studenten selbst früher
einmal Wurfstangen als Waffen benutzt, wenigstens heißt es in
einem Tumult-Mandat, das Churfürst Christian von Sachsen 1587
für Wittenberg aufstellte, daß sie „lange Stangen bei sich geführt". —

Hand in Hand mit den beiden Gruppen der Hauptpersonen
laufen die der sogenannten Maschinen tändelnd durch das ganze
Gedicht, d. h. kleine Geisterchen oder Sylphen, die stets eine allegorische Bestimmung haben und die auch zweifelsohne dem Werke
einen gewissen Reiz verleihen würden, wenn sie nur nicht so sehr
angehäuft wären. Da sind die sämtlichen neuen Moden, das ganze
Komplimentenheer (Brador, Charmant, Seladon, Florimand), der

---

[1]) Vgl. Trömer, a. a. O. „. . . Wenn komm die Teuf aus Höll die Nackt-
Wächter marchir. Mit ihr verfluckte Schnurr sie schnurr ehn um die Koff, Daß
vor so kroß Erschröck man taumel wie besoff. Ehn mal ehn so Cujon er ath
mir so erschröck, Daß vor lauß kroß Erschrock ich fall in karstig! Weg!."

[2]) Vers 1788 wird diese noch einmal deutlich „Stock" (nicht Stange) genannt.

Spleen, das Hypochonder, die Melancholie, die Verführung, die
Verstellung, die List, die falsche Zärtlichkeit, die Zwietracht, die Hin-
terlist, die Verwegenheit, das (!) Schrecken, das Entsetzen, die Trun-
kenheit, die Zanksucht, das Spiel, der Argwohn, die Eifersucht, der
Neid, der Hohn — und sie alle hätten füglicher Weise wegbleiben
können. — Durchgängig reizvoll sind dagegen die bedeutenderen
Hauptmaschinen angebracht. Auf Seite der Stutzer steht vor allem
die Galanterie;[1]) in ihrem Gefolge nimmt den höchsten Rang der
Putz, ihr Liebling, ein, dann folgen die Mode,[2]) die im Möpschen-
wagen daherkommt, Roman (Amor), Lindan, der Schutzgott Leipzigs
(sorbisch lip oder lipa die Linde), endlich der Kaffeegott. Die Renommisten dagegen haben eigentlich nur eine einzige Maschine, den
Pandur, der regelrecht von Anfang bis Ende durchgeführt ist, denn
die Schlägerei und deren Diener Thanatos schwenken ja auf Bitten
Lindans nach der Seite der Stutzer. Was diese Hauptmaschinen
so anziehend macht, ist das, daß sie nicht abstrakt gehalten sind,
sondern körperlich, daß sie vorgestellt werden können, als hätten sie
Fleisch und Bein, daß sie nicht über den Personen schweben, sondern
für oder gegen sie handeln, mit ihnen lieben und hassen.[3]) Das
Heimatland der Maschinen ist Frankreich; der Abbé Montfaucon de
Villars (1635—1673) hatte sie erfunden, indem er in seinem selt-
samen Werke „Entretiens du comte Gabalis" (1670 und öfter) von
Sylphen erzählte, welche die Goldmacher besuchen sollten, um sie
wegen der Bücher des Averroes, des arabischen Aristoteles-Interpreten,
um Rat zu fragen, die sie nicht immer verständen. Hierauf spielt
Zachariä an, wenn er im 1. Gesange des „Schnupftuchs": sagt: „die
Gabalis erschuf" und in der „Ode an den Sylphen Ariel": „seit
Gabalis dich schuf." Pope hatte es dann übernommen, die Maschi-

---

[1]) Vgl. „Neue Critische Briefe verschiedener Verfasser", Zürich 1749 —
52. Brief: „Von der Galanterie".

[2]) „Dresdner Gelehrte Anzeigen" 1755, S. 179 fg. Pfarrer Blüthners
Übersetzung des von der Akademie zu Paris gekrönten Gedichts „Sur la mode".

[3]) Vgl. Herder: I. „Kritisches Wäldchen", 12: „(Die Maschinen) dürfen nicht
allegorische Abstrakta sein, weil man deren Worte und Handlungen ihrem Wesen
zufolge bereits voraus weiß, sondern frei erfundene Personen, denen erst der
Dichter in jedem einzelnen Falle ihr Wesen aufprägt."

nen weiter auszubilden. Während Boileau abstrakte Eigenschaften
(Zwietracht, Weichlichkeit, Chikane, Frömmigkeit) zu allegorischen
Figuren erweiterte, behielt er den Spleen allein von abstrakten
Allegorieen bei und wählte dafür persönliche, körperliche Sylphen.
Von diesen giebt es in seinem „Lockenraub" eine große Anzahl,
aber sie sind dadurch zu einer Einheit verbunden, daß sie alle dem
Sylphen Ariel unterthan sind, den man übrigens schon aus Shake-
speares „Sommernachtstraum" kannte. Zum Teil lehnte sich Pope bei
Ausgestaltung dieser seiner Sylphen an das phantastische System
der Rosenkreuzer an, einer Art Freimaurergesellschaft des 17. Jahrhunderts, deren angeblicher Zweck die Verbesserung der Kirche und
die Gründung einer dauernden Wohlfahrt der Einzelnen und der
Staaten war. — Übrigens liebte es Zachariä, nicht blos in seinen
komischen Heldengedichten, sondern überall, wo es nur anging, Maschinen zu verwenden. So in der „Sehnsucht nach Einsamkeit" den
Überdruß und die Langeweile, in der „Ode an den Herrn Kammerherr von Kuntzsch" Herrn Wohlbedacht und Frau Überlegung, ja
sogar in seinem Briefe an Gleim vom 24. December 1756: „Wir
alle miteinander denken schon oft an unsern lieben Kleist, und wenn
Legionen Poetischer Schutzgeister was helfen können, so haben
Friedrich (II.) und Kleist eine kleine Armee von meiner Erschaffung
um sich!" —

Nach allen diesen Ausführungen wird es erlaubt sein, ein
Urteil über den „Renommisten" zu fällen. Aus einem in seinen
Details ansprechenden und trefflichen, aber nicht gerade genialen Ge-
dicht wird er zu einer kulturhistorischen Quelle von großem Werte,
und seine geschichtliche Bedeutung als erstes deutsches komisches
Epos, das diesen Namen verdient, ist nicht zu bezweifeln.

Aber zu diesem Urteil war man bisher nicht gekommen, sondern
seit dem Erscheinen des „Renommisten" bis heute war die Kritik
schwankend und unbestimmt. Erst Muncker hat den Anlauf genommen, das von mir ausgesprochene Urteil durch wissenschaftlich genaue
Untersuchung zu gewinnen, wenn er auch meist nicht durchblicken
läßt, warum und wie er gerade zu dieser Entscheidung gelangte.

Zachariä selbst scheint seinen „Renommisten" sehr ins Herz geschlossen zu haben, denn er spielt gern und wiederholt darauf an.
(„Schnupftuch" V; „An den Herrn Kammerherr von Kuntzsch" 2c.).

Auch beim großen Publikum stand das lustige Werkchen in hoher Gunst, wurde gern gekauft und gelesen, wie die Pränumerationslisten und die vielen Nachdrucke beweisen. 1761 schreibt die „Leipziger Gelehrte Zeitung", S. 438: „die mit so vielem Beyfall aufgenommenen (Heldengedichte)" . . .; 1773 nennt der „Leipziger Almanach der deutschen Musen" auf S. 39 Zachariä einen „beliebten Dichter", und eine IV, 684 im „Neuesten aus der anmuthigen Gelehrsamkeit" erschienene Rezension bekundet, daß Zachariä „mit der scherzhaften Epopöe, der Renommist genannt, den meisten Beyfall gefunden."

Die Kritik der öffentlichen Blätter hielt sich im Ganzen günstig und lobend. - Die „Bibliothek der schönen Wissenschaften", Bd. 12, St. 2, S. 399 schreibt: „ . . . . . Seine naifen Gemählde, die komischen und satyrischen Wendungen, und das angenehme Colorit müssen jeder Nation gefallen." — Das „Neueste aus der anmuthigen Gelehrsamkeit", 1754, Nr. IX, S. 683 fg. „zweifelt, ob irgend ein Poet benachbarter Völker soviel spaßhafte Epopöen geschrieben habe", stellt aber das „Schnupftuch" entschieden über den „Renommisten" und macht sich durch seine worterklärenden Zusätze ein wenig lächerlich, mit denen der Beurteiler Zachariäs ihm ungewohnte Ausdrücke verdollmetscht, z. B. „Plan (vermuthlich die Fabel), . . . interessieren (vielleicht einnehmen oder anlocken)". Die schon oben vorübergehend erwähnte Besprechung in der „Leipziger Gelehrten Zeitung", 1761, S. 437 fg. ist eigentlich nur mehr eine kurze Inhaltsangabe, denn „die Gedichte des Hrn. Verfaßers haben es nicht nöthig, erst bekannt gemacht zu werden". — Die „Bibliothek der schönen Wissenschaften und der freyen Künste, 1765, Bd. 12, St. 2, S. 295 fg. macht mir in ihrer Besprechung den Eindruck, als würfe sie Zachariä zunächst einmal ein Stück Zuckerbrot zu, um ihn dann allmählich an härtere Kost zu gewöhnen. Bei der Besprechung des „Renommisten" ist freilich alles noch Zuckerbrot. Durch ihn habe sich der Dichter „einen Namen erworben, der bey einem Homer, Pope und Boileau zu stehen verdient." Ganz besonders aber wird hier gerühmt, daß der „Renommist" ebenso wie die übrigen komischen Heldengedichte Zachariäs „durchgehends gebessert" ist, „eine Arbeit, die für sein lebhaftes Genie gewiß schwer ist." Diese Kritik stellt den „Phaeton" über den „Renommisten". — Die

„Allgemeine deutsche Bibliothek", 1767, Bd. 4, St. 1, S. 216 fg. erwähnt zwar den „Renommisten" nicht namentlich und ausdrücklich, aber offenbar soll auch ihm ein den „mit ungemeinem Fleiße" und „ungemeiner Mühe" vorgenommenen Verbesserungen gespendetes Lob gelten. Bezeichnend aber ist es, daß die Kritik niemals sagt: es ist etwas besser, gut, richtig geworden, sondern stets nur: „weniger un- richtig, weniger überflüssig und schielend, weniger steif und unge- lenk, minder fehlerhaft." Den Schluß dieser kritischen Äußerung bildet „eine kleine Anmerkung": Zachariä möge doch in Zukunft grammatische und stilistische Fehler thunlichst vermeiden.

Die Urteile, die sich hier und da in die Werke von Zeitgenossen eingeflochten finden, sind nicht immer unbedingt lobend. Eschenburg in seiner „Beispielsammlung zur Theorie und Literatur der schönen Wissenschaften", Band 5, S. 368 meint: „Der Renommist würde mehr gefallen, wenn die Sphäre der Handlung minder fremd, und auf Ort und Zeit beschränkt, das Wunderbare nicht zu gehäuft, und die Darstellung nicht oft zu niedrig wäre." Er giebt den „Ver- wandlungen" und besonders dem „Phaeton" und dem „Schnupf- tuch" den Vorzug. — Lessing, „Werke" (Hempel) XII, 589 gesteht, daß Zachariä in den scherzhaften Epopöen „in seiner Sphäre" sei. — Goethes Urteil ist oben schon angeführt worden; hier sei nur noch erwähnt, daß er auch im XIII. Buch von „Dichtung und Wahrheit" (Hempel, XXII, 115) rühmt, daß Zachariä zwar „komisch, aber ohne Misachtung" darstelle. — Ähnlich spricht sich Herder in den „Abhandlungen und Briefen über die schöne Litteratur und Kunst" II, 158 aus: „Seine comischen Epopeen enthalten in einer leichten Form so viel Schönes, und bei einer glücklichen Natur ein so geselliges Leben, daß ich sie statt mancher neueren Ziererei jun- gen Leuten in die Hand wünschte." — Dusch dagegen gesteht in seinen „Briefen" I, 328 seinen „Wiederwillen gegen den Renom- misten" ein, stellt das „Schnupftuch" über alle anderen komischen Epen Zachariäs und wünscht, daß sich „Herr Zachariä der Sprache des Hudibras bedient hätte," da „das Sittensystem solcher Helden (der Renommisten) nicht fähig ist, den seinen Scherz anzunehmen." Am meisten hat Unzer, „über die schönen Geister und Dichter des 18. Jahrhunderts" am „Renommisten" auszusetzen: er wäre „allent- halben im Plane fehlerhaft", manche der handelnden Personen

„überflüssig", die „Begebenheiten flössen nicht natürlich aus einander", die Reden seien „zu lang".

Die Urteile neuerer Litterarhistoriker alle aufzuführen, darf ich als zwecklos verwerfen; es genügt, wenn ich versichere, daß sie noch schwankender sind, als die Urteile von Zeitgenossen des Dichters. Der Muncker'sche Neudruck und die Aufnahme in die Reclam'sche und in die Meyer'sche Sammlung beweisen jedoch, daß der „Renommist" auch heute noch gelesen wird.[1]

_____

Kapitel III.

Die Ausgaben des „Renommisten".

Franz Muncker sagt am Schluß seiner Einleitung S. 260: „Die zweibändige Ausgabe seiner (Zachariäs) poetischen Schriften, die letzte vom Verfasser selbst durchgesehene Ausgabe . . . liegt dem folgenden Abdruck zu Grunde. Die Lesarten der früheren Ausgaben sind nicht verzeichnet. Hätte ich sie mitteilen wollen, so hätte ich geradezu einen doppelten Abdruck des Gedichts in seiner frühesten und in seiner spätesten Form veranstalten müssen, und ein solches Verfahren schien der Charakter unserer Sammlung in diesem Falle nicht zu dulden."

Diese Bemerkung ist nur vom Standpunkt der Kürschner'schen Sammlung aus vollkommen richtig, denn es giebt außer doppeltem Abdruck noch ein anderes Mittel, die Lesarten der einzelnen Ausgaben für wissenschaftliche Zwecke nutzbar mitzuteilen: eine systematische Zusammenstellung der Abweichungen nach bestimmten, sich aus einer genauen Vergleichung der Ausgaben von selber ergebenden Gesichtspunkten unter stetiger Anführung einiger weniger

_____

[1] Nur anmerkungsweise sei noch erwähnt, daß Theodor Thiemann in seinem trefflichen, anziehenden Aufsatze „Deutsche Kultur und Litteratur des 18. Jahrhunderts im Lichte der zeitgenössischen italienischen Kritik" die Beobachtung gemacht hat, daß man zwar Zacharias beschreibende Gedichte in Italien besprach, aber „von seinen Epopöen überhaupt niemand für der Mühe wert hielt, zu sprechen".

Beispiele. Auf diese Weise wird es vermieden, in jedem einzelnen Falle die Abweichungen registrieren zu müssen; jede muß und wird sich unter irgend einen der gefundenen Punkte einreihen, es sei denn, daß sie vereinzelt dastände und zu unbedeutend wäre, um eine besondere Erwähnung zu verlangen.

Der Wunsch, eine solche systematische Mitteilung der Lesarten zu liefern, war der eine, hauptsächlichste Grund, der mich bestimmte, mich mit den einzelnen Ausgaben des „Renommisten" und einer Vergleichung derselben zu beschäftigen; aber es kamen noch andre hinzu. Verfolgte ich Zachariäs Werk durch sämtliche seiner Ausgaben hindurch, so mußte sich eine zusammenhängende Geschichte desselben ergeben, und endlich brauchte ich eine genaue Kenntnis der Varianten notwendig für die geplante spätere Vergleichung der komischen Epopöen Zachariäs mit dem „Lutrin" und dem „Rape of the Lock", denn, soweit ich es jetzt zu übersehen vermag, ist es wahrscheinlich, daß der Einfluß dieser beiden Gedichte gerade beim „Renommisten" in der zweiten und den folgenden Ausgaben weit stärker hervortritt, als in der ersten von 1744.

Die angeführten Gründe, hoffe ich, werden nicht zugeben, daß dieses dritte Kapitel meiner Arbeit in den Verdacht der überflüssigkeit der Zwecklosigkeit kommt, und gegen den Vorwurf der Kleinlichkeit habe ich mich ja schon in der Einleitung verteidigt.

Die notwendige Voraussetzung für die folgende Ausgabenvergleichung ist eine übersichtliche Bibliographie des „Renommisten". Diese ergibt:

I. Vollständige Ausgaben.
   1. Vom Verfasser selbst besorgte Ausgaben.
      A == 1744. Beluftigungen / des / Verstandes / und des / Witzes. / Auf das Jahr 1744. / Leipzig / bey Bernhard Christoph Breitkopf. / — Titel: Der Renommiste, Ein komisches Heldengedichte von J. F. W. Za**[1]) Buch I, S. 47, im Jenner; Buch II, S. 172, im Hornung; Buch III, S. 244 im Märzmonat; Buch IV,

---

[1]) Bemerkt sei, daß sich Zachariä an dieser Stelle als Schriftsteller zum einzigen Male seines Vornamens Just bediente, den er auch im Privatleben nur äußerst selten gebrauchte.

S. 338, im April; Buch V, S. 428, im May;
Buch VI, S. 525 im Brachmonat.

B = 1754. — Scherzhafte / Epische Poesien / nebst
einigen / Oden und Liedern. / Mit Königlich Polnischen und Churfürstl. Sächsischen Privilegien. / Braunschweig und Hildesheim. / Im Verlage seel. Ludolf
Schröders Erben. / — 446 S. — 8. — o. J. Vorbericht datiert vom 1. Mai 1754 (Zachariäs Geburtstag). Titelbild: Einer unter einem Baume schlafen-
den Schäferin entwendet ein Schäfer ein Band, während
ein zweiter lachend hinter dem Baume hervorschaut. —
Der „Renommist. Ein scherzhaftes Heldengedicht"
auf S. 1—112. — Vor dem 1. Gesange ein Kupferstich: Renommist und Stutzer wandern gemeinsam
durch flaches Land. Hinter beiden ein schwarzer, geflügelter Geist (Pandur), der einer Schaar schreiender
Sylphen mit erhobenen Armen droht.

B¹ = 1761. — Scherzhafte Epische / und / Lyrische Gedichte / von / Friedrich Wilhelm Zachariä. / Neue
durchgehends verbesserte Auflage. / Mit Königlich
Polnischen und Churfürstl. Sächsischen Privilegien. /
Braunschweig und Hildesheim, / Im Verlag seel.
Ludolf Schröders Erben, 1761. / — II. — 8. —
Titelbild: In einer freien, im Hintergrunde bergigen,
rechts bewaldeten Gegend ist ein Altar, mit einer
Lyra und Noten, errichtet. Eine antik gekleidete, mit
dem Lorber gekrönte Muse lehnt sich an ihn an und
hält in der erhobenen Rechten eine Posaune. Über
ihr schwebt ein geflügelter Genius, der eine Scheere
und eine Haarlocke schwingt, offenbar eine Anspielung
auf Popes Vorbild. — Der „Renommist" Bd. I,
S. 1—112. Vor dem 1. Gesange das gleiche Bild
wie in B.

B² = 1763. — Poetische / Schriften / von / Friedrich
Wilhelm Zachariä. / Mit allergnädigsten Freyheiten. /
— o. O. u. J. Vorrede datiert Braunschweig, den
26. September 1763. — IX. — 12. — Der „Re-

nommist" Bd. I, S. 1—154. Vor dem I. Gesange ein schlechtes[1]) Bild: Der Renommist vor einer Stadt (Leipzig, Thomaskirche, Pleißenburg). Zu beiden Seiten von ihm je ein Baum; links im Mittelgrunde Fechtende.

B^3 = 1772. Poetische / Schriften / von / Friedrich Wilhelm Zachariä. / Neue, rechtmäßige, von dem Verfasser selbst durchgesehne / Auflage. / Mit gnädigsten Freyheiten. / Braunschweig, / In der Fürstl. Wayfenhaus-Buchhandlung. 1772. / — 11. — ×. —. Der „Renommist" Bd. I, S. 1—92.

2. **Nachdrucke** von den unter 1. genannten Ausgaben:
    a) zu B^2: 1765, Wien, bei Trattner. 1767, Amsterdam.
    b) zu B^3: 1777, Karlsruhe, bei Schmieder.

3. **Eine Neuausgabe** — Muncker, Reclam und Meyer abgerechnet — ist die folgende:

B^4 = 1840. Der / Renommist. / Ein scherzhaftes Heldengedicht / von / J. F. Wilh. Zachariä. / Mit einleitendem Vorworte[2]) / von Justus Zachariä.[3]) / Mit acht sarkastischen Federzeichnungen von Hosemann. / Berlin, 1840 / Verlag von Gustav Bethge. / — 92 Seiten. — 12. —

Bilder: 1. Das Gelage der Renommisten (Ges. I).
          2. Raufbold.
          3. Raufbolds Ankunft in Leipzig (Ges. I).
          4. Im Ballsaal (Ges. II).
          5. Sylvans Besuch bei Raufbold (Ges. III).
          6. Die Gesellschaft bei Selinde (Ges. IV).
          7. Der Kampf mit den Häschern (Ges. V).
          8. Das Duell (Ges. VI).

---

[1]) Zachariä an J. A. Schlegel, Braunschweig den 1. Februar 1770: „Rechnen Sie mir den elenden Geschmack in den Vignetten nicht zu".

[2]) In Knüttelversen.

[3]) Zachariäs jüngster Enkel. Der Text ist der von B^3 mit geringen Änderungen in der Orthographie.

II. Auszüge aus dem „Renommiſten".

    1. Hohl: Kurzer Unterricht in den ſchönen Wiſſenſchaften
        für Frauenzimmer, I, S. 317—328, und

    2 Pölitz: Geſammt-Gebiet der teutſchen Sprache I, 409—413.

Wende ich mich nach dieſer bibliographiſchen Zuſammenſtellung
nunmehr zu der geplanten Vergleichung ſelbſt, ſo haben mich nur
die unter I 1. aufgeführten, von Zachariä ſelbſt beſorgten Ausgaben
zu beſchäftigen. Dieſe wimmeln ſämtlich von Druckfehlern, die
Zachariä in den Vorberichten meiſt mit „einem anderen Druckort"
(Hildesheim) entſchuldigt, und die Beſſerungen in B¹ bis B³ wurden ſtets ſo für den Druck vorbereitet, daß der Dichter jedesmal
eine neue Ausgabe einfach durch Durchkorrigierung eines Exemplars
der voraufgehenden entſtehen ließ. Den Beweis dafür liefern Druck-
fehler meiſt ganz widerſinniger Natur, die Zachariä ſowohl, als der
Setzer bei einer ſolchen Durchkorrigierung überſahen, die ſich alſo
in beiden betreffenden Ausgaben breit machen. (z. B. B und B¹,
B. 378 „den Blick, den es erforſcht, betrogen" ſtatt: „der es" ꝛc.; B²
und B³, B. 1209 der ſinnſtörende Punkt u. a. m.). Hätte Zachariä
für B¹ bis B³ ein neues Manuſkript geliefert, wie er es für B
unbedingt mußte, ſo hätten derartige Fehler von ihm ſicher bemerkt
und gehoben werden müſſen. Und die Änderungen ſelbſt, die auf
ſolche Weiſe angebracht wurden, ſind durchaus nicht ſo, daß man
unter allen Umſtänden ganz ſicher auf eine gleichmäßige Durchführung derſelben rechnen dürfte, da alle Arbeiten Zachariäs an
ziemlicher Flüchtigkeit litten. Schon zeitgenöſſiſche Beurteiler durch-
ſchauten dies. Samuel Baur in ſeiner „Gallerie" ſagt S. 285:
„Zachariä arbeitete zu leicht, als daß er hätte korrekt ſein können",
und Duſch ſchreibt a. a. O. I, 344 an ſeinen jungen Herrn von Stande:
„Bedauern Sie, daß einem Werke, welches ſo viel meiſterhafte Züge
des Genies bekommen hat, gerade vielleicht nur das fehlet, was
Fleiß und Überlegung ihm gegeben haben könnten!" Ein paar
Beiſpiele werden das anſchaulicher machen. Oftmals paſſiert es
dem Dichter, daß er etwa „gröſſer" drei oder vier Mal in „größer"
verwandelt, es dann einige Male ruhig ſtehen läßt, um endlich von
neuem zu beſſern; in derſelben Ausgabe wechſelt Lorber mit Lor-
beer, Jaßmin mit Jasmin und Jesmin, Miene mit Mine, Burſche
mit Purſche u. ſ. f. Noch in der Ausgabe letzter Hand ein grober

Widerspruch! Vers 105 heißt es, der Philister habe das Pferd
Talmuck dem Raufbold gegeben, dagegen hat nach Vers 1890
letzterer das Pferd gestohlen. Das alles sind Beweise, daß man
auf die Zuverlässigkeit des Dichters nicht eben schwören kann, daß
man ihm vielleicht manches als Erzeugnis eines tiefen Nachdenkens
auslegen möchte, was nur einem unbeabsichtigten Zufall sein Dasein
verdankt. Ich habe deshalb eben Abänderungen stets nur dann
berücksichtigt, wenn sie des öfteren vorkamen. Die Regel ist, daß
die genaue Durchführung derselben von der Mitte nach dem Ende
zu nachläßt.

Wie die Verszahlen der einzelnen Gesänge und ihre Gesamt-
summe schwanken, veranschauliche folgende Tabelle:

Ges.	A.	B.	B.[1]	B.[2]	B.[3]
I.	262	322	322	326	324
II.	416	384	384	384	384
III.	592	412	412	412	412
IV.	558	350	350	350	350
V.	534	382	382	382	382
VI.	518	200	200	200	200
Sa.	2880	2050	2050	2054	2052.

Das Verhältnis von A und B.

Im Vorbericht zu B äußert sich Zachariä zum ersten Male
selber öffentlich über sein Werk. Obwohl er den „Renommisten"
in sehr jungen Jahren ausgearbeitet habe, sei er doch „nicht ganz
ohne Beyfall" geblieben. Freilich habe er sehr wohl gewußt, daß
dieser Beifall nur eine Aufmunterung für ihn hätte bedeuten sollen,
und dieser sei er bemüht gewesen, durch weitgehende Besserungen
nachzukommen. Er fährt dann fort: „Ich würde es nicht gewagt
haben, das Publikum zum zweyten mal mit solchen Jugendfrüchten
zu beschweren; aber bey einer ganz flüchtigen Gegeneinanderhaltung
mit dem alten Renommisten . . . wird man wahrnehmen, daß dieses
Stück vor ein ganz neues Stück kann gerechnet werden, da ich nicht
allein die meisten einzelnen Verse, sondern auch den Plan sehr
merklich geändert habe . . . . . Meine Bemühung ist hauptsächlich
dahin gegangen, in das Gedicht mehr Handlung zu bringen, ...

Ich habe den Renommisten besser zu charakterisiren gesucht; die vielen leeren Beschreibungen und Maschinen herausgelassen, und ihn überhaupt lehrreicher zu machen mich bemüht."

Sehr wichtig ist auch die folgende Stelle des Vorberichts: „ . . . Zugleich muß ich sie (die Leser) ersuchen, sich nicht die vergebliche Mühe zu geben, unter den kleinen Geschichten dieser Poesien wahre Historien, oder persönliche Abschilderungen zu suchen. Man kann nur allzuleicht sehn, wie sie blos der Einbildungskraft des Verfassers ihr Daseyn zu danken haben. . . . Man hofft hierdurch der kleinen Bosheit gewisser Leute zu begegnen, die so gern ungebetene Auslegungen machen, und manchmal so wenig ein unschuldiges Spiel des Witzes, und die Sprache der allgemeinen Satyre verstehen, oder verstehen wollen." Wirklich liegt in diesen Worten die Andeutung eines großen Unterschiedes zwischen dem komischen Heldenepos Zachariäs und dem seiner Vorbilder. Tassoni hatte seinem „Geraubten Wassereimer" ein Vorkommnis aus dem Kriege zu Grunde gelegt, den die Modenenser den Einwohnern von Bologna ankündigten, als sie sich weigerten, ihnen einige Städte wieder herauszugeben, die sie seit den Zeiten des Kaisers Friedrich II. behalten hatten, Pope seinem „Lockenraub" den Umstand, daß Lord Peter bei einer Lustbarkeit Gelegenheit fand, der Miß Arabella Fermor eine Locke abzuschneiden. Butler hatte seinem „Hudibras" die Unruhen der Presbyterianer und Independenten untergeschoben und den Ritter Samuel Lucke gezeichnet, Garth in seinem „Dispensary" den Streit um die Anlage einer Armenapotheke in London geschildert, und auch Boileau hatte nach einem thatsächlichen Vorkommnis gearbeitet. Zachariä dagegen, den überhaupt stets — abgesehen von der Anmerkung zu seinem Gedichte auf Hagedorns Tod — eine große Vorsicht in öffentlichen Äußerungen auszeichnet, vermied ängstlich jede Beziehung auf bestimmte Personen und Geschehnisse, benutzte aber allerdings trotzdem — bewußt oder unbewußt — eine Menge Modelle, die ihm das Leipziger Leben bot. Solche Raufereien, wie sie der „Renommist" besingt, waren ja damals in Leipzig an der Tagesordnung, besonders während der Messe; die Akten der Stadt wimmeln von ihnen. Riemers Stadtbuch z. B. (od. Wustmann in seinen „Quellen zur Geschichte Leipzigs") bringt, um nur eins und gerade das hervorzuheben, was während der Entstehungszeit des „Renommisten" vorfiel, unter dem 16. August 1743 die Notiz: „geschahe ein großer Tumult am Ranstädter Thore von denen Studenten wegen des Thorgroschens, indem sie sich mit Gewalt ohne Abgabe desselben hereindringen wollen und die Wache daselbst attaquiret."

Und nun zur Vergleichung von A und B selber!

I. Äußerliches und Allgemeines.

1. Nur in B sind die Verse von fünf zu fünf nummeriert.[1])
2. Nur in B sind die Namen fett gedruckt.
3. In B ist jedem einzelnen Gesang ein kurzer, prosaischer „Innhalt" vorangeschickt, der sich in keiner anderen Ausgabe des „Renommisten" findet.
4. Die „Bücher" in A werden in B zu „Gesängen".

---

[1]) Ich bemerke, daß sich Zachariä und sein Drucker beim Abzählen der Verse oft recht große Versehen haben zu Schulden kommen lassen. Z. B. giebt B für den I. Gesang 320 Verse anstatt 322 an. — Bei Tabellen benutze ich immer die richtigen Verszahlen, halte mich aber bei Anführung einzelner Stellen an die Nummerierung des Druckes, um das Nachschlagen nicht unnötig zu erschweren. Ebenfalls zur Bequemlichkeit gebe ich hier an, wie sich die von mir nach Gesängen gerechneten Verse auf die einzelnen Seiten der Ausgabe A verteilen.

I. Gesang.				II. Gesang.		
Vers	1—8	= S. 47		Vers	1—24	= S. 172
"	9—38	= S. 48		"	25—52	= S. 173
"	39—66	= S. 49		"	53—82	= S. 174
"	67—96	= S. 50		"	83—112	= S. 175
"	97—126	= S. 51		"	113—142	= S. 176
"	127—154	= S. 52		"	143—172	= S. 177
"	155—184	= S. 53		"	173-202	= S. 178
"	185—212	= S. 54		"	203—232	= S. 179
"	213—240	= S. 55		"	233—262	= S. 180
"	241—262	= S. 56		"	263—292	= S. 181
				"	293—322	= S. 182
				"	323—352	= S. 183
				"	353—382	= S. 184
				"	383—412	= S. 185
				"	413—416	= S. 186

III. Gesang.

Vers 1—26 = S. 244
" 27—58 = S. 245
" 59—90 = S. 246
" 91—120 = S. 247
" 121—150 = S. 248
" 151—182 = S. 249
" 183—214 = S. 250
" 215—246 = S. 251
" 247—278 = S. 252
" 279—310 = S. 253
" 311—340 = S. 254
" 341—370 = S. 255
" 371—402 = S. 256
" 403—432 = S. 257
" 433—464 = S. 258
" 465—496 = S. 259
" 497—528 = S. 260
" 529—560 = S. 261
" 561—592 = S. 262

IV. Gesang.

Vers 1—22 = S. 338
" 23—50 = S. 339
" 51—78 = S. 340
" 79—108 = S. 341
" 109—138 = S. 342
" 139—168 = S. 343
" 169—198 = S. 344
" 199—228 = S. 345
" 229—258 = S. 346
" 259—288 = S. 347
" 289—318 = S. 348
" 319—348 = S. 349
" 349—378 = S. 350
" 379—408 = S. 351
" 409—438 = S. 352
" 439—468 = S. 353
" 469—498 = S. 354
" 499—528 = S. 355
" 529—558 = S. 356

V. Gesang.

Vers 1—24 = S. 428
" 25—54 = S. 429
" 55—84 = S. 430
" 85—114 = S. 431
" 115—144 = S. 432
" 145—174 = S. 433
" 175—204 = S. 434
" 205—234 = S. 435
" 235—262 = S. 436
" 263—292 = S. 437
" 293—322 = S. 438
" 323—352 = S. 439
" 353—382 = S. 440
" 383—412 = S. 441
" 413—442 = S. 442
" 443—472 = S. 443
" 473—500 = S. 444
" 501—530 = S. 445
" 531—534 = S. 446

VI. Gesang.

Vers 1—10 = S. 525
" 11—36 = S. 526
" 37—64 = S. 527
" 65—92 = S. 528
" 93—120 = S. 529
" 121—150 = S. 530
" 151—180 = S. 531
" 181—208 = S. 532
" 209—236 = S. 533
" 237—264 = S. 534
" 265—294 = S. 535
" 295—322 = S. 536
" 323—348 = S. 537
" 349—376 = S. 538
" 377—406 = S. 539
" 407—434 = S. 540
" 435—462 = S. 541
" 463—490 = S. 542
" 491—518 = S. 543

II. Auslassungen aus A.

1. Nach dem Vorbericht zu B hat sich Zachariä bemüht, die
vielen leeren Beschreibungen und Maschinen aus A aus-
zuscheiden. Diese Absicht ist meist glücklich durchgeführt
worden.

a) Ausgelassene Beschreibungen, wozu auch ausgelassene
unnötige Vergleiche zu zählen sind:

A, II, 76—83: Der Fächer als Zepter der Galanterie.

A, II, 295—302. Beschreibung des Complimenten-
heeres.

A, II, 213—216; A, II, 244—258;

A, III, 47—56; A, VI, 5—11.

b) Ausgelassene oder verkürzte Maschinen.

A, II, 76. Die Stille.

A, II, 119 fg. Der Putz.

A, III, 533—562. Die Sybariten.

A, VI, 10. Arminde.

A, VI, 275. Der Kobold Warasbin.

2. Reden sind teils fortgelassen, teils wesentlich vermindert
worden.

A, II, 37 fg. Der Dichter an die Muse.

A, II, 195—210. Die Mode und die Galanterie über
die Ausbreitung ihrer Macht in Leipzig.

A, III, 299—306. Die ganze Rede der Mode an die
Complimente wird in zwei Verse (B, III, 249—250)
zusammengedrängt.

IV, 381—312; 106—116. Leipzigs Schutzgott an die
Mode.

3. Für die Charakterisierung der Personen ist von
Wichtigkeit der Ausfall von A, III, 276. Der Stutzer
Sylvan sagt nicht mehr von sich selbst zu seinem Spiegel:
„So reizt dich doch, wie mich, mein allzureizend Bild",
denn derjenige, welcher später bestimmt ist, mit Leichtigkeit
den Renommisten zu besiegen, darf nicht allzu lächerlich
gehalten sein.

4. Es kommt bei derartigen Strichen vor, daß zunächst einige
Verse ausgeschieden, dann einige stehen gelassen, dann wie-

der einige gestrichen, endlich wieder ein paar geduldet werden, z. B. an jener Stelle im III, wo die Kleidung Sylvans
beschrieben wird (Muncker B. 906 fg.). Oder aus einer
langen Reihe gestrichener Verse wird nur ein Reimpaar,
und auch das meist in veränderter Gestalt in die neue
Ausgabe herübergerettet; oder zwei mit einander nicht
reimende Verse werden aus einer Folge getilgter Verse, nun
zu einem Reimpaar vereinigt, herübergenommen, z B.
von A, IV, 47 120 werden nur Vers 57 und 67 zu dem
Reimpaar 47 48 in B.

A, IV, 57. Dieß hört der Kobold an, der mit hieher
gegangen.

A, IV, 67. Ists möglich, rief er aus, ist der auch schon
verführt?

B, IV, 47/48.

Indessen schäumt für Wut der Geist der Schlägerey:
Wie? (ruft er brüllend aus,) mein Raufbold ungetreu?

III. Zusätze in B.

1. Einführung neuer Episoden, wodurch der Dichter
seinem Versprechen (s. Vorbericht!) nachkommt, mehr
Handlung in sein Epos bringen zu wollen.

B, I, 260—267. Raufbold wird Bierpraeside.

B, I, 268. Das Studentengesetz, stets das ganze Glas
austrinken zu müssen, „sonst stand er in Gefahr,
sein Mädchen einzubüßen", geschickt überleitend zu

B, I, 286—291 der Episode, wo Raufbold und von
Torf um den Besitz der Scharmante zechen. Diese
ist für die folgende Handlung von großer Wichtigkeit, weil durch sie Raufbold einen Anspruch auf
Selinde zu haben glaubt, und so das zwischen ihm
und Sylvan im VI. Gesange stattfindende Duell eingeleitet wird.

B, II, 25—38. Raufbold kommt, durch das Gebrüll
seiner Gefährten angelockt, auf den Markt.

2. **Einführung neuer Maschinen.**
   B, III, 83—86. Der Spleen,[1] das Hypochonder, die
   Melancholie.

3. **Hindeutungen auf später eintretende Ereig-
   nisse.**
   B, II, 364. So geb ich dir zum Sturm das Loch der
   Häscher preiß.
   B, IV, 64—66.

4. **Epische Anrufungen werden neu eingeschoben oder
   vermehrt.**
   B, I, 15—18. An die Muse. Gleichzeitig nimmt
   Zachariä Gelegenheit, sein Gedicht als „komisches"
   zu bezeichnen; ich mache darauf aufmerksam, daß es
   dem Titel zufolge ein „scherzhaftes" ist.
   B, III, 55—56. An die Nacht und den „prophetischen Geist".
   B, V, 278—279. An die Muse.

5. „Eine Maschine muß zeitig angelegt werden; sie muß
   einen wichtigen Antheil an der Handlung nehmen, sie
   muß bis ans Ende thätig bleiben, und dem Leser nie
   aus dem Gesichte kommen" sagt Dusch in seinem 23.
   Briefe des I. Bandes. Gewiß ist diese Lehre nicht im
   Kopfe des wenig selbständigen Dusch geboren worden,
   der ja nichts anderes war, als nur ein brauchbarer
   Registrator landläufiger Anschauungen. Ich glaube
   vielmehr in diesem Punkte den Ausspruch Gervinus'
   („Geschichte der deutschen Dichtung" IV, S. 120) unter-
   schreiben zu dürfen, „Dusch habe sich nach Popes
   Lockenraub seine Theorie der komischen Epopöe gebildet."
   Der eigentliche Urheber dieser Regel wäre demnach der
   Engländer. Jedenfalls aber ist Dusch der Erste in
   Deutschland gewesen, der diese Regel, in bestimmte Worte
   gegossen, aufgezeichnet hat. Zachariä konnte bei Ausgabe von B Duschs angeführte Stelle nicht kennen, denn
   die „Briefe" erschienen erst 1764—73. Gleichwohl
   sucht er die Regel bereits in B für die Gestalt Pandurs,

---

[1] Nach Popes „Rape of the Lock".

als der Hauptmaschine des Ganzen,[1]) peinlich genau zu
befolgen. Es bleibt also nur anzunehmen übrig, daß
auch er die Regel dem Studium Popes entnahm.

B, II, 299. Eine Erwähnung Pandurs, mitten in die
Rede eingeflochten, welche die Mode an den schlafen-
den Raufbold richtet.

B, III, 72. Pandur wird mitten in der Beschreibung
des Kaffeegottes erwähnt, die in A erst ruhig zu
Ende geführt wird, ehe Pandur auftritt.

B, IV, 137. Erwähnung Pandurs, als Roman den
Renommisten mit dem Liebespfeil verwundet.

B, IV, 154.

Ähnlich ist es, wenn in B mehr Personen als in A bei irgend
einem Vorgang anwesend gedacht werden, denn, greifen die einzelnen
auch nicht handelnd ein, so sind sie doch wieder einmal im Gedächtnis des Lesers aufgefrischt worden.

IV. Die in A und B vorhandenen, nur im einzelnen
veränderten Partieen.

1. Um ein Beispiel zu geben, wie sehr die aus A übernommenen Verse in B ihre ursprüngliche Stellung veränderten
setze ich die des V. Gesanges einmal vergleichsweise neben
einander, aber nur die, in denen man noch deutlich eine
Zusammengehörigkeit erkennt, d. h. ich lasse diejenigen weg,
die durch größere Umgestaltungen allzu verschieden von einander geworden sind.

Es entsprechen sich im V. Gesange

A.	B.
1—4	157—160
17—22	165—170
77—82	29—34
89—91a[2])	41—43a
114	37
115	40

---

[1]) Dusch, 1, Brief 25, S. 327 tadelt, „daß nur der einzige Schutzgeist
Pandur früh genug in die Handlung eingeflochten wird und bis ans Ende aus-
hält" und möchte die Regel auch auf alle anderen Maschinen angewendet sehen.

[2]) a und b bezeichnen die Halbverse vor und nach der Cäsur.

A.	B.
229—230	101—102
241—242	129—130
267—271a	103—107a
273—276	109—112
304—318	172—186
319b	187a
323a	250a
325	252
327	254
333a	256a
341—342	201 202
433—436	328 331
443b—444	334b—335
461—464	336—359
533—534	376 377

2. Die Handlung.

a. Die Absicht, welche Zachariä im „Vorbericht" zu B aussprach, mehr Handlung in sein Gedicht bringen zu wollen, hat er redlich erfüllt.

I, 69—76: 113—120. Kalmuck von Pandur geheilt.

I, 223—226: 284—290. Raufbold trinkt nicht mehr schlechthin auf Selindens Wohlergehn, sondern zecht das Mädchen seinem Commilitonen von Torf ab.

II, 210—240. Während in A die Renommisten gar nicht in den Tanzsaal hereinkommen, wird in B diese Episode mit vielem Glück erzählt. Sie sind durch Musik und Paukenschlag angelockt worden. Raufbold fordert seine Gefährten auf, zu tanzen, aber sämtliche Mädchen und Stutzer entfliehen. Drei Küper entfernen endlich die ungebetenen Gäste.

b. Zuweilen wird eine Vermehrung der Handlung dadurch erzielt, daß ein Ausdruck in deren zwei verwandelt wird. Z. B. III, 451: 347. Dieß war sein letztes Wort: Er sprach und lachte laut.

c. Von der Mitte des IV. Gesanges an muß ich, um die Vermehrung der Handlung deutlich zu machen, kurze, zusammenfassende Berichte über den Inhalt geben.

IV. Gesang.

α., in A. — Roman verwundet den Renommisten mit seinem
Liebespfeil und eröffnet ihm in der Gestalt Pandurs, daß
es Selinde ist, für die er, ohne ihren Namen zu wissen,
entbrannt ist. Da Raufbold am vergangenen Abend das
Mädchen zu seiner Charmante erhoben hat, muß Sylvan,
der sie nach Raufbolds Ansicht widerrechtlich besitzt, sterben.
Roman, siegesfroh, den Renommisten in Liebe gefangen zu
sehen, eilt zur Galanterie und verkündet ihr seinen Erfolg.
Er und die letztere fordern „der Franzen Mode" auf, sich
ebenfalls nach Leipzig zu verfügen, um auch Pandur zu
bezwingen. Der Vorschlag wird angenommen; in Heuolds
Kaffeehaus trifft die Mode mit Pandur zusammen. Dieser
verliebt sich in sie und beginnt seine Kleidung zu ändern.
Als ihm jedoch ein Modegeist den Degen wegnehmen will,
besinnt er sich und „ist nicht mehr gerührt". Klagend
flüchtet die Mode zur Galanterie zurück; Pandur sucht
Raufbold auf, um ihn in in seinem Entschlusse, Sylvan zu
fordern, zu bestärken. Die Jungmagd wird nach den drei
Freunden Raufbolds abgeschickt.

β., in B. — Zwar kommt auch hier die Mode zu Pandur,
aber dieser „verbirget sich beschämt vor ihrem Blick". Le
Grand, von Sylvan geschickt, frisiert und pudert Raufbold,
dem von V. 175 an dasselbe geschieht, was in A 527—530
mit Pandur geschehen war: „es macht sich das Gefolg der
Mode zu ihm her". Darauf holt Sylvan den Raufbold
ab, stellt ihn Selinde vor, diese spöttelt über „das Thier".
Roman erweckt die Eifersucht in Raufbolds Brust; auf
Anstiftung Pandurs verläßt letzterer, von schallendem Lachen
begleitet, die Gesellschaft. Jetzt folgt, was A, 401—426
ausmachte: das Gesetz, seine Charmante mit Bier oder
Blut verteidigen zu müssen. Raufbold vernichtet seine
Frisur und beschließt, sich zu rächen. Nachdem seine
Jenenser Genossen ihn aufgesucht haben, beichtet er ihnen
und sendet eine Herausforderung an Sylvan, die Pandur
in der Gestalt des Hausknechts dem mit Selinde am
Spieltische sitzenden Stutzer überbringt.

V. Gesang.

cc., in A. — Es ist Abend. Die drei Jenenser kommen bei
Raufbold an. Auf dessen Frage bejahen sie die Notwendigkeit, sich mit Sylvan zu schlagen. Raufbold verfaßt ein
Kartell, das Pandur in der Gestalt eines alten Hausknechts
dem Stutzer überbringt. Während dies geschieht, ergeben
sich die Renommisten dem Biere. Sylvan liest die Herausforderung am Spieltisch. Selinde, zugleich mit ihm lesend,
fällt in Ohnmacht. Sylvan nimmt die Herausforderung
an, sucht Selinde zu beruhigen und eilt nach Hause. Der
Spiegelgeist Rubor begiebt sich zur Galanterie, um ihr
Selindens Seufzer zu klagen. Die Angerufene verheißt,
am Tage darauf im Rosenthal zum Schutze des Sylvan
mit ihrem Gefolge zu erscheinen. Als Pandur die Botschaft an Raufbold bringt, Sylvan habe die Forderung
angenommen, schreitet der Renommist zur Wahl eines
Sekundanten. Bei dem folgenden Gelage macht Raufbold
den Vorschlag, die Häscherstube zu stürmen. Man zieht
auf den Marktplatz, bringt den Schnurren ein Pereat und
fordert sie heraus. Allein der erste Angriff mislingt. Raufbold und sein Sekundant schlagen sich durch die siegreichen
Häscher und entfliehen. Pandur sucht den Gott der Schlägerei
im Paradies bei Jena auf. Dieser verspricht ihm, Raufbold
im Duell zu beschützen. In Begleitung dreier Schläger-
geister erreicht Pandur Raufbolds Zimmer, der sich gestiefelt und gespornt auf seinen zerfetzten Hut schlafen legt.

A., in B. — Sylvan und Selinde sitzen beim „Lomber".
Ersterer, bei den Karten zerstreut, muß auf Selindens
Drängen sich als von Raufbold gefordert bekennen; er ent-
flieht, als ihn die Geliebte vom Zweikampf zurückzuhalten
versucht. Der Schutzgott Leipzigs ersucht die Galanterie
um Hilfe für Sylvan beim Duell. Von ihr wird er an
die Göttin Schlägerei gewiesen. Der Renommist und die
Seinigen erfahren durch Pandur die Annahme der Forderung seitens Sylvans. Sie veranstalten ein Gelage, in
dessen Verlaufe Raufbold eine Erstürmung des Schnurren-
reiches vorschlägt. Seine Genossen — besonders von Torf —

raten im Anfange ab, folgen ihm schließlich aber doch. In
der Nacht erreichen die Renommisten den Marktplatz. Rauf-
bold, durch Pandur unsichtbar gemacht, betritt allein die
Häscherhöhle, trifft deren Bewohner bei Spiel und Trunk,
giebt sich zu erkennen, beschimpft sie, entreißt einem die lange
Stange und stößt wieder zu seinen Gefährten. Ein lautes
Pereat und eine lärmende Herausforderung bringt die
Häscher aus ihrer Höhle und zum Kampfe. Zweimalige
Flucht, endlich Gefecht und teilweiser Sieg der Jeneuser.
Beide Parteien verlassen den Markt. Unterdessen bittet
Lindan die Schlägerei um Beistand für Sylvan. Sie giebt
ihm den Thanatos mit, mit dem er des Stutzers Zimmer be-
tritt, während sich Raufbold gestiefelt und gespornt auf
seinem Hute bettet.

VI. Gesang.

„, in A. Zeitiger Morgen. Selinde von Arminde geweckt.
Letztere eilt flehend zur Galanterie, die nun den Putz beauftragt, ihr Heer zu versammeln. Dies geschieht; der Schutzgott Leipzigs schlägt sich hinzu. Vom Markte, wo das
bisher Erzählte vor sich ging, rückt das Heer nach dem
Rosenthal. Sylvan, von Leipzigs Schutzgott erweckt, rüstet
sich, ebenso Raufbold, der durch den Knall seiner Peitsche
seinen Sekundanten munter macht, sein Roß Kalmuck be-
steigt und nach dem Rosenthale jagt, nachdem Kalmuck,
vom Gott der Schlägerei beauftragt, auf seine Fragen wie
ein Mensch geantwortet hat. Als Raufbold und sein Sekundant den Kampfplatz erreichen, empfängt Lindamor aus
der Hand der Galanterie einen wunderbaren Schild zum
Schutze Sylvans. Die Galanterie selbst verwandelt sich in
einen Fasan, um vom nächsten Baume aus den Verlauf
des Duells zu verfolgen. Pandur auf der einen, der Putz
auf der anderen Seite ermuntern ihre Schaaren. Sylvan
und sein Sekundant betreten den Kampfplatz. Raufbold
sucht ersteren mit der Peitsche zu treffen, allein vergeblich.
Duell zwischen Raufbold und Sylvan; letzterer durch
Lindamor mit dem Götterschild gedeckt. Pandur und seine

Getreuen stürzen sich auf das Heer der Sybariten. Der
Kobold Warasdin zerspaltet den Fuß; dieser, zu Puder geworden, blendet den Gegner. Lindan besiegt den Pandur.
Die beiden Sekundanten haben unterdessen durchs ganze
Rosenthal hin einen harmlosen Kampf ausgefochten. Sylvan
erfleht von der Mode den Sieg und verwundet Raufbold.
Dieser, von Pandur sofort geheilt, stürmt von neuem gegen
ihn an und trifft ihn am Arme. Damit begnügt er sich
und reitet aus Leipzig.

γ., in B. Zeitiger Morgen. Sylvan von Thanatos geweckt,
von seinem Sekundanten abgeholt. Raufbold waffnet sich
gleichfalls und bittet Kalmuck, während er aufsitzt, ihn nach
Besiegung seines Gegners nach Halle zu bringen. Darauf
reitet er mit seinen drei Genossen ins Rosenthal, wo auch
die Galanterie mit ihren Schaaren anlangt, nicht ohne an
letztere und an Thanatos eine ermunternde Ansprache zu
halten. Kampf zwischen Raufbold und Sylvan. Als Pandur sieht, wie Thanatos den Stutzer beschützt, bezichtigt er
ihn, ein abtrünniger Rebell zu sein und schlägt sich mit
ihm im Walde. Sylvan zerspaltet Raufbolds Handschuh.
Nach wiederholten Ansätzen wird Raufbold nochmals an
der Hand, Sylvan leicht im Gesicht verwundet. Raufbold
erklärt sich für überwunden und Selindens verlustig und
bittet um Sylvans Freundschaft. Mit dem Rufe: „Mein
Leipzig, gute Nacht!" verläßt er auf Kalmuck die Stadt
und reitet nach Halle. Der Stutzer sieht sich bei Selinde
durch manchen süßen Kuß belohnt. Die Galanterie geht
nach Jena, um auch dort für ihr Reich zu werben, und
„in ew'ge Schande fiel der Name Renommist." —

d) Der Zusammenhang der Handlung wird straffer
und besser motiviert.

III, 19—30: 25—30. Pandur ergrimmt nicht mehr,
weil er den Schlaf auf Raufbolds Augen erblickt,
sondern — dem kurz vorhergegangenen Überredungs-
versuch der Mode entsprechend — geheime Regungen
zu letzterer.

III, Anfang. — In A begiebt sich Pandur zum Kaffee-

gotte, um vollkommen ungeschickt und ohne Gründe
anzugeben, die Mode und Galanterie zu lästern. In
B kommt er mit der ausgesprochenen Absicht, den
Gott nach Raufbolds zukünftigem Schicksal zu fragen,
weil gerade ihm die Kraft der Weihsagung verliehen
ist. In A gelingt es Pandur nicht, den allzu trägen
Kaffeegott gegen Mode und Galanterie zu entscheiden.
In B verweigert ihm der Gott, Rede zu stehen, denn
er und sein Raufbold seien ja Verächter des Kaffees.
Jetzt erst — nun trefflich motiviert — beschuldigt
Pandur die Mode und Galanterie, daß sie es ge-
wesen seien, welche den Kaffee verdrängt, den Thee
eingeführt hätten, und aus Dankbarkeit für diese
Meldung weihsagt nun der Gott.

B, V, 117—120. Raufbold fängt nicht mehr an, plötzlich und unvermittelt nach einer Erstürmung der
Häscherhöhle zu schreien (A, V, 280), sondern vorher
gesungene Bardenlieder feuern ihn dazu an.

c) Die Handlung wird beschleunigt.

III, 185: 185 Aus dem blos erzählenden „er (Raufbold) wohnt im blauen Hecht" wird ein drängendes
„Eil' in den blauen Hecht!"

III, 281—282: 237—238. Die Sänfte wird nicht
mehr „gleich kommen", sondern „sie wartet schon".

3. Die Personen.

a) An Stelle allgemein gehaltener Bezeichnungen von Personen treten Namen.

B, I, 69. Raufbolds Pferd wird zu Kalmuck.

B, I, 193 fg. Raufbolds Genossen erhalten die Namen:
von Torf, Banner und Krach.

B, I, 82. Der „Schutzgeist" Raufbolds wird zu
Pandur.

II, 240: 191. Der „Schutzgeist Leipzigs" wird zu
Lindan.

B, III, 195. Sylvans Diener heißt von B an Johann.

B, V, 280 fg. Sämtliche Häscher erhalten Namen
(Hildebrand, Ilseboll, Martin Dampf ꝛc.).

6*

B, I, 219. Die „Rothmündin", wird zu Selinde, wohl in Anlehnung an die Namengebung der zeitgenössischen Anakreontik.

    b) Die Charakterisierung des Renommisten wird
    deutlicher (s. Vorbericht zu B!).

        B, I, 25—52. Eine ganze Vorgeschichte des Renom-
        misten wird gegeben („dort war sein hohes Amt, ein
        grosses Schwert zu tragen [31] . . . er prügelte die
        Magd 36 . . . betrog der Gläubger List [37]").
        Vers 27 wird Raufbold als etwas furchtsam, Vers
        50 als prahlerisch gekennzeichnet.

        I, 105: 149. Die Jungmagd wird von Raufbold nicht
        mehr mit „Ihr", sondern mit „Du" angeredet.

        B, III, 371—372. „Apels Garten prangt in königlicher
        Pracht umsonst für seinen (Raufbolds) Blick, zum
        Schönen nicht erwacht."

        Ebenso B, III, 385—388. — B, V, 95—98. Auch
        durch ihm in den Mund gelegte Reden wird die
        Charakterisierung Raufbolds vervollkommnet, z. B.
        B, V, 147—148. „Ja, Bruder, glaube mir, das
        Luder mit drei Rachen / Wolt ich, mein Seel, so
        zahm wie einen Schooßhund machen". Ebenso B,
        V, 127—128 2c.

    c) Die Charakterisierung der Nebenpersonen wird
    verbessert.

        B, I, 138. Der Pedell wird zum „schielichten" Pedell.

        B, III, 150—160. Sylvan und seine Kleidung aus-
        führlicher geschildert.

        B, III, 203. Le Grand.

        III, 279: 235. Sylvans Lakay tritt nicht mehr „ver-
        gnügt" ins Zimmer, denn dies würde der Ehrerbie-
        tung und Würde widersprechen.

        B, IV, 51. Der alte Stadtsoldat wird jetzt als sechzig-
        jährig bezeichnet.

Hierbei macht sich das Bestreben geltend, die übrigen Personen
im Vergleich zu Raufbold zu heben, damit des Renommisten
Lächerlichkeit und abstoßendes Benehmen desto schärfer hervorsticht.
z. B. wird I, 129: 176 aus der „Dirne" ein „Mädchen".

d) Genauere Charakterisierung des Gegensatzes zwischen
den Renommisten und Stutzern durch die ihnen
in den Mund gelegten Worte.

α. Renommistenausdrücke.

B, I, 27 und 36. Philister.

B, I, 35. Hospes.

B, I, 265. pro pöna.

I, 128: 273. Die „Mädchen" werden im Munde der
Renommisten zu „Menschern".

B, II, 25. Das Studentenlied „Sadone, Sadone,
Sadone! so geht es alle Tage im schönsten Sal-
athen!"

β. Stutzerausdrücke.

B, II, 295. Mon Cher.

B, II, 297. ventre bleu!

B, II, 300. Dies vilaine Haus.

B, III, 195. pardieu!

B, IV, 208. ma foi!

e) Schärfere Charakterisierung der Maschinen.

B, II, 73—74. Die Locken der Galanterie werden „mit
vieler Müh gekräuselt" und „vom verliebten West,
von Seufzern stets umsäuselt".

II, 223: 175. Die Galanterie „ruft" nicht mehr, sondern sie, die Zarte, „spricht" nur noch.

B, III, 87. Der „schreckliche" Pandur „spricht" nicht
mehr blos, sondern „spricht mit rauhem Ton".

V, 421: 81. Aus dem „Gott der Schlägerey" wird
„die Göttin Schlägerey", weil Schlägerei feminini
generis ist.

Ebenso B, V, 70 (Lindan); B, V, 75—80 (die Galanterie).

f) Personifizierung sächlicher Gegenstände.

II, 10: 10. Die Lampe an Schubarths Haus über-
strahlt die andern nicht mehr blos „verdunkelnd"
sondern „hochmüthig", ein Ausdruck, den man eben
nur auf etwas Persönliches anwenden kann.

II, 48: 56. An dem manch Schnitzwerk sich mit Liebes-
göttern zeigt: Wo mancher Liebesgott im hölzern
Schnitzwerk wohnt.

4. Spezialisierung und Lokalfärbung.

     a) Spezialisierung. — Mit vielem Glück bemüht sich
Zachariä, allgemeine und infolgedessen meist matte Ausdrücke in speziellere, den betreffenden Gegenstand möglichst eindeutig bestimmende umzugießen. Zugleich damit
erreicht er nicht selten jene possierliche Kleinmalerei, die
das komische Heldengedicht in einen so lustigen Gegensatz zum großen Epos bringt.

       I, 44: 88. Damit kein Feind von ihm: Damit kein
Gläubiger.

       I, 52: 96. Pandur lähmt dem Kalmuck nicht mehr
den „sonst zu schnellen Fuß", sondern „den linken
Hinterfuß".

       III, 37: 37. Die kurze leichte Tracht: die leichte jensche
Tracht.

       III, 221: 213. Modezeug: Modesammt.

       IV, 123: 51. Soldat: Stadtsoldat.

       V, 64: 25. Selinde sinkt nicht mehr „in einen Stuhl"
sondern „in ihren Lehnstuhl".

       V, 241: 129. Krieger: Reuter.

     b) Lokalfärbung. Eine Menge Leipziger Örtlichkeiten
werden in B mit Namensnennung neu eingeführt.
II, 5: 5. Häuser: Heustraß.
B, III, 301—302. Der „Engel", „Artopö", „Wapler".
(Hôtels und Kneipen).
B, III, 365. Muhmenplatz.
B, III, 371. Apels Garten.

Wie viel Zachariä auf ein genaues Festhalten des Lokals gab,
zeigt die Änderung von V, 195: 66. Kaum glänzt das Morgen-
roth auf hoher Berge Spitzen: Kaum wird am Horizont die künftge
Sonne stehn. — In und um Leipzig hat es ja eben nie Berges-
spitzen gegeben.

5. Gelehrte Anspielungen, Erinnerungen an die
altklassische Mythologie werden eingestreut.

    B, I, 21—24. Des Phöbus Wagen. Thetis. 35.
Bachus. 46. Die Gratien. 55. Iris. 313. Zeus.

    B, II, 92. Olymp. 126. Pythia.

    B, III, 54. Delphos. 82. Phlegethon. 96. Astrologi.

    B, IV, 28—41. Helenen, Ilium, Philippens Sohn,
Persepolis. 55. Mars.

    B, V, 204. Pluton. 206. Höllenhund. 207. Charon.

6. Von der Satire wird in B reichlicherer Gebrauch gemacht, als in A.

    I, 213—214: 268—269. . . . es ward nun frey er-
zählt, Was man vor kurzer Zeit noch insgeheim verhehlt: . . . der falsche Witz sieng an, Und alle pral-
ten nun Schandthaten, nicht gethan.

    B, II, 120. Satire auf die Moden der Städte Augs-
burg, Dresden, Berlin.

    II, 104—112: 96—100. Das breit ausgeführte Bild,
wie Amor Schäfer und Schäferin verbindet, wird
zu einer kurzen Satire auf Mesalliancen verwandelt.

    II, 180: 148. Die „umgeschlungne Schnur von größter
Art" (scil. Perlen) wird „So schön von Wachs gemacht, als wie die von Natur".

    III, 8: 8. Und trank das schwere Naß, den bräun-
lichen Caffee: Zur Arbeit gieng der Mann, die Dame
trank Caffee.

    VI, 202: 82 (Das Rosenthal als Stelldichein): Und
welcher Leipziger ist, der den Ort nicht kennet: Und
welches Mädchen ist, das 2c.

    IV, 79—81. Satire auf die Franzosen („wo [in Ver-
sailles] mancher Staatsmann lügt und mancher
Marquis singt").

    Ebenso: B, II, 357—370, 277—278, 313—314,
321—333; V, 161—164.

7. Litterarische Anspielungen werden eingeschoben.

    B, II, 97. Wie Helden untergehn und Tänzerinnen
siegen. — Anspielung auf Rosts „Tänzerin" 1741 — (?).

IV, 202: 78. Den Zärtliche nur sehn, und nur Ver-
liebte finden: Den Seladons nur sehn, und Clelien
nur finden. — Anspielung auf die zeitgenössische
Anakreontik.

IV, 96. Und manchen Crebillon hat er (Amor) in seinem Sold. — Anspielung auf Claude Prosper
Crébillon den Jüngeren (1707—1777), hervorragen-
den Vertreter der üppig-leichtfertigen Litteratur Frankreichs unter Ludwig XV.

IV, 130—131. Es wurden unter ihm (Amor), durch
seinen hohen Schwung ; (in Paris: Viel Avantüren
reif und Hexenmärchen jung. — Anspielung auf die
in Frankreich neu erwachende leichtfertige Litteratur
eines Grécourt (1683—1743), Crébillon (s. o.) und
anderer.[1])

8. Sprachliche Technik.

a) Ausruf und rhetorische Fragen werden in B
häufiger angewandt, als in A.

I, 57: 101. Dieß sah er Rammuthsvoll. Er flucht auf
diesen Fall: „O!" (schrie er) ꝛc.

B, V, 31. Wie? ꝛc.

B, II, 159—160; B, II, 358; B, III, 40—41; III,
186: 182.

Hierzu rechne ich es auch, wenn — trotzdem die Reden selbst
nach II 2 verkürzt werden — die Anreden zu größerem Umfang
erweitert werden, offenbar um damit die des großen Epos zu parodieren. So: IV, 281: 105—108 (in A nur „Göttin!"; in B drei
ganze Verse). Ebenso B III, 89—92.

b) Doppelgliedrigkeit eines Ausdrucks in B, der
in A einfach war.

I, 150: 201. Wie oft ich ganz allein der Schnurren
Heer gejagt: Wie oft die Schnurren euch, wie oft ich
sie gejagt.

---

[1]) Munckers Ansicht, daß Zachariä in B, I, 7—10 den Anfang der Messiade
Klopstocks habe parodieren wollen, kann ich nicht teilen.

II, 332: 296. Aus seinem Schutt hervor: aus Graus
und Schutt hervor.

B, III, 264. Nehm ich selbst meinen Sitz. Nehmt ihr
mein Wort in Acht.

c) Eingeschobene Sätze kleineren Umfangs werden gern
vermieden, oft einfach durch Beseitigung der sie in A
einschließenden Kommata.

I, 3: 3. Der, wenn man ihn erzürnt: Der ost im
Zorn allein.

II, 349: 313. ihr Herz, wenn Du es willst, versöhnen: ihr Herz zu deinem Glück versöhnen.

III, 73: 61. So, wie im dicken Wald, ein: So wie
im dicken Wald ein.

III, 82: 70. III, 491: 359. IV, 2: 2.

d) Satzverbindung.

α. zwei Perioden werden gern zu einer verschmolzen.
II, 159—162: 131—154; III, 165—166: 165—166.

β. zur Verbindung von Haupt- und Nebensätzen werden
bessere Konjunktionen gesucht, als in A angewandt
wurden.

II, 330: 294. Drauf: zuletzt.

V, 342: 202. Doch aber: allein.

I, 239: 298.

e) Wortwiederholungen innerhalb desselben oder benachbarter Verse werden thunlichst vermieden.

I, 29: 73. in vollem Lauf: im schnellen Trott (Lauf
und Laufen waren bereits 64, 67, 71 vorgekommen).

I, 205: 256. Gebt Achtung, rief er aus, gebt Achtung,
folget mir!: Er setzt sich oben an, und ruft: Auf! folget mir!

V, 81: 33. Geh, Wilder, geh nur hin: Geh, Wilder,
schlage dich.

V, 186: 61. sieh, große Göttinn, sieh: O Göttinn
(fieng er an).

V, 313 + 315: 181 + 183. Da + da: Da + hier.

f) Neue Bilder und Vergleiche.

I, 18: 58. Die Dächer stellten sich erst Raufbolds

Augen bar: Schornsteine schimmerten gleich weisser Lämmer Schaar.

B, 1, 178. Gleich unterirdischen Göttern.

B, II, 6. Wie im Wald ein Echo wiederschallet.

B III, 321—322. Wie im Cometenschweif des bangen Erdballs Schwere.

g) Substantiven beigefügte Adjektiva, in A oft direkt widersinnig, werden in B durch bessere ersetzt.

III, 422: 330. Die Frösche kommen nicht mehr aus „dichtem" Schilf, sondern aus dem ihnen „vertrauten" Schilf.

III, 424: 424. mit schlüpfrigem Geräusch: mit flüsterndem Geräusch.

h) Die Worte dem Sinne angemessener zu machen, ist ein meist von Glück begleitetes Unternehmen Zachariäs in B.

I, 33: 77. Schlägt (Kalmuck) wiehernd hinten aus: Schlägt brausend hinten aus. Die Pferde wiehern nur, wenn sie erfreut sind, nicht, wenn sie — wie hier — erschreckt worden sind.

I, 200: 251. Der Ritter: ein Ritter (nämlich irgend ein Ritter, der eben grade auf dem Paßglas abgebildet ist).

II, 18: 18. Da sie (die Lampe) ein Wurf zerschellet: sein Wurf (der ganz bestimmte, eben erzählte von Torss).

II, 48: 92. Pandur nennt den Renommisten nicht mehr „Feiger", sondern „Verräther", denn als Raufbold zum Stutzer wurde, war er nicht feig: wohl aber verriet er seinen bisherigen Stand.

II, 377: 341. Ihr, die sich unterstund: Dem, der sich ꝛc. Der schlafende Raufbold konnte ja nicht wissen, daß es die Mode war, welche die jenische Tracht schmähte.

i) Wie Zachariä auch im Kleinsten an den einzelnen Worten herumfeilte und sich bemühte, seine Sprache immer gewandter zu machen, zeigen einige Beispiele.

I, 43: 87. Ein Nebel war um ihn: floß um ihn.

I, 47 : 91. Du denkst daselbst zu bleiben?: Deukst du
wohl hier zu bleiben?

I, 81—82 : 125—126.

Ein Gasthof, dem ein Hecht ein blauer Zierrath war,
Stellt ihm Wirth, Lagerstatt, ein eignes Zimmer dar. (zu:)

Zum blauen Hecht trug ihn Kalmucks geschwinder Lauf.
Ein eignes Zimmer nahm den wilden Fremdling auf.

I, 254 : 315. Und das bethörte Herz durch sein Zertrümmern stillte: Und des Zerstörers Wuth erst durch
Ruinen stillte.

III, 191—192 : 187. Der, dem die Geburt den Alcoran
gebeut: ein Muselmann.

IV, 137 : 61. So wird von dem Soldat die dürre
Brust erschüttert: So fühlt auch der Soldat 2c.

VI, 64 : 68. Und Puderpüstriche: Ein voller Pudersack.

9. Die Orthographie.

a) aus th wird t gemacht.

I, 95 : 139. Huth: Hut.
III, 284 : 240. Gebeth: Gebet.
V, 3 : 159. Booth: Boot.

b) Verbindung zweier Worte zu einem.

II, 45 : 53. Marmor Art: Marmorart.
II, 166 : 138. zart gewebtem: zartgewebtem.

10. Interpunktion.

a) Es soll vermieden werden, daß die Gleichschenklich-
keit des Alexandriners zu sehr hervortritt und infolgedessen ermüdet. Dies soll dadurch erreicht werden,
daß in der Cäsur, wo es angeht, möglichst keine Interpunktion stehen gelassen wird.

I, 129 : 176.

Die Dirne traf sie gleich, nach edler jenscher Art:
In jenscher Lebensart traf sie das Mädchen an.

I, 203 : 254.

Er sagts, und man gehorcht; sogleich lag auf dem Tische:
Er sagts, und alsobald lag auf dem Nebentische . .

II, 31: 43.

Dieß decket einen Saal, den längsten in der Stadt:
Es deckt dies stolze Dach den längsten Saal der Stadt.

VI, 62: 62.

Die andre war bemüht, mit Nadeln sich zu wehren:
Die andern wollten sich mit großen Nadeln wehren.

VI, 198: 78.

Nicht mehr an dürres Land, an grüne Küsten schwellen:
Mit stillem sanftem Lauf an grüne Küsten schwellen.

VI, 218: 90.

Der Linden Dunkelgrün, der Eichen Nacht zu brechen:
Des dunklen Lindengangs Schattirungen zu brechen.

b) Rhetorisches Komma. — Überall da, wo Zachariä einen Satzteil beim Vortrage durch einen besonderen Ton hervorgehoben wissen will, setzt er ein Komma, das ich seiner Bestimmung nach eben als ein rhetorisches bezeichnen möchte, und das auch Andere benutzten. Zwar findet sich dasselbe bereits in A angewandt (I, 16, 132, 137; IV, 107 ꝛc.), aber in B ist sein Gebrauch bei weitem häufiger.

VI, 204: 84.

Die unter Spiel und Scherz und blasendem Getön:
Die unter Spiel, und Scherz, und blasendem Getön ꝛc.

An diesem Beispiele sieht man zugleich, daß, wo es gilt, die Betonung zu markieren, sogar die unter a aufgestellte Regel vernachlässigt wird: so viel Wert legte der Dichter auf die Möglichkeit eines guten Vortrags!

Das Verhältnis von B und B¹.

Der Grund, welcher den Dichter bewog, im Jahre 1761 eine neue Auflage seiner Gedichte auf den Markt zu bringen, erhellt aus dem „Vorbericht" von B¹ (Braunschweig, den 12. März 1761): „Gegenwärtige Epische und Lyrische Gedichte sind so geneigt aufgenommen worden, daß man dem Publico eine neue Ausgabe dieser Gedichte vorlegen kann."

Ebendort erfahren wir auch, daß Zachariä nach wie vor den Ehrgeiz hat, am „Renommisten" immer mehr und mehr zu feilen:

„Ich habe es bey dieser Gelegenheit für meine Schuldigkeit gehalten, diese neue Auflage . . . zu beſſern . . . . In dem Plane der Gedichte ſelbſt habe ich nichts ändern wollen, um ſie den Stücken der erſten Auflage nicht gar zu ungleich zu machen, und weil ich auch mit den meiſten Kritiken, die über den Plan dieſer Stücke gemacht worden, nichts weniger als einig bin."

Für die Abweichungen zwiſchen B und B¹ iſt, was auch für die folgenden Ausgaben gilt, zu bemerken, daß ſie ſich nur noch auf minder wichtige Punkte, auf ſprachliche Technik, Orthographie und Interpunktion erſtrecken.

I. Sprachliche Technik.

1. Wortwiederholungen werden in B¹ noch ſtrenger vermieden, als es ſchon in B geſchah.

    II, 177: 177.

    Hat Leipzig auf einmal die Artigkeit verlohren? Iſt Wohlanſtändigkeit auf einmal hier verlohren? (weil B. 176 ſchon einmal „Leipzig" vorkam).

    II, 322: 322. Die kurze gelbe Weſte: Die leichte gelbe Weſte (weil B. 319 ſchon einmal „kurz" gebraucht war).

    V, 178: 178.

    Und in der ſtillen Nacht die ſtillen Lüfte theilt: Und in der ſanften Nacht ꝛc.

2. Die bereits für B in Anſpruch genommene Vorliebe für Ausrufe wird in B¹ noch öfter beſtätigt.

    II, 36: 36. Der alte Renommiſt iſt kreuzbrav wieder da!: Er iſt's! er iſt es ſelbſt! der alte Knab iſt da!

    V, 259: 259.

    Mein Appetit iſt groß, euch auf das Maul zu hauen: Wie groß iſt nicht mein Trieb, euch auf das Maul zu hauen!

3. Dem Wohlklang beim Vortrag oder der Lektüre dienen folgende Beſſerungen.

    II, 286: 286. Da ſie in Aſch und Bier das wüſte Zimmer ſahe: Da ſie in Rauch gehüllt ꝛc.

    III, 96: 96. Was kaum Aſtrologi: Was Aſtrologen kaum.

III, 171: 171. Entdeckten ihn ihm selbst: entdeckten ihm sein Bild.

III, 378: 378. (Die Pleiße sieht) Franzosen, welche flohn: den Gallier, der floh (Da alle anderen hier angeführten Völkernamen im Singular erscheinen, sollte auch an dieser Stelle eine Ausnahme davon nicht gemacht werden).

V, 320: 320 Er (Lindau) war in Jena ietzt: Doch sein weg war er itzt. (Die Anknüpfung mit „doch" paßte besser zu den beiden voraufgehenden Versen: „Lindau! O hättest du die wilde Schlacht gesehn; Wie hättest du geeilt den Häschern beizustehn.")

II. Orthographie.

1. d im Auslaut wird gern zu d.

     I, 6: 6. Siegesschwerdt: Siegesschwerd.

     I, 72: 72. Prodt: Brod.

     I, 31; III, 19; V, 139; VI, 43; VI, 45.

2. Das m der Silbe „samt" wird verdoppelt.

     III, 63: 63. sämtlich: sämmtlich.

     V, 242: 242. allesamt: allesammt.

     VI, 55 u. VI, 56.

3. ie wird zu je.

     II, 5: 5. ieder: jeder.

     II, 176: 176. ie: je.

     IV, 118: 118. iedem: jedem.

     V, 118: 118.

4. Eine Ausnahme von 3 macht ietzt, das in B¹ zu itzt wird. II, 63, 186, 280; IV, 151; V, 1: 4.

5. Das ee in „seelig" wird vereinfacht.

     IV, 147. unglückseelgen: unglückselgen.

     IV, 200. holdseelig: holdselig.

     VI, 155.

6. Die Silbe „mal" wird zu „maal".

     II, 159: 159. Denkmal: Denkmaal.

     VI, 177.

7. **Inlautendes ss wird meist zu sz.**

    I, 53. Pleisse: Pleiße.

    I, 203. entreissen: entreißen.

    I, 267. einzubüssen: einzubüßen.

    II, 13. grosse: große.

    III, 21. süssen: süßen.

    V, 211. sassen: saßen.

    V, 358. weissagt: weißagt.

    VI, 49. draussen: draußen.

8. **Auslautendes sz wird zu einfachem s.**

    I, 92. dieß: dies.

    I, 112. biß: bis.

    I, 279. Paßglaß: Paßglas.

    II, 233. Blumenstrauß: Blumenstraus.

    II, 364. preiß: preis.

9. **Inlautendes z wird oft zu tz.**

    I, 60. zulezt: zuletzt.

    I, 136. plözlich: plötzlich.

    II, 382. nezt; netzt.

    I, 113, 190.

10. **h wird noch häufiger, als in B, ausgeschieden.**

    III, 83. Mißgeburth: Mißgeburt.

    IV, 307. Fluthen: Fluten.

    I, 187. hohle: hole.

    II, 220; III, 292.

11. **Das Wort Tabak wird in B und im I. Gesange von**
    B¹ Toback geschrieben, vom II. Gesange in B¹ ab da-
    gegen Tabak.

III. **Interpunktion.** Das rhetorische Komma wird noch um
    einige Fälle mehr, als B hat, bereichert, z. B.

    III, 17: 17

Von Schätzen nie beschwert auf seinen weiten Reisen:
Von Schätzen nie beschwert, auf rc.

    III, 316: 316.

Allein es bat Sylvan: Allein, es bat rc.

Das Verhältnis von B¹ und B².

Die neue Ausgabe B² ist dem Herzog Ferdinand von Braun-schweig, Bruder des regierenden Herzogs, gewidmet, der neben seiner glanzvollen kriegerischen Thätigkeit auch auf „die deutschen Lieder mit Gütigkeit und mit Ermuntrung" niedersah.

Vorangeschickt ist eine Pränumerationsliste. Außer 29 Fürst-lichkeiten haben unter anderen Bodmer, Ebert, Gärtner, Moses Men-delssohn, Nicolai, Rabener, Ramler, Uz gezeichnet. Auch erblickt Zachariä mit Vergnügen eine beträchtliche Anzahl von Militärper-sonen darunter, ein Beweis für ihn, „wie sehr die Liebe zu den schönen Wissenschaften sich immer mehr und mehr ausbreitet". Erst die Be-reitwilligkeit vieler, voraus zu bezahlen, hat überhaupt die ganze Ausgabe möglich gemacht. Die Pränumeration erfolgte entweder bei Zachariä selbst, oder bei der Waisenhausbuchhandlung, oder end-lich bei Gönnern und Freunden, deren Namen durch Druckprospekte verbreitet wurden.

Die Ausgabe sollte die letzte sein, die Zachariä veröffentlichen wollte, denn im „Vorbericht" sagt er: „Übrigens finde ich für nöthig, hiermit zu versichern, daß ich diese Auflage ohne fernere Veränderungen beybehalten, und alles übrige, was ich noch der Welt vorzulegen würdig finden sollte, als Theile derselben fortdrucken lassen werde."

Über die Abweichungen zwischen B¹ und B² sagt Zachariä nur er hätte Gelegenheit erhalten, „diese Gedichte nochmals zu verbessern und sie dem gütigen Beyfalle der Leser immer würdiger zu machen". Eine Zusammenstellung ergiebt folgendes.

I. Sprachliche Technik.

1. Besondere Beachtung schenkt Zachariä in B² dem Dativ, indem er ihn in Verbindung mit einer Praeposition ohne vorausgehenden Artikel aus der schwachen in die starke Form erhebt.

    II, 334. von neuen: von neuem.

    V, 247. von süßen Bier: von süßem Bier.

    V, 208, 291; 296.

    IV, 166, 290.

    VI, 133.

2. Für die Praeposition „vor" wird gern das unserem heutigen Gebrauche entsprechende „für" angewandt.

V, 8. vor seine Ruh: für 2c.

V, 23. vor deine Schönheit: für 2c.

3. Die übrigen Änderungen betreffs der Sprachtechnik muß ich, da sie sich nicht zu Gruppen vereinigen lassen, in der Reihenfolge der Gesänge nach einander aufführen.

I, 5. Ich singe, wie er hat: Ich singe, wie sein Muth.

I, 8. Mod und Galanterie bemühten sich vergebens
Um die Verbesserung des wüsten jenschen Lebens (zu):
Mod und Galanterie erösnen ihm vergebens
Die blumenvolle Bahn des sanftern Musenlebens.
(Eine rein allgemeine Bemerkung sollte durch die Änderung ganz speziell auf den Helden bezogen werden.)

I, 20. Was Renommiste war, und Stutzer einst gewesen: Was Renommiste war, was Stutzer einst gewesen.
(Durch die Wiederholung des „was" sollte ein gewisses Pathos in die Rede kommen.)

I, 313: Und schleudert, wie ein Zevs, sie krachend an die Wand: donnernd an die Wand.
(Vielleicht ist deshalb geändert worden, weil im voraufgehenden Verse der Name Krach vorkam, also der Gleichklang vermieden werden sollte.)

IV, 66. Das finstre Loch der Häscher: die finstre Gruft.
(Hier erzählt der Dichter; daher schien das studentische „Loch" unpassend.)

IV, 221. Das ungebräuchliche „Ehrlieb" verwandelt sich zu dem gebräuchlichen „Ehrsucht".

VI, 132. Doch er (der Stoß Raufbolds) verdarb sogleich: mißlingt sogleich. (Der alte Ausdruck klang gezwungen, während ihn der neue durch einen allgemein gebräuchlichen ersetzt.)

II. Orthographie.

1. Durch ganz B² geht ein Zug, Doppelkonsonanz zu vereinfachen.

a) beim Verbum.

    III, 102.   kann: kau.

    III, 261.   könnt: könt.

    V, 290.   trifft: trift.

    II, 302.   eröffne: eröfne.

    III, 138, 259; V, 288, 291; VI, 103.

    II, 87; IV, 120; V, 140; V, 240.

b) bei Substantiven.

    II, 124.   Nachahmerinn: Nachahmerin.

    II, 187.   Göttinn: Göttin.

    III, 126.   Priesterinn: Priesterin.

    IV, 39.   Sultaninn: Sultanin.

    V, 370.   Angriff: Angrif.

    II, 206, 208; V, 172.

c) bei Adjektiven und Adverbien.

    II, 228.   darinn: darin.

    III, 263.   schroff: schrof.

    VI, 23.   gleichfalls: gleichfals.

    III, 391.

2. Inlautendes sz wird gern zu ss, d. h. hier in B² ist gerade das Umgekehrte der Fall von dem, was ich für B¹ aufstellen konnte (II, 7).

    II, 114.   hießen: hiessen.

    III, 340.   großen: grossen.

    IV, 44.   Füßen: Füssen.

    IV, 347.   Entschließen: Entschliessen.

3. Ebenso wird das Wort „jetzt", das bei der Umarbeitung von B: B¹ aus jetzt zu itzt wurde (II, 4), nun wieder aus itzt umgekehrt zu jetzt: II, 186; III, 114; IV, 151; V, 23, 42; IV, 138.

4. Das Wort Tabak, das vom II. Gesange in B¹ an aus Toback: Taback geworden war, erscheint in B² wieder durchgängig als Toback. II, 291, 295; III, 270; IV, 269; V, 109; VI, 114.

5. Das Verbum fordern und seine Ableitungen verlieren das erste r.

    II, 219.   fordert: fodert.

V, 52. Ausforbrung: Ausfoдrung.

VI, 10. erforderlich: erfoderlich.

V, 46, 85.

III. Interpunktion.

1. Das rhetorische Komma wird in B² um einige weitere
Fälle vermehrt.

I, 7: 7. Und wie sein Siegesschwerd des Stutzers Stolz
gedämpft:

Und wie sein Siegesschwerd, des Stutzers Stolz, gedämpft.

I, 280. Allein ihr Brüder hoch!: Allein ihr Brüder,
hoch!

VI, 66. Die andern wollten sich mit großen Nadeln wehren:
Die andern wollten sich, mit großen Nadeln wehren.

I, 260.

III, 154.

V, 146, 218, 193.

2. Kolon vertritt häufig, besonders bei Zusammenfassung
mehrerer Vorbersätze zu einem Nachsatz, früheres Semikolon.
I, 24; III, 64; IV, 77; V, 164, 188; VI, 126.

Das Verhältnis von B² und B³.

Zachariäs Brief an J. E. Schlegel vom 1. Februar 1770 spielt
auf B³ an, wenn es heißt: „Ich denke nächstens eine verbesserte
Auflage . . . zu besorgen, (so viel sich nehmlich noch bey so manchen
fehlerhaften Anlagen und bey nunmehr stumpfern Jahren verbessern
läßt)" . . .

Der Grund, diese neue, wohlfeile Ausgabe, die wiederum dem
Herzog Ferdinand von Braunschweig gewidmet ist, vorzunehmen,
war nach Aussage des „Vorberichts" die trotz zweier Nachdrucke wieder rege gewordene Nachfrage. Der „Vorbericht" entschuldigt die
vom Dichter selbst empfundene Mangelhaftigkeit der gebotenen Arbeiten, indem er darauf hinweist, daß sie ja doch zumeist in ganz
jungen Jahren entstanden. Ihr Verfasser hätte indessen wohl eine
Auswahl getroffen, nur die besten einer neuen Auflage einverleibt
— aber welche sollte er für die besten ausgeben? Wen sollte er
darum fragen? Etwa die Kunstrichter? Nein! Diese hatten einander bei Beurteilung der früheren Ausgaben allzu sehr widersprochen.

7*

Als er sich also entschloß, trotz des „Vorberichts" zu B² mit B³ eine neue Auflage in den Handel zu bringen, schrieb er kurz und entschlossen: „Wichtige Aenderungen und Verbesserungen darinn vorzunehmen, dazu hatte ich keine Zeit, noch weniger Lust, auch vielleicht nicht mehr die Geschicklichkeit. Die mühsame Probe davon habe ich bey den vorigen Ausgaben gemacht, und doch bey meinen Tadlern wenig Dank verdient. Mag also doch diese Auflage so bleiben, wie sie ist."

Damit ist das Verhältnis von B² und B³ bestimmt; mir bleibt nur übrig, das zusammenzustellen, was Zachariä an kleineren Änderungen vornahm.

I. Sprachliche Technik.

1. V, 212. sieht: schaut (weil B. 211 schon einmal „sieht" vorkam).

2. IV, 53. hat: hatt' (die Bedeutung ist eine plusquamperfektische).

3. IV, 183. Indem erscheint Sylvan: erschien (die Bedeutung ist eine präteritale).

II. Orthographie.

1. Das Wort „können" erhält an Stelle von nur einem in B² doppeltes n, entgegen der Änderung in B³ (II, 1). II, 309, 323; III, 102, 138, 188, 287; VI, 177.

2. Inlautendes sz wird gern zu ss, die für B² (II, 2) aufgestellte Regel also noch strenger durchgeführt.
   II, 384. schmeißen: schmeissen.
   II, 385. heißen: heissen.
   III, 4. weißen: weissen.
   III, 41, 153, 199, 205, 211, 221, 254.

3. Adjektiva, die aus Eigennamen gebildet sind, werden in attributivischer Stellung im Gegensatz zu B² in B³ groß geschrieben.
   I, 16. der jenschen Welt: Jenschen.
   III, 202. von böhmischen Diamanten: Böhmschen.
   I, 25: 23, 30: 28, 170: 168, 181: 179, 259: 257.

II, 30, 247, 306.

III, 37, 279; IV, 20, 29, 153; VI, 197.

4. jetzt wird meist zu jetzt: III, 114, 243, 317; V, 23, 131, 301.

5. Der Apostroph, in den früheren Ausgaben ganz vernachlässigt, wird in B³ häufig angewendet.

I, 7. Mod: Mod'

I, 34: 32. Ausfäll: Ausfäll'.

I, 44: 42. brannt: brannt'.

II, 77. Lamp: Lamp'.

IV, 231. Scharmant: Scharmant'.

II, 19, 296; III, 44; IV, 80, 129; VI, 94.

III. Interpunktion.

1. Das rhetorische Komma erfährt auch in B³ einen Zuwachs.

I, 86: 84. sein Name war Pandur: sein Name war, Pandur.

II, 74. vom verliebten West, von Seufzern stets: vom verliebten West, von Seufzern, stets.

II, 293; III, 82, 355; IV, 293.

2. Der Gebrauch des Ausrufungszeichens wird in auffälliger Weise vermehrt.

I, 110: 108, 139: 137, 199: 197, 212: 210.

II, 204, 297, 355, 375.

III, 32, 34, 35, 37, 339.

IV, 238, 279, 317.

V, 30, 148.

VI, 64, 76, 120.

Vita.

Ich, Hans Zimmer, Sohn des verstorbenen Rechtsanwalts Theodor Zimmer, bin am 1. März 1870 zu Dresden geboren und ev.-luth. Konfession. Nachdem ich auf der Bürgerschule meiner Vaterstadt meinen ersten Unterricht genossen hatte und mit dem Zeugnis der Reife vom Gymnasium zum heiligen Kreuz abgegangen war, bezog ich Ostern 1888 die Universität Leipzig, wo ich 7 Semester lang studierte, indem ich mich nur den Winter 1889 in Berlin aufhielt. Meine Studien erstreckten sich vor allem auf deutsche und englische Philologie, Philosophie, Paedagogik und Geschichte.

Allen meinen Herren Lehrern spreche ich hiermit meinen ergebenen Dank aus; Herrn Geh. Hofrat Prof. Dr. Fr. Zarncke rufe ich denselben noch über das Grab hinaus in alter Treue, Verehrung und Anhänglichkeit herzlich und zugleich wehmütig nach!

Leipzig, am 15. Oktober 1891.

image
not
available

image

not

available

image
not
available

image not available

IN DER JUGENDBEWEGUNG

nach ihrem Schrifttum dargestellt

INAUGURAL-DISSERTATION

ZUR

ERLANGUNG DER DOKTORWÜRDE

DER

HOHEN PHILOSOPHISCHEN FAKULTÄT

DER UNIVERSITÄT LEIPZIG

VORGELEGT VON

PAUL ZIMDARS
AUS RUHNOW (POMMERN)

nach ihrem Schrifttum dargestellt

INAUGURAL-DISSERTATION

ZUR

ERLANGUNG DER DOKTORWÜRDE

DER

HOHEN PHILOSOPHISCHEN FAKULTÄT

DER UNIVERSITÄT LEIPZIG

VORGELEGT VON

PAUL ZIMDARS
AUS RUHNOW (POMMERN)

Gedruckt bei Oswald Schmidt G. m. b. H. in Leipzig

Angenommen von der II. Sektion der philologisch-
historischen Abteilung der Philosophischen Fakultät
auf Grund der Gutachten der Herren

W. HOFFMANN und LITT

Leipzig, den 13. März 1930

(gez.): GOETZ
d. Z. Dekan
der philologisch-historischen Abteilung
der Philosophischen Fakultät

Meinen hochbetagten Eltern
und meinem lieben Schwiegervater
in Dankbarkeit gewidmet

VORWORT

Man mag sich als Pädagoge zur jüngsten Jugendbewegung stellen, wie man will — eins darf man nicht verkennen: Die Jugend der Gegenwart erheischt von jedem Erzieher zum mindesten den ehrlichen Willen, intensiver als früher sich in das Seelenleben seiner Zöglinge einzufühlen. Denn erziehen, *führen* kann nur, wer auch *versteht*. Aus diesem Verantwortungsgefühl heraus arbeitete auch ich nach Abschluß meines Studiums mehrere Jahre auf dem Gebiete der Pädagogik und allgemeinen Psychologie, um mich dann speziell dem Studium der Jugendpsychologie und Sozialpädagogik zuzuwenden. Es lag nahe, daß ich mich als Religionslehrer bald vorwiegend mit der religiösen Entwicklung des Jugendlichen beschäftigte. Mein aufrichtigster Dank gilt in erster Linie meinem verehrten Lehrer, Herrn Professor Dr. *W. Hoffmann*, unter dessen Anleitung und Beratung die vorliegende Arbeit entstanden ist. Außerdem fühle ich mich Herrn Professor Dr. *F. Krueger* und Herrn Professor Dr. *H. Volkelt* zu Dank verpflichtet; denn durch sie lernte ich die jugendpsychologische Arbeit von der experimentellen Psychologie her kennen.

Alle psychologischen Erkenntnisse aber wären für einen Pädagogen wertlos, wenn er sie nicht mit der pädagogischen Wissenschaft in Einklang brächte. Es ist Herr Professor Dr. *Th. Litt*, dem ich für seine wertvollen philosophischen und pädagogischen Anregungen auch an dieser Stelle zu danken habe.

Das Thema mag nach seiner Formulierung zunächst eine gewisse Skepsis hervorrufen. Ich gestehe, daß ich selbst mit einigen Bedenken an die Bearbeitung herangegangen bin. Nach Fertigstellung der Arbeit aber darf ich hoffen, daß sie als ein *Beitrag zur Jugendpsychologie, speziell zu der Erforschung der religiösen Entwicklung des Jugendlichen* gewertet wird. Sollten ihre Ergebnisse allen denen, die sich für die Erziehung unserer Jugend verantwortlich fühlen, in ihrem Bemühen um das Verständnis der wichtigsten Tatsachen des religiösen Lebens ihrer Zöglinge dienen, dann kann der Zweck der Arbeit als erreicht angesehen werden.

Zu dem Schrifttum der Jugendbewegung, das der Arbeit als Quellenmaterial zugrunde liegt, sei noch bemerkt: Wertvolle Sammlungen befinden sich im Archiv für Jugendwohlfahrt, Berlin NW 40, Moltkestraße 7 und im Archiv der deutschen Jugendbewegung im Seminar der Berliner Universität, Berlin NW 7, Dorotheenstraße 6. Auch die Deutsche Bücherei in Leipzig hat die meisten Zeitschriften vorrätig.

INHALTSVERZEICHNIS

I. Methodischer Teil

1. Die psychologische Forschung,
ihre Methoden und Ergebnisse im Hinblick auf das
Problem der religiösen Entwicklung

Wenn die Untersuchung des religiösen Erlebens in der Jugendbewegung ein *Beitrag zur Jugendpsychologie* sein soll, so erfordert diese
Aufgabe einen breiteren methodischen Rahmen, als bei dem Thema *ohne*
diese Zielsetzung notwendig gewesen wäre. Denn eine Einordnung der
Ergebnisse einer solchen Bearbeitung in die Jugendpsychologie setzt eine
umfassende Kenntnis ihrer Methoden und Forschungsergebnisse voraus.
Da aber die Jugendpsychologie in ihrer Arbeit einerseits kausal an die
Kinderpsychologie, andererseits teleologisch an die Erwachsenenpsychologie gebunden ist, müssen auch diese gemäß ihrer Bedeutung für unser
Problem berücksichtigt werden. Außerdem wird uns die Spezialisierung
des Themas auch in die Religionspsychologie führen, soweit sie sich mit
der *Entwicklung* der Religion befaßt. So soll der folgende Überblick
über die allgemeine Psychologie, Kinderpsychologie, Religionspsychologie und besonders über die Jugendpsychologie dazu dienen, uns über die
methodischen Fragen, insbesondere das Quellenmaterial, die Methoden
im engeren Sinne und die Ergebnisse zu orientieren. Die Breite dieses
Teils wird wesentlich durch die Blickrichtung auf die *religiöse Entwicklung* des Menschen bestimmt.

Die Jugendpsychologie ist die jüngste unter den genetischen Diszi-
plinen von der Seele des Menschen. Das ist kein Zufall, auch kein be-
dauerliches Versäumnis. Denn ihre Arbeit konnte erst einsetzen, als die
Kinderpsychologie eine einigermaßen feste Grundlage geschaffen hatte,
auf der man weiterbauen konnte. So klagt *Spranger* noch in seiner „Psychologie" mit Recht: „Indem ich die ‚Gesamtlebensform' des Kindes als
bekannt voraussetzen möchte, läßt mich die bestehende Kinderpsychologie völlig im Stich; das Gebiet, das ich hiermit streife, scheint beinahe
unbekannter als das, dem wir unsere Hauptarbeit widmen wollen." [1] Andererseits hat sich die allgemeine Psychologie erst spät mit dem Entwicklungsgedanken befreundet. Auch hier mußten zunächst die Voraussetzungen für eine gedeihliche Erforschung der Pubertätszeit geschaffen
werden. Wenn aber die jugendpsychologische Arbeit doch einsetzte, bevor diese Voraussetzungen auf dem Gebiete der Kinder- und allgemeinen
Psychologie gegeben waren, so war es nicht zuletzt die *moderne Jugendbewegung*, die zu einer beschleunigten wissenschaftlichen Bearbei-

---

[1] *Spranger, E.*, Psychologie des Jugendalters. S. 31/32.

innerhalb der Psychologie darstellt und, es kann ohne Übertreibung gesagt werden, im Mittelpunkte der gesamten psychologischen Wissenschaft steht.

Die Anfänge der Kinderpsychologie liegen eigentlich in der Aufklärungszeit, sie sind an die Namen *Basedow, Comenius, Rousseau* und *Pestalozzi* geknüpft. Eine Weiterentwicklung war aber nicht möglich, solange sich die Psychologie nur mit der Selbstbeobachtung und einer oberflächlichen Fremdbeobachtung, d. h. nur des *erwachsenen* Menschen, befaßte. Erst der Fortschritt der Naturwissenschaften in der zweiten Hälfte des 19. Jahrhunderts brachte mit dem Interesse für psychische Entwicklungen auch der jungen experimentellen Psychologie bedeutsame Fortschritte: die Spezialgebiete der Tier- und Völkerpsychologie. Allmählich brach sich auch neben der phylogenetischen Betrachtungsweise die ontogenetische, die kinderpsychologische Forschung, Bahn. Die ersten Arbeiten auf diesem Gebiete bestanden in biographischen Untersuchungen. Es waren weder Pädagogen noch Psychologen, die diese ersten Versuche machten, sondern Mediziner.[2] Das durchschlagende Werk war das von *W. Preyer*,[3] in dem dieser die systematischen Beobachtungen an seinem eigenen Kinde bis zum 3. Lebensjahre auswertete. Es ist begreiflich, daß für *Preyer* als Mediziner die körperliche Entwicklung im Vordergrunde des Interesses stand, und daß die Erklärungen allzu intellektualistisch ausfielen. So bieten sie für unser Problem nichts. Dasselbe gilt von ähnlichen Tagebuchaufzeichnungen,[4] sofern sie nicht über das 3. Lebensjahr hinausgingen. Ihre hohe Bedeutung liegt aber darin, daß sie die jeweiligen Methoden der allgemeinen Psychologie zweckmäßig auf die Erforschung des kindlichen Seelenlebens anwandten. Hier verlangte die reine experimentelle Methode eine Modifizierung, wenn sie sich überhaupt nicht als unzweckmäßig erwies. Seit der Jahrhundertwende belebte die individualpsychologische Forschungsmethode auch die Kinderpsychologie. Von der wissenschaftlichen Psychologie her waren es in erster Linie *Ament, Meumann, Stumpf* und *W. Stern*,[5] die nach dieser Methode auch die Seele des Kindes zu ergründen suchten. Die Monographien der Ehepaare *Stern* und *Scupin*[6] umfaßten bereits die ersten *sechs* Lebensjahre. Aber in allen diesen Veröffentlichungen, auch in den Gesamtdarstellungen von *Groos, Gaupp* und *Dyroff*[7] wurden fast nur die Sinneswahrnehmungen und besondere Entwicklungsgebiete, z. B. das der Sprache, berücksichtigt. Über die Religion des Kindes wollte oder konnte man noch nichts

---

[2] *Tiedemann, B. Sigismund* und *Kußmaul.*
[3] *Preyer, W.*, Die Seele des Kindes. 1887.
[4] *Miß Shinn* u. a.
[5] *Stern, W.*, Psychologie der früheren Kindheit. 1914.
[6] *Stern, Cl. und W.*, Erinnerung, Aussage und Lüge in der ersten Kindheit. 1909. — *Scupin, E. und G.*, Bubis erste Kindheit. 1907.
[7] Siehe Literaturverzeichnis.

mit dem Naturgefühl nahe verwandt, ist beim Kinde in seinen Anfängen schwer zu studieren, weil die Erziehung dem Kinde die Religion zuträgt, ehe es hinreichend gereift ist, um von sich aus religiöse Vorstellungen und Stimmungen bilden, bzw. erfahren zu können. Gefühlswarme und phantasievolle Kinder, die ihren Eltern Zärtlichkeit und blindes Vertrauen entgegenbringen, erscheinen der religiösen Entwicklung besonders zugänglich."[8]

Welches sind nun die Methoden dieser kinderpsychologischen Forschung?

In der *Beobachtungsmethode* muß die Selbstbeobachtung ihrer Bedeutung nach zurücktreten; man kann *W. Stern* beipflichten, wenn er schreibt: „In gewissem Sinne ist, so muß man sich resigniert gestehen, die Kindheit für uns ein ewig verlorenes Paradies; zu einer vollen restlosen Einfühlung in die besondere Beschaffenheit und Struktur der Kinderseele kann es bei uns Erwachsenen nicht mehr kommen."[9] Wie weit diese Methode herangezogen werden kann, muß bei dem einzelnen Psychologen davon abhängen, in welchem Maße sich bei ihm Erinnerungen an die eigene Kindheit erhalten haben. Auch bei der Beobachtung des Kindes mit Tagebuchführung ist größte Vorsicht bei Analogieschlüssen geboten,[10] d. h. „die Einfachheit des kindlichen Seelenlebens" ist „in Rechnung zu ziehen."[11] Daneben werden fremde Selbstbeobachtungen und Fremdbeobachtungen verwertet, besonders die Autobiographien. Das Kind selbst wird nur in sehr vorsichtiger Weise durch Umfragen zur Mitarbeit herangezogen werden können. Erst im schulpflichtigen Alter kann man mit einigem Erfolg mit rein experimentellen Methoden arbeiten, am besten aber nur zur Kontrolle der Ergebnisse, die durch die Beobachtungsmethode erzielt worden sind. So tritt neben die Einzelbeobachtung die Massenbeobachtung, erweitert durch die Umfragen. Diese Methoden sind nun auch von den *Pädagogen* angewandt worden, die das Kindesalter, nicht zuletzt durch die Anregung der amerikanischen Religionspsychologen, auf die *religiöse* Entwicklung hin untersucht haben. Es ist unmöglich und wohl auch unnötig, auf alle Abhandlungen dieser Art einzugehen. Sie decken sich nach Methode und Ertrag im wesentlichen mit den Untersuchungen von *H. Schreiber* und *Fr. Weigl*, auf die hier näher eingegangen werden soll.

Schreiber stellt sich die Aufgabe, „auf seine eigene religiöse Entwicklung und seine Erfahrungen und Erlebnisse als Berufserzieher zurückzuschauen, eine Menge von Lebensläufen, Tagebüchern, Erzählungen und wissenschaftlichen Werken zu studieren, Eltern und Berufsgenossen

---

[8] *Gaupp, R.*, Psychologie des Kindes. 1908. S. 52.
[9] *Stern, W.*, Psychologie der frühen Kindheit. 3. Aufl. 1923. S. 12.
[10] Vgl. *Groos*, Das Seelenleben des Kindes. 3. Aufl. 1911. S. 13 ff. und *W. Stern*, Psychologie. S. 11 ff.
[11] *W. Stern*, Psychologie. S. 13.

Untersuchung sind: dem Milieu ist eine primäre Bedeutung beizumessen; denn die religiöse Welt des Kindes entspricht derjenigen seiner Umwelt. Gott wird anthropomorph vorgestellt. Aber auf dem Wege zur Eroberung seiner Umwelt, bei seinen „Experimenten" stößt das Kind auf Hindernisse. Die religiöse Welt ist ihm zunächst zu abstrakt, deshalb bringt es ihr kein großes Interesse entgegen. Diese droht aber schon zusammenzubrechen, wenn das Kind, etwa vom 10. Lebensjahre an „Realist" wird. *Schreiber* sagt dazu: „Auffallend waren mir in den Arbeiten der älteren Knaben die sich mehrenden Zweifel, welche sowohl bei der Schilderung des Himmels wie bei der Beschreibung der Hölle auftraten. Bei den Elf- bis Zwölfjährigen stieß ich öfters auf die Wendungen: ‚So meinen die kleinen Kinder... Früher habe ich alles genau gewußt, aber jetzt nicht mehr.'"[13] Neben der religionspsychologischen betont *Schreiber* auch die religionspädagogische Bedeutung seiner Untersuchung, die von einer vernichtenden Kritik des befohlenen Religionsunterrichts von seiten der älteren Volksschüler Zeugnis ablege.

Während *Schreiber* seiner Abhandlung Kinder *protestantischer* Eltern zugrunde legt, stellt *Weigl*[14] seine Untersuchung an *katholischen* Kindern Münchens an. Er benutzt autobiographisches Material und freie Kinderaufsätze, in der Hauptsache aber fußt er auf einer exakt durchgeführten Erhebungsmethode. Wenn auch der katholische Standpunkt deutlich hervortritt, so unterscheiden sich seine Ergebnisse doch nicht so sehr, wie man erwarten möchte, von denen *Schreibers*. Auch er muß zugeben, daß im Kindesalter schon Zweifel auftreten, glaubt aber betonen zu müssen, daß das katholische Kind unter dem Schutze des katholischen Unterrichts, der Kirche und des Elternhauses während der Schulzeit vor dem völligen Durchbruch des Zweifels bewahrt bleibt. Diese Behauptung erhärtet er durch einen Vergleich mit der Veröffentlichung von *Felden* in der „Tat", Bd. V,[15] die die Verhältnisse in protestantischen Kreisen Bremens beleuchtet und ein *negatives* Bild von der religiösen Glaubenswelt der Kinder bietet. *Weigl* bezeichnet seine Arbeit als einen „Baustein zur systematischen Darstellung der religiösen Entwicklung." Als solcher ist sie auch neben der Untersuchung *Schreibers* zu bewerten. Denn alle späteren Arbeiten über die religiöse Entwicklung im Jugendalter greifen auf sie zurück.

Über das schulpflichtige Alter hinaus hat Gymnasialprofessor Dr. *Pöhlmann*[16] in Nürnberg an einer höheren neunklassigen Schule Erhebungen gemacht. In allen neun Klassen stellte er die Frage: „Was

---

[12] *Schreiber, H.,* Der Kinderglaube. Langensalza 1909.
[13] *Schreiber, H.,* Der Kinderglaube.
[14] *Weigl, Fr.,* Kind und Religion. Paderborn 1914.
[15] Vgl. *Felden, E.,* Kind und Gottesglaube. Berlin 1921.
[16] *Pöhlmann,* Vom Kinderglauben zum Männerglauben. Monatsblatt für den evangelischen Religionsunterricht. 1909. S. 33, 65 und 129.

glaube erhalte sich bis zum 15. Lebensjahre, in das 16.—18. falle die Zeit des Sturmes und Dranges, vom 18. Lebensjahre an werde die Kritik besonnener, man könne Ansätze zum selbstgewählten Glauben beobachten. Es muß gewagt erscheinen, auf Grund *einer* Erhebung in der Schule durch einen Lehrer zu einer Festlegung von scharf abgegrenzten Entwicklungsstufen zu schreiten. Die Art der Erhebung nur machte es möglich, die Grenze für den Kinderglauben so weit hinaufzurücken.

Leider wirkten solche wertvollen Untersuchungen auf die Lehrer an höheren Schulen wenig anregend. Sie blieben vereinzelt. Der *wissenschaftliche* Lehrer sah immer noch psychologische und pädagogische Probleme als sekundäre Aufgaben an. So waren es in dieser Zeit vorwiegend führende Männer in der *Jugendpflege* und in der jungen *Jugendbewegung*, die sich mit jugendpsychologischen Fragen beschäftigten. Um eine exakte wissenschaftliche Arbeit konnte es sich bei den meisten dieser Betrachtungen nicht handeln, da sie nicht frei von Tendenz waren. Einen guten Überblick über die Entwicklung der Jugendpflege und Anfänge der Jugendbewegung geben die Werke von *L. Cordier* und *Keilhacker*.[17] Auf die Abhandlungen über die religiöse Haltung der Jugendbewegung muß in einem besonderen Kapitel noch eingegangen werden. Aus Jugendpflegekreisen verdienen die Arbeiten von *G. Dehn, C. Stockhaus, W. Classen, E. Lau* und *O. Rühle*[18] besondere Beachtung, da sie auch die *proletarische Jugend* in den Gesichtskreis soziologischer und psychologischer Betrachtungen ziehen.

In seinem ersten Werke berichtet *Dehn* aus der reichen Erfahrung seiner seelsorgerischen Tätigkeit in Berlin. Er legt hier die Verhältnisse *vor* dem Kriege zugrunde. Indem er das Problem vom Standpunkte der evangelischen Kirche aus beleuchtet, kommt er zu einem *relativ negativen* Ergebnis. Er führt aus: „Ich denke... an ihr" (der proletarischen Jugend) „Verhältnis zur herkömmlichen Religion ihres Landes und ihrer Väter, in der auch sie naturgemäß hätte aufwachsen und leben sollen. Nur in diesem Sinne kann man wohl von einer Religionslosigkeit des modernen Arbeiters reden, vielleicht nicht so sehr des katholischen, der zum Teil noch ein ausgesprochen positives Verhältnis zu seiner Religion hat, als vielmehr des evangelischen. Die hier vorausgesetzte Religionslosigkeit bedeutet also nicht ein Freisein von allen religiösen Elementen. Die werden sich überall finden, ganz gewiß auch beim Arbeiter, bei dem oftmals sozialistische oder naturwissenschaftlich-monistische Gedankengänge ausgesprochen religiöse Färbung haben. Aber sie bedeutet Lossein von der Kirche, und nicht nur das, sondern auch Lossein von

---

[17] *Cordier, L.*, Evangelische Jugendkunde. — *Keilhacker*, Jugendpflege und Jugendbewegung in München.
[18] Die wichtige Arbeit von *Bondy* wird auf Seite 35 besprochen.

und ist seitdem nicht wieder aufgestanden." [20] In seiner Abhandlung „Die religiöse Gedankenwelt der Proletarierjugend" belegt er seine Auffassung mit Zeugnissen aus 2400 Aufsätzen von Berliner Fortbildungsschülern, die er durch die sogenannte Reizwort- oder Dreiwortmethode — *Dehn* sagt „Stichwortmethode" — gewonnen hat. Diese Methode, die sich dem Experiment nähert, besteht darin, daß den Fortbildungsschülern ein Thema in Form von drei Wörtern, z. B. „Gott, Hilfe, Tod" gegeben wird, die verhältnismäßig leicht in Zusammenhang gebracht werden können und dadurch zu einer Behandlung anreizen sollen. Es muß in Frage gestellt werden, ob die auf diesem Wege gewonnenen Äußerungen noch etwas Spontanes in sich tragen. Die Gedanken der Schüler sind doch von vornherein in eine bestimmte Richtung gewiesen. Viele werden nur schreiben, weil etwas geschrieben werden *soll*. Die Mängel dieser Methode werden auch nicht dadurch behoben, daß *G. Dehn* und sein Mitarbeiter *E. Lau* die Schüler persönlich einige Stunden unterrichten und mit ihnen auf dem Umwege über allgemeine Lebensfragen auch religiöse Probleme berühren. Aber abgesehen von diesen Bedenken geben die Aufsätze doch wichtige Aufschlüsse über das religiöse Leben der Proletarierjugend. *G. Dehn* faßt die Ergebnisse dahin zusammen: „Das religiöse Bild, das uns die Jugend bietet, ist das der Auflösung. Mag das bei den Mädchen auch nicht in vollem Umfang zutreffen, von den Jungen muß es gesagt werden. Darüber können auch nicht die immer wieder auftretenden religiös interessierten, den Gottesglauben und die Kirche verteidigenden Jungen und Mädchen hinwegtäuschen. Die Auflösung ist da.

Das zeigt deutlich der Mangel einer regiliösen Entwicklung von Altersstufe zu Altersstufe, das zeigen die überall eindringenden Elemente der Zersetzung, das zeigt endlich der tatsächlich vorhandene, in Wahrheit doch unendlich dürftig religiöse Besitz.

Es ist für diese Jugend auch absolut selbstverständlich, daß die Religion aufgehört hat, eine das Leben in seiner Gesamtheit bestimmende Macht zu sein. Sie ist durchaus Privatsache, Weltanschauungssache des einzelnen geworden, an die Peripherie des Daseins gedrängt." [21]

Mit diesen beiden ausführlichen Zitaten ist die Beurteilung der religiösen Haltung der Proletarierjugend durch *Dehn* eindeutig wiedergegeben. Er beurteilt diese Jugend durchaus nicht, wie *O. Kupky* es darstellt, nur in zu enger Fassung des Religionsbegriffs,[22] oder so pessimistisch, wie man nach *E. Spranger* [23] annehmen muß. Es besteht auch nicht, im Endergebnis wenigstens nicht, eine solche Differenz, wie sie

---

[19] *Dehn, G.*, Großstadtjugend. S. 35/36.
[20] *Dehn, G.*, Großstadtjugend. S. 45.
[21] *Dehn, G.*, Die religiöse Gedankenwelt der Proletarierjugend. S. 72.
[22] *Kupky, O.*, Jugendlichen-Psychologie. S. 119.
[23] *Spranger, E.*, Psychologie des Jugendalters. S. 317 f.

14

nicht abfällig über die Religion der Massen. Unendlich vielgestaltig ist das Streben, das die Gottheit in die Seele des einzelnen legt. Jedes Ringen nach Ausgestaltung dieser Kraft aber liegt auf dem Wege nach dem Einswerden mit dem Göttlichen, es ist Religion."[25] *O. Rühle* dagegen unterstreicht die Ausführungen *Dehns* nach ihrer pessimistischen Seite hin in tendenziöser Weise.[26] Die „Beiträge zur Psychologie der Jugend in der Pubertätszeit" von *E. Lau* — hier war *Dehn* Mitarbeiter — können, was das religiöse Problem anbelangt, als eine Nachprüfung der Ergebnisse der ersten gemeinsamen Untersuchungen angesehen werden, da hier *nicht nur* nach der *religiösen* Einstellung geforscht wird. Dazu sagt *Lau:* „Über die Religion bei der Proletarierjugend hat *Dehn* in Gemeinschaft mit dem Verfasser ausführliche Untersuchungen unternommen. Die Religion ebenso wie die Politik ist, wie von Wundt immer betont wurde, zunächst Sache der Völkerpsychologie. So hat denn auch *Dehns* Untersuchung den Zustand des absterbenden Mythus im Großstadtvolk deutlich gemacht. Die subjektive Seite, die religiöse Empfänglichkeit ist dabei weniger hervorgetreten. Sie scheint stärker zum Ausdruck zu kommen, wenn man nicht direkt nach religiösen Gegenständen fragt, wo schließlich jeder etwas sagen kann, sondern feststellt, inwieweit andere Bewußtseinsinhalte, die dem religiösen Lebensinhalte ferner liegen, davon durchdrungen sind. Blicken wir unter diesem Gesichtspunkt auf die bisher besprochenen Arbeiten der Burschen, so habe ich nur bei den älteren Bäckern klare religiöse Klänge vernommen." „Ganz anders ist es bei den Mädchen."[27] Er glaubt feststellen zu können, daß bei den Vierzehnjährigen das Ethisch-Religiöse den Vorrang habe; danach scheine es etwas zurückzutreten. Man gewinne den Eindruck, „daß bei den *älteren* Mädchen die Bedeutung des Religiösen abnimmt."[28] Der größte Unterschied zwischen Knaben und Mädchen zeige sich im 14. Lebensjahr, die Mädchen seien „auf einer Höhe ethisch-religiöser Ergriffenheit", während die Jungen sich noch auf der kindlichen Stufe befänden, sie seien noch „amoralisch und ungeschlechtlich". Erst mit dem 16. und 17. Lebensjahre reagierten sie „ethisch und ohne Affektiertheit geschlechtlich."[29] Er sucht so in Anlehnung an *Starbuck,* dessen Arbeit in anderem Zusammenhange berücksichtigt werden wird, Beziehungen zwischen dem „erhöhten Wachstum" und dem „Erwachen der ethischen Persönlichkeit"[30] herzustellen. An dieser Betrachtungsweise kann man deutlich den Einfluß der damaligen Psychologie, die in ihrer analysierenden Arbeitsweise *physiologisch* orientiert war, erkennen. Es

---

[24] *Stockhaus, C.,* Die Arbeiterjugend zwischen 14 und 18 Jahren. S. 15.
[25] Derselbe S. 63.
[26] *Rühle, O.,* Die Seele des proletarischen Kindes. S. 52—58.
[27] *Lau, E.,* Beiträge zur Psychologie der Jugendlichen in der Pubertätszeit. 2. Aufl. 1924. S. 27.
[28] Derselbe S. 32.   [29] Derselbe S. 40.
[30] *Lau, E.,* Beiträge. S. 40.

und blieb Sexualpsychologie. Als typisch für diese naturwissenschaftliche Forschungsrichtung kann die Arbeit von *Th. Ziehen*[31] gelten. Er sucht die „seelische Umwandlung" auf „drei ursächliche Momente" zurückzuführen: die *„anatomische Weiterentwicklung des Zentralnervensystems",* die *„Reifung der Geschlechtsdrüsen"* und die *„Umwälzung der Umwelt- und Lebensbedingungen".*[31] Diese Erkenntnisse sind richtig, aber sie führen uns nicht zu einem Verstehen der Art und des Verlaufes der inneren Erlebnisse des Reifenden, mit *Sprangers* Worten der „seelisch-geistigen Strukturveränderung".[32] Daß das religiöse Problem nur nebensächlich behandelt wird, ergibt sich schon aus der Methode. Richtig gesehen hat *Ziehen,* daß sich die Entwicklung der religiösen Gefühle sehr verschieden gestaltet, daß religiöse Phasen oft sehr schnell von irreligiösen abgelöst werden. Auf die Feinheiten geht er nicht näher ein, weil seine Darstellung sich auf die allgemeinen Entwicklungstatsachen physiologischer Art beschränkt.

Wenn oben betont worden ist, daß die physiologische Psychologie letzten Endes zu einer Sexualpsychologie werden muß, so trifft das in vollem Umfange auf die Sexualtheorie *S. Freuds* zu. Es mußte reizen, diese Theorie auch zur Erforschung des religiösen Erlebens heranzuziehen, da sie ja die letzten Wurzeln *alles* Seelenlebens im Unbewußten aufdecken wollte. Hingewiesen sei in diesem Zusammenhange auf die allerdings vorübergehenden Experimente *K. Girgensohns*[33] und auf die Empfehlung der Methode für die Religionspsychologie durch *O. Pfister*.[34] Ohne Zweifel hat die Psychoanalyse, besonders in der maßvolleren Richtung von *A. Adler,*[35] ihre wissenschaftlichen Verdienste um die Klärung der Bedeutung des sexuellen Komplexes für die Reifung des Jugendlichen auch in religiöser Hinsicht.[34] Aber ihre Anwendung bei Kindern und Jugendlichen ist kaum denkbar. Ein solcher „Verhörszwang" kann nur einen negativen Erfolg haben, das Vertrauen wird untergraben, und der Jugendliche macht seine Aussagen unter Suggestion. Nennenswerte Versuche sind auch in dieser Richtung kaum unternommen worden. *W. Stern* bezeichnet den Versuch einer Anwendung der Psychoanalyse in der Jugendpsychologie als „eine wissenschaftliche Verirrung" und „pädagogische Versündigung".[36] Die Psychoanalyse wird ihre Aufgabe wieder dahin beschränken müssen, bei krankhaften seelischen Zuständen Abhilfe zu schaffen; die Jugendpsychologie wird von ihr kaum eine Förderung zu erwarten haben, am allerwenigsten

---

[31] *Ziehen, Th.,* Das Seelenleben der Jugendlichen. S. 7. Vgl. auch *Groos, K.,* Zur Psychologie der Reifezeit.
[32] *Spranger, E.,* Psychologie des Jugendalters. S. 25.
[33] *Girgensohn, K.,* Der seelische Aufbau des rel. Erlebens. 1921. S. 20, 23 u. 417 ff.
[34] *Pfister, O.,* Die psychoanalytische Methode.
[35] Vgl. *Spranger,* Psychologie des Jugendalters. S. 46 und 155.
[36] *Stern, W.,* Die Anwendung der Psychoanalyse auf Kindheit und Jugend. — Derselbe, Psychologie der frühen Kindheit. S. 9/10.

16

Ähnliche Bedenken, wenn man von dem sexuellen Moment absieht, sind auch gegen die rein experimentelle Religionspsychologie *K. Girgensohns*[37] zu erheben, bei der es sich in Erweiterung der denkpsychologischen Methode *Külpes* um folgendes handelt. Die Versuchspersonen schreiben nach der Lektüre von Gedichten religiösen Inhalts, die ihnen vorgelegt werden, nach Möglichkeit alle Erlebnisse auf, die sie während des Lesens gehabt haben. Alle Aussagen werden genau und ausführlich protokolliert, ebenso der Inhalt der Gespräche, die im Anschluß daran über religiöse Themen mit den „Beobachtern", wie sie *Girgensohn* nennt, noch geführt werden. Die Analyse des umfangreichen Materials dient dann der religionspsychologischen Erkenntnis. Schon wegen der hohen Anforderungen, die diese Methode an die Versuchspersonen stellt, kann sie in der Jugendpsychologie schwerlich Eingang finden. Alle solche Experimente werden ein verzerrtes Bild jugendlichen religiösen Erlebens ergeben; denn wenn der Jugendliche merkt, daß mit ihm experimentiert werden soll, wird er spröde. In verstärktem Maße bestehen auch hier die Einwände zu Recht, die gegen die Dreiwortmethode geltend gemacht werden mußten. Mag diese eingehende Ausfragemethode bei *gebildeten Erwachsenen*, aber nur bei solchen, zu beachtenswerten Ergebnissen führen, dem Jugendlichen muß sie widerstreben.[38]

Die Religionspsychologen Deutschlands wandten sich der individualpsychologischen genetischen Religionspsychologie erst zu, als in Amerika *Stanley Hall, Leuba, James*[39] und *Starbuck* in dieser Richtung arbeiteten. *Starbuck* veröffentlichte im Jahre 1899 sein Werk „The Psychologie of Religion, an empirical study of the growth of religious consciousness", deutsch von Fr. Beta 1909. Hier ist es die Massenerhebung durch gedruckte Fragebogen, die reiches Material beschaffte. Zur Kritik dieses Verfahrens kann gesagt werden: die Fehlerquellen liegen auf der Hand. *Starbuck* täuscht sich über den Wert der Ergebnisse, wenn er die Mängel nicht sieht. Nicht jeder ist zu einer Selbstbeobachtung fähig, oder er übt diese erst, wenn er durch die Zusendung des Fragebogens dazu aufgefordert wird. Eine solche Selbstbeobachtung kann nur oberflächlich sein und muß zu Fehlurteilen führen, vollends wenn der Bogen von jemand ausgefüllt wird, dem das Interesse für seine Person schmeichelt. Außerdem kann *Starbuck* durch die wenigen Angaben über das Milieu kaum ein vollständiges Bild von den Einsendern der Fragebogen bekommen. Trotzdem kann keine jugendpsychologische Arbeit heute an den Resultaten dieser Untersuchung vorübergehen. Die Statistik *Starbucks* hat ergeben, daß 79 % der männlichen und 53 % der weiblichen Personen,

[37] *Girgensohn, K.,* Der seelische Aufbau d. rel. Erl. — *Spranger, E.,* Psychologie des Jugendalters. S. 299. — *Hermann, R.,* Zur Frage des religionspsychologischen Experiments. 1922. — *M. Frischeisen-Köhler,* Grenzen der exper. Methode. 1918.
[38] *Spranger, E.,* Psychologie des Jugendalters. S. 299.
[39] *James, W.,* Die religiöse Erfahrung in ihrer Mannigfaltigkeit. — *Stanley Hall,* Adolescence. 1918.

buck eine Entwicklungserscheinung, der eine starke Mitwirkung bei der Persönlichkeitsbildung zukommt. Die Gegenstände, an denen der Zweifel zum Ausbruch kommt, ebenso die Anlässe sind mannigfacher Art. In der Hauptsache sind die Zweifel intellektuellen und ethischen Ursprungs. Im Mittelpunkte des Fragebogens und damit auch der ganzen Abhandlung aber steht die „Bekehrung", die *Starbuck* mit *James* als eine normale Pubertätserscheinung ansieht. Vorwiegend in der Statistik über die Motive der Bekehrung tritt der durchaus amerikanische Charakter dieses religiösen Phänomens zutage: sie ist letzten Endes in dem reich entwickelten Sektenwesen Amerikas begründet. Dadurch müssen die Erträge der amerikanischen religionspsychologischen Forschung für uns an Bedeutung und Interesse verlieren, ohne daß durch diese Beurteilung ihr großer Wert für die jugendkundliche Forschung beeinträchtigt werden soll.

Es ist das große Verdienst *Richerts*, daß er als Pädagoge die Thesen der amerikanischen Religionspsychologen an der religiösen Einstellung *unserer* Jugend höherer Schulen in vertiefter psychologischer Bearbeitung nachgeprüft und revidiert hat. In seinem „Handbuch" fordert er schon 1911 für eine Behandlung der besonderen Probleme des *Religionsunterrichts reiferer* Schüler die genaue Kenntnis der *psychischen* Bedingtheiten der Religion. Zu diesem Zwecke geht er in einem besonderen Abschnitte „Die Religionspsychologie des erwachsenen Schülers"[40] auf die religiöse Entwicklung des Jugendlichen ein. Dabei verweist er „ein für allemal auf Starbuck als für die Religionspädagogik grundlegend".[41] Dem entspricht auch die Abhandlung in ihrer Gliederung. Das Problem der Pubertät sieht *Richert* in dem Kampfe „des sich als unendlich wertvoll empfindenden Persönlichkeitsgefühls mit den objektiven Mächten der Kultur."[42] Neben diesem Individualismus ist das „Typische" der Intellektualismus des Jugendlichen (S. 45). Aus der verstandesmäßigen Einstellung heraus ergibt sich der *Zweifel* als „eine selbstverständliche Erscheinungsform".[43] Der religiöse Erzieher hat damit zu rechnen, daß die meisten Jugendlichen eine Periode der Negation durchleben; denen gegenüber tritt der Typus mit ruhiger Entwicklung und derjenige, der vielleicht gar nicht mehr zweifelt, stark zurück (S. 56). Eine organische Weiterentwicklung kann nur dadurch gefördert werden, wenn der Erzieher den Zweifel seiner Schüler nicht negiert, sondern zu seiner Überwindung beiträgt: „Schaffe ein geeignetes Milieu zum normalen Ablauf der Krisis."[44] Der Jugendliche muß zu der Überzeugung geführt werden, daß „auf die letzten Fragen die Wissenschaft keine Antwort geben kann und geben will".[45] Hierbei ist die Kenntnis des Milieus, das die religiöse Haltung des Jugendlichen entscheidend beeinflußt, eine uner-

---

[40] *Richert, H.*, Handbuch für den Religionsunterricht. S. 41—82. [41] Derselbe S. 11.
[42] Derselbe S. 42. [43] Derselbe S. 55.
[44] Derselbe, Psychologie und Pädagogik der Entwicklungsjahre.
[45] Derselbe, Handbuch für den Religionsunterricht. S. 62.

knappe, aber gut orientierte Skizzierung seiner psychologischen und pädagogischen Anschauungen geben zwei Vorträge aus den Jahren 1914
und 1917.[46]

Auch *J. Hoffmann*[47] schaut die religiöse Entwicklung des *katholischen* Jugendlichen, allerdings als Seelsorger,[48] vom religionspädagogi-
schen Standpunkt. Er sandte Fragebogen an 200 Abiturienten, von denen
39 antworteten. Der Bekehrung mißt *Hoffmann*, weil auch er keine weite
Verbreitung annimmt, keine Bedeutung bei. Er glaubt vielmehr, daß mit
der Entfaltung der geistigen Anlagen auch das religiöse Leben Anregung
finde. Es rühre hauptsächlich von dem Empfange der heiligen Sakramente der Buße, der Kommunion und der Firmelung her; dieser falle
in eine günstige Zeit, in der die Seele des angehenden Pubeszenten für
das Hohe und Erhabene sehr empfänglich sei. Er sieht zwei Gruppen
von Jugendlichen, von denen die einen *ohne* Kampf, die anderen in Sturm
und Drang aus der Kindheitsreligion herauswachsen. Bei $^2/_5$ sind sittliche Kämpfe verbunden mit Glaubenszweifel festzustellen, bei $^1/_5$ solche
ohne Zweifel, bei $^1/_5$ Zweifel ohne sittliche Anfechtung, das letzte Fünf-
tel ist von beiden freigeblieben. Diese ruhige Entwicklung ist auf den
Schutz eines guten Elternhauses zurückzuführen. Eine Steigerung des
Zweifels bis zur Glaubensnot wird vornehmlich durch die Umgebung
verursacht. Daneben sucht er die Gründe auch in der Überanspannung
der Nerven und in dem Erwachen des Selbstgefühls und Ehrgefühls.
Trotz dieser Krisenmöglichkeiten, die zur Gleichgültigkeit und religiösen
Entfremdung führen können, hält er eine harmonische Entwicklung für
das Naturgemäße, es gibt eine Entwicklungsform, die „ein harmonisches,
ununterbrochenes, ungehemmtes Übergehen von dem Glauben der Kindheit in den des Mannes darstellt".[49] Mit dem 16. Lebensjahre beginne die
Restauration, deren Abschluß erst in die Nachpubertät falle. In der
so gebildeten religiösen Persönlichkeit stelle die Kindheitsreligion den
Grundstock dar, sie werde nur der geistigen Reifung entsprechend ver-
tieft. Die Mädchen unterscheiden sich in ihrer religiösen Entwicklung
dadurch, daß sich ihre religiöse Persönlichkeit weniger an einer wissenschaftlich vertieften Überzeugung als vielmehr an den aus der Gemüts-
welt aufsteigenden Gefühlen bilde.

Gerade an dieser Gegenüberstellung erkennt man, daß *J. Hoffmann*
nur den *gebildeten* katholischen Jugendlichen sieht. Insofern können seine
Anschauungen nicht den Anspruch auf Allgemeingültigkeit erheben. Der
katholische Standpunkt tritt deutlich in der Kernfrage nach dem Zweifel
zutage. Die Norm soll eine Entwicklung *ohne Zweifel*, der zu einer Krisis

---

[46] *Richert, H.*, Die Ergebnisse der modernen Jugendpsychologie für die Gestaltung des Religionsunterrichts. — Derselbe, Psychologie und Pädagogik der Entwicklungsjahre.
[47] *Hoffmann, J.*, Handbuch der Jugendkunde und Jugenderziehung.
[48] Ebenso *Schopen, F.*, Beiträge zur Erziehung der männlichen Jugend.
[49] *Hoffmann, J.*, Handbuch der Jugendkunde und Jugenderziehung. S. 307.

tung des Denkens im seelischen Erleben untersucht und damit *höhere* geistige Vorgänge experimentell erforscht. Das bedeutete einen großen Fortschritt gegenüber der experimentellen Schule *Wundts*, die sich darauf beschränkte, die elementaren Vorgänge des Seelenlebens zu untersuchen, d. h. die Elemente oder Atome. Der Gesichtspunkt der *Ganzheit* der Seele wurde noch mehr in der „Gestalts- und Strukturpsychologie" von *Wertheimer* betont, die sich entschieden gegen die atomistische Zerlegung der Seele wandte, um die „Gestalten" in ihrer Strukturiertheit zu verstehen. *Köhler* wandte diesen Grundsatz zunächst in der Tierpsychologie, *Koffka* in der Kinderpsychologie an. Schließlich trat neben die naturwissenschaftliche die *geisteswissenschaftliche* Psychologie, die von *W. Dilthey* ausgehend besonders von *E. Spranger* für die jugendpsychologische Forschung nutzbar gemacht wurde. Sie lehnte das zergliedernde, naturwissenschaftliche Verfahren ab, um durch „Einfühlen" und „Verstehen" die seelische „Ganzheit" in ihrer Struktur zu erfassen.

Den Übergang von der naturwissenschaftlichen zur geisteswissenschaftlichen Psychologie stellt das Werk *Ch. Bühlers* mit seiner empirischen und biologischen Orientierung dar. Darum sei es als erstes angeführt, wenn es auch chronologisch gesehen hinter der Reifezeit von *W. Hoffmann* steht. Ausgehend von der seelischen *Ergänzungsbedürftigkeit* als dem Grunderlebnis in der Pubertätszeit will die Verfasserin eine Gesamtdarstellung der Pubertätspsyche bieten. Außer der Methode der *Beobachtung* und der Verwertung experimenteller Arbeiten und Erhebungen sind es die von *Giese* und *Dyroff* [50] statistisch bearbeiteten Sammlungen von Gedichten Jugendlicher, die sie als Quellenmaterial heranzieht. In der Hauptsache aber stützt sie ihre Darstellung „in noch weit umfassenderem Maße als bei der erstmaligen Darstellung" [51] auf *Tagebücher* von Jugendlichen, deren Zahl sie von 3 in der ersten Auflage auf 52 in der vierten Auflage erhöht hat. Zweifellos können solche Tagebücher eine außerordentlich wertvolle Quelle für jugendkundliche Arbeit sein. Auch ich sehe einstweilen keine bessere Möglichkeit, spon-

[50] *Giese, F.*, Das freie literarische Schaffen bei Kindern und Jugendlichen. 1914. — *Dyroff, A.*, Über das Seelenleben des Kindes. 2. Aufl. 1911.
[51] *Bühler, Ch.*, Das Seelenleben des Jugendlichen. 4. Aufl. 1927. S. 1.

Mitteilungsbedürfnis, ohne jegliche andere Nebenabsicht, die etwa die Spontaneität beeinträchtigen könnte. So wurden und werden noch die Tagebücher als verhältnismäßig beste Quelle angesehen.[52] Sicherlich kann ein Tagebuch, wenn es ein geschlossenes Bild der Entwicklung gibt und wenn es durch andere Dokumente oder durch den Verfasser selbst ergänzt werden kann,[53] eine sehr ergiebige Quelle sein. Aber auch hier zeigt sich, daß wir eine einwandfreie Quelle für die Jugendforschung nicht haben. Das Tagebuch müßte in großen Mengen und nicht nur in Auswahl zur Verfügung stehen. Konnten bisher im allgemeinen doch nur Tagebücher von Jugendlichen aus sozial besser gestellten Schichten aufgetrieben werden, während die Proletarierjugend fast ganz fehlt. So wird das Material, wie ich aus eigener Erfahrung weiß, nur sehr mühsam und künstlich gesammelt. Wir haben auch keine Gewähr dafür, ob das, was wir niedergeschrieben vorfinden, typisch ist, ob es echt ist, oder ob es dem Einflusse einer bestimmten Umwelt entspringt. Alle diese Bedenken haben dazu geführt, daß die Tagebuchmethode mehr und mehr an Beliebtheit einbüßt.[54]

Wenn *Ch. Bühler* die religiöse Entwicklung und die ethische Wertbildung in dem Kapitel „Zur Ethik, Religion und Weltanschauung des Jugendlichen" (S. 175 ff.) zusammen behandelt, so gibt sie dafür einen psychologischen Grund an. Es handle sich beim religiösen Erlebnis genau wie beim ethischen um ein komplexes Phänomen mit verschiedenen funktionalen Beziehungen. Das religiöse Grunderlebnis erfasse den *ganzen* Menschen. Dadurch nun, daß sich in der Pubertätszeit diese Funktionen nicht einheitlich und gleichmäßig fortbilden, erleide das religiöse Erleben die schwersten Stöße. Hierin liegt für sie das religiöse Problem des Jugendalters, *nicht in zufälligen Zweifeln*. Das religiöse Gesamtbewußtsein gehe verloren und werde oft nicht wiederhergestellt. Hier habe die Aufgabe des Erziehers einzusetzen, der der religiösen Sehnsucht, die im Pubertätsalter sehr stark sei, hohe Ideale geben müsse. Nach ihrem Material steigert sich das religiöse Leben besonders in dem 13. bis 14. Lebensjahre. Mit dem „Bedürfnis nach Gott und der Religion"[55] werde auch die *Kritik* wach. Das religiöse Problem stelle sich in der „Pubertät" als Problem von *Glauben und Wissen*, in der „Adoleszenz" dagegen als *Weltanschauungsproblem* dar. Deutlich erkennbar ist in

---

[52] Vgl. *Kupky, O.*, Tagebücher von Jugendlichen als Quellen zur Psychologie. — Derselbe, Jugendlichen-Psychologie. 1927. S. 9 ff. — Vgl. *Stern, W.*, Anfänge der Reifezeit. 1925. S. 1—2. — *Frisch, F.* und *Hetzer, H.*, Die rel. Entw. d. J. S. 409 und 410. — Beachtenswert ist der Versuch von *Fuchs* (s. Literaturverz.), durch Stilanalyse die Echtheit eines Tagebuches nachzuweisen.
[53] *F. Frisch* und *H. Hetzer* sandten Fragebogen an die zu ermittelnden Tagebuchschreiber.
[54] Vgl. *Tumlirz, O.*, Die Reifejahre. 1924. I. Teil. S. IV. — Vgl. *Hoffmann, W.*, Die Reifezeit. 2. Aufl. S. 127 ff.
[55] *Bühler, Ch.*, Das Seelenleben des Jugendlichen. S. 181.

halb eine Weltanschauung annimmt. Es muß immerhin zweifelhaft erscheinen, ob sich die Vielgestaltigkeit religiösen Lebens in dieses starre
Schema bringen läßt, ohne daß ihm Gewalt angetan wird.

Während *Ch. Bühler* mehr die weibliche Jugend behandelt, will
W. Hoffmann,[57] wie er ausdrücklich betont, nur die Entwicklung des
männlichen Jugendlichen darstellen. Ihm steht infolge seiner Tätigkeit
als Jugendrichter eine langjährige Erfahrung und durch seinen persönlichen und beruflichen Umgang mit der Jungend *aller* Volksschichten
umfangreiches und gutes Material mannigfacher Art zur Verfügung. Von
der Gesamtentwicklung aus, also vom psychologischen Standpunkte,
sucht *W. Hoffmann* das Wesen der Religion zu ergründen. Aus dem
„Prinzip der seelischen Resonanz" ergibt sich, das alles Seelische in ein-
heitlichem Sinne aufeinander abgestimmt sein muß. Die mannigfachen
seelischen Konflikte stören das Ich-Gefühl des Jugendlichen. Um diese
inneren Spaltungen und Konflikte zu überwinden, muß jeder Jugendliche um entsprechende Neugestaltung des Weltbildes ringen; deshalb
sucht er nach einem ordnenden Prinzip, sei es politischer, wirtschaft-
licher oder geistiger Art. Aus diesem Ringen erklärt sich auch die „religiöse Sehnsucht"[58] bei den Jugendlichen, die sich so vom Kinderglauben
und von den kirchlichen Dogmen loslösen. Von daher ist auch die Ablehnung der Religion durch die Proletarierjugend zu beurteilen. Es
wechselt nur die *Form* der Einkleidung, in den „metaphysischen Begriffen" aber spiegeln sich „die gleichbleibenden Prinzipien des Seelenlebens"[59] wider. Demnach ist der Gottesbegriff nichts anderes als „eine
Projektion jenes Denkprinzips, das der Ich-Vorstellung als der einheitlichen Beziehung alles seelischen Erlebens zugrunde liegt, auf die Außenwelt."[60] Alle Gedanken über Religion sind „Notwendigkeiten des Denkens"[59] und darum für die seelische Entwicklung unentbehrlich. Deshalb
braucht man der Jugend religiöses Innenleben nicht abzusprechen, darf
sich aber auch nicht darüber täuschen, daß das Religiöse besonders durch
das „Wirtschaftsleben" und „Sexualleben"[61] stark zurückgedrängt wird.
Viel wird dabei auf die religiöse Unterweisung ankommen, ob der Jugendliche mit der „Form" auch den „Inhalt" der Religion verwirft,
die er nun in „einer ihrer historisch bedingten Ausprägungen"[62] kennen-
lernt. Darin, daß diese Formen nicht mehr „der Verfeinerung des Denkens"[62] entsprechen, sieht *W. Hoffmann* die Ursachen religiöser Kata-
strophen, letzten Endes auch die der religiösen Krise der Gegenwart.

O. Tumlirz sucht mit Unterstützung seiner Frau die Entwicklung der
Knaben *und* Mädchen in gleicher Weise darzustellen. Er stützt sich auf
seine pädagogischen Erfahrungen. Den Tagebüchern mißt er als Quelle,

[56] *Schopen, F.,* Beiträge zur Erziehung der männlichen Jugend.
[57] *Hoffmann, W.,* Die Reifezeit. 2. Aufl. 1926. [58] a. a. O. S. 132.
[59] *Hoffmann, W.,* Die Reifezeit. S. 131. [60] a. a. O. S. 132. [61] a. a. O. S. 133.
[62] a. a. O. S. 135.

Schlüsse auf die Zweifelhaftigkeit dieser Angaben ziehen. Die Hauptquelle wird für ihn als praktischen Pädagogen doch seine eigene Beobachtung sein. *Tumlirz* will ein „Gesamtbild der drei Entwicklungsstufen Trotzalter, Reifejahre, Jünglings- und Jungfrauenalter" entwerfen. Die religiöse Entwicklung behandelt er nicht in einem besonderen Abschnitte, sondern baut sie in das Gesamtbild der geistigen Reifung hinein. Wie er schon in seiner „Jugendkunde" dargetan hat, sieht er auch hier die Entwicklung unter dem Gesichtspunkte des Einflusses der *Umgebung*, um den Sinn der Entwicklungsstufen in der „Einübung der Formen des Geistes, Eroberung der Außenwelt und Eroberung der Innenwelt"[64] zu sehen. Von einer größeren Bedeutung der Religion kann somit erst in der dritten Entwicklungsstufe die Rede sein, wo der Jugendliche um eine eigene Lebens- und Weltauffassung ringt; dabei entscheiden über die Wertrichtung *„äußere Einwirkungen"*.[65] Das 16. Lebensjahr scheint für die Beschäftigung mit religiösen Fragen besonders günstig zu sein. Bei der gebildeten Jugend, um solche handelt es sich ausschließlich bei *Tumlirz*, wird in den meisten Fällen die Religion zur Weltanschauungsfrage, deren Lösung im ästhetischen Pantheismus liegt.[66] Nach der psychologischen Untersuchung gibt *Tumlirz* in einem 2. Teile eine Pädagogik der Reifejahre. In Ablehnung der Autoritätserziehung fordert er vor allen Dingen ein „Ernstnehmen jugendlicher Zweifel",[67] im Sinne *Richerts*, nicht um sie bestehen zu lassen, sondern um zu einer Lösung der Frage zu kommen, die auch den Jugendlichen beruhigen kann. Dabei müsse man bestrebt sein, ihm dazu zu verhelfen, die Bildungsziele zu erreichen, die ihm durch seine eigene Lebensform geboten und dadurch erst erreichbar sind.

Die Bedeutung dieser Abhandlung ist darin zu suchen, daß sie vom Standpunkte der praktischen Pädagogik zu den Problemen der Reifezeit Stellung nimmt. Der Frage der religiösen Entwicklung kann aber bei einer Behandlung mit anderen Wertgebieten zusammen die ihr gebührende Würdigung nicht zuteil werden. Außerdem erkennt man nicht klar, was *Tumlirz* unter Religion versteht; ein Eingehen auf konfessionelle Unterschiede scheint doch unerläßlich, auch wenn der Verfasser die religiöse Reifung nur in großen Zügen skizzieren will.

---

[63] *Tumlirz*, O., Die Reifejahre. 1. Teil. S. IV. [64] a. a. O. S. 15. [65] a. a. O. S. 85.
[66] a. a. O. S. 110—111. [67] a. a. O. S. 28.

der psychischen Gesamtstruktur des Jugendlichen die einzelnen Seiten seines Seelenlebens als sinnvolles Ganzes einfühlend zu verstehen. Neues Material bringt *Spranger* nicht, er schöpft neben der eigenen Beobachtung aus den Quellen und Ergebnissen der ihm vorliegenden Arbeiten der Jugendforschung. Für die beste Quelle hält er die Autobiographien.[68] Er schaut intuitiv, ohne seine Behauptungen immer belegen zu können. Für *Spranger* ist das zentrale Erlebnis in der Seele des Jugendlichen das bewußte Erleben seines Ichs, das Erwachen des Selbstbewußtseins. In einem besonderen Kapitel „Die religiöse Entwicklung des Jugendlichen" (S. 283 ff.) bringt er eine systematische Behandlung des religiösen Problems in der Jugendpsychologie. Der Bedeutung des Milieus gemäß wird die religiöse Entwicklung in drei „Atmosphären" betrachtet: einer gemäßigten, einer gesteigerten und einer religiös indifferenten oder religionsfeindlichen. Die Kindheitsreligion werde von der Umgebung des Kindes entscheidend bestimmt, doch wachse sie auch aus *spontanen* Trieben hervor. Die Reifezeit beginne mit einer Periode, in welcher der Jugendliche *„sich persönlich in die überlieferten Religionsmeinungen und -gebräuche hineinzuleben"* versuche (S. 292). Auf diese folge notwendigerweise die *„Epoche der Loslösung vom Überlieferten*, des Zweifels und der Verneinung"* (S. 294). Als häufigste Ursachen sieht er den intellektuellen und ethischen Zweifel und die enttäuschte magische Erwartung [69] an. Die dritte Periode sei in ihren Anfängen schwer zu erkennen, auch sei der Entwicklungsrhythmus unendlich mannigfaltig; die allgemeinsten Möglichkeiten des Entwicklungszieles seien religiöse Gleichgültigkeit, Bruch mit der objektiven Religion bei Entstehung einer subjektiven Religiosität und schließlich ein teilweiser Wiederaufbau der überkommenen Religion mit Beimischung persönlicher Erkenntnisse. Damit sei aber die religiöse Entwicklung nicht endgültig abgeschlossen, denn „ganz reif zu sein, ist niemandem beschieden" (S. 307). Diese Entwicklung wird die Norm sein für weite Kreise protestantischer Jugendlicher, während „jedes gesteigerte religiöse Klima die ihm unterworfene Jugend in die gleiche Glut versetzen wird, wenn nicht daneben schon Geistesrichtungen bestehen, die dem konzentrierten religiösen Leben mindestens das Bild anderer *Möglichkeiten* entgegenhalten" (S. 308). Die Erweckung und Bekehrung, die in dem Ausmaße wie in Amerika in Deutschland nicht zu beobachten seien, faßt *Spranger* auch in weltlichem Sinne auf, „als Formen der jugendlichen Persönlichkeitsentwicklung überhaupt" (S. 314). Sie erscheinen als ethische Erweckungen, als Erwachen zu einem ästhetischen Erleben, zu einer wissenschaftlichen Idee, zum Sozialismus, zum Alkoholverzicht u. a. Und damit kann er

---

[68] *Spranger, E.,* Psychologie des Jugendalters. 3. Aufl. 1925. S. 299—300.
[69] Vgl. *Werner, H.,* Über magische Verhaltungsweisen im Kindesalter. Zeitschrift für pädagogische Psychologie. 19. Jahrg. S. 465 ff.

fallen diese Thesen mit der Auffassung von Religion. Denn *Spranger* geht weit über die objektive Religion hinaus und sieht „alle diejenigen Sinnerfahrungen und Sinngebungen als religiös" an, „die mit dem Charakter der Endgültigkeit gefärbt sind, mögen sie nun an eine objektive Religion anknüpfen oder nicht" (S. 284). Und das unter der Voraussetzung, daß solche Seelenregungen den *ganzen* Menschen erfassen und die Weltordnung als *Ganzes* zu begreifen suchen.

Erwähnung verdient auch eine kurze Abhandlung von *H. Nohl*.[10] In Beziehung der „Ergänzungsbedürftigkeit" auf die Knaben sieht er das Urmotiv jugendlichen seelischen Erlebens in einer inneren Zwiespältigkeit, einer Spannung zwischen der „Geistes- und Sinnennatur" (S. 131). In dem „Willen zur Reinheit" (S. 134), also in einem *ethischen* Konflikt erkennt er den Angelpunkt der Religion. Mit diesem „Willen zur Reinheit" paare sich die metaphysische Sehnsucht: der Wille zur „Allheit". Die Pubertät finde ihren Abschluß, wenn der religiösen Unruhe die „religiöse Besinnung" (S. 141) folge, wenn der Mann die Sehnsucht nach dem Unendlichen durch Arbeit in und am *Endlichen* befriedige.

H. Schlemmer[11] lehnt die Erweiterung des Religionsbegriffes bei *Spranger* ab, um sich an die Religionsdefinition *G. Wobbermins* anzulehnen. Wenn auch *Schlemmer* nicht *neues* Quellenmaterial anführt, sondern im wesentlichen aus bekannten Autobiographien schöpft und sich mit den ihm vorliegenden Forschungsergebnissen auseinandersetzt, so ist es doch lohnend, seine Ausführungen über die religiöse Entwicklung des Jugendlichen in dem Kapitel „Das Ich und die geistige Kultur" zu lesen; denn aus ihnen spricht seine reiche Erfahrung aus dem Umgang mit der Jugend.[12] Mit *G. Bohne, J. Hoffmann* und *Starbuck* vertritt er den Standpunkt, daß Erschütterungen keineswegs eine naturnotwendige Entwicklungserscheinung seien, betont aber *J. Hoffmann* gegenüber, daß eine katastrophenhafte Entwicklung durchaus auch „naturgemäß" sei. Dabei kreise die Entwicklung „um zwei Hauptpole; es handelt sich um die Auseinandersetzung des religiösen Ichs mit der Umwelt, und um die Klärung und Reinigung des religiösen Ichs in sich selbst".[13] Der Drang nach Selbständigkeit wechselt oft mit dem Anlehnungsbedürfnis an irgendein Vorbild, das er in seiner Umgebung findet oder in religiösen Heroen sucht. Was die Ursachen der Zweifel anbelangt, so legt er dem ethischen Zweifel mehr Gewicht bei als dem intellektuellen. Die Frage, ob nun der Jugendliche unter dem religiösen Erleben zu leiden habe, bejaht *Schlemmer*, betont aber gleichzeitig, daß dem gegenüber „eine Fülle glücklichsten und sieghaftesten religiösen Erlebens"[14] stehe. Das glaubt

---

[10] *Nohl, H.*, Zur Charakteristik der Reifezeit. (Die Erziehung. 2. Jahrg. Heft 3.)
[11] *Schlemmer, H.*, Die Seele des jungen Menschen im Entwicklungsalter. 1926.
Siehe S. 141–163.   [12] Vgl. seine Schriften über die Jugendbewegung.
[13] a. a. O. S. 148.   [14] a. a. O. S. 159.

„Über die Entwicklung der Idealbildung in der reifenden Jugend ."[76] Durch die allgemeine Darstellung gewinnt er die Möglichkeit, das Problem zu seinem Personalismus in Beziehung zu bringen, insbesondere zum Wertproblem. So sieht er den „Schlüssel zum Verständnis der jugendlichen Reifungszeit"[79] „im Verhalten des Menschen zur Wertsphäre".[79] Demnach ist die Jugend, etwa vom 14. Lebensjahre an *die Zeit der Entdeckung der Werte und der Auseinandersetzung zwischen dem Ichwert und den Weltwerten".*[79] Durch die „*Entdeckung*" einer Innenwelt neben der Außenwelt, die ihm sehr vertraut erscheint, lernt der Jugendliche erst das Problem kennen: alle Erlebnisse wertet er nunmehr, da er sie kausal und teleologisch an sein Ich gebunden sieht. Daraus ergibt sich ein „*geistiges Wichtignehmen des Ich*",[80] das aus dem Egoismus des Kindesalters über den Subjektivismus zu einem Individualismus führt. Die natürliche Folge ist zum mindesten eine kritische Einstellung zu überlieferten Anschauungen und Wertbildungen, also zu den „*Nicht-Ich-Werten*".[81] Indem der Jugendliche nach der „*Bedeutung*" seiner Außenwelt fragt, „*sucht*" er nach einer Idealwelt: „*der metaphysische Trieb erwacht.*"[82] Dieser metaphysische Trieb richtet sich auf alle Kulturgebiete. Ob die Idealbildung positiv oder negativ ausfällt, ist individuell bedingt. „Das Wesentliche ist, daß die *Problematik* erwacht; der metaphysische Trieb braucht nicht aufbauend zu wirken; auch im Niederreißen kann er unter Umständen Genüge finden, wenn er nur die bisherige Selbstverständlichkeit dumpfen Hinnehmens aufhebt. In den inneren Kämpfen eines Jugendlichen, die ihn zum Atheismus führen, mag oft mehr echte Religiosität stecken, als in dem philisterhaften Herübernehmen der Kindheitsreligion in die Zeit der Erwachsenheit."[83] Die Bedingungen für die Idealbildung sind in der Umwelt und im Wesen des Jugendlichen zu suchen. Speziell im Hinblick auf die religiöse Entwicklung unterscheidet er, ohne die Möglichkeit von Zwischenformen aus-

---

[75] a. a. O. S. 162. [76] a. a. O. S. 163.
[77] Zeitschrift für pädagogische Psychologie. 28. Jahrg. S. 1 ff.
[78] a. a. O. 23. Jahrg. S. 8—16 und 24. Jahrg. S. 34—45. [79] a. a. O. S. 8.
[80] a. a. O. S. 12. [81] a. a. O. 24. Jahrg. S. 35.
[82] a. a. O. S. 36. [83] a. a. O. S. 37.

26

mit jeglicher Tradition. Aber auch dieser katastrophenhafte Entwicklungsrhythmus, der nicht aus der Form in der Erweckung oder Bekehrung der amerikanischen Religionspsychologen auf religiösem Gebiete zu beobachten sei, lasse sich „auf die Konvergenz innerer Angelegtheiten und äußerer Entwicklung"[85] zurückzuführen.[86] Da der Jugendliche leicht der Suggestion, besonders der Massensuggestion zugänglich sei, müßten solche Erweckungen stets auf ihre „*Echtheit*" hin untersucht werden; denn, wie *Starbuck* berichte, seien Bekehrungen in „Erweckungsversammlungen" bei nur wenigen von anhaltender Wirkung. So gibt es, ontogenetisch und phylogenetisch betrachtet, keinen Bruch in der Entwicklung, der gewissermaßen einen neuen Anfang darstellt, sondern nur einen mehr oder weniger scharfen Knick; als solcher wird das „neue" Leben auch dem Psychologen erscheinen, wenn er es im Verhältnis „zur Totalität" des „individuellen Lebenszusammenhanges"[87] beurteilt. Auf methodische Fragen geht *Stern* in diesen Aufsätzen nicht ein; sie sollen der Gesamtdarstellung vorbehalten bleiben, deren erster Teil als „Anfänge der Reifezeit"[88] erschien. Es ist das Tagebuch, dem er als „Quelle entwicklungspsychologischer Erkenntnis" (S. 1) wegen seiner „*Spontaneität*" vor allen anderen schriftlichen Aufzeichnungen des jungen Menschen die größte Wertschätzung entgegenbringt, wenn auch mit dem Vorbehalt, daß auch die sorgfältigsten Tagebuchaufzeichnungen nicht „als *direkte* Wiedergabe des wirklichen seelischen Erlebens zu werten sind" (S. 2). Bei der Deutung müsse man oft zwischen den Zeilen lesen; insbesondere dürfe man nicht Angeführtes nicht ohne weiteres als „seelisch irrelevant" (S. 2) beurteilen. „Denn es gibt auch eine Scham vor sich selber, die zuweilen die Niederschrift wesentlicher Dinge unmöglich macht" (S. 2). Außerdem mache die Bearbeitung eines einzigen Tagebuches eine Verallgemeinerung unmöglich, zumal es sich bei den Tagebuchschreibern um einen besonderen Typ handle, der keineswegs zu der Mehrheit der Jugendlichen zähle. In diesem Falle handelt es sich um einen *jüdischen* Knaben aus dem Bürgerstande der achtziger Jahre. Dieser Umstand ist für unsere Problemstellung von größerer Bedeutung, als *Stern* ihm bei seinem personalistischen Standpunkt beizulegen braucht. Da nur die Übergangszeit von der Kindheit zur Reifezeit (12. bis 15. Jahr) zur Darstellung gelangt, steht im Mittelpunkte der Aufzeichnungen, die sich auf die Religion beziehen, die Einsegnung. Der Haltung des Elternhauses, in dem es „keine rituellen Gebräuche und keine religiösen"[89] gab, entspricht auch die religiöse Einstellung des Knaben. Von wirklich tieferem religiösen Erleben lesen wir kaum etwas;

---

[84] a. a. O. S. 39.   [85] a. a. O. S. 41.
[86] Vgl. *Stern, W.*, Die Psychologie und der Personalismus. Leipzig 1917. S. 51.
[87] Zeitschrift für pädagogische Psychologie. 24. Jahrg. S. 43.
[88] *Stern, W.*, Anfänge der Reifezeit. Ein Knabentagebuch in psychologischer Bearbeitung, 1925. I. Teil von „Reifende Jugend".
[89] *Stern, W.*, Anfänge der Reifezeit. S. 111.

Sittlichkeitsprozessen, ihre Behandlung und psychologische Begutachtung. Ein Kapitel der forensischen Psychologie" erschien, fällt methodisch und stofflich nicht in den Kreis unserer Betrachtung.

Wir wenden uns nun den *Spezialarbeiten* über die religiöse Entwicklung des Jugendlichen zu.

Trotz des Anklanges, den die Untersuchungen der amerikanischen Religionspsychologen bei deutschen Pädagogen und Theologen fanden, kam man doch in den beiden ersten Jahrzehnten des 20. Jahrhunderts über vereinzelte Ansätze in der Erfassung jugendlichen religiösen Erlebens nicht hinaus. *E. Eichele* [90] geht vom *religionspsychologischen* Standpunkt auf die Gründe näher ein. Der Hauptgrund kann wohl darin gesehen werden, daß die jugendpsychologische Forschung, solange sie physiologisch orientiert war, schon aus methodischen Rücksichten das religiöse Problem zurückstellen mußte. Um so höher ist das Verdienst *G. Bohnes* anzuschlagen, wenn er im Jahre 1922 die Lücke auszufüllen versuchte. Ihm verdanken wir die erste systematische Gesamtdarstellung religiöser Jugendentwicklung. [91] Die Arbeit wird als Erstlingsarbeit auf diesem Gebiete nie an Bedeutung verlieren, wenn auch für uns der Jugendliche des 19. Jahrhunderts, den *Bohne* in den Autobiographien, die er als Quelle benutzt, sieht, kein *unmittelbares* Interesse mehr haben kann. Wir müssen den Jugendlichen *unserer Zeit* kennenzulernen versuchen; denn ihm wollen wir helfen. Dessenungeachtet stellen die Autobiographien ein wertvolles Quellenmaterial dar, das unbedingt ausgeschöpft werden mußte. Nur ist zu bedenken, daß sie keine absolut objektive historische Quelle sein können. Daher kann ich dem Urteile *Sprangers* nicht zustimmen, der sie trotz der Bedenken (S. 298) *allen* anderen Quellen, auch den Tagebüchern, vorzieht, wenn er ausführt: „Also bleibt nur die Autobiographie als Quelle. Sie wird im allgemeinen auch ein konkretes Bild von den Persönlichkeiten geben, die für die religiöse Entwicklung entscheidend geworden sind. Und das ist besonders zu beachten. Denn die religiöse Glut entzündet sich viel stärker an Menschen als an Büchern." [92] Dazu kommt, daß es eben doch nur ein ganz bestimmter Typ von Menschen ist, die ihre eigene Entwicklung skizzieren. Ich muß für unsere Zwecke in dem einen Mangel erblicken, was *Groos* als Vorzug rühmt, wenn er sagt: „Daher ist das reiche Material von Selbstbeobachtungen, das ohne wissenschaftliche Absicht in Autobiographien künstlerisch be-

---

[90] *Eichele, E.*, Die religiöse Entwicklung im Jugendalter. 1928. S. 1 ff.
[91] *Bohne, G.*, Die religiöse Entwicklung der Jugend in der Reifezeit. 1922. — Vgl. *Bohne, G.*, Das religiöse Erleben in der Pubertät. In Zeitschrift für Sexualwissenschaften. X. 1923. — Vgl. *Bohne, G.*, Warum unsere Kinder den Glauben verlieren? 1928.
[92] *Spranger, E.*, Psychologie des Jugendalters. S. 299—300.

vergegenwärtigen und das Charakteristische an ihnen zum deutlichsten
Ausdruck zu bringen. Daß gerade hier, in der Schilderung des Emo-
tionalen, der unersetzliche Wert solcher Aufzeichnungen liegt, wird wohl
von denen nicht genug gewürdigt, die ihnen keine Bedeutung für die
Wissenschaft zuerkennen."[94] So stimme ich den Ausführungen *K. Girgensohns* zu: „Wir dürfen daher die Selbstbekenntnisse nicht so behandeln, als ob sie authentisches Material bringen, denn auch bei red-
lichstem Bestreben, nur das Richtige über sich selbst auszusagen, sagt
niemand nur das Richtige über sich."[95] Das scheinen mir die Autoren,
die den Quellenwert der Autobiographien so sehr betonen, nicht genügend zu berücksichtigen. Die Psychologie wird ihre vornehmste Aufgabe darin zu suchen haben, das Innenleben des Menschen *ihrer Zeit* zu
ergründen; d. h. für die Jugendpsychologie den Jugendlichen der Gegenwart, der ein anderer ist als der des 19. Jahrhunderts, ein anderer geworden ist nicht zuletzt durch die einzigartige Jugendbewegung unserer
Zeit. So hat die Arbeit *Bohnes* einen historischen Wert; mit ihren Ergebnissen werden wir uns stets auseinanderzusetzen haben, schon um festzustellen, welches die zu allen Zeiten sich gleichbleibenden Faktoren des
religiösen Erlebens sind. Die Erkenntnisse *G. Bohnes* decken sich im
wesentlichen mit denen *Starbucks*. Er sieht die religiöse Entwicklung in
drei Richtungen: dem Ringen im Inneren, mit der Umwelt und um Gott
und das Gotteserlebnis; ferner in drei Perioden. Den ersten Höhepunkt
nennt er die Periode der „funktionellen Klärung" (S. 86) des religiösen
Lebens. Die nächste Periode ist die Zeit der „Entfremdung und der Berührung mit den anderen Wertgebieten" (S. 88), der ein zweiter Höhepunkt, die Zeit der „strukturellen Klärung" folgt (S. 111). Das Ziel einer
solchen Entwicklung erreichen aber nur zentral religiöse Menschen. Der
katastrophale Entwicklungsrhythmus ist durchaus nicht erforderlich:
„Vielmehr müssen wir — bis zum Beweis des Gegenteils — behaupten,
daß der Mensch bei Gesundheit und gleichmäßiger Förderung aller Anlagen eine durchaus ruhige Entwicklung durchmachen kann. Notwendig
muß die Kindheitsreligion überwunden werden, aber nicht: Notwendig
muß sie zusammenbrechen."[96] Bei dem rein *subjektiven* Charakter der
Religion, als deren Merkmal er die Bejahung der „Gottgebundenheit des
Menschen" (S. 3) bezeichnet, unterschätzt *G. Bohne* die hohe Bedeutung
der *objektiven* Religion für den Werdegang des Menschen. Diese Unter-
schätzung kommt auch darin zum Ausdruck, daß er schon im Kindesalter von einem subjektiven Charakter der Religion spricht. Auch hieraus
geht wie aus den Angaben über die Ergiebigkeit der 100 Autobiographien

---

[93] Vgl. a. a. O. S. 198.
[94] *Groos, K.*, Das Seelenleben des Kindes. S. 15/16.
[95] *Girgensohn, K.*, Der seelische Aufbau des religiösen Erlebens. S. 10.
[96] *Bohne, G.*, Die religiöse Entwicklung. S. 24.

wegen ihrer Spontaneität die *Tagebücher*, da sie für den Jugendlichen in seiner Vereinsamung das „Du-Surogat" bedeuten.[99] Mit Recht übt *Kupky* in der Festlegung des Begriffes Religion Zurückhaltung, um sich im allgemeinen an die Auffassung *R. Ottos*[100] zu halten. Er ist sich ferner dessen bewußt, daß eine „Analyse" religiösen Erlebnisses nur „sekundäre Bestandteile" (S. 6) erfassen könne.

Die Kindheitsreligion, die nur als eine „Vorstufe" (S. 14) von Religion anzusehen sei, sei Autoritätsreligion ohne persönliche Erfassung des Göttlichen und Phantasiereligion, dabei erdgebunden und egozentrisch. Während man also im allgemeinen sagen müsse, „daß dem Kinde ein eigenes religiöses Erleben noch abgeht," könne man beim Jugendlichen „die *Merkmale wirklicher Religion* feststellen" (S. 67). Nach der Entdeckung seines Ichs suche der Reifende nach einem Halt möglichst in sich selbst. So strebe er in Kritik an der Tradition nach einer Religion, die zu seinem Ich passe. Die „Richtung" der Entwicklung, die ungefähr das 15.—21. Lebensjahr umspanne, könne negativ, positiv oder auch schwankend sein, die „Verlaufsform" katastrophisch, kontinuierlich oder „gemischt". „Beginn und Dauer" seien sehr verschieden, da geistige und körperliche Entwicklung nicht parallel liefen (S. 41). Von einer Bekehrung im Sinne *Starbucks* könne bei uns nur in den Kreisen der Pietisten, Herrnhuter und Methodisten[101] gesprochen werden. Auch die kontinuierliche Entwicklungsform, bei welcher der Jugendliche kaum merke, daß er ein anderer werde, sei bei uns nicht allzu häufig. In den meisten Fällen leide der Jugendliche doch unter einer Depression und mache somit eine Entwicklung durch, die als schwankend zu bezeichnen sei. In der Beurteilung der Proletarierjugend, die *O. Kupky* weder aus eigener Erfahrung noch durch sein Quellenmaterial kennt, weicht er von *G. Dehn* insofern ab, als er doch eine religiöse Entwicklung annehmen möchte, wenn auch nur eine solche „zu religiösen Surrogatbildungen" (S. 41).

Als Beitrag hat diese Arbeit ihren hohen Wert, ihre Ergebnisse können

---

[97] *Kupky, O.*, Die religiöse Entwicklung von Jugendlichen.   [98] a. a. O. S. 78.
[99] *Kupky, O.*, Tagebücher von Jugendlichen als Quellen.
[100] *Otto, R.*, Das Heilige.
[101] Verwiesen sei auf eine Leipziger Dissertation vorigen Jahres, die nicht mehr berücksichtigt werden konnte: *Leitner, H.*, Zur Psychologie jugendlicher Religiosität innerhalb des deutschen Methodismus.

die meisten Äußerungen über Religion stammten nach den Tagebüchern aus diesen Jahren. Um das 19. trete die Beruhigung ein. Das Gesamtergebnis ihrer Untersuchung formulieren sie dahin: „Der Jugendliche ist religiös, denn auch seine Abhängigkeitsbeziehungen zur Welt der objektiven Werte sind als ein Versuch, die Welt auf diese Weise zu erklären, als Religion im weiteren Sinne aufzufassen,"[103] oder noch präziser gesagt: „*Der Jugendliche ist positiv religiös,*"[104] und zwar aus innerer Entwicklungsnotwendigkeit heraus, weniger durch irgendwelchen Einfluß seiner Umgebung. Diesem ist allenfalls eine sekundäre Bedeutung beizumessen, denn „*welche* religiösen Inhalte er sich schließlich aneignet, nicht die Tatsache, *daß* er sie sucht, beruht auf Einfluß des Milieus, in dem erlebt."[105] Die Einzelergebnisse sind sehr beachtlich, wir werden auf sie noch an anderer Stelle hinzuweisen haben; die statistische Bearbeitung des Materials mutet allerdings allzu schematisch, ja zwecklos an.

Neuerdings, nachdem diese Arbeit schon im Rohbau fertiggestellt war, erschien ein Werk über „Die religiöse Entwicklung im Jugendalter" von *E. Eichele.* Der Überblick über die bisherige Forschung würde eine Lücke aufweisen, wenn dies Werk unberücksichtigt bliebe. Die Arbeit ist als die erste umfassende Behandlung des religiösen Problems im Jugendalter vom religionspsychologischen Standpunkte anzusehen, wenn *E. Eichele* auch betont, „neben den Grundsätzen der Religionspsychologie in gleichem Maße auch die Forderungen der Jugendpsychologie zu berücksichtigen."[106] Dafür spricht seine kritische Stellungnahme zu der Auffassung der Religion in den von ihm berücksichtigten jugendpsychologischen Werken. Die mangelhafte Behandlung der religiösen Seite in der jugendlichen Entwicklung führt er auf die „Einstellung der betreffenden Verfasser zu Religion und Religiosität zurück" (S. 26). Man muß ihm zustimmen, wenn er von jedem Jugendpsychologen, der über die Religion des Jugendlichen schreibt, eine Kenntnis der Religionspsychologie

[103] *Frisch, Fr.,* und *Hetzer, Hildegard,* Die religiöse Entwicklung des Jugendlichen. S. 420. [103] a. a. O. S. 434. [105] a. a. O. S. 439.
[105] *Frisch* und *Hetzer. H.,* Die religiöse Entwicklung des Jugendlichen. S. 442.
[106] *Eichele, E.,* Die religiöse Entwicklung im Jugendalter. S. 38.

durch eine indirekte Erhebungsmethode, indem er durch drei Aufsatz-themen, die Jugendlichen „zur Beurteilung nicht der eigenen, sondern fremder Religiosität" veranlaßt (S. 54). Die Themen lauten: „Welchen Menschen nenne ich fremd?" „Was ist zum Frommsein nötig?" und „Haben die Menschen recht, die über Gott spotten?" (S. 55). Es kann grundsätzlich nichts dagegen eingewandt werden, möglichst viel Ma-terial mannigfacher Art heranzuziehen. Bedenklich scheint es aber, das Material ohne Berücksichtigung der Zeitunterschiede, die doch durch die Selbstbiographien, die Literatur der Jugendpflege und die Aufsätze der Schüler gegeben sind, auszudeuten. Denn abgesehen von der Verschie-denheit des Materials ist der Jugendliche aus der Jugendpflege von ganz anderen Milieubedingungen abhängig als der Jugendliche des 19. Jahr-hunderts, dessen religiöse Entwicklung sich in den benutzten Autobio-graphien widerspiegelt. Wesentliche neue Gesichtspunkte bringt E. Ei-chele nicht. Auch er stellt drei typische Entwicklungsformen fest: eine kontinuierliche ohne Konflikte, eine revolutionäre mit „heftigen Stößen und Durchbrüchen" und eine Entwicklung, in der sich der Jugendliche ruhig und gründlich mit den geistigen Werten, die der überkommenen Religion zu widersprechen scheinen, auseinandersetzt. Dabei hält auch er an drei Entwicklungsrhythmen, wie sie E. Spranger [101] für die allgemeine Entwicklung herausgearbeitet hat, fest, um aber zu betonen, daß wir uns diese „religiöse Entwicklungslinie" nicht als „geschlossene Linie", son-dern als „eine aus vielen einzelnen Punkten zusammengesetzte Figur" zu denken haben (S. 217). Innerhalb jeder dieser Entwicklungsepochen wechselt das religiöse Interesse mit Gleichgültigkeit in ganz verschie-dener Dauer. Vorsichtig abwägend glaubt er die Frage nach der Reli-giosität der Jugend nicht mit einem Ja oder Nein beantworten zu dürfen; er hält sich zwischen den extremen Anschauungen in der Mitte, wenn er sagt: „Man kann darum nur sagen, daß die Jugend religiöser ist, als alle diejenigen glauben, die ihr Urteil an dem äußeren Gebaren der Jugend und ihrer Haltung gegenüber Kirche und traditioneller Religion gebildet haben. Man darf die Jugend aber andererseits auch nicht als aus-gesprochen religiös bezeichnen, weil sie dafür wieder viel zu sehr von

[101] *Spranger, E.*, Psychologie des Jugendalters. S. 332.

unseres Themas erheischt aber auch eine Übersicht über die Arbeiten, die
neben der rein jugendpsychologischen Wissenschaft das religiöse Problem speziell in der *Jugendbewegung* abhandeln. Sie sei hier angefügt.

2. Die Beurteilung des religiösen Erlebens in den Abhand-
lungen über die Jugendbewegung

Die Frage nach dem Inhalt und nach der Bedeutung des religiösen Erlebens innerhalb der Jugendbewegung ist im Rahmen der Arbeiten über
die Jugendbewegung ganz verschieden angefaßt und dem entsprechend
beantwortet worden. Die Lösung dieses Problems mußte dadurch er-
schwert werden, daß in dieser Bewegung noch alles im Fluß war, wirklich Positives noch nicht da sein konnte. Wenn trotzdem Versuche unternommen wurden, so sind sie im tiefsten Grunde durch das Verlangen der
älteren Generation motiviert, sich im Verein mit der jüngeren Generation
aus der religiösen Krise herauszuarbeiten, unter der sie selbst auch litt.
Jedenfalls ist die Jugendbewegung nicht zuletzt dadurch allzu früh ins
Problematisieren, auch über ihre eigene Bedeutung gekommen. Es war
H. Blüher,[108] der den Wandervogel in seinem wahrsten Wesen zu deuten
suchte. Sein Blick war zu sehr auf das Erotische gerichtet, als daß er die
religiöse Welt des Wandervogels in der ihr gebührenden Weise hätte
würdigen können. Mußte er doch gerade durch das wenig hervor-
stechende religiöse Leben im Wandervogel in seiner Einseitigkeit be-
stärkt werden. Auch der ehemalige Wandervogel *H. E. Schomburg* geht
nur kurz auf die religiöse Frage ein. Es wäre ihm durchaus zuzustimmen,
wenn er sich von der Einsicht hätte leiten lassen, daß auf die junge
W.-V.-Bewegung jeder Deutungsversuch nur störend und verwirrend
wirken könnte. Aber allzu deutlich will er mit einer Geste diese schwie-
rige Frage umgehen, wenn er schreibt: „Darüber möchte ich nicht viel
sagen. Mir sind die Wege, die in jugendlichen Herzen die religiöse Ehrfurcht geht, viel zu heilig dazu, als daß ich meine Erfahrungen auf
diesem Gebiete vor allerhand unheiligem Volke auspacken möchte."[109]
Solche Bemerkungen besagen nichts, besonders wenn *Schomburg* darin,
daß die Wandervögel Gottesdienste in einem idyllischen Dörfchen aufsuchen, das Erwachen echter Religiosität sieht. Es spricht aus ihm zu sehr
der Pfarrer. Mit Recht sieht *H. Schlemmer* darin ästhetisch-romantische
Motive, „romantische Schwärmerei".[110] Allerdings glaubt er schon vor
dem Kriege eine Umwandlung im W.-V. wahrnehmen zu können; denn
der W.-V. habe schon damals erkannt, daß ganzes, volles Menschentum
ohne Religion nicht erreichbar sei. Dieses Verlangen müßten die „freien

[108] *Blüher, H.,* Der Wandervogel als erotisches Phänomen.
[109] *Schomburg,* Der Wandervogel, seine Freunde und seine Gegner. S. 97.
[110] *Schlemmer, H.,* Die religiöse Bedeutung des Wandervogels. S. 515.

Auffassung grundlegend sein könnte. Darum fordert *H. Schlemmer* eine eingehendere Behandlung der religiösen Frage, als es vor ihm *Th. Herrle* [112] getan hatte. Dieser hatte das Problem kurz abgetan, indem er darin, daß sich die Jugendbewegung wieder mehr zur Religion hin entwickle, ohne tiefere Begründung einen Rückgang, eine Einbuße an Eigenleben erblicken zu müssen glaubte. An anderer Stelle äußert er sich in dem gleichen Sinne: „Ebensowenig halte ich die religiöse Bewegung für eine Jugendbewegung, sondern für eine jungevangelische und jungkatholische Bewegung." [113]

Mit der freideutschen Jugend befassen sich die Arbeiten von *P. Natorp, A. Messer, K. Ahlhorn* und *P. Tillich. P. Natorp* charakterisiert die selbstbewußte, gewissermaßen auf dem Höhepunkt stehende Jugendbewegung von 1913, wenn er sagt: „Gott scheint entthront, der Mensch selbst zum Gott gemacht, wenn man sagt, daß er sich selber bilden, aus sich selbst sein Leben, sein ganzes Sein sich gestalten solle." [114] Über ihre weitere Entwicklung bis gegen Ende des Krieges äußert sich *A. Messer* in seiner Geschichte der freideutschen Jugendbewegung, zu der er als Quelle deren Schrifttum benutzt, sehr zurückhaltend, indem er die religiöse Frage nur kurz berührt. Er stellt nur fest, daß in den ersten vier Jahrgängen dieser Zeitschrift religiöse Fragen in breiterem Rahmen nicht debattiert, wohl aber gestreift würden. In „gelegentlichen Äußerungen" (S. 40) [115] bekunde sich religiöser Sinn. Er ist vorsichtig genug, aus diesen Meinungen einzelner auf die religiöse Haltung der gesamten Bewegung zu schließen. Noch zurückhaltender ist *K. Ahlhorn*, einer der Führer dieser Bewegung. Wer eine völlige Ablehnung alles dessen, was mit Religion zusammenhängt, erwartet hat, wird enttäuscht sein. Seine Einstellung ist ein Beweis dafür, wie stark die Jugendbewegung doch an die gegebenen Kulturtatsachen gebunden ist und sich mit ihnen abfinden muß. Nichts von radikalen Forderungen, sondern nur die nach einer Reform der bestehenden Kirche, deren Ziel eine neue Kirche sein müsse, „die eine Heimstätte der lebendigen Lehre vom göttlichen Leben ist, die die Lehre Christi und den Lebenswandel des größten und gütigsten Menschen aller Zeiten in leuchtenden Bildern vor dem Volke aufrichtet, und deren Diener im eigenen Leben die Lehre Beispiel gebend vorleben." [116] Gewiß ist dies die subjektive Anschauung *K. Ahl-*

[111] *Schlemmer, H.,* Der Geist der deutschen Jugendbewegung. — *Schlemmer, H.,* Die moderne Jugend und die Religion.
[112] *Herrle, Th.,* Die deutsche Jugendbewegung in ihren kulturellen Zusammenhängen.
[113] *Herrle, Th.,* Zur Psychologie der Jugendbewegung. In Zeitschrift für pädagogische Psychologie. 28. Jahrg. S. 263.
[114] *Natorp, P.,* Hoffnungen und Gefahren unserer Jugendbewegung. S. 5.
[115] *Messer, A.,* Die freideutsche Jugendbewegung. S. 40.
[116] *Ahlhorn, K.,* Die freideutsche Jugendbewegung. S. 36.

Mensch, auch nicht ein abstraktes Ideal, sondern das Menschliche in jedem. Das will sie freimachen." „Der freie, geistige, gütige Mensch ist das Ziel der religiösen Sehnsucht,"[117] die in einem religiösen Sozialismus ihre Erfüllung finden muß. Offensichtlich will *P. Tillich* eine Brücke zur proletarischen Jugendbewegung schlagen.

Wenn *Schult*[118] und *Engelhardt*[119] auf das religiöse Problem so gut wie gar nicht eingehen, ist diese Tatsache nicht anders zu deuten, als daß sie beim jungen Proletarier sehr wenig religiöses Leben annehmen. Behandelt auch *K. Bondy*[120] in streng methodischer Art — dadurch hebt sich diese Arbeit aus dem Rahmen der hier angeführten heraus — diese Bewegung sehr ausführlich, so weiß auch er über die Religion nur wenig zu sagen. Vielleicht ist es darauf zurückzuführen, daß in dem sonst so ausführlichen Fragebogen die Religion nicht erwähnt wird. War es Absicht? Jedenfalls wagt er kein festes Urteil zu fällen, wenn er ausführt: „Die Stellung zur Religion ergibt sich aus dem marxistisch-darwinistischen Weltbild. Ein Unterschied zwischen Kirche und Religion wird nicht gemacht: die Kirche ist lediglich dazu da, um das ‚Volk zu verdummen', eine Waffe der Ausbeuter gegen das Proletariat; Pfaffen und Militaristen reichen sich die Hand; es ist selbstverständlich, daß man Atheist ist." Dann aber fährt er fort: „Ich kann es nicht beweisen, wenn ich annehme, daß diese Irreligiosität unecht und angelernt ist, daß letzten Endes etwas Tiefreligiöses in den Menschen der p. J. B. steckt, ebenso wie man die b. J. B. als eine religiöse Bewegung ansehen kann."[121] Damit läßt er die Vermutung zu, daß in der Arbeiterjugend mehr Religion vorhanden sei, als man nachzuweisen vermöge. Gerade hier harrt das religiöse Problem noch am meisten der Bearbeitung und Lösung.

Klarer scheinen die Dinge zu liegen, wenn wir uns den Arbeiten zuwenden, die von Männern stammen, die inmitten der evangelischen Jugendpflege und -bewegung stehen, den Schriften von *L. Cordier, O.* und

---

[117] *Tillich, P.*, Die Jugend und die Religion. S. 9—12.
[118] *Schult*, Das Jugendproblem in der Gegenwart.
[119] *Engelhardt*, Die deutsche Jugendbewegung als kulturhistorisches Phänomen.
[120] *Bondy, K.*, Die proletarische Jugendbewegung in Deutschland.
[121] a. a. O. S. 95.

und durch die Begegnung mit dem modernen Protestantismus „sich selbst im stärksten Maße als Träger des Willens einer neuen evangelischen Kirche"[122] fühle, wenn sie auch noch nicht „auf dem Boden" der heutigen Kirche stehe. *L. Cordier* [123] sieht dies Streben mehr im Christdeutschen Bund, *O. Stählin* [123] in der Neuwerk-Bewegung verkörpert. In derselben Richtung, aber mit der katholischen Kirche als Ziel, bewegen sich die Ausführungen von *H. Merz.*[124] Vom rein katholischen Standpunkt aus beurteilen *Fr. W. Förster* und besonders *R. Guardini* [123] die Jugendbewegung, um ihr bei ihrem Suchen nach festen Formen führend zur Seite zu stehen. *R. Guardini* stellt die Liturgie in den Mittelpunkt des katholischen religiösen Lebens. Auch *A. Köberle* nennt die katholische Jugendbewegung eine „ausgesprochene eucharistische-liturgische Bewegung".[125]

Schon durch die Gruppierung dieser Abhandlungen sollte angedeutet werden, daß die Autoren alle nur *eine* Gruppe in der Jugendbewegung oder *von einer Gruppe* aus die ganze Bewegung beurteilen. Welches sind nun die Quellen, aus denen sie schöpfen? Wo sie nicht angegeben werden — und das ist bei den meisten der Fall —, ist es das eigene Schauen oder das persönliche Miterleben in einem immerhin begrenzten Kreise. So wertvoll solch persönlicher Einblick auch ist, er kann doch irreführen, vor allem bei der Beurteilung außenstehender Verbände. Ferner wird das religiöse Problem meist von einer falschen Voraussetzung aus behandelt, indem bei der Analyse der Religiosität des Jugendlichen nicht der Maßstab *jugendpsychologischer* Methoden und Forschungsergebnisse zugrunde gelegt wird. Diese Frage führt uns zu dem *engeren* methodischen Teile.

3. Methode und Aufgabe

a) Jugendbewegung und Jugendalter.

Wenn einleitend diese Untersuchung als ein Beitrag zur Jugendpsychologie bezeichnet worden ist, so ergibt sich aus der engeren Fassung unseres Themas eine wichtige Frage. Denn der Gegenstand der Jugendpsychologie ist der Mensch im *Jugendalter*, unsere Untersuchung dagegen soll sich auf die *Jugendbewegung* beschränken. Wie verhalten sich die beiden Begriffe zueinander?

Das Jugendalter umfaßt in physiologischer Deutung die Zeit der seelischen Umwandlung, die vorwiegend „durch den körperlichen Prozeß der Geschlechtsreifung" (*Ziehen*) oder durch das Hervortreten der „primären und sekundären Geschlechtsmerkmale" (*Ch. Bühler*) gekenn-

---

[122] *Stählin, W.*, Über den gegenwärtigen Stand der Jugendbewegung. S. 487.
[123] Siehe Literaturverzeichnis.
[124] *Merz, G.*, Der religiöse Gedanke in der Jugendbewegung.
[125] *Köberle, A.*, Die Religiosität der katholischen Jugendbewegung.

zeitlich nicht zusammen. Sie ist, wenn auch starke Verfrühungen und eine zu lange Ausdehnung der psychischen Pubertät als Seltenheit anzusehen sind, von längerer Dauer als die körperliche, da sie mehr als diese von Milieubedingungen, in Sonderheit von der Kompliziertheit der jeweiligen Kultur, abhängig ist. Aus diesem Grunde ist bei einer Normsetzung für die Zeit der religiösen Reifung noch mehr Vorsicht geboten. Wenn O. Kupky für sie das 14. bis 21. Lebensjahr angibt, so mag diese Angabe dahin verstanden werden, daß die Periode des den Jugendlichen beunruhigenden Ringens als abgeschlossen gelten kann, etwa in dem Sinne der Ausführungen Sprangers: „Nur so viel sei gesagt, daß sein Beginn" (des reifen Lebens!) „sich hier wie in allem anderen ankündigt durch eine allmählich eintretende Beruhigung und Sammlung. Auch bei durchaus frommen Naturen verschwindet jetzt die Glut und Fieberhaftigkeit der religiösen Empfindungen. Freilich ist damit gerade auf religiösem Gebiet fast niemals ein endgültiger Gleichgewichtszustand erreicht. Später kommen neue Stürme, die manchmal wie Nachschübe jener ersten Sturm- und Drangzeit, manchmal aber auch geradezu neue Epochen bedeuten. Ganz reif zu sein, ist niemandem beschieden."[126] Solche Entwicklungserscheinungen hat aber die Jugendpsychologie nicht mehr zu untersuchen; sie *muß* sich gegen die Erwachsenenpsychologie abgrenzen. Ungefähr das 25. Lebensjahr mag als Abgrenzung nach oben gelten, wenn auch noch nicht immer von einer „festen Geistesstruktur des erwachsenen Mannes oder der Frau"[127] gesprochen werden kann.

Ferner hat die Jugendpsychologie ihre Aufgabe darin zu sehen, die Entwicklung des Jugendlichen *aller* Volksschichten, aller Länder und aller Zeiten zu erforschen, um allgemeingültige Züge herauszuarbeiten. Gegenwärtig allerdings ist sie von diesem Ziele noch weit entfernt.

Mit was für Jugendlichen und mit welchem Lebensalter haben wir es nun in der *Jugendbewegung* zu tun?

Die im Schrifttum der Jugendbewegung oft vertretene Ansicht, Jugend im wahrsten Sinne sei nicht von einer willkürlich, je nach der Einstellung festgesetzten Altersgrenze abhängig, muß abgelehnt werden. Es soll nicht in Abrede gestellt werden, daß ein Mann in reifen Jahren, ja in hohem Alter jugendlich empfinden, sich, wie man gern sagt, „ein junges Herz ins Alter hinüberretten" kann. Dabei braucht man nicht an den bedenklichen Typ des „ewigen Wandervogels" zu denken, sondern an den in gesunder körperlicher und seelischer Entwicklung herangereiften Menschen, der „seinen Mann im Leben steht", dabei aber doch jederzeit mit der Jugend mitfühlen kann. Glückliche Menschen! Zu ihnen sollte jeder Erzieher gehören. Eine jugendpsychologische Untersuchung aber erfordert eine *Abgrenzung* des Begriffes Jugend dem *Lebensalter* nach. Demnach sollen in der Jugendbewegung die reifenden Menschen vom ungefähr 12. bis 25. Lebensjahr zur Jugend gerechnet werden. In der Hauptsache wird es sich um den Jugendlichen männ-

[126] *Spranger, E.,* Psychologie des Jugendalters. S. 307.   [127] a. a. O. S. 18.

ertragliehen Drucke. Sie sucht die Entlastung zunächst dadurch, daß sie
zeitweise dem Kulturleben zu entfliehen sucht, um sich „Freizeit" zu
schaffen. Sie will für sich sein; wie und von wem sie geführt sein soll,
will sie selbst bestimmen. Die so Erwählten gehören vorwiegend der
reiferen Jugend an. Mit anderen Worten gesagt: Die Jugend will *jung*
sein, im tiefsten Sinne des Wortes, frei sein in Tat und Wort. Demnach
kann erwartet werden, daß wir in der Jugendbewegung den *wahren*
Jugendlichen antreffen, soweit es inmitten unserer Kultur überhaupt
nur möglich ist; denn *gänzlich* kann der junge Mensch ihre Einflüsse
nicht abstreifen. Er will es auch nicht, weil er die Unmöglichkeit selbst
einsieht. In Anbetracht dieser Tatsache kann schon das Vorhaben, die
Jugendbewegung zum Ausgangspunkt einer wissenschaftlichen jugendpsychologischen Untersuchung zu wählen, als gerechtfertigt gelten. In
anderen Zusammenhängen werden Bedeutung und Sinn der Jugendbewegung noch näher beleuchtet werden müssen (vgl. S. 44 ff., S. 48 ff.
und 49). Solche Gruppen, die frei von *aller* Autorität sind, gibt es, wie
oben angedeutet wurde, kaum. Trotz aller Gegenwehr konnte es nicht
ausbleiben, daß die Jugendlichen nach vorbildlichen Führern riefen, die
sie in hingebungsvollem Vertrauen selbst wählten, die nur darauf be-
dacht sein sollten, taktvoll zu führen, aber nicht zu bevormunden. Wie
oft ist leider dies wundervolle Vertrauen, dessen nur die Jugendseele
fähig ist, mißbraucht worden. Bei dieser allgemein zu beobachtenden
Entwicklung der Jugendbewegung näherte sie sich wieder der anfangs so
schroff abgelehnten *Jugendpflege*. Und diese andererseits konnte sich
dem Geiste der Jugendbewegung nicht entziehen; sie entlehnte bei ihr,
glich sich dieser wiederum in vielen Punkten, besonders in dem des Lebensstils, an. Dadurch wurde die Grenze zwischen Jugendbewegung und
Jugendpflege, so scharf sie auch anfangs gezogen war, wieder allmählich
fließend, so daß es mitunter schwer zu entscheiden ist, mit welcher von
beiden Strömungen man es zu tun hat. Bezeichnend ist die häufige
Behandlung dieses Themas in dem beiderseitigen Zeitschriftentum. Diese
Entwicklung ist zu begrüßen, sowohl im Interesse der Jugendbewegung
als auch im Hinblick auf die Jugendpflege; denn dadurch scheinen beide
zu einem befriedigenden Ausgleich zwischen der Betonung der Selbst-
verantwortlichkeit und der Anerkennung einer Autorität zu gelangen.

Jugendbewegung müßten religiöse und politische Jugendgruppen unberücksichtigt bleiben,[128] deren Schrifttum eine wertvolle Fundgrube für die Klärung unseres Problems ist.

b) Religion und religiöses Erleben

Unsere Aufgabe soll es sein, das religiöse Erleben in der Jugendbewegung nach deren Schrifttum zu verstehen und darzustellen. Sie kann aber nur gelöst werden, wenn wir wissen, was unter religiösem Erleben zu verstehen ist. Der gegebene Weg wäre, von der Religionsphilosophie und Religionspsychologie, die sich mit dem Wesen der Religion und des religiösen Erlebens zu befassen haben, eine Begriffsbestimmung zu übernehmen. Aber hier werden wir im Stich gelassen. Denn trotz intensiver Arbeit in diesen Wissenschaften ist man bis heute weder zu einer von der Wissenschaft allgemein anerkannten Auffassung der Religion noch der psychischen Struktur des religiösen Erlebens gelangt. Wir können im allgemeinen vier Grundanschauungen feststellen, von denen jede einzelne immer wieder in neuen Systemen vertreten wird. Die erste geht auf *Schleiermacher* zurück, der in dem *Gefühl* der „schlechthinnigen Abhängigkeit" von Gott den Wesenskern der Religion sah. Ihm gegenüber vertrat schon *Hegel* eine mehr *intellektualistische* Richtung, indem er neben dem Gefühl eine Verbindung von Vorstellungen und Begriffen als die Urerscheinung bezeichnete. *Kant* dagegen erblickte das entscheidende Merkmal der Religion im Sinne seines Voluntarismus im *Willensvorgang*. Wir erkennen hier deutlich die Auffassung der älteren Psychologie, die im Fühlen, Denken und Wollen die drei Hauptfunktionen der Seele erkannte. Schließlich war der religionspsychologischen Forschung die Religion ein Gesamtgefüge, ein komplexes Gebilde, in dem *alle drei* Funktionen in gleichem Maße enthalten sind. Diese Anschauung stellt einen Versuch der Synthese dar zu dem Zwecke, der Religion eine überragende Stellung im Seelenleben zu geben. Allen Definitionen gemeinsam aber ist die Tendenz auf das Transzendente. Einige charakteristische Begriffsbestimmungen seien angeführt. Wir lesen bei *H. Scholz:* „Religion im empirischen Vollsinne des Wortes ist, esoterisch betrachtet, die Bestimmtheit des menschlichen Geistes durch das Zu- und Abströmen des Gottesbewußtseins."[129] Das Göttliche muß „als ein akosmistischer Tatbestand von unvergleichlichem Seins- und Wertgehalt erlebt werden,"[130] auf Grund einer besonderen Erfahrung, eben der religiösen, die ebenfalls „als ein akosmistisches Erlebnis charakterisiert wird von unvergleichbarem Seins- und Wertgehalt".[130] Dadurch wird die Religion gegen die Metaphysik, Ethik, Ästhetik und Erotik scharf abgegrenzt.[131] Auch *G. Wobbermin* macht die religiöse Erfahrung als letzte Instanz für alle religionswissenschaftliche Arbeit geltend. Er definiert Religion

---

[128] Vgl. *Herrle, Th.,* Zur Psychologie der Jugendbewegung. S. 263.
[129] *Scholz, H.,* Religionsphilosophie. Berlin 1921 S. 183.   [130] a. a. O. S. 201.
[131] a. a. O. S. 217 ff.

lismus zu werden. Daß sie sich reich mit rationalen Momenten sättige, bewahrt sie davor, in Fanatismus zu sinken oder darin zu beharren, befähigt sie erst zu Qualitäts-, Kultur- und Menschheitsreligion. Daß beide Momente in gesunder und schöner Harmonie stehen, ist wieder ein Kriterium, woran die Überlegenheit einer Religion gemessen werden kann, und zwar gemessen an einem ihr eigenen religiösen Maßstabe."[134] Der Mensch beschäftigt sich mit diesem Irrationalen, aber als etwas Absolutes „überschreitet es die Grenzen unserer Fassungskraft",[135] eben weil es etwas ganz anderes ist, „das durch Art und Wesen" dem Wesen des Menschen „inkommensurabel ist".[136] Es ist das Kreaturgefühl, das der Mensch in seinem religiösen Erleben in besonderem Maße erfährt. Diesen Abstand zwischen Gott und Mensch läßt *Fr. Heiler*[137] den einen seiner religiösen Typen, den „prophetischen", erleben, während der „mystische" nur in dem Aufgehen in die Gottheit echtes religiöses Erleben sieht.

Religionsphilosophie und -psychologie werden sich mit der Tatsache abfinden müssen, daß eine allgemein anerkannte Definition kaum zu geben ist. Wenn man auch vom religionsgeschichtlichen Standpunkte aus die objektive Religion als Kulturphänomen nach ihren objektiven Daten eindeutig zu beurteilen vermag, in dem Verstehen des subjektiven religiösen Erlebens kann man nur von seinem eigenen persönlichen Erleben aus dasjenige eines anderen Individuums zu verstehen suchen. So muß jede Begriffsbestimmung subjektiv gefärbt sein, nur darf sie es nicht ausschließlich sein. In einer wissenschaftlichen Untersuchung muß sie neben der subjektiven Erfahrung auch diejenigen anderer berücksichtigen, um zu einem Begriffe zu gelangen, mit dem das religiöse Erlebnis möglichst vieler Individuen zu umfassen ist. Insofern *muß* jede Behandlung eines religiösen Problems eine *eigene* Begriffsformulierung von Religion und religiösem Erleben vorausschicken. Sie darf nicht nur entlehnen, da jedes echte religiöse Erlebnis rein individuell ist, einzigartig. Religion muß m. E. die Bejahung der Existenz eines Irrationalen, das der Mensch

---

[132] *Wobbermin*, G., Das Wesen der Religion. Leipzig 1921. S. 254.
[133] *Otto*, R., Das Heilige. Breslau 1917. S. 27.
[134] a. a. O. S. 146. [135] a. a. O. S. 145. [136] a. a. O. S. 129.
[137] *Heiler*, Fr., Das Gebet.

Mensch wie ein Aufleuchten aus einem ewigen Dunkel erlebt. Damit soll nicht gesagt sein, daß es sich beim religiösen Erleben ausschließlich um eine *emotionale* Einstellung handle; das Gefühl muß, wenn auch intuitiv, einen Gedankenkomplex in sich schließen oder in unmittelbarem Gefolge haben. Fassen wir die Seele als Ganzes, so müssen auch beim religiösen Erleben *alle* Saiten anklingen,[138] es ist nach *W. Stern* auch ein „personales" Erleben.

Wenn schon das erlebende Individuum infolge der Unvollkommenheit der Ausdrucksmittel nicht in der Lage ist, das auszudrücken, was es in den Tiefen seiner Seele erlebt hat, wieviel weniger kann es derjenige, der es nachfühlend verstehen will. So sieht sich die Religionspsychologie vor eine schier unlösbare Aufgabe gestellt, bis jetzt mußte sie sich darauf beschränken, nur sekundäre Bestandteile eines solchen Erlebnisses, an dem die ganze Seele beteiligt ist, analysierend herauszuschälen. Dabei wird es sich darum handeln, von der religiösen Anlage ausgehend die auslösenden Reize und die Einwirkungen der Umwelt in positiver oder negativer Richtung festzustellen, um so die Eigenart des Verlaufes innerhalb des gesamten Seelenlebens und seine Nachwirkung auf die Gesamtpersönlichkeit und seine Äußerung im Leben zu erkennen. In induktiver Methode kann sie dann durch den Vergleich verschiedenartiger religiöser Erlebnisse bei möglichst vielen Individuen einen Durchschnittstyp konstruieren.

Was kann nun von den Ergebnissen und Methoden der Religionsphilosophie und Religionspsychologie für unsere Zwecke übernommen werden? Beide Wissenschaften gehen in ihrer Arbeit von der Religion des *Erwachsenen* aus, die sie normalerweise als ein *festes* Gebilde ansehen. Die Religionspsychologen Deutschlands sind in der Erforschung gerade der religiösen *Entwicklung* nicht weit vorangekommen. Noch immer suchen sie nach dem Vorbilde *W. Wundts* vorwiegend auf *völkerpsychologischem* Wege zu einer Klärung zu gelangen. Die Arbeit an dem genetischen Problem liegt heute noch bei der Jugendpsychologie.[139]

Diese hat es ausschließlich mit einem Gegenstande zu tun, bei dem normalerweise eine *ständige Entwicklung* vorauszusetzen ist. Durch den Verlauf der allgemeinen Entwicklung muß auch die Art des religiösen Erlebens, wenn auch nicht ausschlaggebend, bedingt sein. Das Werden des jungen Menschen, besonders desjenigen der Jugendbewegung, mit dem wir uns ja in erster Linie zu befassen haben, wird aber wesentlich beeinflußt durch dessen *bewußte* oder *aktive Stellungnahme* zur Kultur und ihren objektiven Werten, mit denen er sich auseinanderzusetzen hat, um ein aktives Mitglied seiner Kulturgemeinschaft zu werden. Zu ihnen gehören auch die *objektiven Religionen* seines Kulturkreises. Der Kultur

---

[138] Vgl. *Höffding, H.,* Erlebnis und Deutung. 1927. — Vgl. *Hoffmann, P.,* Das religiöse Erlebnis. 2. Aufl. Berlin 1925.
[139] Vgl. *Gruehn, W.,* Religionspsychologie. S. 123.

Begebenheiten gebildet worden. Alles Vorbeireden an diesen Daten führt ins Uferlose und Zwecklose, indem der Begriff Religion zerflattert und schließlich nichts mehr besagt. Mag es auch manchem widerstreben, die Religion in diesen „Gehäusen"[140] zu sehen, für eine Darstellung des religiösen Erlebens des Jugendlichen darf es keinen anderen Weg geben, als es zunächst an dem Maßstabe der *objektiven* Religionen zu beurteilen.[141] Wenn wir aber die Entwicklung als eine gewisse Revolution, in geistiger Hinsicht ein Suchen nach etwas Neuem, ein Experimentieren mit *allen* Möglichkeiten ansehen, dann werden wir auch über diesen Rahmen hinaus auf die *Grenzgebiete* der Religion überzugreifen haben. Daß es diese Übergänge geben muß, folgt aus der Hineinstellung der Religion in die Gesamtheit der Kulturwerte. Wie weit wir auf diese Grenzgebiete übergreifen müssen, wird das Quellenmaterial zu bestimmen haben. Insofern brauchen wir uns an die oben angeführten Begriffsbestimmungen bei der Darstellung *jugendlichen* religiösen Erlebens nicht unbedingt gebunden zu fühlen, wenn sie auch im allgemeinen als *Richtschnur* bei diesen Exkursionen gelten möchten. Wie endlich religiöses Erleben aus dem Schrifttum der Jugendbewegung heraus zu erkennen ist, dafür Wege zu weisen, ist Gegenstand des folgenden Kapitels.

c) Methode und Aufgabe

Unter Hinweis auf die kritischen Bemerkungen in dem Überblick über die Arbeiten, die sich auf unser Problem beziehen, können wir uns nunmehr mit einer kurzen Zusammenfassung der in der Jugendpsychologie angewandten Methoden und des benutzten Quellenmaterials begnügen. Als erste und älteste Methode ist die der *Eigenbeobachtung* zu nennen, die auch heute noch die Grundlage aller psychologischen Methoden bildet; denn von dem Rückerinnerungsvermögen wird die Fähigkeit, das Seelenleben eines anderen zu deuten, abhängen. Danach ist auch ihr Wert anzuschlagen. Die möglichen Fehlerquellen sind augenscheinlich. Allzu leicht deutet der Mensch spätere Erkenntnisse in frühere Erlebnisse hinein. Darauf ist auch das Augenmerk bei der Beurteilung *fremder Eigenbeobachtung* zu richten, die in Autobiographien und Romanen ihren literarischen Niederschlag gefunden hat. Zu diesem Quellenmaterial, ebenso zu Tagebüchern, Briefen, Aufsätzen (Erlebnisaufsätzen), Gedichten u. a., die auch hierher gehören, ist schon gelegentlich Stellung genommen worden. Die Eigenbeobachtung findet ihre Ergänzung in der *Fremdbeobachtung*. Nur auf diesem Wege vermögen wir über die subjektive Erkenntnis hinaus zu einem allgemein gültigen Urteil vorzu-

---

[140] *Jaspers, K.*, Psychologie der Weltanschauungen. S. 304 ff.
[141] Vgl. *Litt, Th.*, Religion und Kultur. In „Die Erziehung". 2. Jahrg. 2. Heft. — *Stern, W.*, Religionspsychologische Untersuchungsmethoden im Dienst von Kinderforschung und Pädagogik. Zeitschrift für pädagogische Psychologie. 28. Jahrg. S. 74. — *Hoffmann, W.*, Die Reifezeit. 2. Aufl. S. 13.

unter Berücksichtigung der Erziehung und der Umwelt einen Einblick in das jugendliche Seelenleben zu verschaffen. Neben diesen Methoden, deren Aufgabe die Sammlung und Analyse *spontan* entstandener Äußerungen junger Menschen ist, treten diejenigen, die solche Erzeugnisse durch ein besonderes Verfahren zu erhalten suchen, und zwar durch Umfragen und Erhebungen, die in ihren verschiedenen Arten, z. B. der mündlichen Ausfrage, dem gedruckten Fragebogen und dem freien Aufsatze sich dem *Experiment* nähern. Wo die Erhebungsmethode als alleiniges Verfahren Verwendung findet, sind starke Bedenken gegen sie geltend zu machen; denn die übliche statistische Verarbeitung neigt bei zu starker Betonung des zahlenmäßigen Materials zur Schematisierung. Als Ergänzungsmethode kann ihr ein gewisser Wert nicht abgesprochen werden. Ihre bisher stärkste Ausprägung hat die experimentelle Methode in der sogenannten Reizwortmethode gefunden. Ihre Ergebnisse sind, wie die Arbeiten von *G. Dehn* und *E. Lau* gezeigt haben, nicht zu unterschätzen. Die experimentelle Psychologie wird aber noch die schwere Aufgabe zu lösen haben, durch weitere Verfeinerung ihre Verfahrungsweisen auf die Jugendlichen, die sich von ihrem bisherigen Gegenstande, dem Erwachsenen und dem Kinde, wesentlich unterscheiden, umzustellen. Denn es wäre im Interesse der jugendkundlichen Forschung zu begrüßen, wenn die Ergebnisse der sogenannten verstehenden Psychologie durch das Experiment nachgeprüft würden. Die Frage, ob dies überhaupt möglich ist, kann heute noch nicht endgültig entschieden werden. Daß die Jugendpsychologie die Wissenschaft sei, in der die Gegensätze zwischen naturwissenschaftlicher und geisteswissenschaftlicher Psychologie, wie sie uns in dem einleitenden Überblick gegenübergetreten sind, zu überbrücken seien, wie *W. Stern* durch „Anwendung des *personalistischen* Gesichtspunktes"[142] erwartet, kann einstweilen nur gehofft werden. Zuzustimmen ist ihm, wenn er vermittelnd betont, *„daß weder eine rein naturwissenschaftlich orientierte noch eine rein kulturwissenschaftlich gerichtete Psychologie für sich allein das Problem der jugendlichen Psyche bewältigen kann."*[143]

Welche Methode haben wir nun zu wählen? Diese Frage führt uns zu dem *Quellenmaterial*.

Überblickt man das mannigfache Material, das, auf verschiedenen Wegen gewonnen, in der Jugendpsychologie bearbeitet worden ist, so muß man *das Schrifttum der Jugendbewegung* vermissen. Man hat wohl zur Darstellung der Geschichte dieser Bewegung hier und da auf diese Literatur zurückgegriffen, aber von einer Ausschöpfung für jugendpsychologische Zwecke kann nicht geredet werden. Wie schon erwähnt, hat *E. Eichele* das Schrifttum der Jugendpflege und in bescheidenem Umfange, soweit es ihm zur Verfügung stand, auch das der Jugendbewegung mit herangezogen. Die Zitate, die er aus dieser Literatur bringt,

---

[142] *Stern, W.*, Zur Psychologie der reifenden Jugend. S. 2.
[143] a. a. O. S. 1.

E. Eichele: „Die Literatur der Jugendbewegung bietet, im großen ganzen betrachtet, für eine psychologische Untersuchung der religiösen Jugendentwicklung weniger brauchbares Material, als man gemeinhin, besonders unter dem Eindruck des Wortes von der ‚im tiefsten Grunde religiösen Jugendbewegung‘, annehmen könnte. Das verwendbare Material ist versteckt und läßt sich meist erst nach längerem Suchen in beiläufigen Bemerkungen usw. auffinden. Es mag vielleicht nicht schwer sein, aus der Literatur der Jugendbewegung Einblick zu gewinnen in die religiöse Haltung der einzelnen Gruppen. Aber damit ist eben für die Kenntnis der religiösen Entwicklung des einzelnen Jugendlichen nicht viel getan."[144] Diese Bemerkungen können nur dafür sprechen, daß das Schrifttum der Jugendbewegung nach Möglichkeit in *vollem* Umfange exakt wissenschaftlich durchforscht werden muß, und sei es auch zunächst nur zur *gründlichen* Kenntnis des religiösen Erlebens der einzelnen Jugendgruppen und dann der ganzen Jugendbewegung. Ob und wie weit dies Quellenmaterial ausreicht, die religiöse Entwicklung des Jugendlichen zu untersuchen, darüber wird nach Abschluß der Darstellung, die das Thema verlangt, zu entscheiden sein. Jedenfalls darf die jugendpsychologische Forschung an diesem Material nicht vorübergehen.

Wenn bei der Bewertung der Äußerungen von Jugendlichen die Frage der Spontaneität ausschlaggebend ist, so müssen wir diesen Maßstab auch an das Schrifttum der Jugendbewegung anlegen. Als im Anfange des 20. Jahrhunderts die ersten Zeitschriften aus den Kreisen der Jugendbewegung erschienen, war man allenthalben von der Offenheit, mit der sich der Jugendliche hier äußerte, betroffen. War damit nicht schon ein Urteil über diese Zeitschriften hinsichtlich ihrer Spontaneität gefällt? Um den Jugendlichen kennenzulernen, muß man ihn dort aufsuchen, wo er sich frei von aller Beobachtung fühlt, in seinem eigentlichen Gebiete, in seiner Jugendgruppe, und dort, wo er sich frei ausspricht, in seiner Jugendzeitschrift. Wohl kaum hat eine geistige Bewegung eine solche fast unübersehbare Fülle von Literatur aufzuweisen wie die deutsche Jugendbewegung. Es ist bei dem quantitativ überaus reichen Material, das uns zur Verfügung steht, schwer, einen klaren Überblick zu gewinnen. Der Vollständigkeit halber müßten *alle* Zeitschriften hinzugezogen werden. Aber sie sind nicht vollzählig vorrätig. Ob wirklich so viel Material verloren gegangen ist, wie *O. Stählin*[145] annimmt, mag dahingestellt bleiben. Es wird auch nicht bewiesen werden können, ob es tatsächlich den Wert gehabt hat, den man ihm beilegt. Sollten wirklich *die* Blätter, die man nicht in die Welt hinausfliegen ließ, das *wahre* Denken und Fühlen der Jugendlichen, die zartesten und innerlichsten Saiten ihres Seelenlebens offenbart haben? Jede

---

[144] *Eichele, E.,* Die religiöse Entwicklung im Jugendalter. S. 49.
[145] *Stählin, O.,* Die deutsche Jugendbewegung. S. 5 ff.

44

dem Jugendlichen Gelegenheit zur Betätigung, die er nicht so leicht vorübergehen lassen wird. Kaum hören wir von vertraulichen Blättern, die *nur* für einen geschlossenen Kreis bestimmt wären. *Ist der einzelne Jugendliche auch verschlossen, die Jugendbewegung als solche ist es nicht.* Dafür spricht schon die Fülle der jugendlichen Literatur.

Entspricht nun diesem quantitativen Werte auch ein qualitativer? Es mag eingewendet werden, daß diese Literatur wohl zu den spontan entstandenen Äußerungen Jugendlicher zu zählen sei, aber nicht dazu ausreiche, religiöses Erleben in seiner Urwüchsigkeit aus ihm heraus zu erkennen. Denn das, was sich im Schrifttum der Jugendbewegung widerspiegle, könne doch nur als ein blasser Abglanz ihres frischen pulsierenden Lebens gelten. Führe doch unser Problem in ein Gebiet hinein, das rein persönlicher Art sei. Der Jugendliche werde sich sträuben, seine heiligsten, tiefsten und edelsten Gefühle der Öffentlichkeit preiszugeben. Und wenn er es schon tue, sei er nicht fähig, das wahre Erleben in nackte, kalte Worte zu kleiden. Auch seien es vielleicht die Schwätzer, die sich vordrängten. Dazu ist zu sagen: Immer und immer wieder wird von der Jugend der eigentliche Zweck einer jeden Zeitschrift darin gesehen, der Schauplatz des geistigen Kampfes zu sein und alles, was den Leserkreis angeht und bewegt, wiederzugeben, um das geistige Band für die Gruppe zu sein, das sie noch mehr zusammenhalten soll als der Bund. Diesen Zweck muß die Zeitschrift erfüllen, wenn sie Lebensdauer haben soll. Zu dem geistigen Leben gehört nicht zuletzt das religiöse. Allerdings dürfen wir nicht alle Zeitschriften gleich hoch werten, sondern haben gewissenhaft zu untersuchen, in welchen von ihnen *nur* Jugendliche zu Worte kommen, frei von jeglichem fremdem Einfluß. Diese Dokumente sind die psychologisch wertvollsten. Zur zweiten Kategorie gehören diejenigen, in denen neben Jugendlichen ältere, freiwillig gewählte Führer zur Jugend um der Jugend selbst willen sprechen. In diesen kann man gut beobachten, wie die Jugend auf das, was ihr von reiferen Beratern geboten wird, reagiert, und ob sie in ihrer Entwicklung schon so weit ist, um solche Anregungen zu verstehen und sich zu eigen zu machen. In die dritte Gruppe endlich sind die einzureihen, deren Ziel eine Beeinflussung der Jugend in einer ganz bestimmten Richtung ist, sei es nun in politischer oder konfessioneller Zwecksetzung. Sie werden uns wenig zu bieten haben. Nur dann kann von einem objektiven Resultat die Rede sein, wenn aus diesem Schrifttum nicht mehr herausgelesen wird, als wirklich vorhanden ist. Ein mäßiges Ergebnis, das wahr und echt ist, muß mehr gelten als ein reiches, das aber anfechtbar ist.

Die Einzigartigkeit der Jugendbewegung verlangt, daß derjenige, der ihr *Erleben* verstehen will, sie *kennen* muß. Die Objektivität der Darstellung aber scheint dann am ehesten gegeben, wenn er keiner Gruppe

objektive Beurteilung gewährleistet sein, zumal ich meine Aufgabe darin zu sehen habe, das religiöse Erleben in der Jugendbewegung, wie es in deren Schrifttum seinen Niederschlag gefunden hat, zu behandeln. Diese Aufgabe ist auf theoretischem Wege allein nicht möglich, sie setzt vielmehr eine intensive methodische Vorbereitung voraus. Ohne eine solche Selbstschulung sollte es niemand wagen, das Seelenleben des jungen Menschen darzustellen, wenn er, theoretisch gesehen, auch aus noch so guter Quelle schöpft. So habe ich mich neben dem systematischen theoretischen Studium der Jugendphychologie auch in allen ihren Methoden versucht, mit dem mittelbaren Ziele, mir auf Grund persönlicher Erfahrung eine Vorstellung von der religiösen Welt des Jugendlichen zu erarbeiten und mich in psychologischem Schauen, Einfühlen und Verstehen zu üben, mir das nötige psychologische Rüstzeug zu versorgen. An Gelegenheiten dazu hat es mir nicht gefehlt. Wer selbst unterrichtlich nicht tätig war, kann nicht beurteilen, wie oft der Lehrer *gelegentlich*, wenn auch nur für kurze Augenblicke, in die Seelen seiner Zöglinge schauen kann. Allerdings erfordert es manchmal Selbstbeherrschung, sich mit Teilerfolgen begnügen zu müssen; denn jede dem Schüler verdächtige Absichtlichkeit läßt ihn bei größter Zutraulichkeit sofort schroff ablehnend werden. Der Jugendliche hat ein feines Empfinden dafür, daß zwischen Erzieher und Zögling ein gewisser Abstand bestehen *muß;* durch eine Distanzverringerung oder eine Altersüberbrückung kommt man ihm und seiner Seele nicht näher. Mit dieser Tatsache ist zu rechnen, das Vertrauensverhältnis findet an dieser psychischen Gegebenheit seine Grenze. Ich habe es auch vermieden, Erhebungen auf lange Hand vorzubereiten. Auch bei dieser Methode war mein oberster Grundsatz: nur gelegentlich und in kleinem Maßstabe! Dafür einige Beispiele. Ich schicke voraus, daß ich grundsätzlich im Unterricht, sobald ich merke, daß eine Frage das Interesse der Mehrzahl der Schüler erregt, die Schüler ruhig disputieren lasse. Außerdem kann der Lehrer bei solchen Gelegenheiten durch einfache Beobachtung, bei passiver Beteiligung, wertvolle Einblicke gewinnen. Wir behandelten die Passionsgeschichte. Von ungefähr kamen wir auf die Frage: „Was wäre geworden, wenn die Juden Jesum nicht gekreuzigt hätten?" Impulsiv, ohne daß ich gefragt hätte, fielen verschiedene Äußerungen wie: „Dann lebte Jesus heute noch, und alle Juden wären in den Himmel gekommen." „Äja, er wäre auch gestorben; sowas gibt's doch gar nicht, daß einer so lange lebt." „Jesus war aber doch kein Mensch." — „Na, Gott auch nicht" u. a. Der didaktische und pädagogische Wert einer solchen spontanen Erörterung wäre natürlich illusorisch, wenn ihr durch eine, wenn auch unfreiwillige komische Äußerung eines Schülers der Ernst genommen würde. Daher ist es besser, eher früher als zu spät einzugreifen. In diesem Falle, auch in der Erwartung, durch eine Erhebung günstige

46

um so besser zu einem Ziele kommen zu können. Sie waren auch ohne
weiteres damit einverstanden, daß *ich* die Niederschriften alle vorlas.
Ich staunte, wie frei sich die Jungen zu ihren abgegebenen Urteilen bekannten. Wieder ließ ich nach Möglichkeit nur die Schüler kritisieren,
um zum Schluß zusammenzufassen. Das Ergebnis war durchaus befrie-
digend. Für mich war bei dieser Altersstufe — es handelte sich um
Untertertianer — interessant zu beobachten, wie verschieden weit diese
Jungen in der religiösen Entwicklung waren. Deutlich war der Einfluß
des Konfirmandenunterrichts zu spüren. Nach meiner Erfahrung wurde
diese Erhebung erst wertvoll durch die sich anschließende Besprechung.
Ob ich das so gewonnene Material an mich nahm oder den Schülern
beließ, machte ich von den jeweiligen Umständen abhängig. Der Verdacht anderweitiger Verwertung muß unbedingt vermieden werden. Der
Argwohn etwaiger Zensierung dieser kleinen Abhandlungen ist meinen
Schülern kaum gekommen, da ich in Religion während der Stunde
grundsätzlich nicht zensiere, auch nicht „Religionsarbeiten" schreiben
lasse. Man kann auch die „Religionskenntnisse" beurteilen, wenn man
sich *nach* der Stunde seine Aufzeichnungen macht. Solche Erhebungen
habe ich durch Beobachtung von Debatten der Schüler während Lehr-
gesprächen im Rahmen von Latein-, Geschichts- oder Deutschstunden
nachgeprüft oder ergänzt. Derartige Meinungsäußerungen können als
spontan gelten. Ein zweites Beispiel: In einer Quinta ergab sich die
Frage: „Wer ist reich?" Ich verfuhr nach derselben Methode. Die Erträge gaben gute Aufschlüsse über die Entwicklung des ethischen Empfindens in dieser Altersstufe.

Diese Beispiele mögen genügen. Worauf es mir ankam, war, das
Gelegentliche dieser vorbereitenden Untersuchungen zu betonen. Als
günstige Gelegenheiten für psychologische Forschungen werden gern die
Wandertage hingestellt. Was die Religion betrifft, so muß man m. E.
eher vom Gegenteil reden. Der Schüler ist gar nicht aufgelegt, da, wo
er ganz andere Interessen hat, von religiösen Dingen zu sprechen. Jede
Aufdringlichkeit kann ihn in seiner Verschlossenheit nur bestärken. Er-
giebiger waren für mich Gespräche mit ehemaligen Schülern oder mit
Studenten, denen ich näher getreten war. Sie haben mir teilweise selbst
angeboten, auch aus wissenschaftlichem Verständnis für das Problem,
ihre religiöse Entwicklung in großen Zügen zu schildern und über spe-
zielle religiöse Erlebnisse zu berichten, oder sie besprachen mit mir
ihr Tagebuch, das sie mir zur Verfügung stellten. Alle diese Bemühungen
erstreckten sich über mehrere Jahre; denn ihr Zweck war nur ein in-
direkter, meinen Blick dafür zu schärfen, aus dem umfangreichen Quellenmaterial, das in dem Schrifttum der Jugendbewegung gegeben ist,
das herauszulesen und herauszufühlen, was der Klärung des religiösen
Problems in der Jugendpsychologie dienen kann.

bewegung begründet. Von dieser Zerrissenheit muß auch ihre religiöse Haltung betroffen werden. Daher kann man nicht allgemein über ihr religiöses Erleben reden. Außerdem ist jede einzelne Jugendgruppe für den Jugendlichen ein Milieu von besonderer Einwirkungskraft, das auch seinem religiösen Erleben Färbung und Tönung geben muß. Daher müssen die Dokumente zunächst nach den einzelnen Verbänden und Gruppen geordnet werden. Jedes Heft ist genau durchzusehen, nicht nur nach Artikeln, in denen religiöse Fragen erörtert werden, sondern auch nach Äußerungen, die in anderem Zusammenhang stehen und gerade deshalb wertvoll sein können. Schwieriger als diese Bienenarbeit des Zusammentragens ist die Auslese und Auswertung. Dabei muß der Gesichtspunkt entscheidend sein, ob die Äußerung von einem Jugendlichen, einem Führer, einem Mitarbeiter u. a. stammt. Ferner ist zu untersuchen, wie und unter welchen Zeitumständen es zu dieser Ausführung gekommen ist, kurz, es ist die Frage der Spontaneität zu klären. Nicht immer wird in allen Punkten die wünschenswerte Klarheit erreicht werden, weil es nach der Beschaffenheit unseres Quellenmaterials einfach nicht möglich ist. Wir können uns nur dadurch vor Fehlschlüssen bewahren, daß wir seine Verwendung von dem Grade seiner Eindeutigkeit abhängig machen. So ergibt sich schon durch die qualitative Beurteilung des Quellenmaterials die Notwendigkeit einer starken Auswahl. Leider war auch aus Gründen der Raumbegrenzung eine weitere Einschränkung in der Anführung der Belege unumgänglich. Es wäre zu bedauern, wenn diese Begrenzung den Eindruck einer, sei es nun quantitativen oder qualitativen Unergiebigkeit unserer Quelle machen würde. Die Interpretation hat auszugehen von dem *gesamten* Erleben des Jugendlichen innerhalb seiner Jugendgruppe, um unter Berücksichtigung *aller kulturellen Wertgebiete* das religiöse Erleben zunächst rein phänomenologisch herauszuarbeiten. Dann erst läßt sich die Frage entscheiden, welche Bedeutung die Religion für die Lebensgestaltung des jungen Menschen hat. Insofern kann die Bearbeitung eine *kulturpsychologische* und *kulturtheoretische* genannt werden. Der Schwerpunkt der Darstellung soll in der *monographischen* Darbietung des religiösen Erlebens der einzelnen Jugendorganisationen liegen. Diese werden gemäß unserer Auffassung von Religion und Kultur nach einer Typologie, welche die objektiven Formen der Religion zum Ausgangspunkt hat, gruppiert. Demnach ergeben sich zunächst die drei konfessionell gebundenen Gruppen der evangelischen, katholischen und jüdischen Jugendlichen. Der Begriff „konfessionell gebunden" bedarf noch einer kurzen Erläuterung. Es ist darunter nicht eine starre Gebundenheit an eine bestimmte Konfession im Sinne eines Dogmas zu verstehen; denn eine solche Bindung wäre mit Jugend*bewegung* unvereinbar. Mit diesem Begriffe soll die Jugend erfaßt werden, die mit ihrem religiösen Denken

verneint, im allgemeinen aber vom Geiste des deutschen Idealismus beseelt ist, behandeln wir in einem besonderen Kapitel als die idealistische. Infolge der alles überragenden politischen Orientierung in einigen Verbänden macht sich endlich noch eine dritte Gruppe notwendig. Es liegt in dem Wesen des Jugendlichen begründet, daß er in seiner Anschauung *radikal* ist. In Anwendung dieser These auf seine politische Haltung darf gefolgert werden, daß von einer politischen Jugend*bewegung* nur da gesprochen werden darf, wo wir sie auf den extremen Flügeln finden. Jede andere Stellungnahme führt den Jugendlichen in die Lager parteipolitischer Zweckverbände, die mit der konfessionellen Jugendpflege unberücksichtigt bleiben können.

Mit dieser Gruppierung kann die gesamte Jugendbewegung erfaßt werden. Am Schlusse einer jeden dieser „Monographien" folgt eine Gesamtcharakteristik der religiösen Welt des Durchschnittsjugendlichen der betreffenden Gruppe. Kennen wir *alle* Richtungen innerhalb der Jugendbewegung, dann erst dürfen wir generalisieren, d. h. gleiche, ähnliche und verschiedene Züge herausarbeiten, um so ein Bild von dem religiösen Erleben *des* Jugendlichen *der* Jugendbewegung zu erhalten. Über diesen Rahmen hinauszugehen, verbietet uns die Spezialisierung des Themas. Unter dem Jugendlichen ist durchweg nur der Angehörige der Jugendbewegung zu verstehen. Ein Beitrag zur Jugendpsychologie können diese Darstellungen aber erst werden, wenn deren *jugendpsychologische Ergebnisse* in dem letzten Teile mit den besonders in der jugendpsychologischen Literatur vertretenen Theorien, wie sie im methodischen Teile kurz skizziert worden sind, verglichen und in sie hineingearbeitet werden. Dabei sollen persönliche Erfahrungen und Beobachtungen, außerdem die Erträge meiner methodischen Vorarbeiten, *aber nur soweit sie sich mit den Ergebnissen der eigentlichen Untersuchungen decken oder zur Abrundung des psychologischen Gesamtbildes erwünscht erscheinen*, verwendet werden. Aus der Erwägung heraus, daß alle psychologischen Forschungsergebnisse des praktischen Wertes entbehren, wenn sie nicht der *Pädagogik* dienen, schließen wir die Untersuchung mit einer kurzen pädagogischen Betrachtung ab.

4. Die Entwicklung des Schrifttums der Jugendbewegung

Jede Zeit hat *ihre* Jugend! Alter und Jugend, ein notwendiger Widerstreit zwischen dem beharrenden und dem fortschrittlichen Prinzip! Das ausgehende 19. Jahrhundert war in der Dekadenzkultur des Materialismus, fern von allem Idealismus, erstarrt. Ohne sich eines Tiefstandes bewußt zu sein, lebte die führende Generation zufrieden dahin, geblendet von dem äußeren Wohlstande unseres Volkes. Der junge Mensch als solcher galt nichts, möglichst widerstandslos hatte er sich in die Kultur hineinzufinden und hineinzuleben. „Es war

der Jugend angenommen, so war es aus einem dieser Zeit eigenen Egoismus geschehen; ideale pädagogische Gesichtspunkte fehlten so gut wie ganz: die damalige Jugendpflege war nur „Rekrutendepot" für politische und konfessionelle Parteien. Ein Eigenleben konnte und sollte die Jugendpflege — Jugend nicht führen. Daher kann uns ihr Schrifttum, an dem die Jugend selbst nicht beteiligt ist, so gut wie nichts bieten. Ein Einblick in diese Literatur ist aber dazu angetan, uns durch eine Gegenüberstellung des Alten und Neuen die rechte Vorstellung vom Leben der neuen Jugend zu geben.[147] Solch Eigenleben trat zum ersten Male in die Erscheinung, als *K. Fischer* in Steglitz im Jahre 1897 mit Gleichgesinnten in der Freizeit aus der Großstadt, dem Schreckensgebilde moderner Kultur, floh, um in der freien, unverfälschten Natur ganz Mensch sein zu können. Im Kreise von nur Jugendlichen jung sein zu dürfen, das war zunächst alles, was man erstrebte. Glücklich war man in kleinem Kreise in diesem neuen „Lebensstil". Im Zusammenklingen jugendlicher Seelen lebte und erlebte man, abseits von der verhaßten Kultur. So waren die ersten Blätter des jungen Wandervogels reine Nachrichtenblätter, deren Inhalt in Ankündigung und Vorbereitung der Fahrten sich erschöpfte. Erst mit dem steten Wachsen dieser Kreise wurde diesen Blättern eine größere Aufgabe aufgenötigt: das geistige Band dieser Gruppen zu sein. Aber noch immer war der Wandervogel *unbewußt* eine Kulturbewegung, *bewußt* war er nur eine „Erlebnisbewegung".[148] Den persönlichen Gedankenaustausch stellte man über den schriftlichen, ein Schrifttum als geistige Bindekette entwickelte sich erst allmählich mit dem rapiden Wachstum der Wandervogelbewegung. Die wichtigsten Zeitschriften sind „*Der Wandervogel*", „*Der Wanderer*" und der „*Jung-Wandervogel*". Infolge dieser Entwicklung konnte die Bewegung ihre ursprüngliche geschlossene Einheit nicht wahren. Um dem Eigenleben Raum zu geben, bildeten sich immer mehr Gruppen, und mit ihnen wuchs das Schrifttum, in dem sich nunmehr der geistige Prozeß dieser Bewegung widerspiegelte. Ein Prozeß, der im Hinblick auf die Einzigartigkeit dieses Jugendlebens zu bedauern ist, um so mehr als das organische Werden durch scharfe Angriffe und allzu frühe Versuche, diese Bewegung zu deuten, rücksichtslos gestört wurde. Die Jugend war nicht mehr für sich: aus der unbewußten „Erlebnisbewegung" eine bewußte Kulturbewegung zu machen, dazu fühlte sich *Wyneken* berufen. Er glaubte, der Jugend ein Programm geben zu müssen, gekennzeichnet durch das Schlagwort „Jugendkultur". Zum schärfsten Kampfe scharte *Wyneken* die radikale Jugend um den „*Anfang*". In dieser Zeitschrift äußerte sich die Jugend der Schulen und Universitäten, wenn auch

---

[146] *Mennicke, K.*, Wesen und pädagogische Bedeutung der Jugendbewegung. In „Erziehung", 1. Jahrg. Heft 5. S. 264.
[147] Literaturangabe bei *Cordier, L.*, Evangelische Jugendkunde.
[148] *Fischer, A.*, in „Die Quelle", Heft 2. S. 14.

schrift gleichen Namens. Finden wir auch in dieser Zeitschrift nicht solche Spontaneität in den jugendlichen Äußerungen wie im „Anfang", so liegt ihr Wert doch darin, daß in ihr um kulturelle Fragen mit leidenschaftlicher jugendlicher Hingabe gerungen wurde, besonders als sich mit Ausbruch und mit der nicht erwarteten langen Dauer des Weltkrieges andere Probleme aufdrängten und eine rasche Lösung erforderten. Die organische Entwicklung dieser jungen Bewegung war jäh unterbrochen worden. Es war vor allem die Frage der politischen Betätigung, die das Völkerringen in aller Schärfe aufrollte, und die, so sehr sich auch die freideutsche Jugend dagegen sträubte, immer mehr die rein kulturellen Erörterungen überwuchern sollte. Schon 1915 betonte „Der Aufbruch", der für die Studentenschaft dasselbe bedeuten sollte wie „Der Anfang" für die Schüler, gegenüber dem Nationalen den Gedanken der reinen Menschlichkeit. Noch verhütete das gemeinsame harte Schicksal, daß die Entscheidung zwischen dem nationalen und internationalen Prinzip die Jugendbewegung unheilvoll zersplitterte. Mit Ausbruch der Revolution aber entbrannte der Kampf in aller Schärfe.

Die Revolution bedeutete äußerlich einen Sieg der Jugendbewegung. Schien doch die Zeit gekommen, wo man von der bisherigen negativen Kulturkritik zu positiver Kulturarbeit übergehen *konnte*, ja, sich dazu *verpflichtet fühlen* mußte. Aber die Jugendbewegung *konnte* als Jugend dieser Aufgabe nicht gewachsen sein, dazu kam, daß sie infolge innerer Zerrissenheit, bedingt durch ihre Suggestibilität (vgl. S. 27), keinen gemeinsamen Weg finden konnte. Auch der Gedanke der Revolution hatte nicht die Kraft, diese inneren Gegensätze zu überbrücken; das zeigte sich deutlich auf den Tagungen von Jena 1919 und Hofgeismar 1920. Von der freideutschen Jugend sagten sich immer mehr Verbände los, sei es nun, daß sie sich für das nationale oder das internationale Prinzip entschieden. Dieser Prozeß ist deutlich in der Entwicklung des Schrifttums zu erkennen, das gerade in dieser Zeit gewaltig anschwoll. Der Jungdeutsche Bund mit seinen „Jungdeutschen Stimmen" betonte die praktische politische Arbeit, während der Jungborn-Bund in seiner Zeitschrift „Neues Leben" und in deren Beilage „Heiliger Frühling" die religiöse Bedeutung des völkischen Gedankens hervorkehrte. Hierher ge-

sition gegen die „*Entschiedene Jugend*", die in dem „*Einbruch*" und „*Der neue Weg*" die Verbindung mit der proletarischen Jugendbewegung suchte und auch fand. Dieser Richtung stand das überbündische Organ die „*Weltjugendliga*" nahe, deren Ziel die Einigung der Jugend im pazifistischen Gedanken war. Unter diesen Umständen mußte die freideutsche Jugend darauf verzichten, sich in einem festen Bunde zusammenzuschließen. Die „*Freideutsche Jugend*" stellte ihr Erscheinen ein. Das bedeutete für diese einflußreiche Jugendbewegunggruppe den Beginn der Auflösung. Als Versuche, persönlichen Einfluß auf diese Jugend zu gewinnen, sind die Gründungen der Zeitschriften „*Der Rufer*", „*Junge Gemeinde*", „*Junge Menschen*" und „*Junge Republik*" anzusprechen. Überbündischen Charakter hat „*Der Zwiespruch*", der besonders wertvoll ist durch seine Berichte über das Leben im Kronachbunde, dem Verbande alter Wandervögel.[149] Über allen Verbänden schließlich steht „*Vivos voco*", herausgegeben *für* die Jugendbewegung, um sie in den Zeiten schwerster Krise zu beraten. So nahm das Schrifttum in den Jahren nach der Revolution immer größere Dimensionen an, zumal der Geist der Jugendbewegung auch in die ursprüngliche Jugendpflege einströmte. Aus den Reihen der politischen Jugendpflege war es vorwiegend die proletarische, die in ihrer Weiterentwicklung zur Jugendbewegung seit der Weimarer Tagung 1920[150] das Erbe der „bürgerlichen" Jugendbewegung antreten wollte. Die Zeitschriften dieser Gruppen sind die „*Arbeiterjugend*", die „*Freie sozialistische Jugend*", die „*Jungsozialistischen Blätter*", die „*Flamme*" der übernationalen Jugend, „*Die Fackel*", die „*Proletarier-Jugend*", später unter dem Titel „*Junge Kämpfer*", „*Die kommunistische Jugend*", „*Die junge Garde*" und „*Die junge Menschheit*"; in diesem Zusammenhange sei die ihnen in der Weltanschauung nahestehende Zeitschrift der monistischen Jugendbewegung „*Sonne*" genannt.

Nicht annähernd in dem gleichen Maße entwickelten sich die Jugendgruppen der bürgerlichen politischen Parteien aus der Jugendpflege heraus; darum können sie unberücksichtigt bleiben. Anders verhält es sich mit den Verbänden, die aus der konfessionellen Jugendpflege hervorgegangen sind. Schon in dem Kreise um *Iderhoff* herrschte in den letzten Jahren vor dem Weltkriege jugendbewegtes Leben. Darüber berichtet uns in seiner Schrift U. Degenfeld, „Jesus in unserem Schülerleben" in anschaulichster Weise in der „*Sprache der Jugend*", wie er in seinem Vorwort sagt. Diese Schrift darf um so mehr neben die Zeitschriften gestellt werden, als sie nach „Chronik und Akten" verfaßt worden ist. Denselben Geist wollten auch die „*Erfurter Führerblätter*" im Verein mit dem „*Feuer*", „*Mutiges Christentum*" und „*Der Jungevangelische*" in die B.-K.-Jugendpflege hineintragen. Diesen „*Neuen*"

---

[149] Vgl. „Der Kronacher Bund", 3. Bundestag.
[150] Vgl. „Das Weimar der arbeitenden Jugend."

erscheinende „*Großdeutsche Jugend*". Auch der Neudeutschlandbund mit seinen Zeitschriften „*Leuchtturm für Studierende*", „*Die Burg*" und „*Aufstieg*" will Jugendbewegung sein, ist aber letzten Endes eine jesuitische Gegengründung gegen den Quickborn. Auf jüdischer Seite scharten sich die eigentlichen Wandervögel um die Bundeszeitschrift „*Kameraden*", während die „*Blau Weiß Blätter*" für die zionistische Jugend bestimmt waren. Eine führende Stellung nimmt der „*Weiße Ritter*" der Neupfadfinder ein. Die Neupfadfinder scheinen die bisher glücklichste Lösung des Problems der Lebens*form* gefunden zu haben. Die feste Organisation in einem Bunde ist das hervorstechendste Merkmal der Entwicklung der Jugendbewegung. Ihre Zeitschriften haben die schwere Zeit der Inflation überstanden, während die Blätter der kleineren Gruppen, die sich dieser Erstarrung zu entziehen suchten, der wirtschaftlichen Notlage zum Opfer gefallen sind. Es handelt sich bei den letzteren zum Teil um Blätter, in denen die Jugendlichen ausschließlich zum Worte kommen, wie „*Der Zwiestrolch*", „*Orplid*", „*Wir Jungen*" und „*Stimmen der Jugend*". Darin liegt ihr großer Wert für psychologische Untersuchungen gegenüber den Zeitschriften der großen Verbände, die immer mehr zu Führerblättern geworden sind, *für* die Jugend herausgegeben werden und nicht mehr in dem Maße wie früher *von* der Jugend getragen werden.

So ist seit dem letzten Hohen Meißner 1923 eine Stetigkeit und Ruhe in der Jugendbewegung unverkennbar, die man vielfach als Ende der Jugendbewegung angesehen hat. So sagt *Ch. Herrle:* „Daß die eigentliche Jugendbewegung 1920 zu Ende war, läßt sich mit Sicherheit feststellen."[151] Ob dem so ist, bleibt abzuwarten; noch stehen wir diesen Jahren zu nahe. Deshalb können wir uns darauf beschränken, diese Zeitspanne im Überblick zu behandeln. Es wäre zu wünschen, daß der jungen Bewegung diese Ruhe zum Segen gerichte und daß die Jugend einen festen Halt fände, von dem aus sie zielbewußter weiter bauen könnte. Wird die Religion der feste Anker sein?

---

[151] Vgl. *Herrle, Ch.*, Zur Psychologie der Jugendbewegung. In Zeitschrift für pädagogische Psychologie. 28. Jahrg. S. 264.

II. Hauptteil
Das religiöse Erleben in der Jugendbewegung

1. Die konfessionell gebundene Jugend

a) Der evangelische Jugendliche

Eine evangelische Jugend*bewegung* gibt es erst seit Ausgang des Weltkrieges. Früher lebte der evangelische Jugendliche in einer Gesamtsphäre, in der für ihn durch Überlieferung und Erziehung der Glaube an Gott und Christentum etwas Selbstverständliches wurde und war. Eine weit verzweigte kirchliche Jugend*pflege*[1] hatte es sich zur Aufgabe gemacht, diesen Glauben im Jugendlichen auch nach der Schulzeit zu erhalten und zu pflegen. Mag auch schon damals der Jugendliche im Verlaufe seiner Reifung in schwere innere Konflikte geraten sein, irgendeine Bindung wird er schließlich doch eingegangen sein, wenn sie auch nur sehr äußerlicher Art sein mochte. Kam es nicht zu einer krassen endgültigen Verneinung des traditionellen Glaubens, dann konnte die Jugendpflege mit der Erfüllung ihrer Aufgabe zufrieden sein. Im Mittelpunkte dieses Glaubens stand seit Luther als höchste Autorität die Bibel als die Offenbarung von Gottes Wort. Zu ihr und zu Jesus die höheren Schüler hinzuführen, war Sinn und Zweck der Bibelkreisbewegung (B. K.), die seit 1883 in Deutschland immer mehr Boden gewann.[2] Wie fest die Bibel für den evangelischen Jugendlichen als Autorität stand, wird uns in lebendiger Form von *Iderhoff*[3] geschildert. Mit Recht spricht er von einer Jugend*bewegung*, die abseits von den B. K. ihre eigene Entwicklung nahm, ihm in der Autoritäts*gebundenheit* aber verwandt war. Wir werden in die letzten Vorkriegsjahre geführt, in den Frühling der Jugendbewegung.

Was führte nun zur Bildung dieser Jugendgemeinschaft? Von dem tiefsten Erlebnis des Obersekundaners Siegmund König erfahren wir nichts. K. wußte nur, daß er ein anderer geworden war. Deshalb brach er mit seinen ehemaligen Schulfreunden, um solche zu suchen, bei denen er eine Gleichgestimmtheit voraussetzen konnte. Ohne aufgefordert zu sein, offenbarte er sein Innerstes einem seiner Kameraden: „Du, Hellmund Blondel, du hast gemerkt, wie alle anderen, daß ich so still war in letzter Zeit ... und ich will dir erzählen, was mit mir ist: ich bin Christ

---

[1] Neben *Cordier, L.*, gibt *Keilhacker* in seiner „Jugendpflege und Jugendbewegung in München" eine gute Übersicht.
[2] Siehe „*Der Botschafter*", früher „*Mitteilungen und Winke*". — *Jugendkraft*. Deutsche Knabenzeitschrift.
[3] *Degenfeld, L'do*, Jesus in unserem Schülerleben. 3. Aufl. 1926.

keit gestalten wollten. Es war der Kampf um die Wahrheit, der hier in der Seele eines Jugendlichen mit besonderer Schärfe ausgebrochen war, und zwar gegen die Unaufrichtigkeit im Schülerleben.[5] Man könnte von einer „Erweckung" in *ethischer* Richtung reden, die sich in einem ethischen Konflikt, in einem Willen zu *absoluter* Wahrheit offenbarte. Eine anschauliche Schilderung einer derartigen Spannung finden wir in folgendem Berichte: „Von Stund' an war er dagewesen, dieser Kampf um die Wahrhaftigkeit. — Er war schwer, bitter schwer. Und warum so unsagbar schwer?

Weil der in manchen Teilen überempfindliche Ehrenkodex der ‚Schülermoral' dies durchaus *gutheißt*, ja mehr, es ist eine Art Ruhm, möglichst schlau den Lehrer zu betölpeln. Ich sage, sonst ist der Ehrenkodex überempfindlich. Ich erinnere mich doch deutlich, mitten in der Chorstunde, da zischelte ein Primaner dem anderen ein unflätiges Wort zu. Der andere, ein Wandervogel, stand mitten im Unterricht auf und versetzte ihm einen schallenden Schlag ins Gesicht. Sie zählten beide schon zwanzig Jahre. Wie hat man ihn verachtet, als er sich das gefallen ließ! Aber hier, in der einfachsten Maxime, versagt die Schülermoral.

Die Begriffe waren auf den Kopf gestellt. Betrügen galt nicht als unehrenhaft, sondern beinahe als ehrenvoll. Auch die sonst so persönlichkeitstreuen Wandervögel versagten hier völlig. — Und die Lehrer? Freilich, sie kämpften dagegen, weil sie mußten. Aber in guten Stunden spotteten sie auch über ‚Umsicht, Vorsicht, Rücksicht und Absicht', mit der man Extemporale schriebe. Oder sie führten Nützlichkeitsgründe ins Feld. ‚Sie schädigen sich selbst.' In dem ‚Kampf um die Ideale' stellten sie diesen Feind niemals ein. Fast bei allen war die Auffassung bodenlos lax. Nur der alte Schulrat!

So haben wir gerungen, Tag um Tag, Woche um Woche, Jahr um Jahr. Ich will wahr bekennen, daß es uns nicht allen auf einen Streich gelang. Aber wir hatten ihn doch aufgenommen, diesen unseren Kameraden an uns unverständlichsten Kampf. Und nicht wenige hatten bald kraftvoll überwunden.

Unsere Kameraden! Sie haben uns oft verlacht, viel gehaßt, manchmal bewundert, fast nie verstanden.

Sonderlich in diesem Punkte! Da meinten sie: ‚Wir können uns doch nicht der einzigen Waffe in unserem Kampfe gegen die Lehrer berauben. Dann wären wir doch fürs Tollhaus reif.'

Kampf gegen die Lehrer! Hört ihr's, die ihr Ohren habt, zu hören?

Und von uns, den ‚Frommen', forderten sie ernsthaft: ‚Das ist doch

---

[4] a. a. O. S. 13.
[5] Vgl. *Der Botschafter*. Jahrg. 1921 Heft 1/2, S. 9 „Zum Kapitel Mogeln": Ein Führer berichtet von der Not zweier Obertertianer, die sich von ihm in der Frage der Benutzung unerlaubter Hilfsmittel Rat holen wollten. An der Unbedingtheit des „Ihr sollt wahr sein" wird nicht gerüttelt, aber die Pflicht des Helfens betont.

so gern geholfen hätten, solche Worte tun mußten?! Wir und unsere Kameraden, wir redeten zwei Sprachen. — Aber unser eigner Kampf in diesem Punkte war auch bitter schwer" (S. 27/28). Ferner heißt es in einem Briefe eines Primaners: *„Da kann man manchmal wirklich verzweifeln. Ehrlich sein ist doch recht schwer"* (S. 28). Schärfere Formen hatte diese ethische Zwiespältigkeit in einem 15jährigen Schüler angenommen, der sich in starker Erregung höhnisch dahin äußerte: „Wir sind ja alle unehrlich. Kein Mensch ist ehrlich. Alles ist Phrase. Ich hab' dann mir's überlegt, man kommt im Leben nicht ohne Phrasen aus." Und dann folgte hastig die brennende Frage: „Was ist Wahrheit? Sag' mir's, was ist Wahrheit?" (S. 61). Gewiß ein Beispiel für viele, bei denen das Stadium des Zweifelns schon in diesem Alter beginnt. Wundert's uns, daß die ringende jugendliche Seele sich zu der ihr als höchste Autorität bekannten *Bibel* flüchtete, um in ihr nach der reinen Wahrheit zu forschen? So bekennen sie: „Hätte man uns nach unserer höchsten Autorität gefragt, so hätten wir unbewußt sicherlich die Hand auf die Bibel gelegt und gesagt: ‚Das Wort sie sollen lassen stahn.' Wir suchten nur das neue Leben" (S. 84/85). Durch die Bibel wollten sie Jesum als ihren „neuen Herrn und Gebieter" (S. 16) kennenlernen. Als Grundlage ihrer Unterredungen wählten sie das Johannisevangelium. Aber eine tiefere Besprechung gelang ihnen nicht; denn „scheu, wie Schüler nun einmal sind, wenn es sich um religiöse Dinge handelt, behielt jeder seine Gedanken für sich" (S. 15). Erst das Gebet eines ihrer Kameraden wird ihnen zu einem Erlebnis, wie ein Obersekundaner von sich berichtet: „Aber jetzt trat etwas ein, was ich nie in meinem Leben vergessen werde: einer meiner Klassenkameraden betete so, wie es ihm ums Herz war, nicht ein auswendig gelerntes Gebet. Das hat mich damals tief gepackt. Ich hatte so etwas noch nicht erlebt. Wir konnten nicht anders, als in unserem Herzen mitbeten. Ja, das war mir so neu und meinem innersten Wesen doch nicht fremd, ich fand, hier liegt ein Quellpunkt höherer Kraft" (S. 15). Oder hören wir einen Untertertianer, der einer solchen Stunde als Gast beiwohnte: „Das Fromme da hört sich ganz anders an als in der Kirche und ‚in Religion'! Man kann sich ordentlich was dabei denken. Man, man wird ganz warm dabei" (S. 34). Solche Erlebnisse waren aber nur in kleinstem Kreise Gleichgesinnter und Gleichgestimmter möglich. Je mehr die Gemeinschaft, deren Zweck die gegenseitige Unterstützung im sittlichen Kampfe war, wuchs, desto mehr näherte sich ihr Erleben dem des Wandervogels; es waren auch hier die Fahrten, die für sie Erlebnismittelpunkt wurden: „Ja, diese Ferienfahrt, was hat die uns nicht alles gebracht. Wir waren noch Tage danach wie verzaubert. Solch ein inniges Leben einer ganz großen Gemeinschaft." „Uns kam das ganze Ferienlager vor wie die Civitas Dei auf Erden. Ein Zauberland" (S. 61). Das äußere Wachstum aber konnte nicht allzu lange über die Gefahr hinwegtäuschen, die für das echte Jugendleben

Faktoren war ihre Stellung von Anfang an eine kühle. Nur der Einfluß der Erziehung und des Milieus verhütete eine scharfe Trennung. Dementsprechend waren die Urteile über Kirche und Schule: „Ja, die Pastoren, mit denen konnten wir nie zurechtkommen. Wir gingen in die Kirche, aber mehr aus Tradition, wir gingen auch monatelang nicht, aus Auflehnung. Wir spotteten nicht darüber, wie unsere Kameraden; aber wir wußten auch nicht, mit der Wahrheit die Kirche ihnen gegenüber zu verteidigen. Sie stand zu uns so fremd mit ihrem feierlichen Gedränge. Den Soldatenpastor in unserer Stadt, den mochten wir wohl leiden. Er war ein Mann. Männer imponieren Pennälern immer, wenn sie sie auch hassen.

Wir kapierten nicht, was man in den Predigten sagte: ‚Liebe Mitchristen.‘ War denn das so leicht, Christ zu sein, daß man nur in die Kirche zu gehen brauchte, um Mitchrist zu sein? Bei unseren Zusammenkünften sah das viel schwerer aus.

Und in der Schule? Konnte man das denn herbüffeln, was zum Christen gehörte? Oder Religionskenntnisse? Damit wußten unsere Kameraden nichts anzufangen ... Kurzum bei den Pastoren wurden wir nicht warm.

Die Konfirmation! Sie erschien uns heilig. Aber es war bitter, unsere Kameraden dabei zu sehen. Sie ließen sich ‚verkonfirmieren‘, wie sie sagten. Und wir waren auch da stumm, wenn in einigen Konfirmandenstunden sogar geschlagen wurde. Was sollten wir denn sagen, wenn uns das höhnend entgegengehalten wurde?" (S. 23/24). So wurden sie für die Kirche verantwortlich gemacht, obgleich sie dieser durch den Kampf mit ihren Vertretern immer mehr entfremdet wurden. Man brauchte sie nicht, weil sie nicht in ihrem Ringen um das „neue Leben" zur Seite stand. Vor allen Dingen hatten sie kein Interesse und kein Verständnis für deren besondere Probleme. Nur wo das *Absolute* in der Religion durch sie gefährdet schien, wurden sie in ihrer Ablehnung schroffer: „Theologie, Kirche, Sekte, ihre Gegensätze und ihre Berührungspunkte waren uns wesensfremde, höchst gleichgültige Dinge. Nur in einem Punkte waren wir sehr mißtrauisch, das war da, wo man anfing, die Grenze zwischen Nationalismus und Christentum zu verwischen. Eine schwarz-weiß-rote Kanzeldecke machte uns kopfscheu." „Ein deutscher Gott war uns ein Unding" (S. 84). Bei solchen Gegensätzen konnte das „Neue" nicht die Anerkennung der traditionellen Autoritäten finden. Die Pastoren glaubten, „die religiös-interessierte, gebildete Jugend" (S. 87) nicht sich selbst überlassen zu dürfen. Waren sie wirklich „religiös interessiert"? In ihrer Selbstbeurteilung nahmen sie die Formen in weitestem Sinne, in denen sich ihnen die Religion *objektiv* darbot, zum Maßstabe: „Unser Religionslehrer, das ist auch ein nettes Muster. Er macht weiter nichts als Spötteleien auf die Schüler. Wir liegen die ganze Stunde im Lachen." Oder: „Die Religionsstunden? Die befriedigten uns am allerwenigsten. Aber wir galten doch für religiös interessiert. Wir hatten auch meist ‚Gut‘ oder ‚Sehr gut‘ ‚in Religion‘ auf dem Zeug-

(S. 90) zu kämpfen. Wieder scharten sie sich um Jesum, aber sie sahen ihn nunmehr, ihren reiferen Jahren entsprechend, als einen anderen: „Wir sehen den Stern, der uns Verheißung leuchtet, den Stern der Namenlosen, aber Tatbewußten, den Stern der Kreuzfahrer, die in tiefster, ernstester Feierstunde erfahren haben, daß das Kreuz Jesu Christi den Griechen aller Zeiten eine Torheit ist, uns aber eine Kraft Gottes. *Wir sind dabei! Und in diesem Zeichen werden wir siegen*" (S. 91). Ihre Aufgabe war jetzt eine andere als damals, wo sie noch Schüler waren. Es war die Erinnerung an ihr eigenes Erleben jener Zeit, das in ihnen die Überzeugung reifen ließ, daß in den B. K. mit dem Schematischen und Programmäßigen, wo nur *von* der Bibel und *von* Christus geredet würde, kein Platz für solch Erleben sein könnte. Eine derartige Ablehnung kam auch im neuen D. C. S. V. zum Ausdruck. Wir lesen in seinem Blatte „Die Furche": „Wir lehnen jene alten Ausdrücke ab, sie sind uns in dieser Gestalt so schrecklich übertüncht, entweiht, entseelt und verengt." „Unsere Not und unser Wille zur Wahrheit sind es, die wandern, graben und schürfen, die überall horchen und forschen und auf die Stunde harren, da uns von neuem die Zunge gelöst werde."[6] Ihr Erleben lasse sich nicht „hineinzwängen in die Formen und Ausdrucksweisen vergangener Jahrhunderte".[7] Gerade durch die Dogmen und Formeln werde der Weg zu Christus versperrt. Daher forderten sie, daß man ihnen „das Recht und die Freiheit lasse, ehrlich zu ringen und die Sprache zu sprechen", die sie „aus Ehrfurcht vor dem Innenland der Seele und dem Lande Gottes neu suchen zu müssen glauben".[8] Es dürften der Jugend nicht nur dauernd Heilswahrheiten dargeboten werden, sondern sie müßte sich selbst, jeder einzelne für sich, zu ihnen durchringen: „Was wir ihr vor allem erhalten müssen, ist, daß wir sie zum eigenen Leben in Wahrhaftigkeit vor Gott und ihrem Gewissen wachhalten."[9] Es ist der freideutsche Geist, der aus diesen Thesen spricht,

---

[6] *Die Furche*, 10. Jahrg. Heft 4. S. 91/93.
[7] *Unser Weg*. Sammelband 1923.
[8] *Die Furche*, 10. Jahrg. 1920. Heft 4. S. 91/93.
[9] Aus den Thesen von *Iderhoff* in „Mitteilungen und Winke" Nr. 57/58. S. 4—6, besonders 11. These.

Mit unbedingten! Das ist den Alten den Jahren und dem Wesen nach oft
unbequem, und sie wollen die Jugend gern mit dem Wort ‚unreif‘ abtun."
„Jung sein heißt für uns aufhören, satt zu sein. Mit innerster Begierde
lechzt die Jugend nach unvergänglicher Speise. Körper, Seele und Geist
hungern nach vollkommener Erfüllung."[10] Um zu einem Ziele gelangen
zu können, müßte sie aber eine Autorität haben, an der nicht gerüttelt
werden dürfte: „Der Jugend Erfüllung liegt in Gott. In ihm, Alles in
Allem. Hier findet sie die ihr so notwendige Bindung." „Ohne innerste
Bindung ist die Jugend prächtigstes Blendwerk, verführerischste Pseudo-
Freiheit, Anarchie und Chaos, Irrtum und Hölle." „Dies ist der Jugend
Erfüllung: Jesus Christus."[11] Diese Stellungnahme führte sie aber nicht
zur Kirche zurück, für die sie „in ihrer jetzigen Form weder Verständnis
noch Interesse"[12] hatten. Verstehen wir den Kampf dieser gereiften Jugend recht! Sie kämpfte weniger für sich selbst als vielmehr für ein
Jugendideal, dessen die Jungen in den B. K. auch teilhaftig werden
sollten. Und warum? Weil sie persönlich von der hohen Bedeutung
dieses Jugenderlebnisses für ihre eigene seelische Entwicklung und für
ihr Lebensglück überzeugt waren: „Unser Glaube war nicht vergeblich."[13] Es war der Quell, aus dem sie noch in dem harten Kampfe
immer von neuem frische Kraft schöpften. Aber das traf nicht auf alle
zu, die einst diesem Kreise angehört hatten. Bei vielen war es zu einer
solchen Tiefe des Erlebens nicht gekommen, daß es hätte anhaltende
Wirkung auf die Charakterbildung haben können — eine Erfahrung, die
Iderhoff oft schmerzlich berührte. In dem Erfurter Führerkreis haben
wir einen Typ von Jugendlichen zu sehen, die sich zu einer gewissen
religiösen Reife durchgerungen hatten. In eigenem Streben hatten sie die
ihnen überlieferte Autorität *außerhalb* der Kirche als die wahre und
absolute anerkannt. Sie mußte um so fester in ihnen wurzeln, als sie in
den Jubiläumsjahren von 1917, 1920 und 1921 ein hehres Vorbild in dem
jungen Luther fanden, der ihnen in seinem Kampfe um die Wahrheit
und in seiner Gebundenheit an die Bibel als höchste Autorität wesensverwandt erscheinen mußte. Sie bewunderten in ihm den faustischen
Menschen, der erlöst wurde, weil er ehrlich gekämpft und gerungen
hatte. In dem Glauben an eine endliche Erlösung war er zur inneren
Ruhe gelangt. Aus dieser Bewunderung heraus hatten sie das „Sola fide"
anfangs als Titel für ihre Kampfblätter gewählt. Daß ihnen Luther zu
einem wirklichen *religiösen* Erlebnis geworden ist, und daß sie zu einem
tiefen Miterleben seines einzigartigen Gnadenerlebnisses vorgedrungen
sind, ist zum mindesten zu bezweifeln. Ein Herbei*sehnen*, wie es in dem
Worte zum Ausdruck kommt: „Was wir brauchen, ist ein Erlebnis,

---

[10] *Erfurter Führerblätter*, 3. Jahrg. Nr. 12/13. S. 242/243.   [11] a. a. O.
[12] *Der Jung-Evangelische*, 2. Jahrg. 1922. Heft 2.
[13] *Degenfeld, U.*, Jesus in unserem Schülerleben. S. 91.

1920 im *Bunde der Kongener* zusammenzuschließen. Es war ein loser Bund, ohne Organisation, losgelöst von den B. K., nur zusammengehalten durch die Zeitschrift *„Unser Weg"*. Ihre scharfe Einstellung gegenüber dem B. K. mußte jede straffere Organisation verbieten. So hatten sie sich losgelöst ohne ein festes Programm: „Wir müssen uns immer wieder ins Gedächtnis rufen, daß unser Bund nicht gegründet worden ist, sondern daß eine kleine Schar Buben und Mädchen, aus einer inneren Not heraus, eine alte Form zerschlagen, plötzlich sich vor die Tatsache gestellt sah, daß sie nun ihren Weg allein gehen müsse. Es war beinahe so, daß wir hineingezwungen wurden in einen neuen Anfang, der uns ratlos machte."[15] Der Bund sollte ein freier sein, in dem aber die Reiferen und Älteren die Führung haben sollten. Eine geradlinige Entwicklung, deren Ziel die Ermöglichung echten jugendlichen Erlebens war, überwacht von verständnisvollen Führern. Scharf lehnten sie ab, „was nicht von *innen heraus* erwächst und wird". Um so größeren Nachdruck legten sie auf das wirkliche selbständige *„Erleben Gottes,* demgegenüber alles andere als durchaus untergeordnete Nebensache erscheint".[16] Für sie war „die Erkenntnis Jesu nicht gebunden an Wissen und Reden, sondern an Erfahrung, an Werden, an die Tat". „Erst die Not, der Schrei, die Sehnsucht, dann Advent."[17] Dieser ausgesprochene Individualismus, der für den Jugendlichen typisch ist, bedeutete zunächst ein Chaos, wie *Boeckh* diese Zeit richtig charakterisiert: „Wir entthronten die alten Götter und hatten nichts als den felsenfesten Glauben, daß uns neue geschenkt wurden." „Wir waren uns von Anfang an darüber klar, daß das Chaos Durchgang nur und Untergrund sei." „Es war notwendig, damit die neue Form frei wachsen konnte."[18] Das sollte aber nicht eine Annäherung an die freideutsche Jugend, sondern ein bewußtes Abrücken bedeuten: „Die Losung der neuen Jugend: radikale Befreiung von allem Bauenden und Haltenden überhaupt zur vollen Entfaltung der eigenen Wesenhaftigkeit aus eigener Kraft heraus war keine Erlösung." „Unsere Sendung ist es, jene Gottesgemeinde zu schaf-

---

[14] *Der Jung-Evangelische*, 1. Jahrg. 1921. Heft 3.
[15] *Unser Weg*, 1. Jahrg. Nr. 6.   [16] a. a. O., Jahrg. 1920. Nr. 2. S. 3.
[17] a. a. O., 1. Jahrg. Nr. 1. S. 5.   [18] a. a. O., Jahrg. 1921. Heft 5.

funden: die Gemeinde." „Das letztlich Entscheidende sehe ich heute darin, daß damals das *Bild des Mannes* endgültig gewählt, und Macht gewann über das Bild des Jünglings, das bisher für die seelische Struktur der Jugendbewegung bestimmend gewesen war." „Laßt euch das Wort ‚Jugend' nicht zum Götzen werden! Ihr könnt nicht ewig Jüngling bleiben. Ihr habt für die da zu sein, die nach uns jung sein wollen." „Weil kein Zwang und keine *äußere* Autorität die Entwicklung unserer Jugend einengen soll, darum stellen wir es ihr frei, ihre Führer selbst zu wählen. Die Jugend, soweit sie religiös ist — und nur an diese wenden wir uns —, hat ein feines Gefühl dafür, ob ihr jemand in der Tat *Führer* ist, und sie wird dem mit Begeisterung folgen, der von Gott her die innere Vollmacht besitzt, ihr den Weg zu weisen."[19] Diese Führer beherrschte eine wahre Angst vor der Organisation, besonders für diese „gottergriffene Gemeinschaft",[20] die im Überweltlichen wurzle: „Sobald diese Gemeinde Form wird, Organisation, hängt sich all der Staub und Schmutz unserer Menschlichkeit daran."[21] Die transzendente Auffassung konnte aber Anfänge von Organisation nicht verhindern, wenn sie sich auch nur in der Scheidung der Älteren von den Jüngeren äußerte. Das Fortspinnen einer hohen Idee vermochte wohl die Führer zu fesseln, aber nicht die Jungmannschaft. Man wollte der Entwicklung zunächst freien Lauf lassen, den Lebensstil des Wandervogels glaubte man dulden zu können: „In den Kreisen der Jüngeren wird das Leben dem des Wandervogels ähnlich sein."[22] Nur in religiöser Hinsicht sollte kein Einfluß ausgeübt werden. So entstanden allmählich die „Kreise" der Jugendlichen, die sich aber nicht alle eines raschen Aufblühens erfreuen konnten; denn eine Gruppe von *nur* Jugendlichen ohne Organisation mußte des festen Haltes entbehren. Dieser Mangel machte sich da besonders fühlbar, wo ein älterer Führer überhaupt fehlte: „Unser Kreis der Jüngeren war leider eine Zeitlang stark im Rückgang, da sich hier das Fehlen eines älteren Führers deutlich fühlbar machte."[23] In den regelmäßigen Abenden wurde fortan das Bibellesen zu einer sekundären Beschäftigung. Hütete man sich doch davor, ohne *inneres* Bedürfnis zur Bibel zu greifen. Vielmehr sollte die Unterhaltung bei den gemeinsamen Arbeiten zu Problemen führen, die auf Grund der Bibel gelöst werden sollten. Über solche Abende wird uns unter der Überschrift „Unsere Kleinen" berichtet: „Fein ist's, wie wir zueinander stehen: wir sind ganz ‚Familie'. Leben pulsiert durch die ganze Schar und die Augen drücken so deutlich aus, was in den jungen Seelen vorgeht. Alles wird zusammen besprochen und beraten, die Schulnöte und andere Nöte und Fragen, und auch die Freuden werden geteilt. Mit Feuereifer werden Arbeiten gemacht, so daß meist das mitgebrachte Material nicht ganz für alle reicht.

[19] *Unser Weg*, Jahrg. 1921. Heft 5.   [20] a. a. O., 3. Jahrg. Heft 4/5. S. 43.
[21] a. a. O., 3. Jahrg. Heft 4/5. S. 10.   [22] a. a. O., 1. Jahrg. Nr. 1. S. 3.
[23] *Unser Weg*, 1. Jahrg. Nr. 1. S. 11.

ren Kreis wird berichtet: „Von unserem neugewonnenen Standpunkt aus wollen wir nun die Probleme unseres Lebens angreifen: die Probleme der Schule, des Lebensstils, der sozialen Frage usw. Das sind Dinge, die uns beschäftigen."[25] Sicherlich hat die Befreiung von dem Jugendpflegegeist diese Abende, was jugendliches Eigenleben angeht, fruchtbarer gestaltet, wenn auch nicht unmittelbar so viel *über* die Bibel geredet wurde wie vordem: „Das zeigt sich auch darin, daß sie unumwunden mit ihren Gedanken, Fragen und auch sonst mit ihren Ansichten herausrücken. Es ist auch bei uns der durch unsere ganze Bewegung gehende Zug nach Verinnerlichung, ein Suchen echter, starker Religion zu spüren."[26] Aus anderen Kreisen hingegen wurde über Mangel an Offenheit geklagt, der eine fruchtbringende Aussprache verhinderte. Es darf nicht überraschen, daß auch in diesen Kreisen der Besitz der absoluten Freiheit zu einer extremen Einstellung führte. Dafür als Beispiele die Ausführungen von zwei Schülern: „Ich bin jetzt so freudig und möchte die ganze Schule mit ihrem Betrug und Lug und Schamlosigkeit und Heruntergekommenheit an die Wand werfen. Ich möchte vor alle hintreten und ihnen predigen von unserem Leben."[27] Der andere schreibt: „Früher hielt ich es als B. K.ler für meine Pflicht, jeden Tag in der Bibel zu lesen. Die Zeiten änderten sich; eine Pflicht, in der Bibel zu lesen, gibt's nicht! — So las ich in der Bibel, wenn ich grad Lust hatte, in Stimmung war usw." „Ich weiß ja ganz genau, daß es kein Verbrechen ist, nicht in der Bibel zu lesen, daß ich trotzdem ein anständiger Mensch sein kann."[28] Die nicht einheitliche Entwicklung, die augenscheinlich zu einer immer weiteren Zurückdrängung des religiösen Elements führte, mußte die Älteren bald vor die grundsätzliche Entscheidung stellen, ob sie die Jüngeren in irgendeiner bestimmten Richtung religiös beeinflussen wollten oder nicht. *Boeckh*, der den Lebensstil der Neupfadfinder auf seine Jungmannschaft übertragen wollte, brauchte für einen einheitlichen Typ auch eine Einheitlichkeit der religiösen Haltung, die er schließlich auch eindeutig forderte: „Ich bin mir der Gefahr bewußt, die in der allzu frühen Berührung der Jungen mit dem Zeugnis von diesen Mächten und überhaupt mit religiösen Fragen liegt. Gefahr liegt aber nicht weniger in der Forderung, Religion im Jugendleben als Tabu zu erklären."[29] Die Majorität entschied sich gegen *Boeckh*, der daraufhin seine Konsequenzen zog.

Das religiöse Ringen der *reiferen* Jugend finden wir in imponierender Weise in der *Neuwerk-Jugend*. Sie kam nicht aus der Jugendpflege, sondern aus den verschiedensten Gruppen der freien Jugendbewegung, nicht zuletzt der freideutschen und proletarischen. Was führte sie zu-

[24] a. a. O.   [25] a. a. O. S. 14.
[26] *Unser Weg*, 1. Jahrg. Nr. 2. S. 14.   [27] a. a. O. Nr. 1. S. 15.
[28] a. a. O. Nr. 3/4. S. 6.   [29] a. a. O., 3. Jahrg. Nr. 4/5. S. 47.

baren und uferlosen Gefühlslebens — Theologen und Studenten, deren
Köpfe mit allen denkbaren und undenkbaren politischen, wirtschaftlichen, religionsgeschichtlichen, pädagogischen und sonstigen Problemen
geladen waren; aber alle diese lebendigen Menschen, von denen hier nur
weniges angedeutet werden kann, standen in derselben gespannten Erwartung, daß etwas Neues kommen muß, was kein einziger Mensch und
keine Menschengruppe erwirken kann. Daß diese neue Revolution im
Sinne einer letzten Umwälzung wahrhaftig sei, Schöpfung im Sinne einer
Urzeugung oder Neugeburt, eben ein Eingreifen aus einer ganz anderen
Welt sein mußte, war allen deutlich.[31] Deshalb konnte es auf dem Insels-
berg nicht einmal zu einem Versuch einer äußeren Vereinigung oder
irgendeines Zusammenschlusses kommen. Das tiefe gemeinsame Bewußtsein: es geht etwas Ungeheures vor, das uns allen unermeßlich überlegen
ist, verhinderte jede menschliche Mache."[32] Seit der Angliederung der
Schweizer Religiös-Sozialen stand die religiös-soziale Frage stets im
Vordergrunde. Dem entsprach auch die Beurteilung der Bewegung durch
N. Körber: „Zwar glauben wir nicht an die allein seligmachenden Staats-
und Wirtschaftsformen, weil wir meinen, daß diese nur der Ausdruck
der neuen *Lebensinhalte*, der Grundhaltung eines Volkes wie seiner einzelnen Gruppen sein kann; aber gerade weil uns der Dienst am kommenden Reiche, am Volke der Brüder zum neuen, verpflichtenden Lebensinhalt wurde, ist unsere politische Grundhaltung eine *sozialistische*. Freilich ein Sozialismus um ,des Reiches' willen."[33] Eine Bindung an eine
Partei wurde aber, sooft sie angestrebt wurde, abgelehnt: „Es liegt in
dem Wesen Neuwerks, daß wir als geschlossene Gruppe keine bestimmte
Parteistellung einnehmen können, wenn wir schon alle um unsere Verantwortung auch für die politischen Ereignisse wissen. Denn es gibt
keine politische Partei, die den Anspruch machen kann, den Weg des
Evangeliums zu führen."[34] Ein erhebendes Erlebnis einer Jugend aus den
verschiedensten Schichten des Volkes, dies Sichfinden in der bedingungs-

[30] *Das Neue Werk.*
[31] *Junge Saat*, Lebensbuch einer Jugendbewegung, 1921. S. 18.
[32] *Das Neue Werk*, 4. Jahrg. Heft 3. S. 107.
[33] *Der Pflug*, S. 13.
[34] *Das Neue Werk*, 6. Jahrg. S. 59.

schungen, verursacht durch die Fragen der politischen Bindung des Bundes, konnten den ursprünglichen Neuwerklern den Glauben nicht rauben: „Es ist eine Jugend, die sich durch alle Krisen und Enttäu- schungen bisher nicht hat abschrecken lassen, die immer noch wartet, immer noch auf etwas wartet, was bisher ausgeblieben ist und was letzt- lich überhaupt ausbleiben muß, denn wir Menschen sind nicht imstande, Sehnsucht zu stillen, und wenn wir Sehnsucht stillen, dann töten wir sie."[35] Mit dieser Sehnsucht, mit dem starken Glauben an ein Wunder hoffte man die Spannung, unter der die Neuwerkler besonders zu leiden hatten, ertragen zu können: „Es gehört zum Wesen Neuwerks, daß es stets in der lebendigen Spannung zwischen Gott und Wirklichkeit steht, daß es weiß um das Ineinandergeflochtensein der Endlichkeit und Gott- ferne unseres Lebens und der Gnade des Gehorsams, der Tat aus Gottes Willen. Der damit unmittelbar gegebene konkrete Kampf in der Welt um die Welt ist natürlich sehr schwer. Das setzt voraus, daß wir wieder- geborene Menschen sind."[36] Solche neue Menschen müßten trotz aller Ernüchterung hoffnungsfroh ans Werk gehen, weil sie keine andere Mög- lichkeit zu dem neuen Werke hätten: „Wir freuen uns gerade aus un- seren revolutionären Herzen heraus über die herrliche Nüchternheit, zu der wir hindurchzudringen beginnen, und welche die Voraussetzung für jene heilige Sachlichkeit ist, mit der einst Jesus die lebendige Welt um- faßte, und aus der alle großen gotterfüllten Menschen ihre Werke schufen. Die geschichtliche Revolution in Permanenz erklären, heißt tote Dogmatik an Stelle des Lebens predigen; denn jede Revolution muß zum Neubau oder Umbau und damit zu ihrer Überwindung führen."[37] So mußte eine Klärung kommen. Neuwerk blieb eine reine Bewegung, eine Gesinnungsgemeinschaft, der ein fester Glaube an ein Neues eigentüm- lich ist. Wie diese Gesinnung sich in die Tat umsetzt, ist Sache des ein- zelnen in seinem Berufe. Ihm können die Berufsgilden praktische Richt- linien geben. Der Siedlungsgedanke von Habertshof war nur einer von vielen, aber ein Unternehmen, in dem alle Ideen realisiert werden sollten. Leider konnte der echte Neuwerkgeist nur bei verhältnismäßig wenigen festwurzeln. Wie nicht anders zu erwarten war, genügte es vielen, sich zu der Bewegung zählen zu dürfen. Mußte doch der flie- ßende, unbündische und überbündische Charakter des Neuwerks Mit- läufern die Tore öffnen, die der Enthusiasmus der ersten Neuwerkler nicht beseelte. Die Erkenntnis dieser schweren Gefahr führte vornehm- lich *Körber* zu dem *Bundesgedanken:* „Es ist manchem von uns genug, eine interessante Bewegung, die Mode zu werden anfängt, mitzu- machen."[38] Unter diesen Umständen fehlte jegliche Kontrolle über die

[35] *Das Neue Werk*, 5. Jahrg. S. 35. [36] a. a. O., 6. Jahrg. S. 159.
[37] a. a. O., 4. Jahrg. S. 241.
[38] *Neuwerk*, 6. Jahrg. S. 121.

diese Anregung *Körbers* wurde abgelehnt. Die Zukunft muß lehren, ob Neuwerk die rechte Entscheidung getroffen hat.

Festere Formen hat der *Christdeutsche Bund* angenommen. Er ging aus dem *Neuland* hervor, einer Bewegung, die unter dem frischen Eindruck der religiösen Einkehr des deutschen Volkes bei Kriegsausbruch entstanden war. Auch die Mädchen sollten zum Kampfe herangezogen werden „um das Hervorbrechen des wahren gottesfürchtigen Deutschtums im ganzen Volk, um das wirkliche Gereinigt- und Gestähltwerden, das neue Werden der Volksseele im Eisenbad der gewaltigen Zeit mit ihrer furchtbaren Not."[39] Ihre Losung war: „Wir halten aus! Wir kämpfen mit! Wir fassen nach Gott!"[40] Ihr religiöses Leben bewegte sich ganz in den Formen der damaligen Kriegspsychose: Patriotismus gepaart mit einer Form primitiver Religion. Dabei wies der überragende Einfluß ihrer Führerin *Guida Diehl* ihrem Denken und Fühlen den Weg. Wie wenig Neuland von dem Geiste der Jugendbewegung berührt worden war, zeigte sich in der Revolution. Von einer ernsteren Auseinandersetzung mit der bewegten Zeit war so gut wie nichts zu spüren. Wenn gesagt wurde: „Schwere innere Kämpfe stehen uns bevor, und furchtbare Zeiten werden wir bestehen müssen. Da heißt's Treue halten: *Treue* gegen Gott, gegen das anerkannte Rechte, gegen das Vaterland,"[41] so wußte die Jugend damit nichts anzufangen. Neuland verstand den Geist der Zeit nicht, versuchte ihn auch nicht zu verstehen. Hier zeigte es sich, wie wenig tief die Kriegsreligiosität, wie beim ganzen Volke, so auch bei diesem Verbande gegangen war. Ließ schon ihre extreme vaterländische Haltung sie der Revolution gegenüber ratlos dastehen, so entbehrte auch ihr religiöses Erleben der Tiefe und fortreißenden Kraft. Es war nur an der Oberfläche haften geblieben. Erst allmählich, man möchte sagen, *trotz* der Führerin, wurden Stimmen laut, die zu einer Vereinigung mit der gesamten Jugend drängten. Neuland stand nunmehr auch den jungen Männern offen — und damit dem Geiste der Jugendbewegung. Diesem Drängen zur Selbstverantwortung mußte auch *Guida Diehl* ein Zugeständnis machen. Sie schreibt dazu: „Es wurde uns immer klarer, daß nach und nach die Jugend ihre Sache stärker in die Hand nehmen muß. In unserer Bewegung ist ja das besonders schöne Zusammenarbeiten von Jugend und Gereifteren so wohltuend erreicht. Aber wir brauchen noch stärker als bisher die tragende Kraft der jugendlichen Mitarbeiter, insbesondere unseres Neuland-Bundes."[42] Doch je mehr die Forderung nach selbständigerem Mitarbeiten erhoben wurde, desto mehr sah *Guida Diehl* ihre Stellung gefährdet. Zwecks Klärung der Lage forderte sie daher ein förmliches Gelübde, durch das sie als die „von Gott und der Geschichte... gegebene, nicht wählbare Führerin"

[39] *Neuland*, 1. Jahrg. Heft 1. S. 1.
[40] *Neuland*, 1. Jahrg. Heft 1. S. 1. [41] a. a. O., Nr. 22. S. 110.
[42] a. a. O., Nr. 13. S. 93.

sinnungsgemeinschaft zusammen. In bewußtem Gegensatz zum Neuland wählten sie den Namen Neulandjugendbewegung, später nach ihrer Zeitschrift „Christdeutsche Stimmen" *Christdeutscher Bund*. So stand an der Wiege dieser Bewegung kein Erleben, das dem der Neuen im B. K. oder gar der Neuwerkler zu vergleichen wäre. War es doch nur der Geist der Jugendbewegung, der sie aus dem alten Neuland hinausdrängte. Sie fühlten sich berufen, das Erbe Neulands, den vaterländischen und evangelischen Gedanken, mit neuem Geiste zu beleben. Die Herborner Richtlinien, Punkt 3, besagten: „Unser Ziel ist, das Reich Gottes in unserem Vaterland zu bauen. Reich Gottes ist uns das machtvolle Auswirken der lebendigen Kraft Christi in unserm eigenen Leben und zur Erneuerung unseres Vaterlandes." Diese Richtlinien gaben der Bewegung wohl einen Halt, konnten aber eine Jugendbewegung, wenn sie sich diese innerlich aneignen sollte, vor Konflikten nicht bewahren. Wollte die Jugend, die sich die Selbständigkeit im Denken und Handeln erkämpft hatte, das gesteckte Ziel mit eigenen Kräften erreichen, so gebot echt christlicher Geist im Sinne eines Paulus und Luther, auf den Gnadenakt Gottes zu warten, um das Gnadenerlebnis zu bitten und daran zu glauben. Es war der Gedanke der Erlösung in der christlichen Religion, der dieser Jugend zu einem großen Teile widerstrebte: „Viele scheuen vor der Erwähnung Jesu zurück." [43] Oder „es besteht in weiten Kreisen der Jugend ein eigentümliches Nebeneinander zweier Tendenzen, die — wenn man tiefer zuschaut — sich völlig widersprechen: Bejahung des Christentums als Religion der Liebe — Ablehnung alles dessen, was es zur Erlösungsreligion macht." [44] Es konnte der Jugend nicht damit gedient sein, wenn sie auf die Notwendigkeit eines solchen Gnadenerlebnisses hingewiesen wurde, wie es *Lange* tut: „Religion darf nicht Sport sein, auch nicht ein interessantes Problem, sondern Religion muß die Sehnsucht der Seele nach dem lebendigen Gott sein. Religion muß das Lauschen auf die Winke und Schritte des Ewigen sein, der seine Ewigkeit in die Zeit prägen will. Religion muß der Dank einer begnadeten Seele sein. Bald sei es das eine, bald das andere. Aber nie fehle eins." [45] Ein schwerer Konflikt wurde durch das taktvolle Eingreifen der Führer dadurch vermieden, daß die Frage für die Gesamtheit als solche nicht grundsätzlich entschieden wurde. Es sollte dem Selbstbewußtsein des einzelnen überlassen bleiben, ob er sich stark und kräftig genug fühle oder aber der Anlehnung bedürfe. Mit der Ablehnung eines festeren Anschlusses an die völkische Jugendbewegung sollte auch der vaterländische Gedanke dem des Reiches Gottes den Vorrang lassen. Damit blieb der Christdeutsche Bund eine *evangelische* Jugendbewegung. Auch die Auseinandersetzung mit der Kirche drohte zeitweise schärfere Formen anzunehmen. Denn die Jugend in ihrem Drängen zur Aktivität

[43] *Christdeutsche Stimmen*, 1. Jahrg. Nr. 3.
[44] a. a. O., 1. Jahrg. Nr. 5.   [45] a. a. O., 3. Jahrg. Nr. 24.

traut... Die Begrenztheit, die Bescheidenheit, die ,Demut' unserer Kirchenchristen gegenüber den Fragen der großen Welt und dem Geschehen um uns macht uns Not: Das ist eigenwilliger Bankerott unseres Kirchentums. Wir glauben, daß sie sich Gottes Macht viel zu gering, Jesu Sieg viel zu begrenzt, ihre Berufung viel zu eng denken. Das Weltabgewandte und Insichgekehrte ihrer Frömmigkeit will uns wie Kleinglaube erscheinen. Christus hat uns nicht zu einem christlichen Mikrokosmos erlöst, sondern zum weltüberwindenden Glauben."[46] Aber diesen Angriffen wurde durch die Führer die Spitze genommen. So schrieb *Lange:* „Kann ich durch sie Gottes Reich bauen? Kann ich es nicht, so gehe ich die Wege, die mich mein Gewissen weist. Lehnt mich der Pfarrer ab, so arbeite ich ohne ihn. Gottes Reich kann auch ohne die Kirche wachsen. Aber kann ich es durch die Kirche, so benutze ich diese Gelegenheit, solange sie Gott noch nicht zerschlägt. Denn noch ist sie ein Weg zu vielen Menschenherzen, die ich ohne sie nicht oder nicht so leicht erreichen könnte."[47] Nach diesen inneren Auseinandersetzungen konnte der Christdeutsche Bund seit 1923 darangehen, sich zu einem Bunde auszubauen, mit dem festen Ziele, die Jugend für das Leben und somit zum Dienste am Volke vorzubereiten. Jugend ist ihm nicht Selbstzweck, und damit will auch er die Jugendbewegung überwunden haben: „Die Jugendbewegung verdankt ihre Unfruchtbarkeit zum großen Teile der Tatsache, daß sie sich tot geredet hat. Wir müssen uns freimachen von der religiösen Dialektik, die bis zum Überdruß gerade die Kreise gebildeter weiblicher Jugend beherrscht, und loskommen von den vielen künstlichen Problemen, die man weithin zu haben glaubt."[48] Von der Bundesburg Hohensolms aus hoffen sie nunmehr den direkten Weg über die Kirchgemeinde dieses Ortes zum Volke gefunden zu haben.

Die religiöse Haltung der Christdeutschen Jugend ist nicht einheitlich. Wenn sich auch ein Teil mit dem Erlösungsgedanken in der christlichen Religion verhältnismäßig rasch abfand, so darf darin nicht in allen Fällen das Ergebnis eigenen Ringens gesehen werden. Sie folgten vielmehr der Weisung der Führer, die sie in vollstem Vertrauen gewählt hatten. Diejenigen dagegen, die von der Jugendbewegung hergekommen waren, gerieten durch das Bemühen, sich diesen Gedanken auch innerlich anzueignen, in eine Spannung, die sie nicht sogleich auszugleichen vermochten. Je stärker diese Spannung bei dem einzelnen war, desto eher wird er sich dem vaterländischen Prinzip zugeneigt haben, dessen Aufgabe ihm leichter lösbar erscheinen mußte. Um des Friedens im Bunde willen gingen diese Jugendlichen mit dem echt christlichen Grund-

---

[46] *Christdeutsche Stimmen*, 1. Mai 1923. [47] a. a. O., 2. Jahrg. Nr. 3.
[48] a. a. O., 3. Jahrg. Nr. 1. S. 6.

heitsstreben gemäß, auf: „Weißt du nun, was wir Jungstreiter sind? Deutsche, fröhliche Jungens, die in diesem Kampfe der Wahrheit einander Freund und Helfer sind, sei es in der Schule, im Elternhaus oder bei Armen und Kranken."[49] „Christdeutsch sein, heißt Freund und Helfer sein."[50] Ihr Erleben erschöpfte sich im fröhlichen Wandern, in ihrem innigen Zusammenleben in der Natur und in der Annäherung an das Volk auf dem Lande. Auch sie zeugen dafür, daß der Wandervogelgedanke eine echte Jugendschöpfung war. Durch diese Flucht in das unverfälschte Jugendland kann der Konflikt, der kommen muß, für den Jugendlichen an Schärfe verlieren und für ihn nicht so quälend werden. Umgangen werden kann er nicht, da er sich aus der vorwiegend *verstandesmäßigen* Haltung des protestantischen Jugendlichen mit innerer Notwendigkeit ergibt. Er ist schon da, wenn ihn auch der Jugendliche zu verdecken sucht, ihn ignorieren möchte. In diesem Sinne ist die Äußerung eines Jugendlichen im „*Jungstreiter*" zu deuten: „Mancher möchte diesen Kampf durch Ausgelassenheit, Trotz und Gleichgültigkeit verbergen, damit ja kein *Fremder* den Kampf im Herzen sehen kann."[51] Dieser Kampf wird in diesen Kreisen in den seltensten Fällen zu einem offen bekannten Nihilismus führen; denn die Gebundenheit an eine Autorität, durch die sich auch der Christdeutsche Bund von der freien Jugendbewegung abhebt, wird dem Konflikte die Auswirkungsmöglichkeit nehmen. Damit aber berühren wir bereits Fragen, die in ein besonderes Kapitel gehören.

Die psychologische Deutung des religiösen Erlebens in der evangelischen Jugendbewegung.

Nach der monographischen Darstellung des Lebens der einzelnen Gruppen der evangelischen Jugendbewegung, wie es sich uns unter besonderer Berücksichtigung des Religiösen zeigte, muß es unsere Aufgabe sein, dies Erleben zu analysieren, um es auf seinen religiösen Gehalt hin zu prüfen. Oder die Frage anders formuliert: wir haben zu untersuchen, ob wir es bei diesen Gruppen mit religiösen Jugendlichen zu tun haben. Der mehr geschichtliche Abriß hat schon gezeigt, wieweit das Erleben des Jugendlichen von seinem Milieu, zu dem auch die Jugendgruppe zu rechnen ist, und von der Zeit abhängig ist. Darum müssen wir auch die verschiedenen Jugendgemeinschaften zunächst wieder für sich betrachten.

Bei dem Schülerkreise um *Iderhoff* steht uns ein gutes Quellenmaterial zur Verfügung. Denn es sind „Bilder", die nicht aus der Hand eines einzelnen stammen, sondern auf Grund von Chroniken und Akten, von verschiedenen Verfassern geschrieben, von *Iderhoff* zusammengestellt sind. Beim Lesen hat man oft den Eindruck von Tagebuchaufzeichnungen. Sie erzählen von dem Leben höherer Schüler in den letzten fünf Jahren vor

---

[49] *Jungstreiter*, Jahrg. 1924. S. 2.   [50] a. a. O. S. 5.
[51] a. a. O. 1924. S. 2.

68

einem Obersekundaner, aus. Wir erfahren nur, *daß* er etwas erlebt hat, das „Wie" und „Was" bleibt unserer Deutung vorbehalten. Es ist der Wille zu unmittelbarem, wahrhaftigem Leben, der sich mit elementarer Gewalt Bahn gebrochen hat. Auf eine Frage nach dem „Wie" könnte die Jugend selbst nur antworten: „Vom Himmel war uns das Neue auch in die Seele gesenkt" (S. 86). Die Auswirkung des Erlebens auf die Charakterbildung des Erlebenden spricht jedenfalls für eine *ethische* Richtung dieser „Erweckung". Das Religiöse soll nur die Wege ebnen und die Kräfte zur Ausführung dieses idealen sittlichen Lebens stählen. Der Jugendliche aber sucht das absolut Gute stets in Verbindung mit dem Religiösen. So wählt man sich Jesum von Nazareth den *Menschen* als Vorbild. Das um so mehr, als sie in ihrer Umgebung nur bei wenigen unter den Älteren in ihrem Streben Verständnis fanden: „Ihr Alten, wir verstanden euch nicht mehr" (S. 86). Männliches, wirklich vorgelebtes Christentum fanden sie schließlich nur bei den Missionaren, wenn auch sie nicht an die sittliche Absolutheit Jesu heranreichten. So könnte man sagen, daß hier das Religiöse im Dienste des Ethischen steht. Es wird auch nur in den ersten „Sitzungen" im engsten Kreise sich verstehender Freunde im *Gebet* erlebt. Das *Gemeinsame* aber, in dem sich die jungen Seelen in ihrem Erleben treffen und verstehen, ist das Romantische: „Schülerromantik! Du hast uns unsere Jugend reich gemacht" (S. 56). Das Wandern, die „Ferienfahrt", „Kriegsspiele und Speere", das „Kartoffelfeuer" (S. 30) ganz im Stile des Wandervogels, alles dies zieht besonders die Jüngeren (Tertianer) an; nur ganz nebenbei, im Anschluß an die Spiele, kommt auch die „Predigt", „ein kurzes, ernstes Wort vom neuen Leben" (S. 31) zu seinem Rechte. Nirgends wird das Religiöse etwa gesucht. Man würde wohl in diesen Schilderungen noch weniger von Religion gelesen haben, wenn die Jugendlichen nicht von den Vertretern der kirchlichen Autorität und auch von ihren Kameraden zu einer Stellungnahme herausgefordert worden wären. Diese Auseinandersetzung mit religiösen Fragen kommt über eine Ablehnung der *Formen* der Religion, wie sie ihnen in Kirche, Religions- und Konfirmandenunterricht gegenübertrat, nicht hinaus;[52] sie bewegt sich nur in negativen Bahnen, endet aber keineswegs in einem krassen Nihilismus. Denn noch ist die Tradition zu mächtig, als daß sich diese Jugend hätte von ihrem Einflusse freimachen können. Daraus darf auch geschlossen werden, daß sie im Elternhause die traditionelle religiöse Erziehung genossen haben. Daß sie von ihren Kameraden stets als „fromm" bezeichnet werden, kann für die Beurteilung ihrer religiösen Einstellung nicht besonders in die Waagschale geworfen werden; denn der Jugendliche deutet jeden sittlichen Ernst religiös. Dagegen gibt uns ihre Beurteilung durch die Mitschüler einen guten Einblick in die religiöse Hal-

[52] *Cordier, L.,* Was Jugend von der Kirche erwartet. S. 7.   *Stählin, O.,* Religiöse Strömungen in der Jugendbewegung. S. 135.

Oder zwei Primaner: ‚Was haben sie nur? Es ist doch eigentlich recht rückständig und schlägt aller modernen Wissenschaft ins Gesicht, noch an das, was die Bibel sagt, zu glauben. Dazu ist man doch in unserem Zeitalter zu aufgeklärt! — Und doch, es muß etwas Eigentümliches dahinterstecken. Sie sind immer vergnügt, und der und jener von ihnen schreibt durchaus nicht ab. Die Leute haben etwas, was wir nicht haben. Wollen doch nächstens mal hingehen'" (S. 33). Diese Äußerungen stimmen mit dem überein, was wir über die ersten Anfänge der B.-K.-Bewegung aus dem Jahre 1883 hören: „Aller Anfang ist schwer; zumal ein Bibelkränzchen anzufangen mit Gymnasiasten! Sind doch auf den Gymnasien die Interessen meist so ganz andere als die Liebe zur Heiligen Schrift. Und selbst, wenn einem dieselbe von Hause aus wert geworden ist, der Cicero und Herodot und Thukydides nehmen allmählich schon aus Not ihre Stelle ein, und bald kümmert man sich wenig mehr um sie, außer daß man vor der Religionsstunde kurz das Notwendige in ihr präpariert oder auswendig lernt und, wenn es schwer ist, wohl noch gar darüber schimpft. Die Folgen davon brauche ich nicht anzuführen. Wer offene Augen hat, kann sie auf allen Gymnasien sehen." [53] Wenn wir auf Grund dieser Angaben und der eigenen Erfahrungen einen Schluß ziehen dürfen, so kann es nur der sein, daß der Durchschnittsjugendliche der Vorkriegszeit nicht religiös war. Der Konflikt wird in einer Zeit des Intellektualismus im allgemeinen intellektualistischen Ursprungs gewesen sein und meist in religiöser Gleichgültigkeit geendet haben. Der Kreis um *Iderhoff* dagegen hat vorwiegend einen *ethischen* Konflikt durchzukämpfen, unter dem der einzelne Jugendliche verschieden stark zu leiden hat. Eine Ablenkung sucht und findet er durch das Eigenleben im neugeschaffenen Jugendland. Die Ansätze zu wahrem religiösen Erleben bei einzelnen werden bald vom Ethischen und, ganz allgemein gesagt, vom Romantischen dieses Jugendlebens überwuchert, und das um so mehr, als ein Erleben vom Ich zum Du, wie es *S. König* ersehnt hatte, schon durch die Entwicklung zur „Massenbewegung" unmöglich gemacht wird. Insofern braucht das Erleben dieser „Jugendbewegung", im ganzen gesehen, nicht so weit von dem des Wandervogels abgerückt zu werden, wie es *Cordier* in der Beurteilung dieser Jugendgruppe tut: „Man hat Teil an dem neuen Leben, das eine neue Jugend keimhaft in sich trug, und stand doch auf einem anderen, tragfähigen Lebensgrund! Man war in seiner B.-K.-Gemeinschaft zu Wassern ewigen Lebens, zum Grund ewiger Wahrheit vorgedrungen, man war damit etwas anderes als ein W. V. oder ein Vortruppler. Man stand vor einer ewigen Verpflichtung, unter einem himmlischen Blitzschlag. Man

---

[53] *Neue Jugend*, Jubiläumsnummer 1923. Heft 9/10. S. 109.

ewigen Leben verlangt."[54] Uns will es scheinen, als ob die Erfurter Jugend das Gute und Wahre um seiner selbst willen sucht und vertritt, mehr im Sinne des deutschen Idealismus, wie sie denn ja auch als „idealistisch" von der „christlichen" Jugend bekämpft wird.[55] Demnach wird ihr auch von dieser Seite das Zeugnis ausgestellt, daß sie das Ethische *vor* dem Religiösen betont.

In dem *Erfurter Führerkreis* tritt uns Jugend in akademischen Berufen an der Schwelle des *Mannesalters* entgegen. Dem entspricht auch ihr religiöses Erleben: es ist ein Ringen über die Formen hinaus *um den Kern der Religion*, das zeitweise in einem *reinen Reflektieren* über die Bedeutung Christi, der Bibel und Luthers für die Lebensgestaltung eines B.-K.lers besteht. Wie sollte sich da *Jugend* in eigentlichem Sinne um sie scharen, die wahrhaft jugendlich erleben will? Dem Sehnen nach solchem Erleben gibt folgende Äußerung beredten Ausdruck: „Und erst der Abend ... schenkte den Frieden über aller Vernunft: ein nicht Anderskönnen und ein Freundverstehen. Und darum schließlich im letzten Stehen vor Gottes Auge in der Einheit und dem Gegründetsein in Jesus, im Gesungenen, Gesprochenen und stillen gemeinsamen Gebet — in Seiner Gegenwart."[56] So spricht ein Jugendlicher, dem das Debattieren auf einer Tagung nichts für seine Seele, die nur erleben wollte, bieten konnte. Und was erlebte er schließlich? Die Jugendgemeinschaft, die ihm gefährdet erschien. Das führt uns wieder zu dem Kernpunkt der ganzen Jugendbewegung: Das Zusammenlebenwollen mit seinesgleichen! Dies Gemeinschaftserleben wird für den Jugendlichen ein mystisches, da er es mit seiner ganzen Seele zu erfassen sucht. Der Jugendliche selbst wird, wenn er religiös veranlagt ist, solch ein Erlebnis leicht für ein religiöses halten,[57] um dadurch zu einer vorläufigen Synthese zu kommen, die er unbedingt braucht. In den meisten Fällen aber wird er zu Ersatzformen greifen, wie und wo sie sich ihm bieten, indem er unbewußt dem religiösen Konflikt auszuweichen sucht. Unter diesem Gesichtswinkel ist auch der Eifer zu verstehen, mit dem sich der Jugendliche für Ideale einsetzt, die mit dem Religiösen in irgendeiner Beziehung stehen,[58] wie z. B. für den Kampf gegen den Alkohol, für die Jugendfrage und die Volkskirche.[59] Vornehmlich in sozialer Betätigung sieht er einen Weg, auf dem dies religiöse Unbefriedigtsein eine Möglichkeit der Erfüllung finden kann. Dies rasche Sichanklammern an faßbare, leicht in die Tat umzusetzende Ideale ist ein typischer Zug des Jugendlichen in der Zeit des latenten Konflikts. Der reifere Jugendliche dagegen, wie z. B. der

---

[54] *Cordier, L.,* Evangelische Jugendkunde, II. S. 541/52.   [55] a. a. O.

[56] *Erfurter Führerblätter,* 1923. 3. Jahrg. Heft 12/13. S. 242/243.

[57] Vgl. *Stählin, O.,* Religiöse Strömungen in der Jugendbewegung. S. 153.

[58] Vgl. *Cordier, L.,* Was Jugend von der Kirche erwartet. S. 8. Er sagt, „daß hier auf neue Weise versucht wird, den Bruder, die Volksgemeinschaft in das religiöse Erlebnis einzubeziehen".

[59] Vgl. *Mutiges Christentum.*

chen" haben das reine Erleben des Schülerkreises um *Iderhoff* kaum kennengelernt. Damals war es wirklich etwas Spontanes, etwas Neues, was sie bezauberte. Jedoch der Gegensatz zu dem alten B. K. und die übertriebene Angst vor der abgeworfenen Form, ja sogar vor der überlieferten Ausdrucksweise mußten hier hemmend wirken. Daß *Boeckh*, der die meiste Fühlung mit der jüngeren Generation hatte, sich schließlich doch für eine religiöse Erziehung, wenn auch in beschränktem Maße, einsetzte, kann als ein Beweis dafür gelten, daß das religiöse Leben in den „Kreisen" seinem Wunsche nicht entsprach. Zu krassem Nihilismus braucht es dabei nicht gekommen zu sein, wenn auch die oben (S. 62) angeführte Äußerung über das tägliche Bibellesen in diese Richtung weist. Denn der freien Kritik und damit dem Konflikt waren immer noch Grenzen gesetzt in der überlieferten Autorität und in der „Kerngemeinschaft von Führern".[60] Die Konflikte werden sich aber gegen früher verschärft haben, da die Gesamtlage des Jugendlichen infolge der ihm gebotenen Freiheit wesentlich komplizierter geworden war. An einer bewußten Steigerung des Konflikts liegt dem Jugendlichen in der eigentlichen Zeit des Nihilismus aber nichts, vielmehr sucht er ihm auszuweichen. Dazu verhilft ihm das Leben in seinem eigenen Kreise, wo er sich so geben kann, wie er ist. Je mehr er an diesem Leben innerlich beteiligt ist, desto leichter wird er eine der „Gemeinde" genehme zeitliche Bindung eingehen, zumal eine solche immer noch als selbstverständlich angesehen wurde, wenn sie auch schwerere Kämpfe erforderte. Durch die Ablehnung der Bestrebungen *Boeckhs* blieben die Köngener eine Jugend*bewegung;* denn eine zielbewußte Ausprägung von Formen mußte, noch dazu für die jüngeren Kreise, einen gewissen Rückschritt bedeuten. Anders ist die Haltung der Führer. Während die jungen Köngener in dem für sie neuen Lebensstil des Wandervogels, durch den ihr Gemeinschaftsleben für jeden einzelnen ein wirkliches Erleben werden kann, volles Genüge finden, suchen die Reiferen bewußt eine Synthese. Sie können sie in der Gewißheit, Jünger des neuen Reiches zu sein, finden. Denn für diese Idee haben sie sich mit ihrer ganzen Persönlichkeit einzusetzen. Vornehmlich in der Bindung des Religiösen an eine Idee,[61] welcher Art sie auch sei, sucht der Jugendliche eine Stillung seines religiösen Sehnens. Aus dieser Erwägung heraus besteht auch die Kritik *Hauers* an *Boeckh* zu Recht: „Es ist mir aus Briefen und Gesprächen klar geworden, daß, die Idee der Jungmannschaft, wie sie die Neupfadfinder verkünden' ... zu einem *Gegenstand* geradezu religiöser Hingabe geworden ist."[62] Der fanatische Kampf für eine gefaßte Idee ist ein schöner Zug an der Jugend, darf uns aber nicht darüber hinwegtäuschen, daß die *endliche* Synthese Aufgabe des *Mannes* ist.

---

[60] *Unser Weg*, 1. Jahrg. Nr. 1. S. 3.
[61] *Cordier, L.,* Was Jugend von der Kirche erwartet. S. 8.
[62] *Unser Weg*, 4. Jahrg. Heft 1. S. 65.

einer Objektivierung, zu einem sozialen Wollen, oder, wie E. *Arnold* sagt: „Das Unbewußte will sich seines Lebenswertes und seiner Lebenskraft bewußt werden."[63] Die Idealsetzung, die diesem Erlebnisse entspringt, ist stark religiös gefärbt. Aber das *bewußte* Herbeisehnen des Kommens des Reiches Gottes durch ein Wunder muß schon als ein Abklingen des ersten Rausches angesehen werden. *Echtes* religiöses Erleben ist ein Gnadenakt, der den Menschen als Individuum viel tiefer ergreift als eine innere Erhebung, die in der Masse erlebt wird. Wie leicht die Jugend sie als eine echt religiöse ansieht, geht aus folgender Äußerung hervor: „Wir sind von Haus aus ‚religiöse' Bewegung, also hochgradiges ‚Fieber', d. h. solche, deren Schicksal es ist, die Krankheit der Zeit im bewußten Blick auf Gott hin auszutragen."[64] Aus diesen Worten spricht ein Kulturwille, der im Transzendenten wurzelt und deshalb von der Jugend selbst einem religiösen Erneuerungswillen gleichgesetzt wird. Das Bemühen, Religion und Kultur in rechten Einklang zu bringen, muß eine Jugendgemeinschaft in eine Krise bringen. Denn ein Bund der Religion mit der Kultur wird stets eine Gefahr für das Absolute in der Religion mit sich bringen. Dieser Gefahr scheinen sich die ursprünglichen Neuwerkler bewußt gewesen zu sein, wenn sie die Blicke immer wieder auf *Christus* hinlenken, der als „Sinn der Jugendbewegung" sie davor bewahren soll, *nur Kultur*bewegung zu werden: „Eine durch Christus bestimmte Religiosität bedeutet gerade in diesem Sinne Lebensbejahung, daß die ganze Kraft körperlicher Regsamkeit in der Wirksamkeit an den Menschen, im Leben in der Natur zum Ausdruck kommt."[65] Die Gefahr wird für sie um so größer, als sie sich seit 1924 ernstlich mit den wichtigsten Kulturfragen auseinandersetzen. Im Leben werden sie auf verschiedenen Wegen und zu verschiedenen Zeiten zu innerer Ausgeglichenheit kommen. Dabei ist die Bedeutung des Religiösen für die Reifung rein subjektiv bedingt. Als *reifere* ringende Jugend werden sie nicht aus Überlieferung eine Bindung eingehen, die doch nur eine äußerliche sein kann. Im Schrifttum der Neuwerkler spiegelt sich nur das zähe Ringen einer verhältnismäßig kleinen Gruppe, nämlich das der anfänglichen Neuwerkler wider, denen eine Verquickung des Religiösen mit irgendeiner kulturellen Betätigung widerstrebt. An sie kann auch nur *E. Arnold* denken, wenn er von einer rein religiösen Bewegung spricht. Ihnen wird die Synthese schwer werden. Die überwiegende Mehrheit im Neuwerk hingegen wird weder die Kraft noch das Verlangen haben, sich zu einer höheren Sinndeutung des Weltgeschehens hindurchzuarbeiten. Es sei an die zahlreichen Klagen über die Lauheit vieler Mitglieder erinnert. Mehr kann mit Sicherheit

---

[63] *Arnold, E.,* Die Religiosität der heutigen Jugend. S. 17.
[64] *Neuwerk,* Juni 1922. S. 72.
[65] *Arnold, E.,* Die Religiosität der heutigen Jugend. S. 60.

vaterländischen Gedanken, den die Jugend mit Begeisterung aufgreift, erst durch die Betonung des Sozialen eine religiöse Färbung in evangelischem Sinne *gegeben*. Demnach ist diese Jugend eine evangelische, aber nicht eine ausgesprochen religiöse.

Zusammenfassend kann über das religiöse Erleben in der evangelischen Jugendbewegung gesagt werden: Die Anerkennung einer Autorität ist ein Wesensmerkmal der hier behandelten evangelischen Jugendverbände. Trotzdem sind sie zur Jugend*bewegung* zu zählen; denn im Unterschied von der Jugend*pflege* ist die Bejahung der Autorität nicht *Voraussetzung*, sondern *Ziel*. In Freiheit und Wahrhaftigkeit unter eigener Verantwortung im Sinne der Meißnerformel will sie sich von der Absolutheit dieser Autorität innerlich überzeugen. Das dadurch bedingte Ringen kommt auch in ihrem Schrifttum deutlich zum Ausdruck. Das verkennt *F. W. Förster*, wenn er in seiner Schrift über die Jugendbewegung ausführt, daß man, nach dem Schrifttum der evangelischen Jugendbewegung zu urteilen, zu der Überzeugung kommen könne, es gebe gar keine evangelische Jugendbewegung. Er sieht den tieferen Grund darin, daß „in der protestantischen Kirchenorganisation" „weit mehr kleinlicher Bevormundungsgeist und Zentralregiererei" herrsche als in der katholischen Hierarchie, weil sie einer vergangenen Epoche angehöre, deren „wirtschaftlich-sozial-politische Anschauung" sie, wie zu allen Zeiten, „verabsolutiert" habe. Infolgedessen habe sie kein letztes Ziel wie die katholische Kirche, die außerdem mit ihrer „liturgisch-kultischen Richtung" „dem ästhetischen Bedürfnis der Jugend" sehr entgegenkomme.[67] *Förster* übersieht, daß für die evangelische Jugend *nicht die Kirche* Autorität ist. Ihr wendet sie bewußt den Rücken, weil sie sich von ihr in dem Erarbeiten echten evangelischen Glaubensgutes nicht verstanden sieht und in ihrem religiösen Fühlen von den starren Formen der Kirche abgestoßen wird. Allerdings ist die Einstellung der übrigen evangelischen Jugendgruppen in der Autoritätsfrage eine andere. Auch sie haben sich in vielen Punkten dem Geiste der Jugendbewegung nicht verschließen können, rücken aber in der Autoritätsauffassung bewußt

---

[66] *Cordier, L.,* Was Jugend von der Kirche erwartet. S. 8.
[67] *Förster, F. W.,* Jugendseele, Jugendbewegung, Jugendziel. S. 240.

74

ständlichkeit, daß der protestantische Jugendliche den väterlichen Glauben übernahm. Die überlieferte Autorität war neben der Bibel doch die Kirche. Das Einströmen des Geistes des Jugendbewegung in diese Kreise mußte dem Jugendlichen die Annahme des traditionellen Glaubensgutes wesentlich erschweren. Denn die maßgebende Autorität sollte nunmehr *nur* die Bibel sein, deren Verständnis zum Zwecke ihrer Anerkennung eine persönliche Kritik des jungen Protestanten verlangte. Die Schärfe des dadurch unvermeidlich gewordenen Konfliktes wird von dem jeweiligen kritischen Vermögen des Jugendlichen abhängen. Über den Zeitpunkt des inneren Zwiespalts kann Bestimmtes kaum ausgesagt werden, da er von ganz verschiedenartigen Momenten bedingt wird. Nach unseren Feststellungen ist es neben intellektuellen Zweifeln meist die Absolutheit seiner *ethischen* Forderungen, die ihn zu Enttäuschungen führen *muß*, wenn er das *Unechte* in seiner Umgebung erkennt. Eine Epoche des Zweifels darf für den evangelischen Jugendlichen als unumgängliches Durchgangsstadium in seiner religiösen Reifung angesehen werden, sein Beginn ist nicht vor das 13. Lebensjahr anzusetzen. In seinem Kinderglauben sieht auch der Jugendliche keine wahre persönliche Religion, deshalb ist seine Lockerung die Voraussetzung der ersehnten echten Religion. So kritisiert der Jugendliche nicht *aus* Religion, sondern *um* der Religion *willen*. In der eigentlichen Konfliktszeit wird der Jugendliche im allgemeinen durch fieberhafte Betätigung auf einem oder mehreren Gebieten dem schwersten der Kämpfe auszuweichen versuchen, um die Zweifel zu versenken. Die einfachste Ablenkung bietet ihm das Miterleben seiner Jugendgemeinschaft. Dadurch kann er zu einer inneren Ruhe kommen, während der er ein religiöses Problem nicht kennen will. Für viele kann dieser Zustand ein endgültiger werden. In der evangelischen Jugendbewegung scheint dies die Norm zu sein. Es handelt sich doch nur stets um kleinere Gruppen, die mit der Fähigkeit zu abstraktem Denken den Kampf wieder aufnehmen. Wann der einzelne zu einer Gewißheit gelangt, wird von seinen geistigen Kräften abhängen. Vor einem krassen Nihilismus bleibt nach unserer Beobachtung der junge Protestant dadurch bewahrt, daß die Bejahung der evangelischen Glaubenswahrheiten der tiefste Sinn seines religiösen Erlebens ist. Das höchste Ziel allerdings, den Abschluß des Entwicklungsweges vom Märchen- und Wunderglauben über das Ethische im rechten Erfassen des Symbolischen werden nur wenige erreichen. Die meisten werden den Kampf in der Erkenntnis seiner Aussichtslosigkeit, der eine früher, der andere später, resigniert aufgeben.

b) Der katholische Jugendliche

„Dem Katholiken ist das Religiöse kein Teilgebiet, das man beschreiben könnte, wie man irgendeinen Bezirk des Lebens mit Worten einzugrenzen und zu beschreiben sucht. Uns ist es die Wirklichkeit, die unser

tät ein, die für ihn über und außerhalb aller Kulturwerte steht. Wenn schon über das Problem Freiheit und Autorität debattiert wird, dann geschieht es nicht für den Jugendlichen, sondern zur Verteidigung seines Standpunktes, insbesondere gegen die freideutsche Richtung, und zwar in der Zeit, als auch die katholische Jugendpflege sich im Lebensstile der Jugendbewegung anglich. Die feste Verankerung gibt der katholischen Jugend in der Jugendbewegung einen nicht hoch genug einzuschätzenden Halt. Daraus kann aber noch nicht gefolgert werden, daß das religiöse Fühlen, gestützt durch eine unantastbare Autorität, den katholischen Jugendlichen als Individuum so beherrscht, daß er über *jeden* inneren Konflikt erhaben ist. Die wesentlichste Grundfrage ist, ob auch er trotz seiner Autoritätsgebundenheit das Stadium des Zweifels durchmachen *muß*, anders gesagt, ob er zweifeln *darf*.

Die Haltung des Katholizismus in der Autoritätsfrage mußte die Umstellung der Jugendpflege zur Jugendbewegung wesentlich hinauszögern. Sie vollzog sich ganz allmählich, nicht in einem solchen heftigen Kampfe wie bei den evangelischen. Es läßt sich daher schwer feststellen, von welchem Zeitpunkte an eindeutig von einer katholischen Jugendbewegung gesprochen werden kann. Brauchte doch die Umstellung keine grundsätzliche zu sein, da es der Katholizismus mit psychologischem Feingefühl verstanden hatte, in seiner Jugendpflege dem Drängen der Jugendlichen nach Eigenleben und selbständigem Handeln rechtzeitig Rechnung zu tragen. So durfte er eine Stufe der Entwicklung der Jugendbewegung abwarten, die sich mit dem Gedanken des Katholizismus vereinigen ließ. Er hatte die Jugend vor die unmittelbare Lösung einer sozialen Frage gestellt: Dienst am Volke und an der Menschheit durch die Bekämpfung von deren gefährlichstem Feinde, dem Alkohol: ein Ideal, über das nicht viel geredet zu werden brauchte, sondern das sofort in die Tat umzusetzen war. Dies Ideal erfordert ein Heldentum, wie es der Jugendliche sucht. So entstand von *Neiße* aus in den letzten Jahren vor dem Kriege der *Quickborn*. Eine geschickt und umsichtig geleitete Zeitschrift gleichen Namens bildete das geistige Band um diese Jugend. Ihr konnte nur förderlich sein, wenn hohe Vertreter der katholischen Geistlichkeit das Protektorat übernahmen, z. B. *Adolf*, Bischof

⁵⁰ *Döhler, K.*, Aus der Lage der katholischen Generation, in „*Junge Menschen*", 8. Jahrg. Heft 11. S. 275—277.

Bewegung sein: „Abstinenz ist ein erster Schritt zur Veredlung des natürlichen Lebens; sie soll *uns* auch den Weg bereiten hinein in das
Hochland katholischer Frömmigkeit, hinauf in die sonnigen Höhen, wo
die Seele in der gnadenvollen Vereinigung mit Gott und im geheimnisvollen sakramentalen Verkehr mit dem Gottmenschen Jesus Christus,
in der Teilnahme an seiner göttlichen Lebensfülle erst ganz ihrer über-
zeitlichen Bestimmung, ihrer weltüberwindenden Freiheit und ihres
Ewigkeitswertes in friedevoller Gewißheit inne wird."[69] Und weiter:
„Vor allem: der Begriff der katholischen Abstinenz birgt in sich die
denkbar engste Beziehung zu unserer heiligen Religion. Darum auch
unsere gegensätzliche Stellung zur ‚freideutschen Jugend'!"[70] Durch diesen Kampf sollten sie „die religiösen und sittlichen Werte" ihres „Glaubens besser und vollkommener herausarbeiten und erst recht zur Geltung bringen".[70] Es war hauptsächlich *Elpidius*, der Vater dieser Ab-
stinenzbewegung, der den Gedanken im Katholizismus tiefer verwurzelt
wissen wollte. Nicht die Jugend selbst war es, die diese Verinnerlichung
anstrebte. Sie war vielmehr ganz mit der äußeren Organisation und
Propagandierung ihres Prinzips beschäftigt. Fürchtete die Kirche eine
zu rasche Annäherung an die Jugendbewegung und damit eine Gefährdung ihres Einflusses? Mit dem allgemeinen Alkoholverbot zu Anfang
des Krieges und durch die größere Widerstandskraft der Abstinenz-
ler im Felde schien ihnen der Krieg den Nachweis der Berechtigung
ihres Grundsatzes erbracht zu haben. Da lag die Forderung auf Enthalt-
samkeit von *allen* Rauschgiften, auch vom Nikotin, nicht zuletzt aus
Sparsamkeitsgründen, nahe. Doch sie wurde nicht angenommen. Während
sich die Jugend so, wenn sich neue Ideale zeigten, mit ganzer Kraft
ihrer absoluten Verwirklichung widmete, lenkte die katholische Kirche
sie immer wieder von dem Wege der Veräußerlichung auf das Religiöse
hin. Bezeichnend sind dafür die Ausführungen des Fürstbischofs *Dr. Ber-
tram*-Breslau: „Die Abstinenz erhöhe die Arbeitsfreudigkeit und Beweg-
lichkeit des Geistes. Sie mache aufgelegt und frisch zum Beten und zum
Empfang der hl. Kommunion. Eine Tugend fördere die andere."[71] Und
doch war die religiöse Vertiefung dieses Prinzips noch nicht gelungen;
denn es wurde wiederholt über Treubruch im Felde geklagt, der wegen
Schwierigkeiten bei Beförderung in den Offiziersstand und aus gesell-
schaftlichen Rücksichten begangen wurde. Andernfalls müßte man diese
Konflikte als religiöse deuten. Die Tatsache des Weltkrieges stellte die
Jugend nicht vor schwere Probleme. Sie sah ihn als eine Fügung Gottes
an. So wußte sie sich auch mit den Opfern, die der Krieg auch von ihnen
forderte, in religiöser Hingebung abzufinden: „Wir vertrauen, daß
unsere vor Gottes Thron lebenden Toten dort mehr für uns und unsere
Sache leisten, als es hier trotz all ihrer Arbeit möglich war, daß Gott

---

[69] *Quickborn*. 2. Jahrg. Heft 3. S. 38.   [70] a. a. O., Heft 4. S. 54.
[71] a. a. O. Heft 2. S. 17.

giös-konfessionelle Gebundenheit setzte dieser Annäherung eine feste
Grenze. *H. Hoffmann* betont ausdrücklich: „Schließlich sei erwähnt, daß
der Idealismus der katholischen Jugend dem Lebensstil auch die herrlichste Blüte beifügt, eine wahrhaft religiöse Betätigung."[73] Das neue
Ideal drohte das alte zu verdrängen, da sich die Bestrebung geltend
machte, das Prinzip der Abstinenz und damit auch den alten Namen
fallen zu lassen und statt dessen die Bezeichnung „*Katholischer Wandervogel*" anzunehmen. Wenn auch dieser Forderung nicht stattgegeben
wurde, so trat doch die Abstinenz in der *neuen* Jugendgemeinschaft auffallend zurück. Dabei blieb aber die Autorität von dieser Umstellung
gänzlich unberührt; auf der dritten westdeutschen Quickborntagung 1919
wurde ausdrücklich festgestellt: „In bewußter Erkenntnis, daß der
Mensch nicht nur irdische, sondern vor allem geistige, ewige Aufgaben
hat, die ihm von Gott gesetzt sind, bekennen wir uns zu Gott als der
höchsten Autorität und zum Elternhaus als Gottes unmittelbarem Stell-
vertreter und zur Schule, insofern sie mit Gottes und der Eltern Willen
übereinstimmen."[74] Trotz dieser Einschränkung fühlte sich aber der
Quickborner nicht minder frei als der Freideutsche: „Freiheit bedeutet
uns Gottesgebundenheit."[75] „Die Anerkennung der Autorität und das
Verantwortungsgefühl berechtigen uns zu dieser Freiheit."[76] Unter der
Leitung von selbstgewählten Führern fühlte er sich in gleicher Weise
frei, nur nicht „in dem Sinne, daß jeder sich selbst ein neues Gesetz
geben könnte".[77] Sie verwarfen mit Überzeugung den „Freiheitstaumel"
der Zeit, sie „wollten ihr zeigen, daß Autorität und Freiheit sich ... in
der gottgebundenen, fröhlichen Freiheit der Gotteskinder zur lebensvollen
Einheit vermählt".[78] So brauchten sie die Kameraden in den anderen
Lagern nicht zu beneiden, die aus dem unsicheren Tasten nicht heraus-
kämen, weil sie in Ablehnung *aller* Autorität mit eigener Kraft sich zum
endlichen Ziel durchringen wollten. Für den Katholiken ein aussichts-
loses Unterfangen, durch das nur wertvolle religiöse Kraft unnütz ver-
geudet würde, „die in der Sonne warmen katholischen Glaubenslebens
die herrlichsten Blüten treiben könnte".[79] Aus dieser Überzeugung
erwächst ihm die Verpflichtung, alles daranzusetzen, alle jugendlichen
Kameraden für die „Una sancta" zu gewinnen. Eine hohe Aufgabe,
der begeisterten Hingabe junger Menschen wert.

Ungefähr mit dem Jahre 1923 kam auch der Quickborn zu einer gewissen Ruhe und Stetigkeit, die von manchen als Ernüchterung und
Mittelmäßigkeit gedeutet wurden: „Dulden wir nicht Masse, sind wir
nicht auf träge Massen eingestellt?"[80] Zwecks Belebung des Bundes ver-

---

[72] *Quickborn*, 4. Jahrg. Heft 8. S. 114. [73] a. a. O., 6. Jahrg. Heft 1. S. 4.
[74] a. a. O., 7. Jahrg. Heft 4. S. 52. [75] a. a. O., 8. Jahrg. Heft 6/7. S. 165.
[76] a. a. O., 7. Jahrg. Heft 12. S. 184. [77] a. a. O., 8. Jahrg. Heft 6/7. S. 149.
[78] a. a. O., 8. Jahrg. Heft 6/7. S. 181.
[79] *Quickborn*, 10. Jahrg. Heft 2. S. 35. [80] a. a. O., 11. Jahrg. Heft 5/6. S. 44.

Methode nicht geeignet, da sie jede soziale und religiöse Vertiefung vermissen ließ. Für die Jüngeren waren es die Fahrten mit all ihrer Romantik, die das Interesse an der Abstinenzfrage hintansetzten. Das erkennen wir an verschiedenen Äußerungen der Schriftleitung im „Pfad", dem Blatte der Jüngsten im Quickborn, z. B.: „Ich bin froh über jeden Schrieb, der einmal etwas anderes bringt als die ewigen Fahrten."[81] Diese Zeitschrift soll der Jugend den Pfad zu der Natur, zu Land und Leuten zeigen und sie durch Anregung zu schriftlichem Austausch in ihrem Erleben bereichern. Dabei wird die Jugend in geschickter, aber keineswegs aufdringlicher Art zu den objektiven Heilswahrheiten der katholischen Kirche geführt, nicht zum abstrakten Dogma, sondern zu den lebensvollen Gestalten der Heiligen, in denen der Jugendliche individuelle Vorbilder der Lebensführung finden kann. An ihnen kann er echten katholischen Geist finden, und in ihrer Nachahmung lebt er sich selbst in diesen hinein. Und dies um so leichter, als das Mystische des katholischen Kultus dem jugendlichen Gefühlsleben an und für sich sehr entgegenkommt. Sein religiöses Fühlen ganz in dem kirchlichen Leben zu verankern, war nunmehr das Bestreben der Kirche, wenn sie ihn mit der Liturgie in tiefere Berührung zu bringen suchte.[82] Der Gemeinschaftsgedanke sollte durch die Liturgie in besonderer Form gepflegt werden, nicht zuletzt im Hinblick auf die universale Gemeinschaft der katholischen Kirche. Prof. *Hoffmann*-Breslau sagt dazu: „Die Liturgie" ist „ein Schutz gegen die Formlosigkeit, die die Jugendbewegung bedroht. In der Liturgie sehen wir, wie die liturgische Form das Religiöse im Leben schützt. Ihre Symbolik liegt dem jugendlichen Kraftanschauen; ihre Sinnbilder deuten und wirken Leben. — Jugendbewegung glaubt, alles neu machen zu müssen. In der Liturgie erlebt sie staunend, wie das Alte, das Ursprüngliche, das Vergessene und Verschüttete Leben ist und Leben zeugt. Unsere Zeit neigt zur Überwertung des Ich, die den andern zurückdrängt und unterdrücken möchte. Die Liturgie zieht uns immer in den Bann der Gemeinschaft, sie richtet das Ich, aber auch das Du."[83] Diese Bestrebungen waren teilweise von Erfolg gekrönt, wie wir von einem Mädchen hören: „Es gibt in unseren Reihen viele, denen ist die Liturgie der Kirche geradezu ein Lebensbedürfnis geworden, und die sind auch der Überzeugung, daß sie die Gebetsform ist, die dem Geiste der katholischen Jugendbewegung am meisten verwandt ist. Ebenso viele freilich oder noch mehr stehen ihr noch ganz fremd gegenüber und glauben, die Begeisterung für die Liturgie sei bei sehr vielen reine Modesache, sie werde ohne rechtes Verständnis mitgemacht."[84] So wird auch auf diese Weise der Individua-

[81] *Der Pfad*, 1. Jahrg. Heft 12. S. 216.
[82] Vgl. *Köberle, A.*, Die Religiosität der katholischen Jugendbewegung.
[83] *Quickborn*, 10. Jahrg. Heft 8. S. 191.
[84] *Schildgenossen*, 4. Jahrg. Heft 2. S. 86—88.

Selbsterziehung bei voller Anerkennung der Autorität erzielt, ohne daß der Jugendliche schweren Zweifeln und Kämpfen ausgesetzt wird. Wie uns ein Fall zeigt, richtet sich der Jugendliche an dem einmütigen, harmonischen Geiste einer Quickborntagung wieder auf. Hier erkennt er, daß er in der katholischen Gemeinschaft die beste Möglichkeit habe, für den Sozialismus zu wirken: „Mein Führer sollte von nun an Christus sein. Ein Katholik der Tat wollte ich werden, dann hatte ich echten, wahren Sozialismus."[85] Häufiger werden die Fälle von Konflikten gewesen sein, die aus einem Gefühl des Widerstreites zwischen der Kirche und Jugendbewegung geboren sind. Unter dieser Spannung scheint jener Quickborner sehr gelitten zu haben, der schreibt: „Wir sahen junge Menschen, die aufrecht standen und kämpfend voranschritten, aus dem Chaos heraus einem neuen Reich der Wahrheit und Liebe zu. Wir standen auf, rissen uns los von dem, was uns hielt, und stellten uns mitten hinein in die jubelnde, stürmende, drängende Flut der deutschen Jugendbewegung. — Wir waren ‚katholisch'. Fern im Hintergrund entstand etwas, was uns mahnte und warnte und beschwor: ‚Ist das, was ihr denkt und redet und tut, katholisch?' Wir schoben es beiseite, — und einige warfen ihn heraus aus der Seele, den lästigen Mahner. Aber uns anderen ließ er keine Ruhe. In all unser Kämpfen und Ringen tönte seine Stimme: ‚In eurer Seele sind zwei Herren: Du und Gott. In eurer Seele sind zwei Reiche: Revolution und Kirche. Eure Seele aber soll eins sein!' Not kam in die Seele, Not kam in die Gruppen, Not kam in den Gau. Es gab Seelen, die daran zerbrachen; es gab Gruppen, die daran zerfielen." Und dann weiter: „Wißt, daß die katholischen Brüder uns mißtrauen und Steine auf uns werfen werden, weil wir Jugendbewegung sind. Wißt, daß die Brüder aus der Jugendbewegung uns verachten und nicht für voll ansehen werden, weil wir katholisch sind."[89] Es handelt sich hier um eine Äußerung aus der Zeit des Sturmes und Dranges, wo es dem echten Katholiken so scheinen mußte, als ob der katholische Gedanke

---

[85] *Quickborn*, 11. Jahrg. Heft 7/8, S. 79.
[86] *Schildgenossen*, 1. Jahrg. Heft 1. S. 4.
[87] *Quickborn*, 11. Jahrg. Heft 7/8. S. 78.   [88] a. a. O., 9. Jahrg. Heft 3. S. 65.
[89] Zitiert bei O. *Stählin*, Religiöse Strömungen.

Kirche nicht vorwegnehmen. Wie eng die Beziehungen zwischen Quickborn und Kirche sind, erhellt daraus, daß ein Bruch mit der Kirche eine weitere Zugehörigkeit zum Quickborn ausschließt. Gerade in der engen Verbindung sieht der Quickborn nunmehr die Erfüllung der Jugendbewegung überhaupt.

In diesem Sinne will der Quickborn *nur Jugend*bewegung sein; vor die Aufgabe, an der *Kultur*bewegung tätigen Anteil zu nehmen, sieht er sich erst gestellt, wenn er der Jugendbewegung entwachsen ist und der Gesinnungsgemeinschaft der *Großquickborner* beitritt. Ohne schwerere Kämpfe hatten sich die älteren Quickborner losgelöst. Als Ausdruck des gemeinsamen Geistes gaben sie zusammen mit den katholischen Hochlandverbindungen seit 1920 die „*Schildgenossen*" heraus. Waren doch von jeher die Beziehungen zwischen Hochland und Quickborn sehr enge gewesen. Denn Hochland stellte dem Quickborn die besten Führer, und die studierenden Quickborner bildeten den Nachwuchs für die Hochlandkorporationen. Durch die gemeinsame Zeitschrift mußten die Beziehungen nur noch inniger werden und der gesamte Quickbornbund eine wesentliche Stärkung erfahren. Da der „Quickborn" speziell auf die jüngere Generation eingestellt war, konnte er ihnen für ihren Kampf im Berufsleben nichts mehr bieten. Für sie mußten die Schwierigkeiten besonders groß sein, da sie die ersten Quickborner waren, die aus der Jugendbewegung heraus sich in die Kultur einzuleben hatten. Die Krisis der Jugendbewegung war auch die des einzelnen Quickborners: „Die Jugendbewegung steht in der tiefsten Krisis seit ihrem Aufbruch. Nie haben Gegner von außen und Irrewerdende von innen mehr Veranlassung zur Kritik, ja zu Skepsis gehabt. Alles, was die Jugendbewegung sagt, ist unsicher. Sie spricht nicht mehr nur aus der Sicherheit unbekümmerten Instinkts, der sich allem übrigen entgegenstellt. Jetzt geht es für sie darum, in die Sachordnung des Gesamtlebens: Beruf, Gesellschaft, geistiges Schaffen, einzutreten, aber die Wesenhaftigkeit ihrer Kraft und ihrer Haltung zu bewahren. Wer von ihr verlangt, daß sie ohne Fragwürdigkeit spreche und sei, der weiß nicht, was der Augenblick fordert. Es ist der Augenblick, da die Jugendbewegung in die Zusammenhänge einer ihr wesensfremden Welt eintreten soll, aber die schützende und nährende Umhegung besonderer geistiger Heimat noch braucht. Diese Fragwürdigkeit nehmen die ‚Schildgenossen' auf sich, denn sie gehört zur Wahrheit dieser Stunde."[90] Aber auch diese Krisis hat der Großquickborner überstanden. Regt sich ein Zweifel, so beweisen die Fälle, die in ihrem Schrifttum erwähnt werden, daß durch die grundsätzliche Anerkennung der Autorität unbeschadet des Freiheitsgefühls dieser Zustand bald überwunden wird. „Es war eine traurige, öde Zeit, wo ich irrte",[91] sagt dankbar ein Jugend-

[90] *Schildgenossen*, 4. Jahrg. Heft 5. S. 363. [91] a. a. O., 1. Jahrg. Heft 6. S. 205.

er subjektiven religiösen Erlebnissen keine besondere Bedeutung bei-
mißt und sich die „objektiven Heilswahrheiten" der Kirche innerlich
zu erarbeiten sucht. Sein Ziel muß der wahre katholische Mensch ein,
wie ihn *Romano Guardini* zeichnet: *„Der Mensch der Zukunft, der
Mensch der erwachenden Zeit, der katholische Mensch, das ist, der
wieder den Gehorsam versteht als die Tugend der Reichen, Starken,
Freien und Selbstsicheren: Der Mensch des Vertrauens."*[93] *„Sind wir
aufrichtig, so wird Gehorsam und Selbständigkeit schon zur einheitlichen katholischen Haltung zusammenwachsen. Ein Rezept gibt es freilich nicht dafür. Aber der gleiche Gott, von dem das 4. Gebot kommt,
hat uns auch den freien Willen und das Bewußtsein unseres persönlichen
Wesens gegeben. Also wird er uns helfen, beides ins rechte Maß zu
setzen."*[94] Anerkennt er die Gesetze des Gehorchens und Befehlens, so
wird er für würdig erachtet, an der großen Missionsaufgabe der katholischen Jugendbewegung mitzuwirken: „Gewiß ist es eine der besonderen Aufgaben katholischer Jugendbewegung — in allem anderen ist
ihr die nichtkatholische ebenbürtig oder sogar überlegen, — daß sie die
religiösen Kräfte unseres Volkslebens erkenne, anrege und erstarken
lasse." Denn „so wird auch die Jugendbewegung als einmalige, wenn
auch hochwogende Welle ohne tiefere und umgestaltende Wirkungen
abflachen, wenn sie nicht im Schoße der Kirche sich feste Formen für
ihr neues Leben für ihre gottergebene Sendung schafft."[95] Der
Augenblick erschien ihnen deshalb besonders günstig, weil nach ihrer
Meinung sogar die sozialistische Jugend anfing, „idealistisch und religiös" zu werden: „Ringende, Lichtsucher und Gottsucher sind die Sozialisten geworden, die besten unter ihnen zumeist. Wehe uns, wenn wir
ihnen nicht Wegweiser werden! Erneuern wir unser Leben in Christus,
so wird die Welt in Christus erneuert werden!"[96] So wird diese Jugend
durch den Hinweis auf die hohe Missionsaufgabe, durch den Aufruf zur
Tat an der Klippe, die auch für sie das politische Problem werden
konnte, sicher vorbeigeführt und in der objektiven katholischen Religion gehalten. Ohne schwere Erschütterungen kann ihr die traditionelle
Religion zum *persönlichen* Glaubensbekenntnis werden.

Dem Quickborn wesensverwandt ist der *Jungborn*, der seit 1923
immer mehr aus dem Kreuzbündnis zu einem selbständigen Bunde
herauswuchs. Durch diese Loslösung wurde zwar die Abstinenzfrage zu
einer sekundären, aber an seiner Einstellung zum Katholizismus änderte
sich damit nichts. Jungborn trat „mit der gesamten Jugendbewegung in
einen Gegensatz zu der bisher auch im katholischen Lager üblichen
Jugendpflege, ohne aber im geringsten etwas von seinem katholischen

[93] *Schildgenossen*, 1. Jahrg. Heft 1. S. 11.   [95] a. a. O., 1. Jahrg. Heft 2. S. 41.
[94] a. a. O., 1. Jahrg. Heft 3. S. 78.
[95] a. a. O., 1. Jahrg. Heft 5. S. 158.   [96] a. a. O., 1. Jahrg. Heft 6. S. 183.

gendbewegung seinen Interessenkreis; alle Bestrebungen aber, die auf eine Verschmelzung mit dem Quickborn abzielten, wurden abgelehnt. Denn die werktätige Jugend, die er umfaßte, stand anders zum Leben als der höhere Schüler des Quickborns. Wenn auch diese verschiedene Lebensauffassung nicht als Gegensatz empfunden werden sollte, so glaubte man doch, daß sich dadurch ein getrenntes Marschieren nötig machte: „Quickborn und Jungborn wollen fest zusammenhalten, das verwandte Wesen muß sich nach außen immer kundtun durch unsere ganze Lebensart. Besonders verknüpft uns die Wesenseinheit, ein Ziel wollen wir ja erreichen, und zwar auf gleichem Wege, wenn wir auch getrennt marschieren." [98] „Unter den andern steht uns der Quickborn am nächsten. Unser Verhältnis zueinander soll ein echt brüderliches sein. Der Erneuerungsgedanke ist der gleiche. Unsere Wege werden verschieden sein, da Jungborn durch seine Vorbildung und Umgebung ganz anders eingestellt ist als Quickborn und darum auch ein eigenes Gruppenleben nötig hat. Ein Aufgehen beider Bewegungen ineinander lehnen wir ab." [99] Trotz der soziologischen Verschiedenheit weist das religiöse Leben des Jungborns keine besonderen Merkmale auf, da es auch durch den Katholizismus bestimmt ist: „Wir sind katholische Jugendbewegung. Damit sind unsere Anschauungen und Lebensziele festgelegt. Wir haben die Wahrheit. Laßt sie uns erwerben, um sie zu besitzen." [100] Unverkennbar sind auch hier die Bestrebungen, es noch mehr in die festen Formen des kirchlichen Lebens zu kleiden: „Unser religiöses Leben gewinnt sehr an Regelmäßigkeit und Tiefe, wenn es in recht inniger Verbindung mit der Liturgie der hl. Kirche verläuft." [101] Sicherlich sind die Jungborner viel leichter Konfliktsmöglichkeiten ausgesetzt als die Quickborner, da sie durch ihre Arbeit täglich mit Jugendlichen der verschiedensten Gruppen in Berührung kommen. Sie können in Situationen kommen, die von ihnen starken Bekennermut erfordern. Ein Jungborner schreibt dazu: „Und nun erst die geistige Luft, in die hier ein junger Mensch kommt. Ich kann euch nicht den brodelnden, zischenden Sumpf zeigen. Ich kann nur sagen, daß er da ist. — Religion ist etwas, was schon längst erledigt ist; und wehe dem, der religiös ist und Farbe bekennt. Er muß sehr viel ausstehen." [102] Ein wertvolles Urteil über die proletarische Jugend! [103] Zwecks einer Unterstützung fordert er ein engeres Zusammenarbeiten der beiden Verbände, auch im Interesse der Annäherung der verschiedenen Volksschichten, da der Jungborn doch die „Brücke" zum Volke sein könne. Im übrigen lesen wir nichts von Schwierigkeiten im Berufsleben, die einen religiösen Konflikt

[97] *Johannisfeuer* (später Jungborn), 10. Jahrg. Heft 9/10. S. 151.
[98] a. a. O., 9. Jahrg. Heft 8. S. 123.   [99] a. a. O., 10. Jahrg. Heft 9/10. S. 135.
[100] a. a. O., 10. Jahrg. Heft 1. S. 7.
[101] a. a. O., 10. Jahrg. Heft 2. S. 17.
[102] *Quickborn*, 11. Jahrg. Heft 7/8. S. 61.
[103] Vgl. *Dehn*, G., Großstadtjugend.

im Jungborn: „Jungborn — was zaubert schon das Wort nicht alles herauf: Singen, Tanzen, Wandern, Freude, Freundschaft, Geschwisterliebe, alles Frohe und Schöne." [104]

Neben dem Jungborn schloß sich die werktätige „Volksjugend" auch im Bund der „Kreuzfahrer" zusammen, mit der Aufgabe, innerhalb der katholischen Jugendorganisation „Deutsche Jugendkraft" neben den Leibesübungen auch das Wandern zu pflegen, um durch harmonische Ausbildungen des Leibes und der Seele „den wesenhaften ganzen katholischen Menschen zu bilden". Die Aufstellung dieses neuen Grundsatzes mußte naturgemäß zu heftigen Auseinandersetzungen mit der „Deutschen Jugendkraft" führen. Je stärker der Widerstand war, desto größer war auch die Gefahr, daß diese Jugendlichen sich dem Katholizismus entfremdeten und dem Wandervogel in die Arme getrieben wurden: „Auch wir wurden von der Jugendbewegung in ihrer kritischen Art des Ablehnens, Loslösens, Abschließens erfaßt, auch in uns schuf sie eine Psyche der Distanz, des Revolutionierens, Niederreißens. Sie überwand jedoch in uns die Vitalität des katholischen Gedankens nicht." [105] So überwiegt auch hier der katholische Geist, er scheint dem „Suchen und Ringen" nicht zugänglich zu sein: „Vor dem Namen ‚Wanderbewegung' steht bei uns noch ein bedeutungsvolles Wort, das unserm Wandern erst Zweck und Ziel verleiht und Richtung gibt: ‚katholisch'. Wir sind eine entschiedene Jugend auch mit unserm Katholischsein. Das wird sicher allen klar geworden sein, und es mehrt sich deshalb das Suchen und Ringen um die religiöse Idee." [106] Aber ihr Ringen war nur vorübergehend und mündete bald in den kultischen Formen des Katholizismus: „Die Liturgie [107] soll Ausdruck unserer Gemeinde sein, des geheimnisvollen Leibes Christi, dem wir als lebendige Glieder angehören. An ihrem Erleben bei den Gliedern, ob tief empfunden oder seicht, vermögen wir den Pulsschlag der Kirche zu hören." [108] Charakteristisch für die katholische Auffassung der Liturgie sind folgende Ausführungen im „Leuchtturm": „Das Menschenwort darf zurücktreten. Der Gedanke hat vor Gott keinen Kläger nötig, geschweige einen Dolmetsch. So dient das formulierte Wortgehäuse nur der Menschenschwäche, um den zerstreuten Geist festzuhalten in der unsichtbaren Audienz Gottes, es ist eine fortgesetzte Selbstaufforderung an den Willen, sich immer von neuem Gott entgegenzuheben. Beten ohne Worte wäre vollkommener, eine Liebeswoge des Willens zu Gott, unbewußt wie die Hebung des Meeres. — Aber es ist schwer! Der Mensch ist kein Engel. Und so betet der Katholik seinen Rosenkranz mit be-

[104] Johannisfeuer, 10. Jahrg. Nr. 5. S. 66.
[105] Kreuzfahrer, 1. Jahrg. Nr. 5. S. 66.   [106] a. a. O., Nr. 3—5. S. 45.
[107] Vgl. Köberle, A., Die Religiosität der katholischen Jugendbewegung.
[108] Kreuzfahrer, 1. Jahrg. Nr. 3/4. S. 46..

Seit seinem 13. Jahrgange ist der „Leuchtturm" das Organ des Verbandes „Neudeutschland". In ihm wurde unter straffer Organisation der katholischen Kirche die Masse der katholischen höheren Schüler zusammengefaßt. Aus ihm sollte „wie aus einem Jungbrunnen ein neues, edles Geschlecht erblühen, kernhaft katholisch und ehrlich deutsch, bieder und treu, begeistert für alles Große und Edle, kampfgerüstet gegen alles Niedrige und Gemeine," [110] um sich durch gegenseitige Unterstützung „in dem hin- und herwogenden Wirrwarr der Welt- und Lebensanschauung.. eine klare, feste, religiös-sittliche Überzeugung" zu verschaffen. [111] In dem Glauben an den christlichen Gott, wie ihn die Kirche den Menschen predige, und wie ihn das deutsche Volk in den Nöten des Krieges wieder erkannt habe, wollen sie an der Wiederaufrichtung des Volkes tätigen Anteil nehmen: „Wir brauchen in diesem Strom der Hoffnungslosigkeit nicht unterzugehen. Die *Kulturwelt des Katholizismus* zeugt uns Kraft und Fähigkeiten, die der allgemeinen Dekadenz und namentlich der religiösen Zerfahrenheit starke und unzerstörbare Dämme entgegensetzen." [112] Wieder ist es die unbedingte Anerkennung ihrer Autorität, die sie keinen Kompromiß mit der autonomen Jugendbewegung eingehen läßt: „Für uns sind die großen christlichen Wahrheiten die leuchtenden Sterne. Wir schauen froh und begeistert zu ihnen empor. Für uns ist die Autorität keine lästige Fessel, sondern der Weg zur wahren inneren Freiheit. Gehorsam ist uns kein Menschen-, sondern wahrer Gottesdienst. Diese Sterne vor Augen gehen wir ans Werk, unsere katholische Jugendbewegung auszugestalten. Sie soll nicht weniger tätig und jugendlich sein, als die der Gegner, aber zugleich zielbewußt und entschieden Front machen gegen jede Ansteckung durch den modernen Luzifergeist." [113] Das heißt aber nicht, daß für den Jugendlichen selbst das Religiöse sein Leben ausfüllt. Trotz der „freigewollten Pflichten" zur Betätigung der „Selbstheiligung" will er „jung wie andere, jugendfrisch und jugendfroh" [114] sein. Er setzt sich mit den Fragen, die ihn persönlich berühren, auseinander, u. a. mit dem Problem des Schülerrates und mit Schulfragen überhaupt. Wenn er auch die überragende Stellung des Religiösen, wie es an ihn herangebracht wird, anerkennt, so möchte man doch von einer gewissen Passivität dem Religiösen gegenüber sprechen. Das ergibt eine Einsicht in Schülerzeitungen, in denen vorwiegend Jugendliche selbst zu Worte kommen, wie z. B. im „Aufstieg" und in der „Burg". Auch in den Veröffentlichungen von Gedichten Jugendlicher im „Museion", das als Anhang zum „Leuchtturm" erscheint, tritt das religiöse Moment auffallend zurück.

[109] *Leuchtturm,* 7. Jahrg. Nr. 2. S. 37.   [110] a. a. O., 13. Jahrg. Nr. 1. S. 2.
[111] a. a. O., 13. Jahrg. Nr. 1. S. 1   [112] a. a. O., 10. Jahrg. Nr. 1. S. 7.
[113] a. a. O., 13. Jahrg. Heft 13. S. 307.
[114] *Aufstieg,* 5. Jahrg. Heft 6.

bewegung durch straffste Organisation zu unterbinden. So gingen die Lebendigsten von den Neudeutschen als *Groß-Neudeutsche* ihre eigenen Wege, um durch „jugendbewegten Katholizismus"[115] eine „Lebenseinstellung" und „eine bewußte Einstellung auf die Umwelt" anstreben und „einen umformenden Einfluß im Geistes- und Kulturleben ausüben"[116] zu können. Ein solcher Geist konnte sich in den alten, starren Formen einer rein kirchlichen Organisation, wie es Neudeutschland darstellte, nicht entfalten.

Aus diesem Grunde lehnten auch die *Großdeutschen* jede festere Organisation ab, ohne sich aber, wie auch die Groß-Neudeutschen, einer Unterordnung unter den Katholizismus in irgendwelcher Form entziehen zu wollen. Für sie ist gerade die katholische Ausprägung des Christentums die einzig mögliche Form, in der eine sozial-ethische Lebensreform erwirkt werden kann. Darum gilt es, in zielbewußter Propaganda das so ausgeprägte Christentum der *gesamten* deutschen Jugend, auch der in der Schweiz und in Deutschösterreich, zuzuführen: „Die Großdeutsche Jugendbewegung will alles gewinnen, sammeln und fördern, was in unserer Jugend geeignet ist oder werden kann, mitzuhelfen an der deutschen Lebens- und Volksaufartung. Alle Ideen, Gedanken, Bestrebungen, Reformen, die zum Ziel haben die Erneuerung, Verjüngung, Gesundung und Aufartung des deutschen Volkes, will sie umfassen."[117] Die drei Kernpunkte ihres Programms sind: „vernünftige Rückkehr zur Natur, Pflege werktätigen Christentums, Förderung echt deutscher Art",[118] die sie „in Unterordnung unter alle gottgesetzten Stellen, Familie und Schule, Staat und Kirche"[119] zu verwirklichen suchen. Wenn wir auch die Großdeutschen im Rahmen der katholischen Jugendbewegung nicht überschätzen dürfen, so liegt ihre große Bedeutung doch darin, daß sie wie keine andere Gruppe die katholische Jugend mit allem Nachdruck auf den Weg in die Lebenswirklichkeit weist, wo sie sich zu betätigen habe, um den *universalen* Gedanken des Katholizismus zu realisieren.

Die psychologische Deutung des religiösen Erlebens in der katholischen Jugendbewegung.

Im Vergleich mit der evangelischen Jugendbewegung ist der Gesamteindruck, den wir aus der Darstellung des religiösen Erlebens dieser Jugend gewinnen, der einer imponierenden *Einheitlichkeit*. Darum erübrigt sich in diesem Falle eine Deutung ihrer Religiosität nach den einzelnen Gruppen.

Während der protestantische Jugendliche unter starken inneren Konflikten um die Anerkennung der traditionellen Autorität ringt, ist für den jungen Katholiken die Bejahung der katholischen Kirche als der ihm von Gott gesetzten Autorität Voraussetzung *und* Ziel seines religiösen

---

[115] *Die Heerfahrt*, 1. Jahrg. Heft 1. S. 7.   [116] a. a. O. S. 2.
[117] *Die Großdeutsche Jugend*, 4. Jahrg. Heft 5. S. 33.
[118] a. a. O., 2. Jahrg. Heft 2. S. 11.   [119] a. a. O., 1. Jahrg. Heft 1. S. 3.

Kultur sind aber Faktoren, die sie in das Lager der Jugendbewegung
führen. Aber geborgen im Schoße der „Una sancta" steht der junge Katholik jenseits des seelischen Ringens der freien Jugendbewegung und
kann sich dank dieses Befreitseins ganz dem Jugendleben hingeben.
Seinem Hange zur Kulturkritik wird schon durch die Kirche Genüge
getan. So übt er nicht *an* der Kirche Kulturkritik, sondern im Einklang
mit dieser. Steht sie doch infolge ihrer ganzen Entwicklung in einem
natürlichen Gegensatze zur Gegenwartskultur, da sie mit ihren Grund-
ideen mehr in der Vergangenheit verankert ist. Anders die protestantische Kirche, die sich oft allzusehr auf Kosten ihrer Selbständigkeit mit
der Kultur versöhnt hat. Mag der katholische Jugendliche sein Kulturideal in der Vergangenheit oder in der Zukunft suchen, seine Kirche
ist in Vergangenheit, Gegenwart und Zukunft dieselbe, eine unwandel-
bare Größe. Eine starke Gebundenheit an sie bedeutet daher für ihn
keineswegs eine Fessel, sondern sie wird von ihm bewußt und froh bejaht. In diesem frohen Bewußtsein fühlt er sich verpflichtet, auch der
gesamten deutschen Jugendbewegung im voll erfaßten Katholizismus
die Erfüllung zu bringen. Worum die autonome Jugend schwer gerungen
hatte, um die Wahrhaftigkeit, ist ihm bereits im katholischen Glaubensgut Besitz. Erst als die Jugendbewegung nach festeren symbolischen
Formen suchte, öffnete ihr die katholische Jugendpflege ihre Tore, um
sie diese Formen im Katholizismus finden zu lassen. Aufgabe und Ziel
lagen klar vor Augen. Die Umstellung auf den Geist der Jugendbewegung brauchte somit die religiöse Lage für den katholischen Jugendlichen nicht schwieriger zu gestalten. Denn an der Absolutheit der Autorität änderte sich nichts. Nach wie vor wurde sie von der Kulturkritik
nicht berührt, und sie selbst stand dem Einleben des Jugendlichen in den
neuen Lebensstil nicht hindernd entgegen. Jungsein und Katholischsein
war kein Widerspruch. Das freiere Leben in seiner Jugendgemeinschaft
entfremdete ihn dem kirchlichen Leben nicht. Findet der junge Katholik
doch in dem Kultus der Kirche, auch in der Liturgie, nicht nur starre
Formen, sondern eine Möglichkeit, sein mystisches und ästhetisches
Sehnen zu stillen. Denn die Kirche bringt dem jugendlichen Verlangen
nach Romantik weitestes Verständnis entgegen. Im Gegensatz zum protestantischen Jugendlichen lebt sich der katholische *gefühlsmäßig* in die
kirchlichen Formen ein. Zudem treten ihm in den Heiligen geschlossene
Persönlichkeiten entgegen, unter denen er sich Vorbilder der Lebensführung wählen kann. Nicht nur für die Mädchen ist es die Gestalt der
Maria, die besondere Verehrung genießt. Dafür einige Beispiele: „Gestellt haben wir uns und unsere Arbeit unter den Schutz der Jungfrau
Maria, der Himmelskönigin, und zum Schutzpatron erwählt den heiligen
Augustin, den Bekenner, das Spiegelbild eines ringenden und zur Reife
strebenden Jünglings."[120]

[120] *Aufstieg*, 5. Jahrg. Heft 6.

Leib und Seele weihen... Dann wollen wir ihr aber auch den ritterlichen Treuschwur steter Gefolgschaft leisten, auf sie zu hören, ihrem Beispiel zu folgen." [121]

„Wir haben uns Maria, die reinste Jungfrau, zu unserer Herrin erkoren, ihr unsere Ritterdienste geweiht. Unter ihrem Lilienbanner haben wir die Kämpfe der Jünglings- und Wanderjahre durchkämpft." [122]

„Der katholischen Jugend ist die Verehrung der himmlischen Jungfrau und Gottesmutter eine starke Kraftquelle, um rein und keusch leben zu können, und sie gibt uns auch den richtigen Maßstab für unsere Stellung zum Mädchen. Als Marienritter werden wir jungen Männer immer die Jungfrau sehen, die bestrebt ist, ihr ganzes Leben nach dem Ideal, das ihr die Marienverehrung gibt, einzurichten." [123]

„Maria ist das reine Frauenideal, zu dem wir aufschauen können in wahrer, warmer Jungenliebe, ohne die Gefahren fürchten zu müssen, die mit irdischer Frauenliebe für uns verbunden sind." [124]

Diese Verehrung kann ihm einen sittlichen Halt geben und ihn dadurch auch vor schweren seelischen Erschütterungen bewahren. Dazu kommt, daß ihm die Tradition ein sich stets gleichbleibendes Milieu geschaffen hat: in Elternhaus, Kirche und Schule. Die Einheitlichkeit des religiösen Glaubens seiner Umgebung bildet gewissermaßen ein schützendes Gehege, das die Konfliktsstoffe von ihm fernhält, ihm sein seelisches Gleichgewicht bewahrt und ihm die Annahme des väterlichen Glaubens erleichtert. So scheint ihm auch das Gelübde der Firmelung in den seltensten Fällen zu einer Gewissensqual zu werden. Demnach braucht der Nihilismus für den Jugendlichen der katholischen Jugendbewegung kein notwendiges Durchgangsstadium der Entwicklung zu sein; denn der junge Katholik *will* nicht zweifeln, weil er als rechter Katholik nicht zweifeln *darf*; denn das katholische Dogma verneint die Möglichkeit, „daß der Glaube wesensnotwendig über den Umweg des kritischen Denkens und des radikalen ernsten Zweifels führen müsse." [125] Gerät er in einen Zweifel, dann wird er ihn für sich allein durchkämpfen, ohne ihn nach außen hin zu zeigen. Die Regel scheint aber zu sein, daß er ihn *durch* den Katholizismus zu überwinden sucht, nicht auf dem Wege der Kritik *an* ihm. Durch die Herausstellung vorwiegend sozialer Aufgaben, die der Jugendliche leicht und gern als religiöse ansieht, kommt er über Anfänge von Konflikten rasch hinweg. Eine *durchgreifende* Lockerung wird sein Kinderglaube kaum erfahren. Dieser wird vielmehr durch den ununterbrochenen gleichmäßigen Einfluß der

---

[121] *Aufstieg*, 4. Jahrg. Heft 2.   [122] *Quickborn*, 6. Jahrg. Heft 4.
[123] *Stimmen der Jugend*, 1922. Heft 5.
[124] *Leuchtturm*, 17. Jahrg. Heft 7/8.
[125] *Koch, W.*, Zum katholischen Dogma von der Schuld des Glaubenszweifels. In „Philosophie und Leben", Jahrg. 1925. Heft 2. S. 54. Die Ausführungen *Kochs* beziehen sich auf die Einwände *Messers* gegen das katholische Dogma vom Zweifel. (Vgl. „Glauben und Wissen" 3. Aufl. 1924. S. 28.)

einzelne seine subjektiven Erkenntnisse einbauen kann. Eine solche Synthese gleicht einem Umbau, aber nicht einem Neubau. Die anerzogene Schicht des Kinderglaubens gibt somit auch der Religion des katholischen Erwachsenen das wesentliche Gepräge. Insofern stimme ich, was den katholischen Jugendlichen betrifft, *J. Hoffmann* zu, wenn er ausführt: „Der Zweifel ist deshalb für den heranwachsenden Jüngling durchaus nicht erforderlich, um zum Mannesglauben zu gelangen, wie denn auch nicht für einen Augenblick Autoritätslosigkeit sich als notwendig erweist, um einen mit Freiheit vollzogenen Gehorsam zu erreichen. Weder hier noch dort bedarf es einer gewaltsamen Störung und Unterbrechung in den inneren Vorgängen, die von dem kindlichen Autoritätsgehorsam und von dem Glauben auf Grund der äußeren Autorität zu dem auf innerer Überzeugung gegründeten Verhalten führen. Der Zweifel ist kein wesentliches Moment, keine naturnotwendige Erscheinung in dem Entwicklungsprozesse vom Knaben zum Manne."[126]

So ist diese Jugendbewegung echt katholisch. Ist sie aber deshalb auch nach ihrem Erleben eine *religiöse* Jugendbewegung? Nach unserem Quellenmaterial macht der Jugendliche dieser Kreise selbst in seinem Ringen um wichtige Lebensfragen vor der Sphäre des Religiösen halt. Wird die Tatsache oder auch die Notwendigkeit des Ringens erwähnt, so geschieht es weniger von den Jugendlichen aus, als von ihren Führern. In allen Fällen aber steht die Bejahung der Autorität von vornherein jenseits allen Zweifels, auch bei dem katholischen proletarischen Jugendlichen, wenn auch bei ihm eine religiöse Beunruhigung am ehesten anzunehmen ist. Die katholische Kirche wird in der frohen Anerkennung ihrer kirchlichen Formen in weitestem Sinne bei Ausschaltung seelischer Konflikte das wahre religiöse Erleben sehen. Sie weiß, daß die romantische Schwärmerei und die Beschäftigung mit nichtkirchlichen Dingen den Jugendlichen der Jugendbewegung nicht von der Kirche abzieht. Nach evangelischer Auffassung ist ein Ringen, das die Kraft der ganzen Persönlichkeit in Anspruch nimmt, Voraussetzung wahren religiösen Erlebens. Hiernach könnte das Erleben dieser katholischen Jugend nur als „religiös verbrämt"[127] bezeichnet werden. Dieser Gegensatz macht eine objektive Entscheidung der oben aufgeworfenen Frage unmöglich.

c) Der jüdische Jugendliche

Die besondere Stellung des Judentums innerhalb einer fremdrassigen Volksgemeinschaft — in unserem Falle der deutschen — und der dadurch bedingte Kampf um die Erhaltung der völkischen Eigenart bringen es mit sich, daß die jüdische Jugend in besonderem Maße unter dem Einflusse Erwachsener organisiert ist, also in einer straff organisierten Jugend*pflege* zu suchen ist. Es ist dies der „Verband der Jüdischen Jugendvereine Deutschlands". Er sieht seine Arbeit als Verband mehr in wirt-

---

[126] *Hoffmann, J.,* Handbuch der Jugendkunde. 2. und 3. Aufl. S. 307.
[127] *Köberle, A.,* Die Religiosität der katholischen Jugendbewegung.

wollen, obgleich auch sie unter der Führung von Älteren stehen. Das Entscheidende für die religiöse Stellungnahme dieser Jugendlichen, die selbstverständlich an der mosaischen Religion orientiert ist, ist das Völkische. Danach haben wir uns in der jüdischen Jugendbewegung in der Hauptsache mit zwei Organisationen zu befassen: einer national-deutschen oder liberalen und einer national-jüdischen. Der Reichsverband der *Kameraden*, des Verbandes jüdischer Wander-, Sport- und Turnvereine macht sich die „körperliche Ertüchtigung der jüdischen Jugend, ihre Erziehung zu selbstbewußten Juden, Festigung ihrer Liebe zur deutschen Heimat und ihren geselligen Zusammenschluß"[130] zur Aufgabe. „Zu den religiösen Parteiungen innerhalb des Judentums nimmt der Verband keine Stellung."[130] „In jüdischen Dingen gut jüdisch, in deutschen Dingen gut deutsch"[131] findet er sich mit der Tatsache ab, in der Diaspora leben zu müssen. Die „Kameraden" bezeichnen sich selbst als den jüdischen Wandervogel. Auch ihnen wird die Natur zu einem neuen Erlebnis. Dieses Naturerlebnis soll aber nicht in einem subjektiven Pantheismus enden, sondern zur jüdischen Religion hinführen: „In uns allen steckt *eine tiefe Sehnsucht zur Religion*, zum *religiösen Erlebnis*. Daß wir es in der Natur finden werden, das zeigt allein schon die Gewalt, mit der die gesamte Jugendbewegung sich dem Wandern zugekehrt hat. Denn hier zeigt sich ganz instinktive Sehnsucht junger Menschen nach etwas Großem verkörpert."[132] „Soll aus der allgemeinen Religiosität, die in unserer Jugendbewegung sich regt, jüdische Religion werden, so genügt dazu nicht nur Wissen vom Judentum, sondern es gilt, jüdische Gefühlswerte aus religiösem Gemeinschaftsleben heraus zu schaffen."[133] Nach einer anderen Äußerung wird besonders der individuelle Charakter des Religiösen betont: „Religion, tief im Herzen liegendes Gefühl, das geht keinen andern was an, das brauche ich nicht auf meine Fahne zu schreiben."[134] Andererseits aber, und das würde dem jüdischen Standpunkte mehr entsprechen, soll der „Kamerad" über dies subjektive Erlebnis hinaus sich von dem Wandervogel dadurch unterscheiden, daß er sich dem Judentum verpflichtet fühlt: „Der Wandervogel lebt und schwärmt ohne Fahne, ohne Panier, jeder ganz aus sich selbst heraus, und er braucht sie auch nicht, die Fahne, denn er will ja nicht schaffen, nur schwärmen. Wir aber, die wir uns auch zum Wandervogel zählen, wir wollen schaffen, und wir können schaffen, denn eine hohe Fahne tragen wir: unser Judentum."[135] Dadurch wird die Religion zu einer erhaltenden Kraft im

---

[128] *Stärk, W.*, Das religiöse Erleben der westeuropäischen Judenheit.
[129] *Berliner, C.*, Die Organisation der jüdischen Jugend in Deutschland.
[130] *Kameraden*, 1. Jahrg. Nr. 1—3. S. 1.
[131] a. a. O., 1. Jahrg. Nr. 1—3. S. 2.   [132] a. a. O., 2. Jahrg. Nr. 1/2. S. 11.
[133] a. a. O., 2. Jahrg. Nr. 3. S. 5.   [134] a. a. O., 2. Jahrg. Nr. 6.
[135] a. a. O., 1. Jahrg. Nr. 9. S. 15.

der Fahrt vor: echtes Wandervogelleben im Leben in der Natur bei den Jüngeren, und ein erstes ästhetisches Erleben in der freien Natur oder in Kirche und Kapellen [136] bei den Jungführern. Religiöse Klänge sind nicht viel zu finden. Nur hier und da lesen wir von kürzeren Ansprachen, deren religiöser Inhalt aber keineswegs angedeutet wird. Mehr und mehr aber scheint sich die Sitte einzubürgern, am Freitagabend als dem Beginne des Sabbaths eine Andacht zu halten. Als typisch für ihre Einstellung zu den traditionellen gottesdienstlichen Formen seien folgende Ausführungen zitiert: „Wir wollen an ihm" (dem Sabbath!) „nicht nur ruhen, sondern uns auch in die göttliche Lehre vertiefen. Der Sabbath ist die Befreiung aus dem Ägypten des Alltags. Er führt uns entgegen einer höheren göttlichen Welt.

Um uns also von unserer sonstigen Umgebung zu befreien und uns zu erheben, feiern wir ihn. Da uns aber äußerer Umstände wegen die Feier des eigentlichen Sabbaths nicht möglich ist, legen wir großen Wert auf die Feier des Freitag-Abends. Es bestehen für uns drei Möglichkeiten, sie zu begehen: Im Tempel, in der Familie und in unserer Gemeinschaft. Im Tempel kann uns der Gottesdienst nicht viel bedeuten, denn die meisten der Anwesenden kommen nur einem äußeren Zwange gehorchend dorthin. Daher können sie nicht mit Verständnis und Andacht dem Gottesdienste folgen. Es kommt aber auch viel auf die Vortragsweise des Vorbeters an; denn oft spricht dieser die Gebete, ohne etwas von dem Inhalt zu erfassen. Daher können seine Zuhörer ebensowenig wie er selbst die Feierlichkeit des Sabbaths empfinden. Auch im Familienkreise herrscht nicht immer die Stimmung, die wir von einer Sabbathfeier erwarten. Die Unterhaltung enthält wohl meistens wenig Jüdisches, doch dies gerade wollen wir in einer Unterhaltung am Sabbath finden. Da also beide Arten der Feier für uns nicht geeignet sind, bleibt nur noch die in der Gemeinschaft übrig. Sie hat die Kraft, den Freitag-Abend seinem Sinn gemäß auszugestalten; daher ist es ihre Aufgabe, herauszufinden, wie dies zu tun ist. Wir wollen euch nun zeigen, wie weit uns dies gelungen ist.

Unsere Feier hat zwei Teile: einen gottesdienstlichen und einen, der mit jüdischen Fragen und Antworten daran ausgefüllt ist." [137] Unverkennbar spricht aus diesen Vorschlägen ein starkes intellektualistisches Interesse. Ob hier von einem wahren religiösen Erleben geredet werden kann, mag dahingestellt bleiben.

Zur national-jüdischen Jugendbewegung gehört neben den Studentenverbänden und dem „Herzlbund" der *Wanderbund Blau-Weiß*. Sein Ziel ist, „die Eigengesetzlichkeit des Bundes mit der Gesetzlichkeit der

---

[136] Ein Jugendlicher schildert solch Erleben folgendermaßen: „Würzburg. In der Neumünsterkirche wird man beim Anblick einer Madonna von Riemenschneider wahrhaftig ganz andächtig. Was wohl an ihr so bannt? Ist's die abgeklärte Ruhe, oder sind es die wundervoll lebendigen Hände? Nur schwer kommt man von diesem Bilde fort." (*Jungvolk*, Anfang November 1924. S. 34.)
[137] *Jungvolk*, August–September 1925. S. 72.

Vordergrund seines Interesses. Wenn auch das religiöse Leben nicht besonders betont und gepflegt wird, so ist für ihn doch gegeben, daß er sein Ziel nur auf dem Boden einer jüdischen Volksreligion erreichen kann.[139] Sieht man echtes Judentum dort, wo jüdisches Stammesbewußtsein und alttestamentliche Volksreligion in die rechte Harmonie gebracht werden, dann dürfte es bei den zionistischen Verbänden verkörpert sein.

Die psychologische Deutung.

Die religiöse Einstellung des Jugendlichen der jüdischen Jugendbewegung ist stark subjektiv. Das ist biologisch und kulturell durch sein Zusammenleben mit einer *anderen Rasse* bedingt. Bejaht er wie die „Kameraden" die Notwendigkeit des Einlebens in diese Kultur, um an ihrem Prozesse aktiv beteiligt sein zu können, so ist die Möglichkeit eines Konfliktes gegeben. Denn eine Kultur, die vorwiegend ein christliches Gepräge hat, muß ihn immer wieder auf seine Sonderstellung innerhalb dieser Kultur hinweisen. Ein solcher Konflikt braucht sich aber keineswegs auf das Religiöse mitzubeziehen. Das um so weniger, als die jüdische Religion wichtige Momente nicht hat, deren subjektive Annahme dem christlichen Jugendlichen die größten Schwierigkeiten macht. Der Erlösungsgedanke z. B. in der mosaischen Religion entspricht dem jugendlichen Empfinden mehr als der in der christlichen Fassung. Die oben angeführten Auseinandersetzungen mit den überlieferten gottesdienstlichen Formen machen nicht den Eindruck eines tieferen seelischen Konfliktes. Auch ein Wort wie „Es ist so schwer, Zeugnis abzulegen vom Feinsten und Reinsten, vom Tiefsten und Innerlichsten, vom Unsagbaren und Unwegbaren",[140] deutet wohl nicht auf innere Zwiespältigkeiten hin, nur mahnt es uns an die Begrenztheit unseres Quellenmaterials. Der neue Lebensstil des Wandervogels kann nur dazu beitragen, die Konfliktsmöglichkeiten für den jüdischen Jugendlichen dieses Verbandes noch weiter zu beschränken.

Andererseits kann durch eine starke Polemik gegen das Judentum -- wir denken dabei an den Antisemitismus — ein Fanatismus erzeugt werden, indem der Jugendliche durch eine starke Bindung des Religiösen an das Völkische im Zionismus religiöses Erleben sieht. Muß doch der völkische Gedanke den jungen Menschen eher packen als jede abstrakte philosophische Weltanschauung. Bei der an und für sich sehr engen Verknüpfung des religiösen und völkischen Problems im Judentum wird der Jugendliche kaum eine Grenze zwischen diesen beiden geistigen Gebieten sehen.

Es bleibt noch die Frage zu erwägen, ob wir mit diesen beiden Gruppen den jüdischen Jugendlichen überhaupt erfassen, oder ob wir die

---

[138] *Blau-Weiß-Blätter*, 2. Jahrg. Heft 11/12. Anhang S. 216.
[139] Vgl. a. a. O., 2. Jahrg. Heft 4/5. S. 73/74. Vgl. *Jung Juda*, Zeitschrift für unsere Jugend, 24. Jahrg. 1923.
[140] *Kameraden*, 3. Jahrg. Heft 3/4.

auch einige Klagen in den „*Kameraden*", z. B.: „Wer von uns hat ein wahrhaft frommes Elternhaus gehabt? Die allerwenigsten."[141] Ein derartiges Milieu würde die religiöse Gleichgültigkeit erklären, die heute in weitesten Kreisen unseres gebildeten Judentums festzustellen ist. Nach alledem wäre die Norm für die religiöse Entwicklung des Jugendlichen der hier behandelten jüdischen Jugendbewegung eine kontinuierliche Verlaufsform ohne schärfere Konflikte.

2. Die idealistische Jugendbewegung

a) Der *Wandervogel*

Das Hauptmerkmal der idealistischen Jugendbewegung ist im Unterschiede von den im ersten Kapitel behandelten Verbänden eine mehr oder weniger krasse Autoritäts*verneinung*. Somit trägt ihr religiöses Erleben ein starkes subjektives Gepräge. Da aber dieser Subjektivismus durch das Milieu der jeweiligen Jugendgemeinschaft und durch die Einflüsse der Zeitereignisse mitbestimmt ist, macht sich eine Abhandlung der einzelnen Gruppen, soweit sie nicht gemeinsame Züge haben, in ihrer Entwicklung und ihrer Auseinandersetzung mit der Zeit unbedingt notwendig. Das religiöse Erleben des Wandervogels oder der Freideutschen kann nicht generell beurteilt werden. Auch Krieg und Revolution sind Ereignisse von solcher Wucht, daß sie nicht ohne tiefste Einwirkung auf das jugendliche Seelenleben bleiben konnten.

Der Urwandervogel war eine Reaktion gegen die Kultur seiner Zeit, in der das Leben der Jugend zu verkümmern drohte. Diese Reaktion bedeutete aber zunächst nur einen Aufstand gegen die Erziehungsmethoden jener Zeit, insbesondere gegen den „Oberlehrer". Gänzlich konnte sich der Jugendliche ihren erzieherischen Einflüssen nicht entziehen, wenn er auch in seiner „Freizeit" in sein Jugendland flüchtete. Lehnte er die Kultur ab, so stand er damit auch der Kirche und in ihrer Gleichsetzung mit der Religion auch der letzteren gleichgültig gegenüber. Wurde sie ihm doch durch die Vertreter der Kirche im wesentlichen nähergebracht. Es handelte sich beim Wandervogel lediglich um ein Ausweichen vor der Kultur, um sich selbst seine eigenen Lebensformen bauen zu können. Die gründliche Vorbereitung der Fahrten, ihr Gelingen, das war es in erster Linie, was das Interesse des Jugendlichen in Anspruch nahm.[142] Auf den Fahrten konnte er im Kreise von Freunden, die dasselbe fühlten und wollten wie er, unverbildet und ungezwungen jung sein. Diese wahre, reine Jugendgemeinschaft war für den W. V. der Vorkriegszeit *das* Erlebnis. Und wo konnte er sie ungestörter und inniger erleben als in der Natur? Das einzigartig Neue war es, was er mit ganzer Seele zu

---

[141] *Kameraden*, 1. Jahrg. Heft 10/11.
[142] Vgl. *Dr. Walter Fischer*, Die große Fahrt. Greifenverlag Rudolstadt. 2. Aufl. 1922.

lag ihm fern. Man könnte wohl sagen, daß er eine Ersatzform für religiöses Erleben gefunden hatte. Für den Jugendlichen selbst existierte die Frage, ob er nun religiös sei oder nicht, nicht als eine quälende. Auch von einem Naturerlebnis kann bei den jungen Wandervögeln im Alter bis zu 14 Jahren kaum geredet werden; die Natur gibt ihm nur den stimmungsvollen Hintergrund für sein Gemeinschaftserleben. In der Selbstbetätigung auf der Wanderung, im Spiel und im Lagerleben findet er volles Genüge. Diese Verschiedenheit des jugendlichen Erlebens zeigte sich deutlich im Kriege, als sich der Wandervogel durch den Ausfall der Kriegsteilnehmer wesentlich verjüngte. Darüber schreibt treffend ein Wandervogel: „Waren früher die Fahrten dem gemeinschaftlichen Naturgenuß, dem Kennenlernen von Land und Leuten und auch der sportlichen Körperpflege gewidmet, so werden jetzt die Fahrten hauptsächlich Spielfahrten werden."[143] Erst mit dem 16. Lebensjahr sucht der Jugendliche mehr auf seinen Fahrten. Neben dem Freundeskreise sind es nun die Natur selbst und das Landvolk, die ihm zu inneren Erlebnissen werden. Der Einklang zwischen seinen neuen Lebensformen und der Natur erzeugen eine Stimmung, die der reifende Jugendliche sucht, um diese Harmonie auch seiner Seele mitzuteilen. Dafür einige Beispiele: „Die meisten Jungen kümmern sich wenig um die schwebenden Fragen. Auf der unteren Burgterrasse glimmt ein Feuer. Rings am Abhang liegen sie und träumen. Zart klingt eine Geige in die warme Nacht hinaus."[144] „Die brennenden Stämme senken sich, brechen zusammen. Leuchtende Funkenschauer füllen weithin die Luft. Eine schwermütige Weise klingt auf, feine tiefe Lieder folgen, dann werden alle ganz still. Nur das Holz kracht und knistert, und alte Freunde rücken näher zusammen, neue Freunde finden sich im Zauber der Sommernacht am glimmenden Feuer."[144] „Da können wir uns zusammen freuen, so recht königlich in Gottes freier Natur, auf saftig grüner Wiese, bei dunklen Schwarzwaldtannen ... Herrgott! o quae mutatio rerum: Vor wenigen Tagen war man noch festgenagelt auf der Schulbank, den zernagten Federhalter in der Hand, sein Wissen oder Nichtwissen unter strenger Aufsicht auf weißes Papier malend! Und heute? Aufjauchzen möcht ich grad, so laut ich kann, aus Freud, aus übergroßer Freud."[145] Auf dieser Stufe der Reifung, in der eigentlichen Konfliktszeit, kann das Naturerleben durch den gewaltigen Eindruck von der Erhabenheit und Einheit der Natur dem Jugendlichen die Selbstsicherheit wiedergeben, indem er sich in der Natur geborgen fühlt, sich als ihr zugehörig weiß: „Nicht nur die hinreißende Schönheit der Natur erleben wir, nein, viel-

[143] *Wandervogel*, Monatsschrift für deutsches Jugendwandern. 10. Jahrg. Heft 2. S. 46.
[144] *Jung-Wandervogel*, 4. Jahrg. Heft 7. S. 98/99.
[145] *Wandervogel*, 10. Jahrg. Heft 8. S. 214.

Herz und Sinn öffnete."[146] Ein solches Erleben ist rein pantheistisch; und es scheint, als ob sich die Jugendlichen gern als Pantheisten fühlen. Sie finden um so eher volle Befriedigung in solchem Erlebnis, als es sie auch an die Stellungnahme Goethes erinnert. In ihm sehen die Jugendlichen das Vorbild einer in sich geschlossenen Persönlichkeit; diesem im Fühlen und Erleben ähnlich zu sein, muß in ihnen die Gewißheit stärken, mit ihrem neuen Lebensstil auf dem rechten Wege zu sein. Aber nicht immer werden sie es bewußt religiös gedeutet haben, wie es ein Jugendlicher in folgenden Ausführungen tut: „Vor mir breitet sich der junge Morgen." „Vom Dorfe drüben klingen die Glocken. Ob so viel Licht in den von Menschenhand gebauten Tempeln möglich, denkbar ist? Ob sie den Glanz dieses Morgens sehen könnten, ohne die Augen schließen zu müssen, geblendet von einem Licht, das zu schauen ihrer Augen geringstes Können sein sollte! Knien, bitten, beten! Was schert es mich. Dehnen, Aufströmen des befreiten Körpers zu diesem Licht, das ist's, was uns Erdensöhne Göttliches fühlen läßt. Nicht Utopien, von körper- und erdenverachtenden Menschen zum angstvollen Verzehren erdacht. Sonne und Licht sind's, die so frei machen, menschenwürdig und gottähnlich. Waren unsere Väter, die ihre Götter so fühlten, wie wir diesen Morgen, nicht freier und stolzer, die die Sonne erkannten und den reinen Körper in ihr als gottgegebenes, gotterfülltes, lebenswertes Leben?"[147] Ein neues Körpergefühl, in dem der Jugendliche den Dualismus von Körper und Seele überwindet,[148] ist es, was hier in Verbindung mit dem Abhängigkeitsgefühl gegenüber der Sonne Ausgangspunkt für religiöses Erleben werden kann. Es schlägt die Brücke zum volkhaften Empfinden, wenn er bei den Vorfahren das wahre Leben in und mit der Natur wiederzuerkennen glaubt. Ein gleiches Miterleben findet er aber auch bei dem schlichten Landvolk seiner Zeit. Ihm fühlt er sich seelenverwandt. Die einfache, aufrechte Lebensweise eines Landmannes oder auch eines Schäfers ist es, die ihm begeisternde Anteilnahme abringt. Und diese Anteilnahme führt ihn zum deutschen Volkslied, zum Volkstanz und zum Märchen, in denen sich für ihn die wahre Seele des Volkes widerspiegelt. Anders ist auch der Besuch von Gottesdiensten in Dorfkirchen nicht einzuschätzen. Es ist das Idyll, das er in der Großstadt vermissen muß. Diese romantisch-ästhetische Schwärmerei kann zu religiösem Erleben führen, ist aber in den weitaus meisten Fällen eine Ersatzform. Der Wandervogel vor dem Kriege ist nicht religiös, will es auch nicht sein. Die Literatur wenigstens gibt keine Anhaltspunkte dafür, daß dem religiösen Problem eine wesentliche Bedeutung

---

[146] *Wandervogel*, 14. Jahrg. Heft 10/11. S. 195.
[147] *Jung-Wandervogel*, 10. Jahrg. Heft 2. S. 17.
[148] Vgl. *Köberle*, Die Religiosität der katholischen Jugendbewegung, besonders seine Ausführungen über die Auffassung *Romano Guardinis*.

wieder aus der Hand geben, sondern ihr jugendliches Leben ganz von
sich aus gestalten: „Durch den Krieg ist der Wandervogel in Wahrheit
geworden, was er sein sollte: Eigentum der Jugend. Es wäre ein Verkennen der geschichtlichen Entwicklung, zu verlangen, daß der Wandervogel wieder in den rein vorbereitenden Zustand vor dem Kriege
zurückkehren sollte. Endgültig also sollte die Jugend und zwar *die*
Jugend führend im Wandervogel werden."[149] „All die schwierigen hoch-
gelahrten Fragen, die bisher die Großen beschäftigten: Lebensform,
Abstinenz und die soziale Frage, müssen jetzt endgültig aus dem Wandervogel heraus."[150] Die Jüngeren setzten ihren Willen durch und be-
wahrten sich damit vor einer Problematik, die stets beunruhigend auf
den Bund einwirken mußte, und erhielten sich in ihrem Reiche den un-
getrübten Frohsinn und das echte Jungsein. Hatte schon der Wandervogel von allem Anfang an ein volkhaftes Gepräge — nicht in politi-
schem Sinne —, so konnten ihn auch die politischen Auseinandersetzungen nicht zersplittern. Der jüngere Wandervogel blieb auch weiterhin
religiös farblos. Die religiöse Aktivität überließ er zu seinem Segen den
Älteren: eine Einstellung, die dem Lebensalter seiner Mitglieder durchaus entspricht. Werden religiöse Fragen angeschnitten, dann geht die

---

[149] Jegliche religiöse Tendenz fehlt in folgender Auffassung vom Wandervogelgeiste, die für weite Kreise als typisch angesehen werden darf: „Im Erkennen,
daß es gut sei, schon in die Herzen der Jugend den Keim zu legen zur Na-
turliebe, zur Sehnsucht, die uns selber oft mächtig hinauszieht zur Wanderung
über Hügel und Berge, zum Genießen der Schönheiten unserer heimatlichen
Natur, — in der Erkenntnis des tiefen gewaltigen Einflusses, den auf das Dasein des Menschen sein Verhältnis zur Natur hat, geht das Mühen der Zug-
vogelführer vor allem dahin, die Jugend, mit der sie wandern, zur Kunst des
rechten Wanderns zu führen, ihr den Blick zu weiten für alle Schönheit, für
das reiche Leben der Natur. Echtes, tiefes Naturgefühl wollen sie der Jugend
ins Herz pflanzen. In diesem Sinne ist eines der vornehmsten Ziele der Zug-
vogelerziehung die Erziehung zum Naturgenießen." (*Zugvogel*, 2. Jahrg. Heft 1.
S. 32.)
[150] *Wandervogel*, 18. Jahrg. Heft 1—3. S. 19.
[151] *Seidel, A.*, Bewußtsein als Verhängnis. S. 90.
[152] *Wandervogel*, 10. Jahrg. Heft 7. 184.   [153] a. a. O., 10. Jahrg. Heft 2. S. 46.

— Ganz so einfach erscheint mir die Lösung doch nicht. Dem Worte von Blüher möchte ich ein anderes entgegenstellen, das ich vor dem Kriege in einer Zeitung las: ‚Der W. V. ist eine Weltanschauung, eine werdende Religion.' Hier ist die Religiosität des W. V. klar ausgesprochen, wie könnte es auch anders sein. Draußen im Walde haben wir ihn gefunden, den Gott, der groß und über aller menschlichen Vorstellung erhaben ist; und wenn wir nun in der Kirche das suchen, was wir draußen gefunden hatten, was hörten wir dort von diesem Schöpfer des Himmels und der Erden? Jüdische Familiengenealogie und einen menschlich-allzu-menschlichen Gott; ein Bild Gottes wurde uns vorgesetzt, das durchtränkt ist von alttestamentlicher Vorstellung. Das war etwas anderes, etwas was uns das Gottesbild zu einem ganz anderen werden ließ. — Es wurde auch erwähnt, die Kirche sei sozial, Professor und Dienstmädchen hätten dasselbe Gesangbuch. Nun, man kann ein Gesangbuch mit demselben Inhalt in allen Preislagen kaufen. Und tritt man in eine Kirche, so sieht man bald die für die Besitzenden reservierten Kirchenplätze. Christus sprach: ‚Mein Haus ist ein Bethaus' und trieb die Wechsler hinaus. Wechsler sind wohl heute nicht mehr in der Kirche, aber man hat Tarife gemacht für jede Handlung, nach deren Höhe sich das ganze Bild der Handlung richtet. Hier wird mit Gottes Wort offen Handel getrieben. — Und noch eines: Die Kirche sollte souverän auf ihrem Gebiet sein. Doch was tat sie? Sie stellte sich in den Dienst der weltlichen Macht und beide schlossen einen Pakt der gegenseitigen Unterstützung. Damit hat sich die Kirche unfrei gemacht. Das sind die Hauptdinge, die uns W. V. und auch jeden anderen Menschen vor den Kopf stoßen. Die Kirche kann uns unendlich viel geben, Schätze liegen in ihr, unermeßliche, aber sie sind vergraben und nur eine gründliche Hinwegräumung all des Schuttes kann sie wieder hervorbringen. Aber das wäre ja schon wieder eine Reformation. Doch das sei gesagt: Wir wollen die reine Christuslehre und mit ihr eine Kirche, die über den Dingen der Zeit steht. Dann wird die Kirche wieder eine Volkskirche werden."[154] An einem anderen Orte macht ein älterer Wandervogel gegen die oberflächliche Haltung der W. V. den üblichen Kirchenfeiern gegenüber Front: „Wenn euch solche Kirchenfeier nur hergebrachte Tradition, nur hohle, unwahre Form ist, dann weg damit! Ich persönlich sehe den Sinn einer solchen Kirchenfeier nicht darin, der einheitlichen Idee des Wandervogels Ausdruck zu verleihen, das ist ja völliger Widersinn." Und weiter: „Man sollte beinahe auf den tollen Gedanken kommen, man müßte nicht nur auf dem Gautag, sondern noch viel öfter, immer und immer wieder Kirchenfeiern abhalten, damit ihr doch schließlich einmal sehende Augen für Wirklichkeiten be-

---

[154] *Der Vagant*, Julimond 1920.

Reife entspricht: fruchtbar sein!"[156] Diese Gemeinschaft zum Zwecke des Einlebens in die Kultur glaubten sie am besten durch einen Zusammenschluß in Berufsgilden ausbauen zu können. Zu ihrer Nachrichtenvermittlung baute sich seit der Kronachtagung neben dem „Kronacher Bund" immer mehr der „Zwiespruch" aus, in dem sich am besten das geistige Leben dieses Verbandes widerspiegelt. Sie mußten erkennen, daß sie der Kultur, wenn sie diese auch nicht billigten, fortan nicht mehr ausweichen konnten, sich vielmehr in sie hineinzuleben hatten. Dadurch ergab sich mit innerer Notwendigkeit eine akute religiöse Problematik. Wenn auch ihr idealstes Ziel eine religiöse Neuschöpfung war, so konnte diese doch nicht von ihnen erzwungen werden. Wollten sie der früheren Passivität nicht wieder verfallen, so gab es nur den einen Weg, sich mit den Kulturgegebenheiten auseinanderzusetzen, also auch mit der Kirche. Wer anders als die Gilde der Theologen war dazu berufen, in dieser Frage die Initiative zu ergreifen? Ihre positive Aufgabe konnte nur sein, neues Leben in die Kirche zu bringen. Daher forderten sie von dem Bunde als solchem der Kirche gegenüber eine neutrale Haltung, in Fragen der Religion aber eine zielbewußte Aktivität: „Unser Ziel liegt auf religiösem Gebiete, das mag den einen oder anderen befremden, die flüchtig Zuschauenden gar abstoßen und die Welt zum spöttischen Lächeln bringen, das soll uns gleich sein. Wir wissen, daß nur ein großes Ziel uns einen kann, und daß alles Große von Religion durchwebt ist. Denkt an die Faustdichtung Goethes, an Wagners ‚Parsival' oder an Fichtes Reden. Überwindet die Welt, die uns alles Religiöse durch Verquickung mit der Kirche zum Spott machte, und bekennt euch zur Religion. Wir brauchen eine in den Tiefen menschlicher Seele und menschlichen Geistes wurzelnde Weltanschauung, wenn wir im Heute für das Morgen leben wollen. Solche Weltanschauung ist stets religiös. Unser Ziel ist: Für ein Tatchristentum einzutreten durch das eigene Leben."[157] Man braucht in solchem Bekenntnis kein Scheitern der Jugendbewegung zu sehen. Es ist vielmehr die natürliche

---

[155] *Wandervogel*, Gau Hessen - Weserland. Jahrg. 1923. Heft 1. S. 14 und 18.
[156] *Kronacher-Bund*, 3. Bundestag Höxter, Pfingsten 1922.
[157] *Der Zwiespruch*, 2. Jahrg. Heft 7/8. S. 1.

Wie sehr sie sich mit diesen alten Formen noch innerlich verbunden fühlten, geht daraus hervor, daß sie auf der Pfingsttagung 1921 die Morgenfeier nach Protestanten und Katholiken getrennt abhielten, noch mehr daraus, daß einige den Versuch, für ihren Gottesdienst neue Formen zu wählen, ablehnten. Gegen diesen Vorwurf verteidigte sich *Engelhardt*: „Ich meine, gerade wir wollen versuchen, für solche Feiern neue Formen zu finden. Ich weiß, daß die offizielle Kirche, wo sie überhaupt noch Sinn für quellendes Leben hat, unsere Versuche, neue Formen zu finden, als dankbare Anregungen und Wegweiser empfängt."[158] In diesem Sinne sind auch folgende Ausführungen gehalten: „Deshalb sollte auch die evangelische Kirche mehr Gegenwartschristentum in sich fühlen und noch viel mehr mit uns jungen Menschen raten und taten."[159] Es darf nicht überraschen, daß sie sich Jesum zum Führer wählten, aber nicht, wie ausdrücklich betont wurde, den Jesus der „Pastoren- und Bekenntniskirche". Es ist Jesus als Mensch, wie ihn diese Jugend als ihr höchstes Vorbild sah, nicht Jesus als Erlöser: „Wer anders als Jesus kann unser Führer sein! Freilich nicht der Jesus der Kirche, das Gebilde, halb Gott, halb Mensch, nicht das Lämmlein, das da geht und trägt die Schuld, sondern Jesus, der Mann voll Feuer und Kraft und heiligem Zorn."[160] Wie sie Jesum ihrem jugendlichen Fühlen gemäß sahen, so wollten sie auch in den Mittelpunkt des Gottesdienstes die Kulthandlung stellen. Es war nicht zu erwarten, daß derartige Bestrebungen allgemeinen Anklang fanden. Sie stießen vielmehr teilweise auf scharfe Ablehnung bei denen, die eine Umbildung der Kirche zu einer wahren Volkskirche gegenwärtig wenigstens für ausgeschlossen hielten: „Wohl wird dieser oder jener aus all dem Chaotischen gegenwärtig eine bewußte Sehnsucht herauslesen können, eine arme, oft betrogene, oft hin- und hergezerrte Sehnsucht, die inbrünstig zu Gott strebt. Mag er es tun. Das machtvoll dröhnende Ostergeläut von einst weckt nicht mehr die Völker."[161] Sie sahen vielmehr einen Ausweg in der Veredlung der Arbeit, somit in einer Religion der Tat, des tätigen Lebens. Andere wiederum suchten durch Vertiefung in die mittelalterlichen deutschen Mystiker oder in die Ideenwelt Nietzsches, ferner in der Beschäftigung mit ostasiatischen Religionen oder Philosophien zur inneren Reife zu gelangen. Die Ursache dieser Ratlosigkeit ist nicht nur in dem Geiste der Jugendbewegung allein zu suchen. Es war die Zeit selbst in ihrer Zerrissenheit, die diesen Jugendlichen eine Synthese so unendlich schwer machte: „In sehr mannigfachem Bilde zeigt sich uns die Welt. Und ebenso lösen sich dann die Stimmungen und Empfindungen, die Gedanken und Willensentschlüsse einander ab, die sie in uns hervorruft. Das aber bedeutet, daß wir immer neuen, immer anderen, miteinander ganz unvereinbaren religiösen Impulsen unterworfen sind,

---

[158] *Der Zwiespruch*, 3. Jahrg. Heft 23. S. 6. [159] a. a. O., 3. Jahrg. Heft 40. S. 1.
[160] a. a. O., 4. Jahrg. Heft 8. S. 8.   [161] a. a. O., 6. Jahrg. Heft 1. S. 5.

Grunde eine religiöse Bewegung, eine Unruhe zu Gott ist, das ist in den letzten Jahren wohl allen bewußt geworden, die innerlich lebendig geblieben sind. Aber ebenso sehr ist man daran verzweifelt, daß sie jemals als religiöse Bewegung eine eigene Gestalt gewinnen würde. Abgesehen von der künstlerisch-ästhetischen Belebung protestantischen Predigtgottesdienstes durch liturgisch-musikalische Einfügungen hat man verzichtet auf eine selbständige Neugestaltung des gesamten religiösen Lebens aus den innersten Kräften der Jugendbewegung heraus, und mit die besten religiösen jungen Menschen sind aus Not in schon bestehende Organisationen (katholische wie protestantische) untergetaucht, die für uns doch nie ganz Erfüllung sein können.[162] Eine ähnliche Kritik finden wir an zwei anderen Stellen: „Warum versucht man nicht vielmehr, im religiösen und kirchlichen Leben auf allen Saiten der menschlichen Seele zu spielen? Es ist nun einmal nicht jedermanns Sache, sich an dem Absingen von Kirchenliedern und einer Predigt zu erbauen. Wenn aber eine Schar schon gemeinsam hinauszieht in unseres Herrgotts Dom, den grünen Wald, und unterwegs meinetwegen so ein recht inniges Volkslied singt, draußen dann eine feierliche Musik aus dem Waldesdunkel in die grünen Wölbungen hinaufklingt, und der Prediger dieses äußere Erlebnis mit dem Urgrund alles Seins in Verbindung bringt, so wird sicher bei manchem etwas aufgerüttelt, der in der Kirche leer ausgeht. Und wieder andere gibt es, denen in ihrem Kampf Überwindung und innere Befreiung am nachhaltigsten durch Musik gepredigt wird, die werden in unserer Kirche leer ausgehen, und doch ist das ganz und gar nicht nötig bei unserer Fülle von tieferlebter Musik, in der gerungen wird um Erlösung. Warum hat man Bach geradezu aus dem Gottesdienst verbannt, warum zieht man nicht Beethoven, den gewaltigen Kämpfer, heran, wenn es gilt, Seelen zu innerem Kampfe wachzurütteln?"[164] Daß es sich hierbei letzten Endes nur um ein ästhetisches Erleben handeln kann, wird in folgendem von einem Wandervogel selbst zugegeben: „Wir wollen doch ganz rücksichtslos ehrlich sein und uns gar nichts vor-

[162] *Der Zwiespruch,* 7. Jahrg. Heft 101/102. S. 466.
[163] a. a. O., 5. Jahrg. Heft 36. S. 2.
[164] *Neuland,* 7. Jahrg. Nr. 16. S. 127.

mernder Pseudomystik, genießen schöne Feierstunden."[165] Dieser Selbstkritik werden wir uns bei der Beurteilung des religiösen Erlebens im
Wandervogel zu erinnern haben.

Echte Wandervögel waren auch die 25 Burschen und Mädchen, die
Muck-Lamberty auf seinem Zuge durch das Thüringerland folgten.
Ohne Zweifel fanden ihre Spiele und Tänze und die begeisternden Ansprachen Mucks neben Bespöttelung auch reichen Widerhall. Kein Wunder, denn es war das erstemal, daß der Wandervogelgeist aus
seinem eigentlichen Bereich heraus den direkten Weg zum Volke
suchte. Und zwar in dem Augenblicke, wo die älteren Wandervögel
in ernstem Gedankenaustausch in Kronach nach neuen Wegen suchten, ins
Volk und ins Berufsleben hineinzuwachsen, ohne ihrem Wandervogelgeiste
untreu werden zu müssen. Auch sie wollten ihn ins Volk hineintragen.
Lamberty aber wich diesem ernsten Streben aus, indem er jede gesell-
schaftliche und berufliche Bindung negierte, um in dem ihm liebgewor-
denen Lebensstile die sich gestellte ethische und soziale Aufgabe im
Sturm zu lösen, deren Erfüllung für die Kronacher ein Lebenswerk erfordern sollte. Die spielende Schwärmerei war nicht mehr vereinbar
mit dem Alter Lambertys und vor allen Dingen nicht mit der hohen
Aufgabe, die er sich gestellt hatte. Sie erforderte die ganze ernste Arbeit
eines Mannes, der sich ins Leben hineinwagte und nicht im jugendlichen Lebensstil verharren wollte. An diesem Widerspruche mußte
Lamberty persönlich scheitern. Nach *Stammler* war es dreierlei, was
die Jugend an Muck hingerissen hatte: „Mucks glühende Reinheits-
forderung, die nicht aus dem Kopfe, sondern aus dem Herzen kam,
ferner daß er den Mut zur rücksichtslosen Unabhängigkeit besaß, und
daß er nicht durch Zeitungsartikel und Vereinsgründungen, sondern
durchs lebendige, sichtbare Beispiel wirkte."[166] Ob die Schwärmerei
bei den Jugendlichen in der „*Neuen Schar*" echte religiöse Momente auf-
wies, ob ein übersteigertes Körpergefühl, ein mystisches Versinken im
Tanze durch Ausschaltung jeglichen erotischen Gefühls echtes religiöses
Erleben auslösen konnte, darf zum mindesten bezweifelt werden. Für
die Jugendlichen wird dies Erleben das Maß des allgemeinen Wander-
vogelerlebens kaum überschritten haben. Allerdings wird der Tanz in
einer anderen Zeitschrift wiederholt als das echteste religiöse Erleben
hingestellt. Zwei Beispiele aus „*Junge Menschen*" seien angeführt. „Der

[165] *Wanderer*, 1925. S. 149.
[166] *Die junge Volksgemeinde*, 1. Jahrg. Blatt 5/6. S. 51.

christlicher Einkerkerung, aus christlicher Schindung, aus christlicher Entwürdigung. Das Christentum hat die ‚Vernunft des Leibes' gründlich umgebracht; eine Religiosität der Körperlichkeit schreitet jetzt über das Christentum hinweg."[167] Ferner heißt es in einem Zwiegespräch: „Der Andere: Unsere europäische Religiosität hat an Stelle des absoluten zwecklosen Gottesdienstes die Nächstenliebe gestellt und ist Sozialethik geworden. Die natürliche Reaktion ist dann das maßlose Aufkeimen der Eigensucht. Diese beiden Pole beherrschen unser heutiges Denken und Leben. — Der Eine: Du meinst also, daß gerade die Tanzkunst eine Art absoluten Gottesdienstes sein soll? — Der Andere: Ganz gewiß; ich halte sogar den Tanz für die intensivste Form möglichen Gottesdienstes."[168] Für unsere Entscheidung mag der Gesichtspunkt maßgebend sein, daß nach dem ersten Erlebnisrausch, besonders nach Bekanntwerden der Fehltritte Mucks diese Seite des Erlebens hinter dem Ethischen völlig zurücktrat. Tief innerlich empfundenes religiöses Erleben hingegen hätte länger nachwirken müssen. Für den reiferen Lamberty mußte eine gesteigerte Religiosität zugleich eine sittliche Gebundenheit bedeuten; denn Religiosität ohne Sittlichkeit ist keine wahre Religion, wird auch nicht zu ihr hinführen, wenn sie sich nicht über das Allzumenschliche zu erheben vermag. Darüber dürfen alle religiösen Phantastereien Lambertys nicht hinwegtäuschen. In diesem Sinne ist auch die Kritik gehalten, die aus dem Kreise seiner Freunde an ihm geübt wurde: „Es genügt, daß der Verfechter ideeller Lebensauffassung und reiner Lebensführung sich selber nicht zu beherrschen vermag."[169] „Wir brauchen eine gesunde, starke, natürliche Moral."[170] „Die Jugend verkenne nicht, daß Schwärmerei und große Worte dazu führen, daß man sich selber belügt. Man kann einfach nicht alle Augenblicke ‚sein inneres Erlebnis' haben. Es ist auch nicht wahr, daß heute der oder die, morgen die oder der zum ‚Erleben' werden. *Einmal* im Leben ein starkes inneres Erlebnis. Das reicht in den meisten Fällen für den normalen Menschen aus."[169]

Zusammenfassung.

Ist nun der Wandervogel eine religiöse Jugendbewegung? Die Deutung seines Erlebens soll uns die Antwort auf diese Frage geben. Der religiösen Gedankenwelt des Wandervogels muß besondere Beachtung geschenkt werden. Denn wenn die Entstehung der Wandervogelbewegung aus einem spontanen Lebensbedürfnis der jugendlichen Seele zu erklären ist, kann auch ihre Religiosität als eine dem Jugendalter gemäße gelten. Die ersten Wandervögel suchten jenseits einer ihnen als unwahr und nüchtern erscheinenden Großstadtkultur das wahrhaft

[167] *Junge Menschen*, 4. Jahrg. Heft 8.   [168] a. a. O., 5. Jahrg. Heft 9.
[168] *Die junge Volksgemeinde*, 1. Jahrg. 1921. Blatt 5/6. S. 48, 49.
[170] a. a. O., 2. Jahrg. Heft 1. S. 14. — Vgl. *Ritzhaupt, A.*, Die Neue Schar in Thüringen.

wie es ihnen die Kirche nicht hatte geben können. Das einzigartige Neue ließ sie die alten Formen bald vergessen, fühlten sie sich doch nicht wie die evangelischen, katholischen und jüdischen Jugendlichen verpflichtet, die traditionellen Autoritäten anzuerkennen oder sich zu ihrer Bejahung möglichst bald durchzuringen, obgleich auch der einzelne Wandervogel nie ganz frei sein konnte von einer religiösen Beeinflussung von seiten des Elternhauses, der Schule und des Milieus überhaupt. Eine Auswirkung der übernommenen religiösen Vorstellungen gegenüber dem Neuen war vorläufig nicht möglich. Das Gesamtbild des Urwandervogels ist das einer religiösen Uninteressiertheit. Dabei soll vorwiegend an den Wandervogel im eigentlichen Jugendalter gedacht sein. In dieser Entwicklungsepoche hat die Religion für seine Lebensgestaltung keine Bedeutung. Religiosität ist kein allgemeiner Grundzug dieses Jugendtyps! Trotz der teilweise schroff ablehnenden Haltung der Kirche gegenüber braucht aber der Wandervogel nicht als irreligiös, auch nicht als pseudoreligiös bezeichnet zu werden; denn die Jugend kann noch nicht wahre Religion haben. Für die jüngeren Wandervögel ist es das Wandern selbst, das ihnen volle Beschäftigung verschafft; und solche sucht der Jugendliche. Hier kann er seinen Forscherdrang befriedigen, seinem Sammeleifer freien Lauf lassen. Hat der Jugendliche eine Beschäftigung, die ihm liegt, dann treten für ihn geistige Fragen zurück. Das metaphysische Bedürfnis kommt ihm noch nicht zum Bewußtsein. Zum Erlebnis wird ihm nur das Wandern mit all seinen Realitäten, die Natur selbst noch nicht. Sie bietet nur den Rahmen, in dem er seine Jugendgemeinschaft in schönster Form genießen kann. An dieser Einstellung der Jüngeren hat auch der Weltkrieg nichts geändert, ebenso wenig die Revolution: der junge Wandervogel weicht unbewußt und auch gegebenenfalls bewußt einem religiösen Problem aus. Nicht so eindeutig erscheint nach dem Schrifttum der Wandervogelbewegung die Haltung der *Älteren*. Denn sie *erleben* die Natur, und mit ihr können ihnen Land und Leute zu einem seelischen Erlebnis werden, durch das sie den nach dem Metaphysischen drängenden Trieb stillen können. Gerade um an derartigen Erlebnissen volles Genüge zu haben, wird sie mancher religiös deuten. Können sie aber auch für eine objektive Beurteilung als religiöse gelten?

Das Instinktive beim Wandervogel gibt seinem Erleben eine besonders breite Basis, so daß man nur ungern dies unbewußte und instinktive Erleben zerpflückt und nach den verschiedenen seelischen Funktionen hin zergliedert, um den rein religiösen Kern herauszuschälen. Das Naturerleben ist pantheistisch-monistischer Art und vorwiegend ästhetisch gefärbt, ebenso liturgisch-musikalische Mitwirkungen bei ländlichen Gottesdiensten und speziell bei Jugendgottesdiensten. In der religiösen Deutung des neuen Körpergefühls und des Tanzes wird das Religiöse, soweit es darin enthalten ist, vom Erotischen überwuchert. Dabei fehlt aber dieser

nicht ausgesagt werden. Vorherrschend sind sie jedenfalls nicht. Die durch eine religiöse Deutung der Erlebnisse mannigfachster Art gewonnene innere Ruhe wird nicht bei allen eine dauernde sein. Eine radikale Betonung des Wanderprinzips und ein völliges Aufgehen in die neue Lebensform kann dem Jugendlichen seinen Nihilismus gegenüber den objektiven Formen der Religion nicht so fühlbar werden lassen. Um so erbarmungsloser packt ihn möglicherweise der Konflikt, wenn er mit Ende der Reifung aus dem Jugendlande herauswächst und sich plötzlich vor die reale Welt gestellt sieht, die auf ihn keine Rücksicht nehmen kann. Die Wucht der Realitäten gestattet kein Ausweichen mehr: der Kampf muß aufgenommen werden. Für die große Masse der Wandervögel ist die Zwiespältigkeit, die wir bei manchen älteren festgestellt haben, kaum religiöser Art, weil sie ihre religiöse Reifung gewissermaßen schon früher abgeschlossen haben, und zwar durch irgendeinen Kompromiß mit einer objektiven Form der Religion. Den Religiösen im W. V. dagegen wird erst die Ermüdung, die der Lebenskampf bringt, die Ruhe ihrer Seele schenken. Aber ihrer scheinen wenige im W. V. zu sein. Der Gesamteindruck, den wir aus dem Schrifttum des W. V. gewonnen haben, ist der einer religiösen Sorglosigkeit. Demnach ist der W. V. keine religiöse Jugendbewegung. Für den „Urwandervogel" gibt das auch *Cordier* zu, glaubt aber, daß er in neuerer Zeit „die Unzulänglichkeiten dieser seiner religiösen Formen und Bewußtseinsvorgänge" [111] erkannt habe. Sicherlich ist das Ringen um religiöse Fragen in manchen Kreisen der älteren Wandervögel nach dem Kriege intensiver geworden; aber in der allgemeinen Grundeinstellung des W. V. zur Religion hat sich nicht so viel geändert, daß sie eine grundsätzlich andere geworden wäre.

b) Die freideutsche Jugend

Während die allgemeine Haltung des Wandervogels letzten Endes dadurch bedingt war, daß er als Kulturbewegung passiv war, zielten der Hamburger Wanderverein (1905), die Akademische Freischar in Göttingen (1906), die Akademische Vereinigung in Marburg (1912), der Bund abstinenter Studenten und die Freistudentische Bewegung in Leipzig von vornherein auf eine *bewußte* und planmäßige Lebensform der großstädtischen Jugend ab. Zu der Meißner Formel, in der dieser Wille zur Lebensreform seinen imposanten Niederschlag fand, bekannten sich 13 Verbände, die sich zur „Freideutschen Jugend" zusammenschlossen. Handelte es sich bei dieser freideutschen Jugend vorwiegend um akademische Jugend, so versuchte *G. Wyneken* auch die Schüler der höheren Schulen in den Kampf der Jugendbewegung hineinzuziehen. Er gab zu diesem Zwecke im Mai 1913 den „*Anfang*" heraus, in dem die Schüler offen zu der Pädagogik ihrer Zeit Stellung nehmen sollten, um

---

[111] *Cordier, L.*, Evangelische Jugendkunde. 2. Teil. S. 506.

der Jugend, nach ihrer Echtheit gemessen, nicht spontan war, so liefern diese kleine Zeitschrift und die ihr ähnlichen für unsere Zwecke doch das wertvollste Material. Denn sie enthalten trotz dieser Einschränkung Äußerungen von Jugendlichen, die in anderen Zeitschriften ihresgleichen suchen. Mit Freuden wurde die Gelegenheit von der Jugend begrüßt, sich frei aussprechen zu können: „Haben wir doch endlich unsere eigene Zeitschrift, in der wir uns öffentlich aussprechen dürfen, so wie wir wirklich denken und nicht so wie die Herren Professoren es wünschen."[172] Man kann nur bedauern, daß *G. Wyneken* hier viel Ursprüngliches gestört, verzerrt und Frühreifung geschaffen hat, statt die natürliche Reifung abzuwarten. Die Kritik der Jugend selbst war rein negativ, wenn ihr auch ein positives Ziel vorschwebte: „Eine neue Art gemeinschaftlichen Lebens der Jugend, eine Wiedergeburt der Schule aus dem Geist der Jugend .. eine Freistätte jugendlichen Voll-Lebens, eine Erziehung zur Persönlichkeit durch den schöpferischen Geist der Freiheit und Ordnung,"[173] eine Idealschule, wie sie schon in der Freien Schulgemeinde in Wickersdorf gegeben zu sein schien. Die Wyneken-Jugend mußte sich in ihrer freien schöpferischen Gestaltung besonders da beeinträchtigt fühlen, wo sie gebildet *werden* sollte — in der Schule. Ihr absolutes ethisches Fühlen und Wollen richtete sich zunächst, ähnlich wie in dem Erfurter Kreise gegen alles Unwahre und Unechte im Unterrichte und Schulleben überhaupt. Man kann nicht sagen, daß im Rahmen dieser allgemeinen Kritik diejenige am Religions- und Konfirmandenunterricht einen besonders breiten Raum einnimmt; nur ist die Form der Ablehnung mitunter recht scharf. Den Religionsunterricht, so wie er damals war,[174] lehnten sie allgemein ab, vor allem wegen des Zwanges, unter dem sie in den traditionellen Glauben hineingestellt werden sollten. Eine vorbehaltlose Annahme des überkommenen Glaubensgutes widerstrebte ihnen. Sie konnten es mit ihrer unbedingten Auffassung von Wahrhaftigkeit und Wahrheit nicht in Einklang bringen, eine Weltanschauung, die sie sich nicht selbst innerlich erarbeitet hatten, nur aus Gründen der Tradition zu übernehmen: „Meine Ausführungen richten sich nicht gegen Religion im allgemeinen, sondern nur gegen den Religionszwang in der Schule; nur dagegen, daß man diejenigen, welche keine Religion im landläufigen Sinne haben, zwingt an etwas teilzunehmen, was sie nicht mehr glauben, was sie nicht mehr glauben können." Der Lehrstoff umfasse „Dinge, die man nicht einmal in den Windeln glauben kann", „jene Mythen und Anekdoten" nenne man in der Schule Religion. Solch Zwang müsse zur Heuchelei führen, wenn sich der Schüler nicht der Gefahr aussetzen wolle, „runtergeschmissen" zu werden.[175] Der einzige Ausweg, aus dieser Unaufrichtigkeit herauszukommen, sei der Austritt aus der Kirche: „Ich weiß, die Bewegung, Trennung von Kirche und

[172] *Der Anfang*, 1. Jahrg. Heft 6. S. 179.   [173] a. a. O., 1. Jahrg. Heft 6. S. 172.
[174] Vgl. Stenogramm einer „Religionsstunde." 1. Jahrg. Heft 5. S. 151.
[175] *Der Anfang*, 1. Jahrg. Heft 6. S. 178/79.

uns führt! Zeigen wir ihnen, wir müssen es doch am besten wissen, die Schäden an Körper und Geist."[175] Ein Primaner aus Wiesbaden, ein Katholik, schreibt zu demselben Thema: „Woher der Kampf? Er liegt nicht so sehr in der Lehre, als im Unterricht. Wird doch gerade durch den Religionsunterricht die Achtung vor der Religion, die man lehrt, vernichtet, der Haß großgezogen gegen das, was sich einzig wahre Kirche nennt." Dann gibt er eine Kritik an einer Religionsstunde, in der die ‚Beweise für das Dasein Gottes' behandelt wurden, um fortzufahren: „Nach solchen Stunden hab ich mich immer gefragt, bist du in einer Idiotenanstalt oder unter vernünftigen Menschen.

Dann wollte ich austreten, — ich schrak vor den Folgen zurück. Gefährdung der Schullaufbahn und Zerwürfnis mit den Eltern, das sind die schlimmsten Folgen, nicht die einzigen.

Und ich blieb in der Kirche.

Ich dachte: Macht es dich besser oder schlechter, wenn du drin bist, wenigstens solange, als du der geknechtete Schüler bist? Nein muß ich sagen, denn vor mir selbst stehe ich immer noch offen, wahrhaftig und treu da. Kann ich meine Religion nicht bekennen, so lebe ich nach ihr und beweise durch die Tat, daß sie besser ist als die, die ich bekennen muß. Man zwingt mich noch, mich katholisch zu nennen, noch ein Jahr! Aber eins weiß ich: Mein erster Schritt, wenn ich meine Reifeprüfung habe, ist zu jenem Kaplan, und sag ihm alles ins Gesicht. Dann tret ich aus. Nicht weil ich keine Religion haben will, sondern weil ich leere Worte hasse." Dann fordert er seine Glaubensgenossen in Bayern auf, in der Beichte ihren wahren Glauben zu bekennen: „Wenn ihr aber beichten müßt, dann tut euch zusammen und schleudert dem ‚ehrwürdigen Vater an Gottes Statt' all die Vorwürfe gegen dies System, die ihr wißt, entgegen, und wenn ihr nie im Beichtstuhl die Wahrheit gesagt habt, dann tut es jetzt. Das Beichtgeheimnis hindert jenen, euch nahezutreten. Glaubt nicht, daß ich die Achtung vor allem Hohen verloren habe. Im Gegenteil, für alles Schöne und Gute kann ich mich begeistern, wo aber Hohes nicht, doch Mache ist, da werde ich zynisch, denn da tut's not."[176] Einige krasse Beispiele verfehlten Unterrichts gaben den willkommenen Anlaß zur Verallgemeinerung, einzelne warnende Stimmen wurden überhört. Um ihren „Forschergeist" und „vatersuchende Sehnsucht" befriedigen zu können, forderten sie einen Religionsunterricht auf religionswissenschaftlicher Basis, durch den sie mit den „wichtigsten Religionen und Philosophien"[177] bekannt gemacht werden wollten. Eben „im Interesse der Religion, des echten religiösen Empfindens" fordert ein Primaner den konfessionslosen Religionsunterricht: „Ich, der Schreiber dieser Zeilen, bin aus einem christlichen Haus und dort religiös, wenn auch nicht orthodox erzogen worden. Ich war vielleicht tief religiös, bis ich durch die Art, wie uns in der Schule die Religion ver-

[176] Der Anfang, 1. Jahrg. Heft 11. S. 353/354.   [177] a. a. O., 1. Jahrg. Heft 4. S. 110.

dadurch verursacht bzw. verschärft, daß ihnen das Dogma der Kirche in verschiedener oder gar gegensätzlicher Weise und Auffassung dargeboten wurde, im gleichzeitigen Religions- und Konfirmandenunterrichte. Die nachteilige Wirkung eines derartigen Zwiespalts auf das Erlebnis der Konfirmation zeigt folgender Fall: „In der Untersekunda war es, da geschah das Versehen, das durch die Schule gemacht wurde. Das Versehen, das für mich die bittersten Folgen hatte, und für das die Schule vielleicht einst wird einstehen müssen: Man ließ mich den Religionsunterricht in der Schule besuchen, während ich beim Pastor Konfirmandenunterricht hatte.

Religionsunterricht am Vormittag — Konfirmandenunterricht am Nachmittag! Das war mein Verhängnis." In beiden Stunden wurde das Leben Jesu besprochen. Der Schüler urteilte darüber: „Am Nachmittag, ja, da habe ich Konfirmandenunterricht, da muß ich gerade das Gegenteil glauben... Da wird mir gesagt, daß das, was die Lehrer sagen, unwahr ist." So wurde er hin- und hergeworfen, ohne bis zur Konfirmation einen festen Glauben gewonnen zu haben: „Und dann kam der große Tag, für den Menschen vielleicht der wichtigste Tag. — Der Konfirmationstag. Jetzt sollst du den wahren, echten Glauben haben. Oh, wie kämpfte ich, ihn zu gewinnen! — Vergebens! Ich hatte ihn nicht. Aber der Trost bleibt mir, mit mir hatten ihn all die anderen Konfirmanden auch nicht! Wo hatten wir unseren Gott zu suchen? Damals wußten wir es nicht! — Heute weiß ich es. Zieht hinaus in die Einsamkeit! Da werdet ihr ihn finden. In der Natur. Lest die Bibel! Abends, wenn ihr allein seid, da werdet ihr ihn finden! Ohne ,Besprechung'. In der Schule findet ihr keinen Gott."[179] Ihre Forderungen auf absolute Ehrlichkeit bis zur Konsequenz des Kirchenaustritts erschienen ihnen so selbstverständlich, daß sie ohne weiteres annahmen, die gesamte Schuljugend müßte sich mit ihnen gegen Gewissenszwang und religiöse Heuchelei empören. Sie sahen sich aber in ihrer Erwartung getäuscht, und scharf wurde der Mangel an Bekennermut bei ihren Kameraden gerügt: „Wie selten findet man einen jungen Menschen, der auch wirklich den Mut hat, zu bekennen, daß seine alte Religion ihm keinen Wert mehr darstellt." „Die Suggestion der religiösen Macht ist so stark, daß selbst klare und helle Köpfe sich *äußerlich* vor ihr beugen."[180] Das treffe besonders auf die Eltern zu. Dafür ein Beispiel: Ein Schüler soll in ,Religion' eine ,Fünf' erhalten und ist in Gefahr, nicht versetzt zu werden. Daraufhin kommt der Vaetr zu dem Entschluß: „Du trittst einfach in die Freie Religionsgemeinde ein, dann brauchst du am Religionsunterricht der Schule nicht mehr teilzunehmen und kannst keine Zensur darin bekommen." Ein plötzlicher Lehrerwechsel ändert die

[178] *Der Anfang.* 1. Jahrg. Heft 5. S. 158.
[179] a. a. O., 1. Jahrg. Heft 10. S. 304/05.   [180] a. a. O., 1. Jahrg. Heft 8. S. 226.

seid es ganz und bekennt euch."[180] Aber wie schwer war es, in der
Schule absolut ehrlich zu sein. Die meisten werden sich in der Praxis
gezwungenermaßen auf den Standpunkt dessen gestellt haben, der sich
unter dem Zwange der allgemeinen kulturellen Verhältnisse keinen anderen Ausweg wußte, als die Lüge als ein relatives sittliches Gesetz anzuerkennen: „Lüge ist eine *kulturelle Notwendigkeit*." „Die Lüge ist
eine *Waffe* im Lebenskampf"; sie könne auch „eine sittliche Handlung"
sein, wenn sie guten Zwecken diene.[182] Dieser Zwang zu Kompromissen
liegt auch folgendem Gedankengang zugrunde: „Wer die Jugend zur
Wahrhaftigkeit erzieht, der macht sie zum Kampf ums Dasein untüch-
tiger." „Die Lüge kann (relativ!) sehr wohl das Sittliche, die Wahrheit
das Unsittliche sein." So wird die „Lüge im Daseinskampf" von der
„Lüge im seelischen Konflikte"[183] unterschieden. Eine Anschauung, die
schon über das Jugendalter hinausweist; denn für den Jugendlichen
gibt es in ethischen Fragen kein Sowohl — als auch, sondern nur ein
Entweder — oder. Die durch solche Unbedingtheit ausgelöste Zwiespältigkeit kann in den krassesten Nihilismus führen — zum Selbstmord.
Ein junger Mensch, der sich in den Bergen abzustürzen beabsichtigte,
schrieb in einem Abschiedsbriefe an seinen Freund u. a.: „An einen Gott,
der mich für mein eigenmächtiges Abschiednehmen vom Leben strafen
wird, glaube ich nicht. Nicht bloß, weil mir jeder Beweis von seinem
Vorhandensein abgeht, es fehlt mir auch am Schleiermacherschen Gefühl
dafür. Auch ein Weiterleben nach dem Tod in irgendeiner Form scheint
mir unwahrscheinlich; denn der Mensch besitzt nichts, was nicht in
irgendwelchem Keime im Tier vorhanden ist. Warum gerade die Un-
sterblichkeit?"[184] Auch die Pflicht den Eltern gegenüber sei keine
Schranke, die ihn zurückhalten könne. Haben sie ihn nicht gefragt, ob
er ins Leben treten wolle, dann brauche er sie auch nicht zu fragen,
wenn er gehen wolle.

Welches war nun der Weg, den die Anfang-Jugend abseits von den
negierten Objektivitäten gehen wollte? Hier fehlen fast jegliche positiven Hinweise, jedenfalls aus der Feder der Jugend. Es konnte auch vor
dem Kriege kaum anders sein. Die Jugend mußte vorerst die Schanken
zu beseitigen versuchen, in denen ihr religiöser Drang keine Befriedigung
mehr finden konnte, in denen es vielmehr „verkrüppelt" und „verdrängt"[185] werden mußte. Das Ziel, das hier und da ihrem religiösen
Wollen gesteckt wurde, war noch sehr unklar und war durchaus noch
an das Formenhafte der Religion gebunden. Eins aber zeigt uns der
„Anfang" mit aller Deutlichkeit, daß nämlich schon der höhere Schüler
vor dem Kriege dem Religionsunterricht skeptisch, ja teilweise schroff

---

[181] *Der Anfang*, 1. Jahrg. Heft 10. S. 306.
[182] a. a. O., 1. Jahrg. Heft 10. S. 300/01.   [183] a. a. O., 2. Jahrg. Heft 1. S. 23.
[184] *Orplid*, 1. Jahrg. Heft 4/5. S. 1.
[185] *Der Anfang*, 1. Jahrg. Heft 11. S. 339.

Dienste der Jugend"[188] stehen. Das Kampfziel war aber doch ein politisches, da gleich im Anfang „zum Klassenkampf der Jugend"[189] aufgerufen wurde. In einer Zeit allgemeiner Politisierung konnte ein derartiger Aufruf nicht im Sinne einer Jugendkultur, sondern nur sozialistisch gedeutet werden, wie es die weitere Entwicklung auch zeigte. Mit Genugtuung konnte festgestellt werden, daß durch die Berufung Wynekens ins Ministerium die hauptsächlichsten Forderungen des „Anfang" erfüllt worden waren. Der Erlaß der Regierung hatte „die unerhörte Heuchelei", zu der die „Stellung zur Religion als benotetes Fach verleiten mußte", beseitigt: „Schulgebet, Verpflichtung zum Besuch von Gottesdiensten, Religion als Prüfungsgegenstand, Zwang zum Besuch des Religionsunterrichts"[190] — alles war „mit einem Schlage verschwunden".[190] Die Forderung der Meißner Formel konnte nunmehr erfüllt werden. Die Jugend selbst aber wandte sich der Ausgestaltung des neuerworbenen Rechtes der Schülerselbstverwaltung zu. Zur Stärkung ihrer Position strebte sie ein Zusammenarbeiten mit der sozialistischen Jugendbewegung an, mit der ihnen der „Haß gegen dies Leben und gegen diese Zeit"[191] gemeinsam war. Für den einzelnen Jugendlichen aber werden es im allgemeinen tiefere ethische Motive gewesen sein, die ihn in dies Lager führten. Das geht aus einem Briefe an die „Bürgereltern" hervor; darin heißt es: „Ich bin ein Revolutionär von Geblüt! Nichts Gemachtes oder Gewaltsames, kein Rauschzustand führt mich zu dieser Erkenntnis. Allein die Stimme meines Inneren, die rein und unverfälscht zu erfassen, ich mich bemühte. Ihr dürft nicht erschrecken, meine Eltern, sondern solltet Euch immer wieder klar machen, daß ich handle nicht aus irgendwelchen kleinen Eigenwilligkeiten heraus, sondern folgend dem Rufe *meines* Gottes, erfaßt und erfüllt als Sendung und verpflichtendes Gebot. Und solltet daran denken, daß solches Leben

---

[186] *Das junge Deutschland*, 3. Jahrg. 21. Folge: „Wir finden viel Lächeln und Spötteln über Religion bei der Jugend; noch mehr Gleichgültigkeit." Außerdem die auf Seite 70 angeführten Zitate.
[187] *Der Anfang*, 2. Jahrg. Heft 1. S. 10.
[188] *Der Neue Anfang*, 1. Jahrg. Heft 1. S. 2.
[189] *Der Neue Anfang*, 1. Jahrg. Heft 1. S. 2.   [190] a. a. O., 1. Jahrg. Heft 3. S. 38.
[191] a. a. O., 1. Jahrg. Heft 16. S. 261.

bis zur Selbstaufgabe kämpfen."[192] In den Fragen des Schülerrates und der völligen Ablehnung des Religionsunterrichts aber fanden sie bei ihren Kameraden nicht die erwartete Unterstützung. So gerieten sie immer mehr in das politische Fahrwasser. Sobald ihnen der Anlaß zu *negativer* Kritik an der Religion nunmehr genommen war, trat das Interesse an religiösen Fragen hinter den *konkreteren* der *Schulreform und der Politik*[193] fast ganz zurück. Wäre ihr Ringen, wie so oft betont wurde, im tiefsten Grunde ein religiöses gewesen, es hätte nicht so plötzlich ins Politische ausmünden dürfen. Psychologisch allerdings leicht verständlich: Die Politik nahm sie in Anspruch, und mit ihr ging das metaphysische Bedürfnis eine vorläufige Bindung ein.

Durch seine Hinneigung zur sozialistischen Jugend konnte der „Neue Anfang" keinen geschlossenen Kreis von Jugendlichen um sich sammeln; denn mit der Entschiedenen Jugend gingen auch sie in der überwiegenden Mehrheit zur kommunistischen Jugend über. So war dieser Zeitschrift kein langes Leben beschieden, ebensowenig wie dem „*Anfang*" von *Werckshagen*. Hier war es nicht mehr die Jugend selbst, die zu den Zeitfragen Stellung nahm. *H. Hesse* gab in seinem Vorwort den rechten Auftakt zu dem Geiste, in dem man die Jugend beeinflussen wollte. „Eure Zukunft ist nicht dies oder das, ist nicht Geld oder Macht, ist nicht Weisheit oder Gewerbeglück — eure Zukunft und euer schwerer, gefährlicher Weg ist dieser: reif zu werden und Gott in euch selbst zu finden. Nichts ist euch, deutsche Jünglinge, schwerer gemacht. Stets habt ihr Gott gesucht, aber niemals in euch selbst. Er ist nirgends sonst. Es gibt keinen anderen Gott, als der in euch ist."[194] Es deckt sich mit folgenden Worten aus den „*Jungen Menschen*": „Das tiefe und heilige Streben der heutigen Jugend geht vor allem da hinaus, aus sich selbst zu finden.[195] Nicht Schulreform, sondern Schul*revolution* sollte zu der „Schule der *Lebensgemeinschaft*" führen, „die entsteht aus *Ehrfurcht*, aus *freiem*, hingebendem Wirken und aus dem Beispiele der dem Geist und der Liebe dienenden Lehrer." Sie sei „die Schule der *wahren Religiosität*,"[196] ganz in dem Sinne der Entschiedenen Schulreformer und teilweise auch des kommunistischen Schulideals. Bemerkenswert war die Stellungnahme Wynekens in der religiösen Frage, nachdem er die Waffe der rein negativen Kritik aus der Hand gegeben hatte. Er äußerte sich dahin, daß die große Gewissensfrage der Jugend nunmehr auf dem Gebiete der Religion und Politik liege. Man dürfe aber noch nicht eine neue Religion erwarten, da die Zeit noch nicht gekommen sei. Die Auf-

---

[192] *Der Neue Anfang*, 1. Jahrg. Heft 5. S. 76/77 und 79.
[193] a. a. O., 1. Jahrg. Heft 4. S. 55.
[194] *Anfang*, 1. Jahrg. Heft 1. S. 1.
[195] *Junge Menschen*, 4. Jahrg. Heft 3. S. 45.
[196] *Anfang*, 1. Jahrg. Heft 1. S. 7.

Problematisieren, das nicht nur nicht den Weg zu wahrer Religion erschwere, sondern von echtem innerlichen religiösen Erleben abziehe. Die Jugend allerdings folgte Wyneken auf diesem Wege nicht.

Der sich steigernde Einfluß der älteren Führer und die damit zusammenhängende Bindung in einer ganz bestimmten Richtung veranlaßten von Zeit zu Zeit Jugendliche, eine Gemeinschaft zu suchen oder zu bilden, der *nur* Jugendliche angehörten. Zu diesem Zwecke gründeten sie auch eigene Zeitschriften, z. B. den *„Zwiestrolch"*, *„Orplid"* und die *„Stimmen der Jugend"*. In ihnen kommen ausschließlich Jugendliche bis höchstens 21 Jahren zu Worte. So heißt es: „Wir wollen uns so geben wie wir sind, und wollen uns restlos so geben,"[198] und im „Orplid": „Was uns bewegt, was in Tagebüchern verstauben würde, Poesie und Prosa, in bunter Folge, wollen wir hier zusammentragen."[199] „Die Natur in ihrer eigenen Natur, so wie sie eben ist, nicht wie sie der oder jener haben möchte, soll zu Worte kommen. Je mehr mitarbeiten, um so klarer, wahrer und vielseitiger wird das Bild dieser Jugend aus ,Orplid' sich widerspiegeln."[200] Neben der rein ästhetischen Freude an der Literatur und Musik, dem Schwärmen für Kunst und Künstler ist es vornehmlich das ethische Problem, das den Jugendlichen innerlich bewegt. Dafür einige Beispiele :

> „Mensch! Ringe nur zu Gutem
> Vernichte bösen Tand.
> Verwirf das Schlechte, Böse;
> Greif durch mit eig'ner Hand
> Und suche, suche rastlos
> Den Kern der guten Tat.
> Dann bist auch du wohl einer,
> Der Freud am Leben hat."[201]

Das Gute ist aber am selbstlosesten in der Gemeinschaft am Mitmenschen zu verwirklichen; hierin sieht „der neue Mensch" seine edelste Aufgabe: „Gott! Mein Gott! Fülle mich an mit unsagbar, unergründlicher Liebe, daß ich mich verschwende meinen Brüdern!"[202] Aus solchem Empfinden heraus muß auch der Krieg mit seiner Verpflichtung zum Morden verworfen werden.[203]

Die Gedankenwelt der Reiferen wurzelt in einem monistisch-naturalistischen Pantheismus, zu dem sie in den meisten Fällen durch die Natur und die Naturwissenschaft gelangen. Das Gefühl der organischen Zugehörigkeit zu dem Kosmos gibt dem Leben des Jugendlichen Sinn und Gehalt: „Seele des Alls, Ich bin Du! Seele des Alls, Du bist Ich!"

[197] *Anfang*, 1. Jahrg. Heft 3. S. 73.
[198] *Der Zwiestrolch*, 3. Jahrg. Heft 1. S. 11.
[199] *Orplid*, 1. Jahrg. Heft 1. S. 1.   [200] a. a. O., 1. Jahrg. Heft 3. S. 7.
[201] *Der Zwiestrolch*, 1. Jahrg. Heft 4—6. S. 14.
[202] *Stimmen der Jugend*, 1. Jahrg. Nr. 1.   [203] Vgl. a. a. O., 1. Jahrg. Nr. 4.

religiöse Fragen feststellen, ebensowenig Andeutungen religiösen Konfliktes, bis auf den Fall, der bereits auf Seite 108 angeführt worden ist. Damit sei der Einblick in die kleineren Zeitschriften abgeschlossen. Wir wenden uns nun der eigentlichen *Freideutschen Jugend* zu.

Es mag gewagt erscheinen, ganz allgemein von der *freideutschen Jugend* zu sprechen, da sie ja als ein fester Bund niemals bestanden hat. Worin bestand denn ihr gemeinsames Band? Das neue Lebensgefühl hatte sie zusammengeführt; ein festes Programm hat sie niemals gehabt, auch kein religiöses. Es sollte vielmehr in ihrem Namen liegen: Echt deutsch zu sein, dabei aber in ihren eigenen Gemeinschaften frei von äußerer Bindung und innerem Gewissenszwang, wie es die Meißner-Formel besagt: „Die freideutsche Jugend will aus eigner Bestimmung vor eigner Verantwortung, mit innerer Wahrhaftigkeit ihr Leben gestalten." Es war nicht zuletzt der Ruf ihres eigenen Gewissens, der ihr religiöses Erleben bestimmte. Aber mit ihrer Gründung waren auch die Ansätze zu ihrer Auflösung im Keime gegeben. Nur der Krieg verhütete eine Verschärfung der Gegensätze, die in Marburg aufeinander gestoßen waren. Da war die Zeitschrift gleichen Namens während des Krieges und darüber hinaus ihr geistiges Band, auch in der Zeit, als sich immer mehr Gruppen durch vorwiegend politische Orientierung von ihr lossagten. In ihr spiegelt sich das Ringen der gereiften Jugend um alle bedeutsamen Probleme der Zeit, somit auch um das religiöse, am klarsten wider. Vieles von dem Geiste der freideutschen Jugend ist in die gesamte Jugendbewegung übergegangen. So könnte es genügen, das religiöse Erleben der reiferen Jugend aus dieser Zeitschrift zu erfassen, wenn es nicht gemäß den verschiedenen Bindungen, die die Jugend eingegangen ist, eine Abwandlung erfahren hätte. Auch hier zeigt es sich, wie stark religiöses Erleben durch die Zeit und durch die geistige Gesamteinstellung bedingt ist.

---

[704] *Stimmen der Jugend,* 1. Jahrg. Nr. 5. Instruktiv ist das Gebet eines 14 jährigen Knaben in *Stimmen der Jugend,* 1. Jahrg. Nr. 2:

> „Du lieber Gott, ich fleh zu dir,
> erhöre diese Bitte mir:
> Laß nicht ans Tageslicht die Tat,
> die 's arme Kind verbrochen hat.
>
> Bereit' der Mutter keinen Schmerz,
> es würd ihr brechen fast das Herz.
> Ich weiß, ich bin an allem Schuld,
> du lieber Gott, hab' nur Geduld!
>
> Dagegen, lieber guter Gott,
> hilfst du mir frei aus dieser Not,
> so will ich fleißig sein und gut,
> wie's art'gen Kindern frommen tut."

Dies Gedicht wird bei der Behandlung der Kindheitsreligion herangezogen werden.

durchaus diesseits betont. Der Krieg stellte sie unmittelbarer, als sie geahnt hatten, vor diese Aufgabe. Die Verinnerlichung des Volkes zu Anfang des Krieges, „die große Vereinfachung der Lebensanschauung und der Lebensführung"[205] schien sie ihrem Ziele bedeutend nähergebracht zu haben. In diesem Sinne sind auch die Betrachtungen über das erste Kriegsweihnachten gehalten: „So erlebten wir das Herrlichste in dieser Zeit: daß wir uns zu unserm Glauben zurückfanden. Ganz verloren wir ihn nie — aber wir waren auf dem Wege dazu, verschütteten Quelle um Quelle und ließen uns beschwatzen von seichten, oberflächlichen Blendern. Es war höchste Zeit! Ein ganz neuer Glaube ist das, der uns ward, frei von Dogmen und Schranken, so selbstverständlich, wie ihn nur einer hat: Christus! Darum feiern wir Weihnachten, wir *müssen* es. Ob es in den alten lieben Formen geschieht, ist nebensächlich. Nur innerlich, verinnerlicht."[206] Krieg und Kriegsopfer wurden als „göttliche Notwendigkeit des Weltgeschehens"[207] angesehen. Man war wohl auch, wie es *Messer* formuliert, von dem „*sittlichen Recht und der sittlichen Bedeutung dieses Krieges*"[208] überzeugt. Aber von einer auch nur annähernd einheitlichen religiösen Haltung dieser Jugend kann nicht geredet werden. Nur eine Richtlinie scheint gegeben: man sucht eine Bindung an die verschiedenen Weltanschauungen des eigenen Volkes, sei es im kirchlichen Christentum, im deutschen Idealismus oder im modernen Naturalismus.[209] Es ist die enge Schicksalsgemeinschaft mit dem gesamten Volke, die andersartige Berührung mit der Volksseele, die nicht ohne Einfluß auf ihr Denken und Fühlen bleiben konnte. Das ganze Milieu war eben ein anderes als das von 1913, die Jugend führte nicht mehr ein abgesondertes Eigenleben wie vordem. Das Volkstum war es, was ihrem religiösen Erleben, das sich durchaus im Rahmen der religiösen Gedankenwelt des Volkes bewegt, Richtung und Ziel gab. In den beiden ersten Kriegsjahren läßt es ein besonderes Gepräge vermissen. Durch das schicksalsmäßige Hineingestelltwerden in die Volksgemeinschaft verlor die Jugend an Originalem; all die verschiedenen Strömungen stellten sich als eine Fortsetzung des Lebens der Erwachsenen in die Jugend dar. Die Gegensätze, die sich besonders seit 1916 im Volke geltend machten, kehrten auch in der Jugend wieder. Es war die Idee des Nationalen und Internationalen, die einen tiefen Keil in die Jugend trieb und auch ihre religiöse Einstellung beeinflussen mußte, ungeachtet dessen, ob sie politisch gebunden war oder nicht. Unter Betonung des Gedankens der reinen Menschlichkeit suchte die *Aufbruch-Jugend* in scharfer Kritik der Kirchenchristen im Sinne von Sören Kierkegaard den Sozialismus in Ablehnung des theoretischen Marxismus religiös zu begründen und zu erfassen. Ihre Angriffe gegen

---

[205] *Freideutsche Jugend*, 1. Jahrg. Heft 2. S. 29.   [206] a. a. O., Heft 1. S. 6/7.
[207] a. a. O., Heft 1. S. 13.   [208] a. a. O., Heft 7/8. S. 149.
[209] a. a. O., 2. Jahrg. Heft 1. S. 20.

langes Leben war dem „Aufbruch" nicht beschieden, er wurde bald verboten. Außerdem war die Idee des Internationalen seit Jahrzehnten schon zu sehr politisch orientiert, als daß es eine Jugend vermocht hätte, dieser Idee rein religiösen Gehalt zu geben. Die Betonung des Religiösen war nur Programmpunkt gewesen, religiöses Erleben entsprach ihm nicht. So ging sie mit der Entschiedenen Jugend in den Revolutionsjahren ins Lager der kommunistischen Jugend über: Das Politische hatte das Religiöse allzu bald verdrängt. Nach der anderen Seite, dem Nationalen, zweigte sich 1916 der Jungdeutsche Bund ab, wie im Wandervogel der Wandervogel Völkischer Bund. Diese politischen Gruppen werden später zu berücksichtigen sein. Gegenüber diesen extremen Strömungen suchte die freideutsche Jugend unter Führung von *Knud Ahlhorn* und *Walter Hammer* die Mitte zu halten. War es die Ablehnung der Aufbruch-Jugend oder die Furcht vor der Politisierung, die das religiöse Problem gerade im Jahre 1916 so stark in den Vordergrund rückte? Diesem Problematisieren lag kein besonderes religiöses Erleben zugrunde. Es handelte sich vielmehr nur um eine Selbstbespiegelung, um die Bewegung als eine religiöse zu erkennen. Aber weder der Wandervogel noch die freideutsche Jugend hatten ihre Aufgabe bisher im Religiösen gesucht. So war es eine trügerische Hoffnung, von diesen Bewegungen als solchen eine religiöse Erneuerung zu erhoffen. *Helmut Cormin*-Hamburg setzte seine Hoffnung auf den Wandervogel: „Echte *Religion* hat sich bisher m. E. nirgends in der Jugendbewegung als solcher offenbart. Daran ändert sich nichts, wenn auf Wandervogeltagen die Horden zur Kirche strömen.[211] Denn Religion ist kein Ding für seltene festliche Gelegenheiten, sondern will das ganze Leben an jeder Stätte und zu jeder Stunde durchdringen und gestalten. Und es ändert auch nichts, daß die Aufbruchleute ihre Zeitschrift eine ‚religiöse' nannten. Daraus scheint mir nur das — wesentlich stilistische — Bedürfnis zu sprechen, an die Stelle von abgegriffenen Worten wie Weltanschauung, Lebenseinstellung usw. neue, unverbrauchte zu setzen." „Noch sind eben unsere Zeit und unsere Jugend — unreligiös. Wenigstens war sie es bis zum Kriege, — wieweit dieser eine Änderung gebracht hat,

[210] *Freideutsche Jugend*, 1. Jahrg. Heft 11. S. 233.   [211] Vgl. Seite 100.

freideutschen Bewegung wird eine neue Religion, eine neue Religion der Kraft, der starken Innerlichkeit, des starken Pflichtbewußtseins. — Noch sind wir im Ringen darum. Haben wir sie aber errungen, dann dürfen wir ganz fest sein, fest in unserem Heiligsten, in unserem Erleben, in unserer Stärke. Dann dürfen wir alle kleinen und kleinlichen Ziele außer acht lassen, all diese kleinen Zänke und Streite, und nur unserem Letzten leben." [213] Ein anderer, *Ebbinghaus*, schrieb aus dem Felde: „Unsere Kirche hat traurig versagt. Ich glaube nicht, daß wir von ihr eine Wiedererweckung des Geistes Christi erwarten dürfen. Ich glaube vielmehr, daß sein Geist an einem Orte im Erwachen ist, wo ihn niemand erwartet hat. Ich spreche von der Freideutschen Jugend. Bei vielen ist es nur erst eine *Sehnsucht* nach einem klar zu erkennenden Lebensziel und nach einem reichen Lebensinhalt, Ekel vor dem Ungesunden, Gewissenlosen, Lieblosen. Aber ich glaube, bei vielen ist es wahres, göttliches Leben, was sie zu Freideutschen macht. — Sehnsucht und Leben sind da, wir wissen als Gemeinschaft nur noch nicht, *was* unsere Sehnsucht sucht und wo unser Leben seine Wurzel hat." [214] Mochte auch der einzelne richtig erkennen, daß sie „die Kraftquelle" erleben müßten, und daß ein solches Erlebnis „Gnade" sei, die freideutsche Jugend jedoch konnte sich von dem Problematisieren nicht wieder frei machen, wenigstens nicht die Jugend, die in der Heimat unmittelbar in die geistigen Kämpfe hineingestellt war. Anders der Frontsoldat, auf dessen religiöse Gefühlswelt die grauenhaften Erlebnisse in mannigfachster Weise einwirken mußten. Er erlebte unmittelbarer, und unter diesem Erleben bildete sich seine Religion. Aber diese Erlebnisse stellen ein Sonderproblem dar, das hier nur angedeutet werden soll.

Der allgemeine Eindruck ist der, daß bei sehr vielen Frontsoldaten „die Kräfte der Seele verschüttet", „der Glaube verloren" [215] waren: „Der Frontsoldat ist einer, der den Glauben verlor." [216] Man darf dieses Wort nicht verallgemeinern, es wird aber auf die Mehrheit der Freideutschen im Felde zutreffen.

In den letzten Kriegsjahren und besonders mit Ausbruch der Revolution konnte sich die freideutsche Jugend der Politisierung in allen ihren Teilen nicht mehr entziehen. Es galt für sie, nun mit aller Kraft den Kampf gegen die Mächte aufzunehmen, denen sie in früherer Zeit ausgewichen war. Um wirklichen Anteil an den Geschicken des Volkes nehmen zu können, mußte sie sich in irgendwelcher Weise politisch betätigen, wenn es sich auch zunächst um eine Bindung an eine der bestehenden Parteien nicht handeln konnte. Es war die politische Frage, in der sich die Geister schieden. Daher kann die Bewegung als Ge-

---

[212] *Freideutsche Jugend*, 2. Jahrg. Heft 12. S. 349. [213] a. a. O. S. 360.
[214] a. a. O. S. 361. [215] a. a. O., 2. Jahrg. Heft 12. S. 365.
[216] a. a. O., 2. Jahrg. Heft 5. S. 130.

solche der europäischen Kultur überhaupt: „Es ist ein gewaltiges Erdbeben der alten Zeit." „Unsere Religion in den formalistischen Kirchen eingesperrt, war längst bankerott, unsere Philosophie kam gerade bis zur Auflösung des Bestehenden."[317] Daher darf es nicht verwundern, daß sie über die Grenzen Europas hinaussah und sich in ihrer religiösen und weltanschaulichen Ratlosigkeit dorthin wandte, wo der Menschheit die großen Weltreligionen entstanden waren. Ein Entlehnungsversuch bei asiatischen Religionen und Philosophien braucht dieser Jugend durchaus nicht als Schwäche ausgelegt zu werden; in der Hauptsache suchte sie doch zu den geistigen Gütern des eigenen Volkes Brücken zu schlagen. Noch immer hoffte sie, daß sich die Kirche dem neuen religiösen Fühlen und Wollen auf die Dauer nicht werde verschließen können, sondern daß sie sich zu einer Volkskirche umstellen werde.[318] Andererseits hielt man die Zeit für gekommen, ein *deutsches* Christentum zu schaffen; denn „tiefer religiös veranlagt als die anderen Völker" suche das deutsche Volk „im Gegensatz zur überlieferten Religionsform den ihm gemäßen Glauben zu schaffen."[319] Ferner suchte man einen Ausweg in der religiösen Ausgestaltung des Sozialismus, dessen tiefster Sinn der Dienst an der Menschheit sei, der aus eigenen Kräften geleistet werden müßte: „Unserer Zeit fehlt die Religion: der Glaube an uns selbst und unsere Gottheit."[320] „Eine neue Religion muß kommen, die uns die Notwendigkeit des geistigen Sozialismus vor die des äußeren stellt.[321] In diesem Sinne forderte *P. Tillich*, der christliche Geist solle sich aus der „Verklammerung" loslösen, dann sei die „Einigung mit dem Sozialismus nicht mehr Problem, sondern Notwendigkeit": „*So müssen Christentum und Sozialismus sich fortentwickeln und eins werden in einer neuen Welt- und Gesellschaftsordnung, deren Grundlage eine durch Gerechtigkeit gestaltete Wirtschaftsordnung, deren Ethos eine Bejahung jedes Menschen um deswillen, daß er Mensch ist, und deren religiöser Gehalt ein Erleben des Göttlichen in allem Menschlichen des Ewigen in allem Zeitlichen ist.*"[321a] Oder es war die Anthroposophie, deren höhere Geistigkeit und Menschlichkeit gerade dieser Jugend naheliegen mußte. Wer allerdings von der Jugend eine eigene schöpferische Tat erwartet hatte, mußte enttäuscht sein wie jener Jugendliche, der an der freideutschen Jugend verzweifelte: „Was ist und was will die freideutsche

[317] *Freideutsche Jugend*, 5. Jahrg. Heft 1. S. 2. ff.
[318] Vgl. *Junge Menschen*, 1. Jahrg. Heft 21. S. 23. „Wollt ihr die Kirche umkommen lassen in diesem ungöttlichen Zustand? Oder wollt ihr eure Jugendkraft, euer Lichtstreben auch ihr dienen lassen?
[319] *Freideutsche Jugend*, 5. Jahrg. Heft 2. S. 67.
[320] Vgl. *Das junge Deutschland*, 3. Jahrg. 37. Folge: „Gebt uns keinen heiligen Gott, sondern zeigt uns, wie wir, den unsrigen, finden, erkämpfen und erarbeiten können."
[321] *Freideutsche Jugend*, 5. Jahrg. Heft 5. S. 198.
[321a] a. a. O., 6. Jahrg. Heft 5/6. S. 169/170.

Menschen, gibt damit dem Religiösen ein rein *subjektives* Gepräge. Es soll keine Formen, keine Gesetze außerhalb des Menschen geben, die seinem religiösen Erleben irgendwie Richtung und Ziel zu geben haben. Die Kirche mit ihren erstarrten Formen hat für die Freideutschen zunächst jegliche Bedeutung verloren: man fragt nicht nach ihr, das ist die Haltung dieser Jugend zur Zeit des ersten Meißnerfestes. Wo Kritik geübt wird, da richtet sie sich weniger auf den Kern, als auf die Schale der Kirche und der Religion, mit anderen Worten: auf die Wirkungsformen der Kirche. Das Religiöse steht im Rahmen der gesamten kulturkritischen Bestrebungen nicht einmal an besonderer Stelle. Das Göttliche und das absolut Gute im Menschen sollen sein Erleben und Handeln bestimmend beeinflussen. Zieht man dazu noch in Erwägung, daß die freideutsche Jugend *bewußt* eine *Kulturbewegung* sein will, es sich also zur vornehmsten Aufgabe macht, einen Menschen zu bilden, der eine *neue* Kultur heraufzuführen fähig ist, dann kann man verstehen, daß dem Jugendlichen im Hinblick auf seine Aufgabe ein solcher Mensch ein Idealbild, ja ein Gegenstand mystischer Hingabe werden kann. So sagt P. *Tillich:* „Der entscheidende Zug an der Religion der Jugend unserer Tage ist die Mystik gegenüber dem Menschen. ‚Der Mensch‘ ist der ‚Christus‘ unserer Jugend.“[322] Nach unserem Quellenmaterial haben wir keine Veranlassung, hierin *den* oder auch nur *einen wesentlichen* Zug freideutscher Religiosität zu erblicken. Nur eine organische Weiterentwicklung hätte zeigen können, ob diese Mystik echt religiös war. Aber der Krieg hat die Entwicklung in ganz andere Bahnen gelenkt. Das *Besondere* in ihrer religiösen Einstellung ist dadurch unwiederbringlich verloren gegangen. Die unbedingte Diesseitsbetonung ihres religiösen Erlebens spricht keineswegs für *echte* Religiosität.[323] Mit gelassener Gleichgültigkeit wird man die rechte Beurteilung treffen.

Der Jugendliche im zweiten Lebensjahrzehnt hat sich zunächst mit den „Gehäusen“ der Religion, wie sie ihm entgegentreten, auseinander-

---

[321b] *Freideutsche Jugend*, 5. Jahrg. Heft 12. S. 534.
[322] *Tillich, P.,* Die Jugend und die Religion. S. 10—13.
[323] Vgl. *Cordier, L.,* Evangelische Jugendkunde. 2. Teil. S. 508: „Der religiöse Mensch, wie man ihn verstand, war sich selbst genug.“

negative Kritik hinausgehen soll. Ihr Kampf um die Religion ist nur destruktiv, er führt noch nicht zu tieferen religiösen Problemen, geschweige denn zur Religion selbst. Der Jugendliche will den Eindruck erwecken, als ob der Kinderglaube für ihn gänzlich „erledigt" ist, er will auch in religiöser Hinsicht gern den Erwachsenen spielen, auch mit dem religiösen Problem „fertig" sein. Aber wenn ihm der Konflikt zur seelischen Qual wird — und nach einigen Beispielen leidet der Jugendliche wirklich unter dem Nihilismus (vgl. S. 107) — dann zieht er sich doch gern wieder in die Schicht des Kinderglaubens zurück. Das deckt sich mit dem, was an anderer Stelle als „ausweichen" bezeichnet worden ist. Der junge Mensch will nicht leiden, er sehnt sich sozusagen nach dem Seelenfrieden seiner Kindheit zurück. Doch dieser Zustand ist endgültig dahin; so sucht er durch Inangriffnahme leichter faßbarer und lösbarer Probleme Ablenkung und innere Ruhe. Demnach ist das Interesse an religiösen Fragen nur sekundär. Einen anderen Eindruck kann man aus den Zeitschriften, deren Inhalt von *nur* Jugendlichen bestritten wird, nicht gewinnen.

Anders wird die Lage der freideutschen Jugend *nach* dem Kriege. Eine *positive* Auseinandersetzung mit der Kultur erfordert auch eine solche mit den verschiedensten *religiösen* Strömungen ihrer Zeit. Die ganze Verworrenheit einer Zeit, der ein geschlossenes Bildungsideal und auch eine einigermaßen einheitliche religiöse Anschauung fehlen, spiegelt sich in dem geistigen Kampfe dieser Jugend besonders deutlich wider. Es gibt wohl kaum eine Richtung religiöser Art, die nicht in der freideutschen Jugend ihre Anhänger und Bekenner gefunden hätte. Mit aller Deutlichkeit zeigt sich in dieser Tatsache, daß der Mensch am Ende seiner Reifejahre, wenn er überhaupt das Ringen durchhält, sich den Objektivitäten, die er einst selbstbewußt verneint hat, wieder nähert, um irgendeine Bindung zu finden. Sie braucht durchaus nicht ein speziell religiöses Gepräge zu haben.[224] Das gilt für alle, auch für die verhältnismäßig wenigen, deren religiöses Erleben in der „Freideutschen Jugend" seinen Abglanz findet. Die Bewegung als Ganzes hat weder eine in sich geschlossene kulturelle noch religiöse Einstellung gefunden. Sie kann nur richtunggebend sein, der Endkampf ist Sache des einzelnen. Die Gemeinschaft selbst kann den hartnäckigen Kampf als aussichtslos aufgeben und ein Scheitern der sich selbst gesteckten Ziele feststellen, der einzelne Jugendliche muß zu einem Ergebnis kommen. Das Ringen, das wir in der obengenannten Zeitschrift verfolgen können, ist das ernsteste und das tiefste der ganzen Jugendbewegung. Aber auch dieses kommt nicht an den objektivierten Formen der Religion vorbei oder gar über sie hinaus. Die Angriffslust ebbt ab, mit zunehmender Reifung lernt der Jugendliche sich bescheiden, um sich überhaupt einleben zu

---

[224] *Merz, G.* sagt mit Recht: „Und je nachdem sie den Anschluß bekam, formte sie ihr Leben." In „Der religiöse Gedanke in der Jugendbewegung", S. 15.

c) Die Neupfadfinder

Nach dem Kriege entwickelte sich in Bayern aus der alten Wehrkraftbewegung der Jungbayernbund mit seiner Führerzeitung „Der Aufbau". Von ihm splitterte sich bald eine *neue* Pfadfinderbewegung ab, die bewußt *Jugendbewegung* [225] sein wollte :„Wir *sind* Jugendbewegung. Wir haben einen langen und dornenvollen Weg hinter uns." „Ein Weltbild steht vor unseren Augen, aus dem Haß und Feindschaft verschwunden sind, da schöne und gute Menschen in Liebe zusammengewachsen sind zu wahrer Gemeinschaft." [226] Jegliche politische Bindung wurde abgelehnt: „Es darf keinen Klassenkampf unter der Jugend geben. *Sie sei Jugend schlechthin* und die Grundlage, auf der sie sich durch alle hergebrachten Klassenunterschiede zur gemeinsamen Neugestaltung des Lebens finden muß, ist die der sozialen Hilfsbereitschaft, der ritterlichen und reinen Nächstenliebe, des Volks- *und* Menschheitsbewußtseins." [227] In dieser sozial-ethischen Aufgabe sollen ihnen Christus [228] und der Ritter Georg Vorbilder sein. Die Arbeit des einzelnen am „Neuen Reiche" [229] kann aber ihren Wert nur in einer Gemeinschaft erhalten, zu der auch die Religion hinführen soll: „Religion ist immer eine Angelegenheit höchster geformter und formender Kraft und nicht Sache bloßer billiger Wünsche und Tätchen." „Religion kann nicht Privatsache sein. Gewiß fallen die letzten religiösen Entscheidungen des Menschen in seine intimste Sphäre, die dem göttlichen Auge allein zugänglich ist; aber neben und mit ihr aufs engste verknüpft besitzt jeder Einzelne seine Sozialsphäre, die ihr Gesicht der Welt zuwendet und die erst die Einzelkraft des Glaubens mit ihrer Summe der Weltkraft verbindet. Der Mikrokosmos muß im Einklang mit dem Makrokosmos stehen,[230] sonst

[225] Vgl. *Der Aufbau*, 1. Jahrg. Heft 9—12. S. 303/04.
[226] *Der weiße Ritter*, 2. Jahrg. Heft 1. S. 4 und 3. [227] a. a. O., S. 6. — Vgl. a. a. O., 2. Jahrg. Beiheft. S. 29: „Die Liebe zum Vaterlande ist uns keine andere Liebe als die Liebe zur Menschheit, als die Liebe überhaupt. Diese große einzige Liebe ist die Grundlage unseres Pfadfindertums."
[228] Vgl. *Auf der Spur*, S. 25: „Gefolgschaft Jesu ist uns Dienst am Gottesreich. Dieser Dienst stellt uns als Lebensaufgabe immerwährende Hilfsbereitschaft. Diese wartet nicht auf Gelegenheit zur Betätigung, sondern tritt überall ein, wo helfende Liebe notwendig ist. Alles, was uns in der Ausübung unserer Liebesdienste hindert, lehnen wir ab."
[229] Vgl. *Der weiße Ritter*, 3. Jahrg. Beiblätter S. 267: „Sie kennen nur den einen Gedanken: das Neue Reich, sie bauen und schaffen nur an ihm und können es nie mächtig und herrlich genug schauen. Sie leben nur ihm und seinem Schutzherrn, dem heiligen Georg, und zwingt sie das Schicksal in den Tod für ihr Reich, so sterben sie mit dem jauchzenden Ruf auf den Lippen: ‚In des heiligen Georgs Namen für das Reich!'"
[230] Eine Entlehnung aus der „Reifezeit" von *W. Hoffmann*.

die Neupfadfinder scharfe Kritik an der freideutschen Bewegung; sie sehen deren Hauptfehler darin, daß sie es bei einem schönen Bekenntnis habe bewenden lassen, aber den Willen zur Form und zur Tat nicht habe aufbringen können. Der zweite Meißner sei „das Ende des Geistes, der, allein gelassen, immer zerstört und niemals Leben zeugt."[232] Die neue Jugendbewegung müsse daher „alles, was sie bisher geleistet hat, rein von innen heraus weiter entwickeln und allmählich auf die gesamte Kultur des Volkes übergreifen." „Sie muß aus einer Jugendbewegung zur Kulturbewegung werden. Abgelehnt wird damit das Ziel einer für sich abgesonderten Jugendkultur, die schließlich — soweit sie überhaupt denkbar ist — immer in kurzer Zeit erstarren müßte."[233] So stellen die Neupfadfinder eine glückliche gegenseitige Durchdringung von Jugendpflege und Jugendbewegung dar, deren Ertrag ein Verband mit besonderen ritterlich-romantischen Formen ist.

Zusammenfassend kann über das religiöse Erleben der Neupfadfinder gesagt werden: Man findet in ihrer Literatur kaum Andeutungen religiöser Problematik oder gar religiöser Konflikte.[234] Worin kann das seinen Grund haben? Gewährleistet die Harmonie ritterlicher Formen auch eine solche der Seelen? Oder ist es der organisatorische Ausbau ihres Verbandes, der sie von religiösem Problematisieren abzieht? Das Religiöse ist in feiner und kluger Weise in den Rahmen der alles beherrschenden Formen hineingestellt, um ihnen die Weihe zu geben. Die straffe Organisation und Disziplin, der romantische Schimmer mittelalterlicher Ordensritterschaft sind Faktoren, die auf die jugendliche Seele einen nachhaltigen Eindruck machen müssen. Ihre Bejahung, ihr Nachleben und Erleben, all das kann wohl das ganze Denken und Fühlen eines zu Mystik und Romantik neigenden jungen Menschen in Anspruch nehmen. Eine pflichtgetreue Erfüllung seiner sozial-ethischen Aufgabe wird er religiös empfinden, ohne daß das Religiöse vor seinen Idealen besonders betont zu werden braucht. Es gibt für ihn auch keine konfessionellen Gegensätze; er erwartet vielmehr, daß sich Katholizismus und Protestantismus in der reinen Idee des „Neuen Reiches", dessen

---

[231] *Der weiße Ritter*, 3. Jahrg. Heft 6. 207/08.
[232] a. a. O., 4. Jahrg. Heft 4/6 S. 251.
[233] a. a. O., 3. Jahrg. Beiheft. S. 279.
[234] Ein Beispiel sei hier angeführt: „Hast Du nicht — freilich zu früh — zu einem alten oder neuen Philosophen Dich geflüchtet um Deinen Kopf in seinen Sand zu stecken, um eine Entschuldigung für Deine ‚Gottlosigkeit' zu finden? Vielleicht hast Du damals — gestern oder vorgestern — eingesehen, daß man an den mathematisch geraden Gedankenstraßen des einen und an den kühnen Purzelbäumen des anderen Seindeuters sich freuen kann, daß aber die Schlange sich immer wieder in den Schwanz beißt. Wohl hast Du Dich gefreut, daß einer mit Hohn und Haß übergoß, was Dir einmal heilig war und was Du jetzt auch gern gehaßt hättest, wenn Du Dich nur getraut hättest. Gefreut hast Du Dich, aber diese Freude hat Dich wieder gequält. So hast Du den Glauben gehaßt und das Wissen nicht lieben können." Aus einem Brief in „*Der weiße Ritter*", 2. Jahrg. Heft 7. S. 147.

heraus, so fehlt ihm das Besondere. Auch haftet ihm eine außergewöhnliche Intensität nicht an. Ebenso sind die Vorstellungen von dem „Neuen Reiche" zu allgemein, um nicht zu sagen, verschwommen. Als den hervorstechendsten Zug der Neupfadfinder könnte man das Sozial-Ethische bezeichnen, weniger das Religiöse.

3. Die politische Jugendbewegung

a) Die völkische Jugend

In anderem Zusammenhange wurde schon der Gedanke gestreift, daß die Jugend durch ihre Stellungnahme zum Weltkriege auch mit der Politik in Berührung kam. So gründete *Otger Gräff* im Jahre 1916 den *Jungdeutschen Bund*, der besonders nach dem Zusammenbruch von 1918 in der Gemeinschaft *deutscher* Menschen das gefühlsbetonte Wandervogelleben überwinden und zu einer Tatgemeinschaft werden wollte, um echtes deutsches Volkstum zu schaffen. Durch politische Ausbildung ohne äußere Zwecksetzung wollte er im Rahmen der Jugendbewegung seine Mitglieder befähigen, wirkungsvollen Einfluß auf die organische Gestaltung des Volkes gewinnen zu können. Der Jungdeutsche Bund kam aber über eine Programmsetzung nicht weit hinaus. Da die Kirche versagt habe, fühlte er sich verpflichtet, seinem Volke „Licht, Liebe, Leben"[235] zu bringen, ein freudiges, diesseitsfrohes Christentum. *Ritter* sagte in einem Vortrage: ‚Heilverkünder, Lichtbringer wollen wir sein und tapfer, kühn, unbeirrbar alle Finsternis bekämpfen... weil wir dies Volk so lieb haben." „Ich weiß auch, daß viele von euch, vielleicht die meisten, mit dem Christentum in diesem Kampf nicht kämpfen konnten, weil es so, wie die Kirche es euch gebracht hat, Gott ganz in die jenseitige Welt zu bannen schien, alles Licht fortnahm aus dieser Welt und sie trübe nannte, die euch doch so in ihrem goldenen Scheine, in der Sprache der Sterne und Blumen, des Blutes, der froh jauchzenden Kraft des Leibes, in Tanz und tiefem Schluchzen des Liedes gotterfüllt leuchtet. Zürnet nicht dieser Kirche, ihr war es um Heiligkeit und heilsame Furcht und Erkenntnis unserer Ungeistigkeit zu tun, damit wir Geist würden und frei von den Fesseln dumpfer Naturnat. Aber freilich, da sie den Himmel fernhielt der Erde in strenger Sorge, überhörten wir die frohe Botschaft von der Gegenwart des Himmels und der herrlichen Freiheit des Christenmenschen, dem *alles* zufällt, da er versöhnt und Geist aus Gottes Geist neugeboren ist."[236] Damit gab *Ritter* dem

---

[235] Vgl. *Junge Menschen*, 3. Jahrg. Heft 6. S. 83: „Es gibt keinen Sender der Gnade, es gibt keinen gnädigen Herrn, es gibt keinen Pfeiler über uns im Raum, an den wir festbinden können, was uns Religion ist. Auf uns selbst gestellt sind wir *im freien Strömen des Geistes*. Wir selbst müssen sein: Lichtempfänger, Licht-Träger, Licht-Sender usw. *Das ist auch Religion.*"

[236] *Jungdeutsches Wollen*, Vorträge. S. 102/03.

hang findet sich auch an anderer Stelle: „Wenn der Mensch Jesus heute noch lebte und lehrte, wenn seine Lehre nicht durch zwei Jahrtausende ins Metaphysische verfälscht und zur Beherrschung der Massen mißbraucht wäre — dann würden wahrscheinlich diese jungen Deutschen in ihm ihren Führer suchen und mit ihm in Menschenliebe und Menschlichkeit ein *irdisches* Christentum zu verwirklichen suchen.[238] Diese unmittelbare Anlehnung an ein diesseitiges Christentum ist bezeichnend für diesen Bund. Es waren die Führer, die von den Kulturtatsachen aus das Neue suchten. Die Jugend selbst mußte den völkischen Gedanken radikaler fassen. So schlossen sich die völkischen Wandervögel schon während des Krieges zum „*Wandervogel Völkischer Bund*" zusammen. Ihnen stehen die *Falken* und *Adler* nahe. Für diese Wandervögel wurde das Naturerlebnis ein religiöses: „Wir haben erkannt, daß solches Erleben einfache, natürliche Religiosität ist, wesensverwandt dem, das unsere Altvordern einst ihre Lieder von den Sturm- und Waldgöttern, von Lichtwesen und Wassergeistern dichten ließ und daß wir diese Schöpfungsquelle in uns wieder aufschließen müssen, wenn wir aus Nacht und Chaos wieder zur Einheit kommen sollen." [239] Das Christentum, vollends die Kirche mit ihrem Gottesdienste, vermochten diesen Wandervögeln nichts mehr zu bieten. Besuchten sie auch die Gotteshäuser, so war es nicht der christliche Glaube, der sie anzog, sondern ein romantischästhetisches Interesse (vgl. S. 100—101). Ein religiöses Erlebnis erwarteten sie dort nicht. Hören wir einen Wandervogel über einen Gottesdienst urteilen: „Ostern. — Der Organist wurde erwartet zum Kirchgang. — Kirchgang? — Ja, Gottesdienst für uns im alten Pötnitzer Kirchlein. Alle gingen mit. — Ostern! — Wir saßen in dem morgenlich kalten Raum. — Natur — Musik — Wort. Die erstere gibt die Grundstimmung, die anderen beiden übersetzen — variieren — führen aus. Ja, Orgel und bist du auch noch so einfach, du konntest uns doch im Vorspiel innige Töne hören lassen, du konntest ‚Ostern' jubeln, konntest Winterstimmung, unerfüllte Sehnsucht im Herzen des Hörers entstehen lassen, konntest sie erfüllen, konntest uns Baldurs Wiederkehr erleben lassen, du konntest den alten Glauben in einer Choralzeile hinwerfen und unsren neuen Glauben darüber siegen lassen, und wir fielen dann ein in deine Weise: ‚Ich bete an die Macht der Liebe.' Dann hättest du unsern Gott uns näher gebracht. — Doch wir fanden ihn nicht. Nicht vermochten uns die Worte des Predigers emporzuführen, wiewohl die Grundstimmung seiner Rede auch über der Tür unseres Herzens geschrieben stand. Ein wenig zitterte die Seele bei den ringenden, suchenden Worten Karl Brückmanns. Auftauchte dieses Etwas von Stimmung — Fragen — Gewißheit —, sank aber wieder hinab ins Nichts — denn ‚Ach bleib' mit deiner Gnade' tönte die Orgel, und die frische Morgenluft umfing uns wieder; blauer Himmel lachte uns an, und die Sonne meinte es den

[237] *Jungdeutsches Wollen*, Vortr. S. 99. [238] *Vivos voco*, 2. Jahrg. Heft 1/2. S. 21/22. [239] *Wandervogel-Warte*, 11. Jahrg. Heft 4. S. 136/37.

Sonnenwendfeier mit einer begeisternden Feuerrede auf das Gemüt des Jugendlichen ein, eine Feier, in der nicht Gott verehrt wird, sondern die Sonne geradezu eine göttliche Verehrung erfährt: „Wir verehren die Sonne um ihres Lichtes willen, um Licht und Wärme, rein und fleckenlos gespendet. Das ist das hohe Beispiel der Natur. Wir wollen aber nicht die Sonne nur verehren, wir wollen sie zum Vorbild wählen. Unser Wesen soll auch rein und fleckenlos werden, und Licht und Wärme wollen wir ausbreiten in unserem Leben." [242] Noch deutlicher kommt diese Verehrung am Schlusse eines Gebetes zum Ausdruck, wo es heißt: „Das bitten wir dich, du Sonnengott." [243] Es ist begreiflich, daß sich die Jugend die völkische Deutung und Ausprägung ihres Naturerlebens schnell zu eigen machte und leicht dazu geneigt war, in romantischer Begeisterung die altgermanische Religion der christlichen vorzuziehen; denn die Jugend denkt nicht historisch. So wurden bald Stimmen laut, die vor einer solchen Auffassung des völkischen Gedankens warnten, die dem deutschen Volke in der Gegenwart nicht zum Heile sein könnte: „Dazu verhilft uns nun freilich eine aufgefrischte, altgermanische Religion nun und nimmermehr, sowenig wie das Kirchengehen und Hallelujasingen. Vielmehr: Wir müssen uns unsere geistige Heimat erkämpfen und erbauen, daß sie wieder das Kleid unserer Seele, unserer Aura werde und dazu gehört Wille, Mut und Kraft... vor künstlerischer Altertümelei, vor nur rückschauender Romantik und Germanistik haben wir uns zu hüten, denn das würde in rechthaberischer Tüftelei versanden; wir bekämpfen auch auf *diesem* Boden jegliche Dogmatik und verlangen unbedingte persönliche Denk- und Deutungsfreiheit, lassen uns aber willig führen von altangestammtem Weistum und Streben, solcher Erkenntnis Form und Ausdruck zu geben in Feiern, Liedern und Bräuchen, sowie in Kult- und Weihespiel, in allem das ererbte Gut wahrend und mehrend, immer achtend unsere ganze Person mit voller Überzeugung und dem eigenen Erleben entsprechend dahinter zu stellen.... So entschlossen wir Kirche und Kirchlichkeit ablehnen müssen, so ist es doch unzweifelhaft, daß wir den christlichen Einfluß, unter dem fast unsere gesamte geschichtliche Entwicklung stand, nicht einfach wegleugnen und

---

[240] *Wandervogel-Warte*, 8. Jahrg. Heft 5—7. S. 83.
[241] Vgl. die Ausführungen *E. Gäbels* im *Wanderer*, 1925, S. 150f: „Es ist wider die Natur wahrhaft junger, gesunder, lebendiger Menschen, ihnen täglich das Wort vom Kreuz zu predigen ... Das ist paulinisches Christentum, eifernd, nervös — Jesu Leben und seine Reden waren voll wundervoller Gelassenheit, die aus der tiefen Verbundenheit mit dem ‚Vater‘ kam. Und nicht durch seinen Tod allein, sondern vor allem auch durch sein Leben sind wir — wenn wir nur wollen — mit einbezogen in dieses Reich der Kraft und Gnade." Oder es wird bemängelt, daß „die meisten Predigten für reife Erwachsene sind und nur selten für die Bedürfnisse des Übergangsalters." — In *Unser Bund*, 14. Jahrg. 7. Juli 1925.
[242] *Wandervogel-Warte*, 9. Jahrg. Heft 12. S. 201.
[243] a. a. O., 10. Jahrg. Heft 3. S. 61.

solche Neugestaltung handeln, so mußte man zunächst an die christliche Religion anzuknüpfen versuchen. Von der subjektiven Religion mußte eine Brücke zur objektiven geschlagen werden, und zwar zur protestantischen im Sinne des *deutschen* Luthers und eines mit deutschen Augen gesehenen Christus. Die katholische Kirche konnte wegen ihres übervölkischen Charakters nicht in Frage kommen, aber auch nicht wegen ihrer besonderen Auffassung von Gott und Kirche: „Der katholische Gott ist ein transzendentes, durch die Sakramente der Kirche magisch wirkendes Wesen; der protestantische Gott ist von transzendentaler, faustischer Art: das heißt, er ist nur innerhalb der *Welt* zu spüren, vor allem in ihrer Geschichte, in der ewigen Entwicklung. Der katholische Gott *wirkt* in der *Kirche* auf seine Gläubigen, der lutherische *Gott wird in der Welt durch* seine Kinder *verwirklicht*. Der katholische Gott ist eine magisch *gegebene* in allen Ursachen wirkende *Tatsache,* der lutherische Gott ist eine dem Verhalten und Wirken des Menschen in der Welt gesetzte *Aufgabe*."[246] Es zeigte sich im Verlaufe der Entwicklung bald, daß dem spontanen Naturerlebnis der Jugend immermehr ein politischer Zweck gesetzt wurde, und zwar durch den Antisemitismus. Ein Falke schrieb: „Jede wahre Religion ist rassisch bestimmt. Wenn die Menschen nicht gleichwertig sind, kann ihr Glaube nicht gleich sein. Weltanschauung, Lebensauffassung und *Gottgefühl* sind rassisch grundverschieden."[247] Mögen sich auch die Gruppen der Adler und Falken durch die Pflege des Wanderns vor gänzlicher Politisierung bewahrt haben, wohin man aber die Jugend zu treiben gedachte, wozu man sie ausnützen wollte, zeigte sich klar in der „*Ringenden Jugend*". Durch den Antisemitismus glaubte man das Sinnen und Trachten der Jugend beherrschen zu können. Diese rein negative Polemik gegen das Judentum, die das Problem vorwiegend von der biologischen Seite her sah, hatte eine Feindschaft gegen das Christentum der Gegenwart zur unmittelbaren Folge. Dem „Christjudentum" wurde ein „Christgermanentum" entgegengestellt. So verlangte man teilweise eine klare Scheidung: „Die Zeit der großen Scheidungen und Entscheidungen rückt heran. Wer heute noch für gut findet Rom-Juda die Treue zu halten, der mag es tun. Aber er scheidet sich dann von uns, wenn er nicht will, daß er mit Gewalt geschieden und ausgestoßen werde aus der deutschen Volksgemeinschaft, dem Neugermanien der Zukunft."[248] Dadurch sollte die Religion der politischen Einstellung angepaßt werden; darum drehte sich das ganze Ringen. Und bald kamen auch nicht mehr Vertreter *aller* An-

---

[244] *Wandervogel-Warte*, 11. Jahrg. Heft 4. S. 136/37.
[245] *Ringende Jugend*, 1. Jahrg. Blatt 1.
[246] a. a. O., 1. Jahrg. Blatt 6.
[247] *Der Falke*, 4. Jahrg. Heft 1/2. S. 19.
[248] *Ringende Jugend*, 1. Jahrg. Blatt 48.

„Wir Deutsche sind das Volk der Forschung." „Wir kennen keinen Gott der Träume und der Schäume, noch einen Gott, der trügt und betrogen wird." „Und darum, weil wir Deutsche diesen Gott begreifen, weil wir uns eingegliedert fühlen in den großen Plan, der Gottes Reich durch Kampf zum Sieg und zur Vollendung führt, darum heißen wir ihn einen deutschen Gott. Darum kämpfen wir als seiner Zwecke Streiter, darum lauschen wir auf seines Willens Wort."[249] So war ihr Ziel eine Weltreligion, „die vom Völkischen ausgeht, im Völkischen wurzelt, aber in ihrer Auswirkung die ganze Menschheit umfaßt". Denn *eine* Religion wird und·muß, so glaubte man, sich „die Welt erobern" und zwar „diejenige neue Religionslehre, die sich als die beste erweist"; das kann aber keine andere sein als die, die *sie* zu gestalten sich bemühen. „Denn jeder Ehrliche und klar Denkende, auch im Auslande, wird zugeben, daß Deutschland gegenwärtig in der Frage der religiösen Erneuerung an der Spitze marschiert."[250]

Die psychologische Deutung des völkischen religiösen Erlebens.

Wir können von der feststehenden Tatsache ausgehen, daß in völkischen Kreisen die Religion zur Konsolidierung politischer Bestrebungen ausgewertet worden ist. Insofern besteht auch das Urteil *G. Dehns,* das er auf Grund seiner Erhebungen gewonnen hat, zu Recht: „Jeder, der sich einmal mit der Psychologie des religiösen Patriotismus beschäftigt hat, weiß das ja, daß hier ganz allgemein der religiöse Gedanke dem völkischen dienstbar gemacht wird." Nach seiner Erkenntnis sind es stets Jugendliche aus nationalen Kreisen, die „das Religiöse ... als Verstärkung des vaterländischen Gedankens genommen"[251] haben. Das ist phänomenologisch gesehen, richtig. Wie ist aber die Verquickung des Völkischen und Religiösen durch den *Jugendlichen* speziell psychologisch zu verstehen? Im allgemeinen wird der Jugendliche durch sein Erleben in der Natur und sein Naturerleben zunächst zu einem gefühlsmäßigen Erfassen der schicksalmäßigen Verbundenheit mit seiner Volksgemeinschaft gelangen. Ein solches Erlebnis kann für ihn *die* „Erweckung" sein. Hat das Erleben diese Intensität, dann wird er es auch *metaphysisch* zu verankern suchen: er kommt zu einer religiösen Vertiefung des volkhaften Empfindens. Dabei scheint aber ausnahmslos das Religiöse das sekundäre Moment zu bleiben. Ja es wird sogar in dem Maße verdrängt werden, als das Gefühl für die eine Verantwortung in sich bergende Verbundenheit mit dem Volke mit politischen Bestrebungen in Zusammenhang gebracht wird. Und das ist tatsächlich

[249] *Ringende Jugend,* 2. Jahrg. Blatt 8.   [250] a. a. O., 2. Jahrg. Blatt 43.
[251] *Dehn, G.,* Die religiöse Gedankenwelt der Proletarierjugend. S. 42/43.

tonen auch sie: „Vaterland und Religion gehören für uns zusammen."[252] Für die Jugend ein bestrickendes, aber gefährliches Wort, dessen tiefe Bedeutung sie nicht zu erfassen vermag. Von ihrem eigenen Naturerleben aus, von ihrer Begegnung mit dem Volkstum ist die Jugend geneigt, die altgermanische Religion unbedingt in die Gegenwart zu verpflanzen. Einer historischen und religionswissenschaftlichen Auseinandersetzung in dieser Frage, die in den Zeitschriften von Männern bestritten wird, die kaum zur Jugend zu zählen sind, muß sie infolge ihres absoluten Fühlens und Wollens verständnislos gegenüberstehen. Sie wendet sich lieber praktischer Betätigung zu, sofern sie sich bietet, z. B. dem Kampfe gegen Schmutz und Schund. Wie muß es auf sie wirken, wenn sie vor der unbedingten Bejahung eines Ideals, das sie selbst gefunden zu haben glaubt, gewarnt wird? Allzu leicht kann sie von der Politik aus der Parteipolitik in die Arme getrieben werden, wo religiöses Erleben gänzlich verblassen muß. So viel kann über die völkische Jugendbewegung, als Ganzes gesehen, gesagt werden. Die dauernde Auseinandersetzung mit der objektiven christlichen Religion darf aber wohl dafür sprechen, daß der einzelne Jugendliche letzten Endes doch einer Bindung an eine ihrer objektiven Formen nicht ausweichen kann.

b) Die proletarische Jugend

Den Gegenpol zur völkischen Jugend bildet die Proletarierjugend. Erst verhältnismäßig spät entwickelte sie sich aus der parteipolitischen sozialistischen Jugendpflege heraus.[253] Für diese Entwicklung war der erste Reichsjugendtag der Arbeiterjugend vom 28.—30. August 1920 in Weimar von ausschlaggebender Bedeutung. Die Jugend wollte „neues geistiges Leben", strebte „über alte Ziele hinaus".[254] Denn bis dahin war es ausschließlich das Wirtschaftliche gewesen, das im Mittelpunkte des Programms des jungen Proletariers — gemäß dem der Erwachsenen — gestanden hatte. Damit war die Jugend in Gefahr, wie Schult in Weimar betonte, „die Lebensmittel für den Lebenszweck anzusehen".[255] Eine solche rein materialistische und wirtschaftliche Erfassung des Sozialismus konnte die Jugend nicht mehr befriedigen, sie verlangte nunmehr eine sittliche Vertiefung. Für uns ein Hinweis dafür, daß auch in Proletarierkreisen der Jugendliche seine Ideale hat. Bei seinem ausgeprägten Sinn für das Echte fühlt er bald, daß er eigentlich nur an der Zivilisation teil hat, wenn das Wirtschaftliche von den Parteiorganisationen in den Vordergrund gerückt wird. Er fühlt es instinktiv, daß es darüber hinaus Werte gibt, die nicht nur wirtschaftlich einzuschätzen

---

[252] *Ringende Jugend*, 3. Jahrg. Blatt 6/7.
[253] Vgl. *Jungsozialistische Blätter* 1921, Heft 6. S. 69: „Wir Jungen in der Sozialdemokratie beginnen, uns unserer selbst bewußt zu werden. Wir fühlen, daß wir anders geartet sind als die Alten, daß wir unsere besondere Aufgabe zu erfüllen haben." „Für unser Wollen fordern wir von der Partei volle Freiheit."
[254] *Das Weimar der arbeitenden Jugend*. S. 68.   [255] a. a. O., S. 52.

gung lesen. Das Solidaritätsgefühl, das diese Tagung überhaupt ermöglichte, steigerte sich zu einem Erlebnis wahrer Gemeinschaft. Diese Gemeinsamkeit an einer Stätte wie Weimar erleben zu dürfen, mag für die Masse Erlebnis genug gewesen sein. Es „war die Grundstimmung, die den hinreißenden Schwung der Weimarer Tage beflügelte".[256] *Bröger* aber gab diesem tiefen Erleben Sinn und Ziel, indem er die Jugend auf die verantwortungsvolle Aufgabe hinwies, dieses Gemeinschaftserleben zu pflegen, es in immer weitere Kreise hineinzutragen, um auf ihm eine *neue Kultur* aufzubauen. Mit diesem hohen Ziele, das die proletarische Jugend sich in frischer Begeisterung zu eigen machte, das ihr „Herzenssache" war, wurde sie *Jugendbewegung* und glaubte, das Erbe der „bürgerlichen" antreten zu müssen: „Die Aufgabe unsrer Arbeiterjugendbewegung ist die, daß sie das schon von ihr Ausgestaltete zur *Lebensform für das ganze Volk auswirkt.* Hier liegt auch der Unterschied zwischen der unsern und der bürgerlichen Jugendbewegung: Auch die bürgerliche Jugendbewegung hat Gemeinschaften, sie erfüllt sich mit neuen Lebenszielen und Lebensinhalt. Nur steht sie abseits vom Leben und hütet ängstlich ihre kleinen, kleinen Gemeinschaften, in der (?) sie lebt. Draußen geht die Welt mit wuchtigen Schritten vorwärts; hier steht die bürgerliche Jugend vor der Aufgabe, sich hinüberzuwagen, und da *versagt* sie. Die Arbeiterjugendbewegung steht nicht neben oder außerhalb des Lebens, sie steht im Leben, im Strom der Zeit, sie ist und fühlt sich nur als ein *Stück der ganzen großen Kulturbewegung,* sie fühlt sich als eine junge Garde dieser Bewegung. Wir müssen der *Arbeit ihren Adel geben* und sie in den Mittelpunkt unsers Lebens hineinstellen. Wir wollen sein ein Stück von Schiller und Goethe. Unsere Jugendbewegung muß sein der Geist, der aus unserer klassischen Kultur und unsrer klassischen Kunst weht."[257] Wie weit wurde damit die Jugend über die der sozialistischen Jugendpflege gestellt, die die jungen Menschen nur so früh wie möglich am Kampfe um die Besserung der wirtschaftlichen Lage des Proletariats beteiligt sehen wollte. An Stelle der rein verstandesmäßigen Auffassung des durch die gleiche wirtschaftliche Lage bedingten Solidaritätsgefühls war nunmehr das gefühlsmäßige Erleben einer Schicksalsgemeinschaft getreten, die sich dem Volke und der Menschheit gegenüber verantwortlich wußte. Eine solche sozial-ethische Vertiefung ihrer Aufgabe vermochte schon in Weimar den jungen Proletariern das Gefühl moralischer Überlegenheit gegenüber anderen Jugendlichen zu geben. Es ist ein einziges großes Erleben, das aus den zahlreichen Berichten über „Weimar" spricht, nur Anlaß und Richtung wechseln. Ein ausgesprochen religiöses Motiv tritt auffallend zurück, doch können zwei kurze Andeutungen Hinweise für die Art ihrer religiösen Einstellung geben. Eine kleine Gruppe fand sich

---

[256] Das Weimar der arbeitenden Jugend, S. 12.
[257] a. a. O., S. 54.

stentum spricht daraus. Eine feine Ironie gegen das Nur-Beten. Gegen diejenigen, die ‚Worte statt Liebe geben'."[258] Dazu das abschließende Stück aus einer Auseinandersetzung eines jungen Proletariers mit dem Geiste Goethes, dargestellt als ein Zwiegespräch zwischen ihm und Goethe selbst im Park vor dem Goethe-Gartenhaus: „Wohl Meister. Doch war's eine lange Wanderung aus dem Reiche der Bücher, der Wissenschaft bis zu dem Augenblick, da *Faust* wußte, daß die *Tat für die Gemeinschaft* Freiheit und Leben bedeutet. Und er mußte sterben, als dies höchste Glück ihm aufging. Die Befreiung und die Rettung trugst du Meister in überirdische Sphären. Dort erst wurde es Ereignis. Wir aber hängen an dieser Erde. Hier wollen wir weinen und lachen im seligsten Glück. Hier sollen sich all unsre Brunnen öffnen. — *Diesseits soll der Himmel sein.*'

Er schaute ernst: ‚Und Tiefurt? War das nicht Religion der Erde?'

Ich sprach nicht mehr zu ihm. Hörte wieder die Lieder. Sprühen in diesen Liedern, dieser Jugend nicht alle Quellen der Seele, des Herzens? Ist's nicht Religion der Freude, heiliger Dienst der Erde? O, tönet fort, ihr süßen Himmelslieder. Die Träne quillt ..."[259] Wohl waren es nur einige Auerlesene, in gewissem Sinne Führernaturen, die sich mit dem religiösen Problem befaßten, auch durften nur verhältnismäßig wenige das erhebende Erlebnis von Weimar haben, aber der neue Geist, den ein solches Erlebnis erzeugte, mußte sich auch weiteren Kreisen mitteilen. Und das war das Bedeutsame. Es kam über die jungen Proletarier wie eine Offenbarung, wenn sie Goethe und Schiller als Revolutionäre kennenlernten, als Kosmopoliten und abseits von den Kirchenchristen. Diese beiden Großen gehörten nunmehr zu ihnen, Aufgabe der Jugend war es nun, das von jenen angestrebte Kulturideal zu verwirklichen: „Der bürgerlichen Welt ist Goethe längst entfremdet. Um so mehr ist die Arbeiterklasse die Trägerin *der neuen Welt* und mit ihr die Arbeiterjugend die Gestalterin der Zukunft, die Verkünderin jenes reinen geheiligten Menschentums geworden, das er einst gelehrt hat."[260] Dies „geheiligte Menschentum" soll aber aus ihrer *eigenen* Kraft, vor allem ohne jegliche Anlehnung an die Kirche, in einer *diesseitsfrohen* Kultur erstehen.[261] Damit dürften die wesentlichsten Merkmale proletarischer

[258] Das Weimar der arbeitenden Jugend, S. 41.　　[259] a. a. O., S. 80.
[260] a. a. O., S. 40.
[261] Vgl. die Leitsätze *Radbruchs* in „*Jungsozialistische Blätter*" 1921 Heft 6. S. 69: „Kultur gründet und gipfelt aber letzten Endes in einem bestimmten *Lebens- und Weltgefühl*. Schon heut sind in der sozialistischen Jugend die Grundzüge eines neuen Lebens- und Weltgefühls deutlich erkennbar: eine inbrünstige Diesseitigkeit, eine tiefe Freude an der Natur, an der Schönheit und Kraft des eigenen Leibes, eine fast fanatische Lebensbejahung, die ihr Ja und Amen, ihr Trotzalledem letzten Endes über alle Dinge spricht. Man ist versucht, dieses neue Lebensgefühl, wie es in unsern *Arbeiterdichtern* stark und voll Ausdruck findet, als eine Religion anzusprechen — wenn auch Religion ohne Kirche und Bekenntnis, ohne Gott und Jenseits."

begreifen, daß wir im Jenseits für irdisches Elend reichlich belohnt werden sollen. Die Zeit hat den Glauben zerstört, der Wissenschaft ist er zum Märchen geworden. Was nach uns geschieht, kümmert uns im Augenblick weniger, mehr liegt uns am Herzen, was man mit uns tut."[262] Die materialistische Geschichtsauffassung ist für weite Kreise geradezu ein Dogma geworden, und mit diesem Dogma ist ein Glaube an ein Jenseits unvereinbar. Kirche, Religion und damit jeglicher Religionsunterricht sind nach dieser Auffassung überflüssig, weil sie zum Erdenglück nicht verhelfen können. Vom Religionsunterricht sagt ein Proletarier: „Davon hat allerdings der Volksschüler ein reich gemessenes Maß mitbekommen. Wenn er aber später versuchen wird, sich mit Katechismusantworten und Bibelsprüchen und Gesangbuchversen durchs harte Leben hindurchzuschlagen, dann wird er üble Erfahrungen machen."[263] Man gewinnt durch das Schrifttum der Proletarierjugend keineswegs den Eindruck, als ob der junge Proletarier unter einem Minderwertigkeitsgefühl leide; er scheint sich vielmehr durch die rein wissenschaftliche Fundierung seiner Weltanschauung[264] den „Gläubigen" weit überlegen zu fühlen, auch in moralischer Hinsicht. Am schärfsten wird das Weihnachtsfest bekämpft, weil es am ehesten mit seinen volkstümlichen Gebräuchen den Proletarier der Kirche, wenn auch nur zeitweise, näherbringen kann. So ergeht gerade zum Weihnachtsfeste die Aufforderung an das Proletariat, aus der Kirche auszutreten: „Austreten aus jeder Kirche, offen vor aller Welt die Trennung vollziehen, allen Proletariern die geistige Knechtschaft enthüllen, in der die Religion sie hält: das sei unser Weihnachtsfest."[265] Die Abneigung gegen die Kirche wird auch durch die Beobachtung begründet, daß Anhänger

[262] *Proletarier-Jugend*, 1. Jahrg. Heft 6/7. S. 3.

[263] *Proletarier-Jugend*, 1. Jahrg. Heft 6/7. S. 5. — Vgl. *Der junge Genosse*, 3. Jahrg. Nr. 2. S. 6. Hier kommt in einem Berichte eines Schulmädchens über den R. U. die oppositionelle und kritische Einstellung gut zum Ausdruck. Das Mädchen gehört der kommunistischen Jugend an. „Ein Mädchen · sagte, daß Gott eine schlechte Eigenschaft hätte, nämlich, nach jedem Tag sagte er, ich habe es sehr gut gemacht. Ein Sprichwort aber heißt: Eigenlob stinkt." „Ein Mädchen bemerkte ·, daß ihre Mutter eine Frau kenne, die mit dem Gebetbuch aus der Kirche in einen Kartoffelladen ging und Kartoffeln stahl, ob diese Frau auch eine Christin sei. Da sagte unser Lehrer: nein. Nach unserer Ansicht ist die Frau wohl keine Christin, denn sie hat es vielleicht nur aus Not gestohlen. Erst ging sie in die Kirche und hat zu Gott gebetet, der gab ihr nichts, und nun mußte sie stehlen."

[264] Vgl. *Gottlose Jugend*, 1925, Nr. 1. S. 2: Der Zweck der Zeitschrift wird u. a. darin gesehen, „die Arbeiterjugend mit der Denkweise *dieses unseres* Jahrhunderts zu erfüllen, eines Zeitalters unerhörter Triumphe der Wissenschaft, einer großartigen Epoche des Aufstiegs".

[265] *Die kommunistische Jugend*, 1. Jahrg. Nr. 1. S. 149. — Vgl. *Die Fackel*, 1. Jahrg. Nr. 4. S. 58: „Wir jungen Proletarier, die wir schon seit langem mit diesen Institutionen (Kirche, Schule), welche uns durch falsche Erziehung und Treiben zum Krieg in die schärfste Opposition brachten, gebrochen haben. müssen, soweit es noch nicht geschehen ist, die letzte Konsequenz tragen."

mittel der unterdrückten Klasse mißbrauchen." „Kein Evangelium, keine
noch so schöne Verheißung, nur der Sozialismus wird euch die er-
hoffte Erlösung bringen." „Nicht im Jenseits liegt unser Reich."[266] Dabei
gehen sehr viele in ihrer Ablehnung so weit, daß sie keinen Unterschied
zwischen Kirche und Religion machen, diese werden geradezu identifi-
ziert. Sie gelten als abgetane Sache. Das um so mehr, als sie die Kirche
für eine Institution für die Interessen der herrschenden Klassenschicht
halten,[267] die in den Augen des Proletariats kirchlich und damit, wenn
auch nur äußerlich, religiös ist.[268] Sein Mißtrauen ist durch den poli-
tisch-wirtschaftlichen Gegensatz gegeben: „Kirche und Staat waren stets
bemüht, diesen Drang zu meistern und dieser Sehnsucht Schranken zu
setzen im Interesse der höheren Weltordnung, die man deshalb die
göttliche nannte, weil sie die Vorrechte schützte und die Sklaverei
zum Prinzip erhob."[269] So könnte man zu der Überzeugung kommen,
daß eine gewisse Irreligiosität das Produkt des proletarischen Milieus
sei. Von frühester Kindheit an ist dieser Jugendliche Zeuge des täglichen
wirtschaftlichen Kampfes und der Sorgen, zu deren Behebung er bald
selbst mitarbeiten muß. Und die Arbeit, wie sie in unserem Zeitalter
von ihm verlangt wird, stumpft ihn schon in kurzer Frist ab; sie ist
es vor allem, die „den Körper so weit zermürbt, daß auch die freie
Zeit für Freude, für innere Erhebung, für Arbeit an sich selbst verloren"[270] geht. Dazu kommt, daß er in seiner Umgebung nur abfällige
Urteile über die Religion hört, er wird sie sich leicht zu eigen machen,
besonders wenn er auch persönlich unter einer Notlage zu leiden hat.
So kann ein jüngerer Volksschüler schreiben: „Sie machen uns weiß,
daß einer da ist, der für uns sorgt: Der Gott. Er ist so lieb, so furchtbar
gut. Doch wir Arbeiterkinder haben davon noch nichts gemerkt. Wenn
unsere Eltern arbeitslos sind, gab er uns noch nie Brot. Der Krieg zeigte
uns auch sehr gut die Liebe Gottes."[271] Ein anderer wieder berichtet

[266] *Junge Kämpfer*, 2. Jahrg. Nr. 12. S. 75.
[267] Vgl. *Das proletarische Kind*, 1. Jahrg. Nr. 3. S. 2: „Wir bekämpfen nicht
die Religion an sich, sondern die Ausnützung religiöser Anschauungen, die
Weckung religiöser Bedürfnisse zu ausgesprochen reaktionären Zwecken. Unser
Ziel kann es also nicht so sehr sein, einen kleinen Teil der Kinder dem kirchlichen Religionsunterricht zu entziehen, als der Masse der Kinder den gegen-
revolutionären Kern des Kirchenchristentums zum Bewußtsein zu bringen." —
Vgl. unter [266].
[268] Vgl. *Gottlose Jugend*, 1925, Nr. 1. S. 2: „Längst haben die Kapitalisten eingesehen, daß es sich am leichtesten regieren läßt über einem verdummten Volke.
Kein Wunder also, daß sie sich den Ausbau der Kirche, jenem (!) Universal-
instrument der Bevormundung weiter Schichten, vor allem der Arbeiterklasse,
recht angelegt sein lassen. Seit Jahrzehnten stehen Kirche und Priestertum unter
dem liebevollsten Protektorat des Bürgertums. ‚Dem Volk muß die Religion erhalten bleiben!' das ist das Wort, das immer wieder uns entgegentritt."
[269] *Die junge Menschheit*, Nr. 1.
[270] *Arbeiter-Jugend*, 16. Jahrg. Heft 5. S. 134.
[271] *Der junge Genosse*, 3. Jahrg. Nr. 8/9. S. 3/4.

Not kennengelernt habt, deshalb redet ihr solchen Blödsinn. Euer Gott, den ihr so vollkommen nennt, sollte sich was schämen, so eine Welt geschaffen zu haben, wo es so viel Kummer und Elend gibt, warum duldet er das?" „Dies haben Euch die Pfaffen schon jahrhundertelang gepredigt und dies ist ein Trostwort für die Dummen. Jesus ist tot und wird niemals wiederkommen."[272] Wenn der Proletarier schon in den Kinderjahren mit krassem Nihilismus in Berührung kommt und der Einfluß seiner Umgebung auch weiterhin negativ ist, dann kann wohl kaum von einer religiösen *Entwicklung* die Rede sein.[273] Die wirtschaftliche Frage wird in den weitaus meisten Fällen für den jungen Proletarier *die Lebensfrage* sein, die religiöse Anlage muß erstickt werden. Das scheint bei der Masse die Norm zu sein. Eine andere Frage ist die, wie weit sich das religiöse Moment bei denen, die in dem Klassenkampf eine ihnen vom Schicksal gestellte Aufgabe sehen, wieder Geltung verschafft, ob es sogar vermag, dieser Idee eine gewisse Prägung zu geben. Mit anderen Worten: ob der Sozialismus für den jungen Proletarier eine Art Religion darstellt. Dafür sprechen allerdings die verschiedensten Ausführungen (vgl. S. 130). So lesen wir in den *Jungsozialistischen Blättern*: „Wenn Sozialismus mehr sein will als bloßes Wirtschaftsprogramm, mehr als rein zivilisatorische Behebung unserer äußeren Nöte, wenn er Menschheitsidee sein will, muß er in irgendeiner noch zu findenden Form den ganzen Menschen erfassen, vor allem diesen heimlichsten und tiefsten Teil des Menschen: sein religiöses Bewußtsein und seine religiöse Sehnsucht."[274] Oder an anderer Stelle: „Einen Gott brauchen wir. Mag er Christus, historischer Materialismus oder Diktatur des Proletariats heißen. Aber ohne ihn läßt sich nicht leben."[275] Noch anschaulicher werden uns Möglichkeiten religiösen Erlebens in folgender Ausführung geschildert: „Ihr erlebt das neue religiöse Gefühl da und dort, dann und wann. Wenn ihr im Zug schreitet, rote Fahnen schwingend, Taktschritt hört und mitschreitet, Masse der Brüder um euch fühlt, die Internationale singt. Ihr erlebt es ‚auch' so, zuweilen, wie der gläubige Katholik im Gottesdienst seine Religion, als einen beglückenden Schauder in den Adern, als ein feuriges Rieseln durchs Blut. In solchen, noch seltenen Augenblicken rührt das Religiöse in euch an euer Bewußtsein. Ihr erlebt es auf Tagungen, wenn euch das Gefühl überkommt, daß ihr in der Schar der Kameraden ruht wie ein Schwimmer in den Wellen; oder wenn die Wimpel in der Sonne glänzen, die Wolken ziehen, das Land duftet — und ihr, die Schar, inmitten

---

[272] *Der junge Genosse*, 3. Jahrg. S. 7.
[273] Vgl. das pessimistische Urteil in der *Arbeiter-Jugend*, 16. Jahrg. Heft 5. S. 105: „Wir leiden an Oberflächlichkeit. Da hilft kein Vertuschen. Finden wir bei der Mehrheit der Sechzehn- bis Zwanzigjährigen ein ernstes persönliches Ringen und Wachsen?"
[274] a. a. O. S. 363.   [275] a. a. O. S. 362.

Proletarier liegt, die Grenze nach dem Religiösen hin überschreitet, braucht in einzelnen Fällen jedenfalls nicht in Zweifel gezogen zu werden. Weit intensiver allerdings, und auch bewußter scheint das Bemühen einer religiösen Deutung und Erfassung des Sozialismus bei den Jugendlichen zu sein, die aus innerster Überzeugung aus der bürgerlichen Jugendbewegung zur proletarischen übergehen (vgl. S. 109 und 116); wir haben dabei in erster Linie an die „Entschiedene Jugend" zu denken. Sie waren nicht vom Wirtschaftlichen her zum Sozialismus gekommen, sondern vom Idealismus her. *Wittfogel* schreibt: „Die Religion des kämpfenden Proletariats aber heißt: dialektische Entfaltung der Welt, und Marx ist Vater und ihr Prophet", „das Proletariat der Vollstrecker des Willens der Weltgeschichte. — Das ist das bis in seine kosmischen Konsequenzen zu Ende gedachte religiöse Erlebnis, das heute die Arbeitermassen beherrscht und trägt." „Der Marxismus ist die erste Weltreligion, die in der Geschichte der Menschheit möglich gewesen ist." Die soziale Revolution müsse den Boden schaffen „für einen anderen Zuschnitt der allgemeinen Weltrevolution".[277] So geht diese Jugend von ganz anderen Voraussetzungen, auch auf Grund eines ganz anderen religiösen Besitzes an das Problem eines religiösen Sozialismus heran (vgl. S. 83). Der Durchschnittsproletarier dagegen wird eine Deutung seiner Auffassung des Sozialismus im Sinne von Religion entschieden ablehnen, sofern der Begriff Religion ein Abhängigkeitsgefühl von einer Macht außer ihm zur Voraussetzung haben soll. Er sucht vielmehr diese Kraft in sich selbst und in dem festen internationalen Zusammenschluß seiner Klasse, in dem Solidaritätsgefühl (vgl. S. 128 unter [261]). Man möchte sagen: die Masse der proletarischen Jugend ist nicht religiös, weil sie nicht religiös sein *will*, schon aus Mißtrauen gegen die „Religion", gegen die Terminologie der christlichen Kirche. Der junge Proletarier lehnt mitunter sogar den Begriff Glauben ab, weil er ihm des Religiösen verdächtig ist: „Für das neue Geschlecht, das wir bilden, darf der Sozialismus keine Glaubenssache mehr sein. Wir müssen *wissen*, *daß* er und *warum* er kommt."[278] Man kann dies Wort kaum anders deuten, als daß der Sozialismus für die ältere Generation eine Glaubensangelegenheit gewesen sein soll. Nachdem die Weltrevolution aber ihren Anfang genommen habe, stehe die junge Generation seiner Verwirklichung viel näher. *Ist* er aber noch nicht in seiner vollen Ausgestaltung da, dann kann dies „Wissen" nicht anders als gesteigerter und gefestigter Glaube bezeichnet werden, als eine eschatologische Hoffnung, die bestimmt auf Erfüllung rechnen darf. Andererseits wird aber gerade in den radikalsten Kreisen auch die Ansicht vertreten, daß

[276] *Freie sozialistische Jugend*, S. 110 f.
[277] *Vivos voco*, 2. Jahrg. Heft 11. S. 623/624.
[278] *Proletarier-Jugend*, 1. Jahrg. Heft 16. S. 3.

grinsen, wenn man es wagt, ihnen von *Religion*, von *Gott* oder gar von Christus zu sprechen." Der Kommunismus setze einen „Glauben an die Kraft des Geistigen", nicht an einen Gott voraus. Ohne einen solchen Glauben könne die Weltrevolution nicht erfolgreich sein; denn „Kommunismus ist Religion". „Nicht eher wird der Kommunismus auf der Erde verwirklicht werden, als bis er den Menschen zur Religion geworden ist."[279] Und in einem Urteil über die „Übernationale proletarische Jugend", die sich um „Die Flamme" schart, heißt es: „Diese junge Bewegung mitten aus dem Proletariat heraus ist . tief im *Religiösen* verankert. Ihrem *politischen Bekenntnis* nach steht sie der *syndikalistischen Jugend* sehr nahe."[280] Eine Erklärung dieses Tatbestandes ist vielleicht darin zu finden, daß die Richtung auf das *Absolute*, die in den extremeren Gruppen ohne Frage ausgeprägter ist als in den gemäßigteren, ohne weiteres eine Berührung mit dem Absoluten der Religion mit sich bringt. Allerdings darf aus einer intensiveren Auseinandersetzung mit religiösen Fragen noch nicht auf echtes religiöses Erleben und Streben geschlossen werden. Doch damit sind wir bereits bei der *Deutung* und Beurteilung des religiösen Erlebens in der Proletarierjugend angelangt.

Eine Tatsache ergibt sich auch aus unserem Quellenmaterial mit unbedingter Sicherheit, nämlich daß die Proletarierjugend *jede* objektive Religion, wie sie im Rahmen unserer Kultur entstanden ist, *entschieden* ablehnt. Diese Einstellung ist für sie eine Selbstverständlichkeit, ist sozusagen zur Tradition geworden. So bildet sich in dem Proletarierkinde kein geschlossener Kinderglaube, wie wir ihn bei der übrigen Jugend wohl voraussetzen können. Darin besteht der grundlegende Unterschied zwischen ihm und dem Bürgerkinde. Demnach muß seine Entwicklung auch ein anderes Gepräge bekommen. Von einer *religiösen* Entwicklung wird man am besten überhaupt nicht reden. Denn das Proletarierkind steht schon vom frühesten Alter an in einem *Gegensatz* zu den Religionen seines Kulturkreises. Die Loslösung ist bereits da, bevor die seelische Reifung einsetzt. Diese Ablehnung wird von seiner engeren Umgebung, die sich in ihrer scharfen Kritik auch im Beisein des Kindes keinerlei Mäßigung auferlegt, ständig genährt. So sind die älteren schulpflichtigen Kinder bereits infiziert, sie sind echte Proletarier. Das Wirtschaftliche wird auch für sie sehr bald zur *Lebensfrage*, neben der das Religiöse keinen Platz finden kann, und das um so weniger, als ein religiöses Erbgut fehlt, das sich in der weiteren Entwicklung geltend machen könnte. Das höchste Ideal ist nunmehr für den jungen Proletarier *das sozialistische Klassenprogramm*. Ob es für ihn auch zur *Religion* werden kann, das ist für uns der Kern des religiösen Pro-

[279] *Die junge Menschheit*, Nr. 8.
[280] *Weltjugendliga*, 2. Jahrg. Nr. 4. S. 30.

daß sie wohl ein Religionssurrogat darstellen können, eine *Religion* aber, bis jetzt wenigstens, nicht genannt werden können. Wieweit es sich um Ansätze zu einer neuen Religion handelt, das ist eine Frage, die auf Grund des Schrifttums allein nicht eindeutig beantwortet werden kann. Denn solche Feinheiten des Erlebens lassen sich aus ihm nicht erkennen. Diese Frage kann nur mehr gefühlsmäßig und subjektiv entschieden werden. In diesem Sinne sind auch die bekannten Auffassungen von *E. Spranger* (s. S. 24), *W. Hoffmann* (s. S. 22), *K. Bondy* (s. S. 35), *G. Dehn* usw. (s. S. 13 ff.) zu bewerten. *L. Cordier* sagt abschließend über die proletarische Jugendbewegung: „Die wirklich religiösen Zeugnisse aus der Arbeiterjugend mögen wie Diamantfunde in der Sandwüste erscheinen und von Stimmen ganz anderer Art immer wieder übertönt werden. Allein ein paar solcher Steine können genügen, die Sandwüste zum Edelstein-Suchgebiet zu erklären und im Glauben die Verheißung eines Größeren uns zu eigen zu machen."[283] Das ist aber das Äußerste, was gesagt werden kann. Immerhin wird man gut tun, für den Durchschnittsjugendlichen in der proletarischen Jugendbewegung eher zu pessimistisch als zu optimistisch zu urteilen. So wertvoll für uns die Ausführungen des Sozialisten *Hendrik de Man* sind, den *sicheren* Beweis des *religiösen* Ursprungs des Sozialismus erbringen auch sie nicht. Hendrik de Man schreibt: „Die psychologische Wurzeleinheit von Sozialismus und Christentum tritt auch darin zutage, daß fast die ganze Vorstellungssymbolik der sozialistischen Arbeiterbewegung christlichen Ursprungs ist," denn „dem Abendländer sind die Gefühlssymbole des Christentums gewissermaßen in Fleisch und Blut übergegangen." Das spricht aber nur dafür, daß auch der Sozialist trotz aller ablehnenden Haltung sich nicht völlig freimachen kann von einer Beeinflussung durch die christliche Religion. In folgendem betont er es auch: „Sicher ist nur, daß man die christliche Symbolik als diejenige anerkennen muß, die den Empfindungs- und Anschauungsformen unserer

---

[281] *Piechowski, P.,* Proletarischer Glaube. S. 207.
[282] Vgl. *Hoffmann, W.,* Die Reifezeit. S. 131.
[283] *Cordier, L.,* Evangelische Jugendkunde. 2. Teil. S. 518.

Aus dieser Tatsache zieht er aber eine Folgerung, nämlich die des *religiösen* Ursprungs der sozialistischen Gefühlswelt, die dadurch noch nicht *erwiesen* erscheint. So müssen wir es dahingestellt sein lassen, ob eine völlige Loslösung von jeglichem religiösen Empfinden in ihrem tiefsten Wesen *echt* sein kann. Neben dem sozialistischen Solidaritätsgefühl wird es der Eindruck des Naturerlebens sein können, unter dem der Jugendliche „sich dem ewigen Weltgeschehen mit der Weihe religiöser Stimmung"[285] nahen kann. *E. Spranger* sagt: „Daß jemand ganz ohne Religion sei, halten wir für so ausgeschlossen wie ein Leben ohne — noch so primitiven — Lebenssinn."[286] Es mag uns schwer fallen anzunehmen, daß die Entwicklung des jungen Proletariers religiöser Faktoren entbehren soll. Fest steht aber, daß das Religiöse für dessen Lebensgestaltung keinerlei Bedeutung hat.

[284] *Hendrik de Man*, Zur Psychologie des Sozialismus. S. 96 und 97.
[285] *Sonne*, 1. Jahrg. Heft 1/2. S. 6.
[286] *Spranger, E.*, Psychologie des Jugendalters. S. 298.

III. Teil

1. Das psychologische Ergebnis

Mit diesen monographischen Darstellungen könnte die Untersuchung abgeschlossen werden, da das, was das Quellenmaterial für die Erkenntnis des religiösen Erlebens in der Jugendbewegung ergeben hat, bei den einzelnen Gruppen erörtert worden ist. Um nicht zu wiederholen, können wir uns nunmehr kurz fassen. Sobald wir nämlich den Jugendlichen aus dem Rahmen unserer Typologie herausnehmen, um seine Religiosität in ihrer individuellen Struktur zu beleuchten, wären wir durch die Mannigfaltigkeit der religiösen Entwicklungen gezwungen, für jeden einzelnen Jugendlichen eine besondere Monographie zu schreiben, da ein jeder seine eigene Struktur hat. Es gibt keine ausgesprochenen Idealtypen. Das wird einem nirgends so klar wie bei der Erörterung eines religiösen Jugendproblems. Vom Entwicklungsgedanken aus gesehen muß gesagt werden, daß jede Typenbildung letzten Endes etwas Gekünsteltes an sich hat. Mit Recht wagt daher auch E. *Spranger* nicht, die Typen seiner „Lebensformen" auf den sich noch entwickelnden jungen Menschen zu übertragen. Und doch kommen wir ohne eine Typologie kaum aus, wir brauchen sie schon als methodisches Hilfsmittel. Für unser Problem ergab sie sich außerdem aus einem mehr sachlichen Gesichtspunkte, und zwar dem der religiösen Begriffsbestimmung, sie hatte also keinen rein methodischen Charakter. Wir müssen uns jedoch dessen bewußt sein, daß die großen Verbände, nach denen wir die Jugendbewegung geordnet haben, nicht nur organisch gewachsen sind. Sie sind vielmehr Gebilde, die dem innersten Wesen des Jugendlichen an sich widersprechen. Denn auch sie erstarren allzu leicht in ihren Formen, und jede Erstarrung ist dem Jugendlichen zuwider. Das rein Organisatorische ist von der Jugend*pflege* durch Erwachsene in die Jugendbewegung hineingetragen worden. Die Jugendlichen sind, eben weil sie noch in der Entwicklung stehen, von sich aus nicht in der Lage, sich in größerer Zahl und auf längere Dauer unter *einer* bestimmten „Erlebnisrichtung" zusammenzuschließen. Erst „die Struktur des reifen Individuums ist in der Regel so geartet, daß eine bestimmte Erlebnisrichtung ihm *das* Organ bedeutet, durch das es den Sinn der Welt aufsaugt und ihr seine aus dem Innersten kommenden Sinndeutungen rückwärts wieder aufprägt und einbildet. Die in der Entfaltung begriffene Individualität hingegen besitzt noch keinen so eindeutigen

mäßes Eigenleben zu führen. Es handelt sich dabei um Jugendliche, die zur Zeit in ihrer „Erlebnisfähigkeit" sich gleichen oder wenigstens ähneln. Doch schon der nächste Augenblick kann eine solche Gruppe sprengen, da der Entwicklungsrhythmus der einzelnen Jugendlichen verschieden ist. Auf diese Weise ist auch die Wandervogelbewegung und damit die Jugendbewegung überhaupt entstanden. Jede Absplitterung kann als eine Reaktion gegen ein Abweichen von der ursprünglich jugendgemäßen Orientierung angesehen werden. Es war das Wandern, das Abreagieren gegen die Großstadtkultur, das noch heute *allen* Jugendgruppen, ob sie nun zur Jugendpflege oder zur Jugendbewegung gehören, gemeinsam ist. Jede weitere Blickrichtung schon bringt mit innerer Notwendigkeit eine Zersplitterung. Die Individualisierung, die dem Jugendalter eigen ist, steht einem Zusammenschlusse in größeren Verbänden und auch dem Versuch einer Typologisierung entgegen.

Uns soll es nunmehr darauf ankommen, die *allgemeinen* Merkmale des religiösen Erlebens in der Jugendbewegung noch einmal zusammenzufassen, um nach ihnen ein Bild von der religiösen Entwicklung *des* Jugendlichen in *der* Jugendbewegung zu entwerfen. Gleichzeitig werden wir uns, soweit Ergebnisse aus unserem Quellenmaterial vorliegen, mit den im einleitenden Teile kurz skizzierten Auffassungen in der Wissenschaft, besonders in der Jugendpsychologie, auseinanderzusetzen haben. Ein solcher Versuch muß gewagt erscheinen, da das Material kaum dazu ermuntern kann, eine *lückenlose* Darstellung zu bieten. Denn das Schrifttum der Jugendbewegung gewährt uns keinen Einblick in die religiöse Welt des *Kindes,* allenfalls noch in die Übergangszeit vom Kindesalter zur Pubertätszeit. Da aber „der seelische Aufbau in schichtenförmiger Gliederung erfolgt",[2] also auch der religiöse, darf die Religion des Kindes in einem solchen Bilde nicht fehlen. Um diese Lücke auszufüllen, mögen die bis jetzt vorliegenden wissenschaftlichen Forschungsergebnisse der Kinderpsychologie und persönliche Beobachtungen und Erfahrungen, soweit sie nicht den Ergebnissen der Untersuchung widersprechen, herangezogen werden. Selbstverständlich können sie nicht einen Anspruch auf Allgemeingültigkeit erheben. Auch bei der Darstellung der religiösen Entwicklung in der Pubertätszeit werden wir, wie schon im methodischen Teile bemerkt worden ist, dieses Hilfsmittels nicht entraten können. Daß diese immerhin nur allgemeinen Züge religiöser Jugendentwicklung als typisch für den Durchschnittsjugendlichen unserer Tage angesehen werden dürfen, kann nicht mit Sicherheit behauptet werden. Doch wenn wir von der Erwägung ausgehen, daß auch die Jugendlichen, die nicht organisiert sind, unter einem starken Einfluß der Jugendbewegung stehen, daß sich ihr Geist mehr oder weniger

---

[1] *Spranger, E.,* Psychologie des Jugendalters. S. 328/29.
[2] *Hoffmann, W.,* Die Reifezeit. 2. Aufl. S. 20.

Das deutsche Kind ist schicksalsmäßig in einen Kulturkreis hinein-
geboren, dem das Christentum, und zwar in konfessionellem Gewande,
das Gepräge gibt. In der Literatur der Jugendpsychologie, in der die Religion der Kindheit aus leicht ersichtlichen Gründen nur verhältnismäßig
kurz behandelt wird, herrschen in ihrer Beurteilung keine nennenswerten
Differenzen. Dem pessimistischen Urteile G. *Bohnes,* das er neuerdings
in einer kleinen Schrift [3] fällt, kann nicht zugestimmt werden. Er äußert
sich dahin, daß jedes Bild, das bisher von der Kindheitsreligion entworfen worden sei, recht schief sei; daher wolle er davon absehen, ein
neues mangelhaftes Bild zu liefern. Beizupflichten ist ihm dagegen, wenn
er hier mehr als in seiner bekannten Abhandlung die Verantwortung der
Umgebung, insbesondere des Elternhauses, für die weitere religiöse Entwicklung des Kindes betont. In der wissenschaftlichen Forschung bestehen nur in der Frage Meinungsverschiedenheiten, ob wir mit einer
religiösen Anlage zu rechnen haben oder nicht. In der Mitte zwischen
der positiven und negativen Beantwortung dieser Frage hält sich die
Auffassung, die nur von einer Anlage zu einer vertieften Lebensauffassung sprechen will. Die Frage wird nicht überzeugend zu lösen sein.
Wenn *E. Spranger* von „spontanen Trieben" spricht, aus denen das
„religiöses Leben" „herauswächst", [4] so kann man dem nicht zustimmen.
Ohne Anleitung und Beeinflussung bildet sich u. E. keine Religion. Wir
haben mit der Tatsache zu rechnen, daß das Kind in weitestem Maße
einer religiösen Bildung zugänglich ist. Eine direkte Unterweisung ist
dabei nicht unbedingte Voraussetzung. Denn unsere Kultur ist vollkommen vom Geiste des Christentums durchsetzt, so daß auch das Kind
eines radikalen Proletariers von ihm nicht gänzlich freigehalten werden
kann, vielleicht gerade durch die Bekämpfung der christlichen Religion.
Im Unterrichte, in Aufsätzen und kleineren Erhebungen kann man die
Erfahrung machen, daß sogenannte Dissidenten sich oft eingehender
mit den Heilswahrheiten des Christentums auseinandersetzen als Knaben,
die am Religionsunterrichte teilnehmen; eine Erfahrung, die auch durch
das Schrifttum der proletarischen Jugendbewegung erhärtet wird. Diese
Hinweise mögen in diesem Zusammenhange genügen.

Grundlegend für unsere Beurteilung der Kindheitsreligion ist die
Auffassung, daß unter dem Einflusse der geistigen Umwelt in weitestem
Sinne bei absoluter Rezeptivität des Kindes selbst dessen religiöse Welt
gebildet wird. In der sich dadurch ergebenden Verschiedenheit der
religiösen Grundlage ist schon die Differenziertheit der späteren religiösen Entwicklungen der Jugendlichen bedingt. Diese Zeit der seelischen Aufgeschlossenheit, der reinen Rezeptivität, kann für die „Optimalzeit" religiöser Unterweisung angesehen werden. Für das Kind gibt

---

[3] *Bohne, G.,* Warum unsere Kinder den Glauben verlieren?
[4] *Spranger, E.,* Psychologie des Jugendalters. S. 289.

wesentlich. „Suggestion und Nachahmung bilden daher die Grundlage aller Erziehung. Die besten Wortbelehrungen sind wertlos, wenn das Kind nicht in seiner Umgebung die geeigneten Vorbilder findet. An diesem Widerspruche pflegt ein gut Teil der moralischen und religiösen Erziehung verloren zu gehen."[5] Der Kinderglaube steht auf einer Stufe mit dem Märchenglauben: „Das Kind kann Phantasie und Wirklichkeit noch nicht klar unterscheiden",[6] oder, wie *W. Hoffmann* ausführt: „Hier gibt es noch keinen Gegensatz zwischen schemenhaften Vorstellungen und den in frischen Farben und Tönen unmittelbar erlebten Vorgängen der Außenwelt, sondern die Vorstellungswelt des Kindes ist ebenso farbig und tönend, ist der sinnlichen Wahrnehmung zum Verwechseln ähnlich und schiebt sich darum unvermerkt in jene andere Welt ein, verdeckt und verändert das Bild wie ein Zauberkünstler."[7] Andere Merkmale der Kindheitsreligion zeigen sich in der Stellung zum Gebet. Während es in frühestem Alter beim Gebet nur auf das Äußere, z. B. auf das richtige Händefalten, also auf das Motorische, auf das Einüben achtete, kommt im späteren Kindesalter der Wunschcharakter seiner Religion klar zum Ausdruck. Die egozentrische Einstellung und den magischen Glauben konnten wir in dem auf Seite 112 abgedruckten Kindergebet gut beobachten. Für die hohe Bedeutung des Magischen im Kindesleben, besonders in der Gebetsform, und seine Verwandtschaft mit primitiven Verhaltungsweisen bringt *H. Werner* vom Hamburger Psychologischen Institut treffende Beispiele. Er unterscheidet zwischen einer Frühform und einer Spätform: „Die magische Haltung befindet sich zwischen zwei extremen Polen: der mehr oder weniger spielerischen Verhaltung auf der einen, der echt religiösen auf der anderen Seite; wir finden beim Kinde selbst des frühen Alters alle Übergänge von der einen zur anderen Form verwirklicht. Nichtsdestoweniger muß betont werden, daß zu unterscheiden ist zwischen einer Frühform des Magischen, bei der das Magische kaum abgelöst ist von einer natürlich-kindlichen Art zu handeln und zu denken und einer Spätform des

---

[5] *Hoffmann, W.,* Die Reifezeit. 2. Aufl. S. 47.

[6] *Bohne, G.,* Warum unsere Kinder den Glauben verlieren? S. 4.

[7] *Hoffmann, W.,* a. a. O. S. 52. — Wie lebhaft die Phantasie eines Kindes sein kann, dafür möge ein persönliches Erlebnis angeführt werden, das ich vor drei Jahren am Swinemünder Strande hatte. Mein Schwager erging sich nach dem Bade am Strande. Ich hörte, wie ein vierjähriges Mädchen mit einem Blick und einer Stimme, die beide tiefste Ehrfurcht verrieten, seine Mutter fragte: „Ist das der liebe Gott?" Wie kam das Kind zu dieser Frage? Sicher waren es der lange Bademantel, der Bart und der Haarkranz, dazu das Meer im Hintergrunde, die in der Phantasie dieses Kindes ein früher gesehenes Bild wieder auftauchen ließen, das es nun hier in der Wirklichkeit zu schauen glaubte. An diesem Beispiele erkennen wir auch, daß die religiöse Vorstellung des Kindes nur anthropomorph ist.

Im Vergleich mit dem Jugendalter muß als der auffallendste Zug der Religion im Kindesalter die Passivität, die leichte Beeinflußbarkeit erscheinen. In dieser Erkenntnis setzt man die Altersgrenze für die Aufnahme immer weiter herab, nicht nur in der Jugendpflege, sondern auch in der Jugendbewegung. Der Kampf um den Nachwuchs! Die Verantwortung ist groß, die damit übernommen wird! Kann man nicht gar zu leicht der Entwicklung vorgreifen, wenn man *Kinder* in eine *Jugend*gruppe aufnimmt? Die Jugend täte wohl im eigenen Interesse besser, für sich zu bleiben. Eine feste Grenze für das Kindesalter anzugeben, ist schwer. *H. Schlemmer* setzt die erste Lockerung des Kinderglaubens in das 11.—13. Lebensjahr. „In der Vorpubertät", so sagt er, „scheinen mir nun zwei Entwicklungslinien nebeneinander her zu laufen, oft in der Seele desselben Kindes, nur daß natürlich bei dem einen diese, bei dem anderen jene mehr hervortritt: eine robust-materialistische Kritik und der Versuch eigener selbständiger Aneignung des bisher traditionell Überkommenen."[9] Das trifft u. E. nicht das Richtige, jedenfalls nicht für diese Übergangszeit. Um einen Versuch wenigstens, der bewußt unternommen wird, handelt es sich auf keinen Fall. Denn das wäre schon das deutlichste Kennzeichen der Pubertät, die aber erst der Zeit dieser scharfen Kritik folgt. Das ältere Kind ist wirklich noch ein *Kind* und will es bleiben, auch hinsichtlich seiner religiösen Haltung. Es sind glückliche Jahre, die es an der Schwelle der Jugendjahre verlebt. Es ist ein ausgesprochener Realist, in seinem Forscherdrang sucht es ganz naiv die Realität Gottes und aller Werte zu prüfen. Aber bezeichnend ist für dies Alter, daß die Kritik nicht tief geht, niemals zu einem sein Innerstes berührenden Zweifel führt. Hat es entdeckt, daß etwas nicht „wahr" ist, so stellt es das mit einer stolz lächelnden Miene fest; und damit ist aber auch der Fall erledigt. Welche Freude macht es, frische Quintaner zu unterrichten. Ihnen kommt es darauf an, im Religionsunterricht möglichst viele „Geschichten" zu lesen, die „fein gehen". Von irgendeinem unmittelbaren *religiösen* Interesse kann noch keine Rede sein.[10] Es ist ein vergebliches Bemühen, ihnen von Sünde und Gnade zu reden, man redet nur an ihnen vorbei. Die Welt um sie, und was in ihr vorgeht, interessiert sie, die Märchenwelt rückt ihnen immer ferner, und damit auch die kindlichen Vorstellungen von Himmel und Hölle. *H. Schlemmer*, der gerade dies

[8] *Werner, A.*, Über magische Verhaltungsweisen im Kindesalter. Zeitschrift für pädagogische Psychologie. 29. Jahrg. S. 465/66.
[9] *Schlemmer, H.*, Die Seele des jungen Menschen. S. 144.
[10] Dafür sprechen auch die Berichte über die jüngsten Kreise in der Jugendbewegung. Will man die jüngeren bis zu den Tertianern halten, dann muß man ihnen mit realeren Dingen kommen als mit Religion. (Vgl. S. 69 und 79, s. auch S. 12.)

dem, was *Schreiber* in seiner Untersuchung festgestellt hat. Hat der
11—12jährige Vertrauen, dann zeigt sich die Leichtgläubigkeit noch in
vollem Umfange. Ein sicheres, klares Ja auf die so oft gestellte Frage:
„Ist das wahr?" genügt ihm vollständig.[12] Man geht wohl nicht fehl
in der Annahme, daß heute im Durchschnitt der Jugendliche mit spä-
testens 13 Jahren den Kinderglauben aufgibt. Diese Grenze hat sich
gegen früher verschoben. Die Zerrissenheit unserer Kultur, der Mangel
an einem einheitlichen Ethos und an einer einheitlichen Religion müssen
gerade in religiöser Hinsicht gegen früher einen beschleunigteren Entwicklungsrhythmus bewirken, der von der sexuellen Reifung gar nicht
bedingt zu sein braucht. Eindrücke, die in früherer Kindheit nicht tief
gehen, können sich bei ihrem Abschluß wieder hervordrängen. Es mag
nur daran erinnert werden, daß in der Gegenwart die Kinder schon bei
der Anmeldung zur Volksschule von dem Kampfe um das religiöse
Problem hören, wenn sie ihm auch in diesem zarten Alter kein Interesse
entgegenbringen. Zu Beginn der Pubertät aber kann sich die Wirkung
zeigen. Ich denke an einen Fall, wo ein kleines Mädchen schon nach
achttägigem Schulbesuche mit der Frage nach Hause kam: „Was ist
nun richtig? Gibt es nun einen Gott oder nicht? Die andern (die am
lebenskundlichen Unterrichte teilnehmen) sagen, es gäbe keinen." Wird
nicht der Schüler auf der höheren Schule — dem Lehrer geht es ebenso
— geradezu vor *jeder* Religionsstunde an diesen Weltanschauungskampf
erinnert, wenn einige Schüler das Klassenzimmer verlassen, weil sie
vom Religionsunterricht befreit sind? Solche Momente müssen die religiöse Entwicklung der Kinder in der verschiedenartigsten Weise beeinflussen. So sind alle zeitlichen Abgrenzungen nur Hinweise auf *Möglichkeiten* der Entwicklung, allgemeingültige Gesetze können nicht auf-

---

11 *Schlemmer, H.,* a. a. O. S. 144.
12 Anders sind schon Untertertianer. Ich hatte gerade im vergangenen Jahr
Gelegenheit, Quintaner und Untertertianer auf ihren Entwicklungsstand hin
zu vergleichen. Waren sich die Quintaner im allgemeinen gleich, so konnten
bei den Untertertianern große Differenzen im Entwicklungsrhythmus festgestellt
werden, die den Unterricht naturgemäß sehr erschwerten. Dazu kam noch, daß
eine ganze Reihe gleichzeitig Konfirmandenunterricht hatten. (Vgl. die Klage
eines Schülers auf Seite 107.) Verharrten die einen noch in ihrem Kinderglauben,
so gab es andere, die sich von ihm schon ganz losgelöst hatten. Ist es da zu
verhindern, daß einer ruhigen Entwicklung vorgegriffen wird? Ein Beispiel!
Ich verließ das Klassenzimmer nach einer Stunde, die ich als besonders gelungen bezeichnen möchte. Da hörte ich noch die Bemerkung eines Schülers,
der stets sehr rege im Unterricht war. Er mußte annehmen, daß ich sie nicht
mehr hören würde: „Mensch, 's ist ja Quatsch! Da hätte Jesus an jedem Bein
ein Paddelboot haben müssen!" Die Geschichte „Jesus wandelt auf dem Meere"
war noch nicht behandelt worden. Mir schien es, als ob die beiden Schüler
eine Unterhaltung vor der Stunde fortsetzten. Wie eine einzige solche Bemerkung
wirken kann, was sie mit einem Schlage alles zertrümmern kann, das bedarf
keines weiteren Kommentars. Der Pädagoge kann für solche Bemerkungen nur
dankbar sein; denn er weiß, womit er zu rechnen hat.

alle Altersgrenzen in dieser Untersuchung, soweit sie zur Orientierung notwendig sind, nur als bedingt verstanden werden und keine normative Bedeutung haben, zumal uns das Schrifttum der Jugendbewegung in dieser Beziehung nur wenig sagen kann.

Zur Auslösung einer wirklichen religiösen Krisis scheint allerdings ein wichtiger Schritt in der Entwicklung, „die Wendung nach innen",[13] wie *W. Stern* sagt, zu gehören. Das Interesse des Jugendlichen wird mit etwa 15 Jahren von der Außenwelt, die er zu kennen glaubt, auf die Innenwelt, auf sein eigenes Innere gelenkt. Hier sieht er sich bald vor lauter Rätseln. Die neue geistige Situation, vor die er sich gestellt sieht, beunruhigt ihn; er lernt jetzt Probleme kennen, deren schwierigstes sein eigenes Ich ist. „Dieses Ich, der gemeinsame einheitliche Hintergrund aller einzelnen Bewußtseinsinhalte, ist das eigentliche Ziel der neuen subjektivistischen Einstellung."[14] Dieses Ich soll ein anderes werden, als es in der Kindheit war, und kann es werden in der Auseinandersetzung mit den ihm entgegentretenden objektiven Werten.[15] Man kann beobachten, wie lebhafte Jungen plötzlich ruhig und in sich gekehrt werden. Sie verstehen ihre „albernen" Kameraden nicht mehr. Dies Stadium der Entwicklung ist im allgemeinen leicht zu erkennen.[16] Wohl die überwiegende Mehrheit der Jugendlichen in der Jugendbewegung ist in demselben Zustande. Der Frohsinn ihres Jugendlandes dämmt drohende Depressionen rasch ein. Selten aber werden derartige Gemütsstimmungen, wie sie *O. Kupky* voraussetzt, ausschließlich durch religiöse Konflikte verursacht sein. Der psychologische Sinn dieses Entwicklungsstadiums dürfte der sein, daß durch die eingehende Beschäftigung mit dem Ich das abstrakte Denken geübt wird. Für die religiöse Einstellung des Jugendlichen hat sie noch keine unmittelbare Bedeutung.

Das wird anders, wenn der junge Mensch nach einiger Zeit als ein wesentlich anderer mit persönlichen Idealen sich wieder der Außenwelt zuwendet. Er sieht sie jetzt mit schärferen Augen an. Von einer gewissen Defensivstellung aus prüft er seine Umgebung in allen ihren Teilen auf ihre *Echtheit* hin. Damit ist die *Möglichkeit* eines *ethischen Konfliktes* gegeben. Sicherlich spielt auch die intellektualistische Einstellung des Jugendlichen, die besonders *Richert* (s. S. 18) betont (vgl.

---

[13] *Stern, W.*, Vom Ichbewußtsein des Jugendlichen. Zeitschrift für pädagogische Psychologie. 23. Jahrg. S. 9.   [14] a. a. O. S. 10.
[14] *Hoffmann, W.*, Die Psychologie der erwerbstätigen Jugend und ihre Bedeutung für die Arbeit an Berufsschulen.
[16] Ich bereitete einen Untersekundaner, der nach Absolvierung der Realschule ein Realgymnasium besuchen wollte, in Latein vor. Schon zu Beginn der zweiten Privatstunde bat er mich: „Ach, Herr Studienrat, sagen Sie mir doch, was ‚Erkenne dich selbst' auf Lateinisch heißt!" Ich erfüllte ihm seinen Wunsch, und stolz zeigte er mir nach einigen Tagen seinen „Wahlspruch", wie er ausdrücklich betonte, auf dem Umschlag seines Übungsheftes. In der sich anschließenden Unterhaltung gewann ich den Eindruck, daß der junge Mensch keineswegs unter einer Depression zu leiden hatte.

und *W. Hoffmann* betont. Ist doch die Jugendbewegung aus der Erkenntnis des Unechten und Unwahren der Kultur entstanden; sie ist demnach vorwiegend *ethischen* Ursprungs. Es gehört auch heute nicht viel dazu, daß der Jugendliche Unechtes an seiner Umgebung erkennt. *Wo* er nun die erste Enttäuschung erlebt, das wird ganz verschieden sein, von seiner bisherigen Entwicklung und von seiner Umgebung selbst abhängen. Diese Gesichtspunkte berücksichtigt besonders *E. Spranger*. Als eine solche „Atmosphäre" haben wir auch den Jugendkreis in der Jugendbewegung anzusehen; von ihm wird die Richtung des Erlebens mindestens mitbestimmt. Bei der konfessionell gebundenen Jugendbewegung steht selbstverständlich das Religiöse mehr im Vordergrunde als beispielsweise bei der proletarischen. Über die Tiefe des religiösen Erlebens kann damit aber noch nichts gesagt sein. Wenn *H. Schlemmer* ausführt, daß die Pubertätszeit „mit einer außerordentlich starken Erregung und Erregbarkeit"[17] einsetze, und *E. Spranger* sagt: „In diesem Stadium ist der Mensch wirklich religiös",[18] so muß zum mindesten die ethische Seite seines Erlebens und Fühlens in *gleichem* Maße betont werden. Beides geht ineinander über. Man sieht die Grenzen nicht klar. Jedenfalls hat das Ethische eine wesentliche, wenn nicht sogar überragende Bedeutung für die Lebensgestaltung des Jugendlichen in *allen* Gruppen der Jugendbewegung. Das kann auf Grund des Schrifttums der Jugendbewegung mit Bestimmtheit ausgesagt werden.

Zu den Werten der Außenwelt, mit denen sich jeder gesunde Jugendliche auseinandersetzen *muß*, gehört auch die Religion, und zwar die *historische* Religion des Abendlandes, in erster Linie die protestantische oder katholische Konfession. Mit einer von beiden muß er, je nach seiner Erziehung, sein subjektives Erleben in Einklang zu bringen versuchen. Die Kindheitsreligion wird er zunächst ablehnen, das ist entwicklungspsychologisch begründet; denn ohne Loslösung ist kein Neubau möglich. Dabei braucht es durchaus nicht immer zu einem *katastrophalen* Zusammenbruch zu kommen. Man kann *G. Bohne* zustimmen, wenn er die Ansicht vertritt, daß die Kindheitsreligion zwar „überwunden" werden, aber nicht „zusammenbrechen"[19] müsse, und *O. Kupky*, wenn er die „gemischte Verlaufsform" als die durchschnittliche ansieht. Auf jeden Fall aber ist der Zweifel, wie schon *H. Richert* betont hat, für die weitaus überwiegende Mehrheit aller Jugendlichen ein *notwendiges* Durchgangsstadium. Bei den katholischen Jugendlichen braucht es nicht der Fall zu sein; die Lockerung des Kinderglaubens dürfte aber auch hier intensiver sein, als *J. Hoffmann* annimmt (s. S. 89). Es scheint sich doch um Ausnahmen zu handeln, wenn junge Katholiken in

---

[17] *Schlemmer, H.*, Die Seele des jungen Menschen. S. 145.
[18] *Spranger, E.*, Psychologie des Jugendalters. S. 293.
[19] *Bohne, G.*, Die religiöse Entwicklung der Jugend in der Reifezeit. S. 24.

wenn sie die objektiven Religionen, wie sie von den Kirchen vertreten werden, abgelehnt haben. Diese Ablehnung ist allerdings allgemein, bis auf die Katholiken, und keineswegs nur bei den proletarischen Jugendlichen zu beobachten. Nur in der Schärfe dieser Ablehnung besteht ein Unterschied. Die Rufer im Streite können als die Starken bezeichnet werden, die den Kampf bis zur Synthese durchfechten wollen. Sie klagen immer wieder über die *Lauheit* derer, die den Willen und die Kraft nicht im entferntesten aufbringen. Diese Lauen stellen aber die erdrückende Mehrheit der Jugendlichen dar, sie suchen vielmehr einem Ringen, sobald es sie ernstlich beunruhigt, wie und wo sie nur können, auszuweichen. In Beschäftigungen mannigfachster Art haben sie eine Ablenkung und gewinnen dadurch die innere Ruhe, das innere Gleichgewicht wieder. Hier haben wir uns zu entscheiden, ob wir die vielen Erlebnisse, die in der Jugendbewegung gern als religiöse bezeichnet werden, weil man durch sie auf den „metaphysischen Kern", um mit *W. Stern* zu reden, zu kommen glaubt, als *echte religiöse* ansehen wollen. Wenn diejenigen in der Jugendbewegung, die an den objektiven Religionen um wahre Religion ringen, religiös genannt zu werden verdienen, so dürfen andererseits die vielen, die ein solches Ringen meiden, nicht auch als religiös bezeichnet werden. So kann man *E. Spranger* in der weiten Fassung des Begriffes Religion folgen, um, wie er sagt, „auch die Vorstufen und unentwickelten Formen, die Mischphänomene und Entartungen mit zu berücksichtigen."[20] Bei einer abschließenden Beurteilung jedoch muß man die Grenzen unbedingt enger ziehen, d. h. den „metaphysischen Trieb", der beim Jugendlichen außerordentlich stark ausgeprägt ist, von echter Religiosität scheiden.

Schon die Jugendgruppe gibt dem Jugendlichen reichlich Gelegenheit zu wechselnder Betätigung. Aktive Teilnahme an Gründung und Ausbau seines Bundes, das ist ihm viel wichtiger als der Kampf um Ideen; auch hierin ist die dauernde Neugründung psychologisch begründet. Und wie steht es mit dem Wandern? Warum ist es bei *allen* Gruppen so beliebt? Weil es ihnen Betätigungsmöglichkeiten in reichstem Maße bietet. Es gehört schon ein reiferes Jugendalter dazu, wenn der Jugendliche wirklich „erleben" soll. *W. Hoffmann* sagt dazu: „Er liebt das Wandern ohne Ziel, die Fahrt ‚in die weite Welt'. Ein Jugendtreffen war am schönsten, wenn alles ohne besondere Vorbereitung geschah, der Verlauf ganz von augenblicklichen Eingebungen und Zufälligkeiten bestimmt wurde. Fragt man später nach dem inneren Gewinn, so wird man hören, daß es ein ‚Erlebnis' war, über dessen Inhalt nichts Näheres angegeben werden kann."[21] Immer werden die Gruppen am meisten blühen, in deren Mittelpunkte der Jugendliche ein Ideal findet, dessen Verwirklichung

---

[20] *Spranger, E.*, Psychologie des Jugendalters. S. 283.
[21] *Hoffmann, W.*, Die Reifezeit. S. 75.

E. Spranger auf Seite 24). Mag diese Einstellung im Sinne *E. Sprangers* und auch *P. Tillichs* „immanente Mystik" genannt werden oder „säkulare Religiosität", aber echte Religiosität ist das nicht, vor allen Dingen nicht beim Jugendlichen. Bei ihm ist die Religiosität etwas anderes als beim Erwachsenen, bei dem sie ein Merkmal seines Charakters ist. Beim Jugendlichen befindet sich aber die Charakterbildung noch in der Entwicklung; daher kann da, wo Charakter sich erst noch formen soll, von echter Religion, die den Charakter durchsetzt, nicht die Rede sein. Insofern müssen wir deutlich unterscheiden zwischen dem *Besitz von Religion* und einer Beschäftigung mit religiösen Dingen, einem *Ringen um Religion*. Unter dieser Voraussetzung gesehen handelt es sich beim Jugendlichen mehr um die Befriedigung eines starken metaphysischen Bedürfnisses, das sich auf *alle* Kulturgebiete — es sei ausdrücklich an den Sport erinnert — bezieht. Und diesem metaphysischen Triebe gibt das religiöse Ringen durchaus nicht das Gepräge. Ferner ist zu berücksichtigen, daß diese „immanente Mystik" ein Kompromiß ist zwischen Religion und Kultur, bei Erwachsenen zu verstehen als ein Zeichen der Ermüdung. Der Jugendliche hingegen hat mit der Religion das Absolute gemeinsam, d. h. wenn er religiös ringt, geht er auf den *Kern* der Religion, und zwar an der objektiven Religion, anders gesagt, von ihr aus. Sie ist steter Ausgangspunkt und Maßstab bei allen religiösen Erörterungen usw. Es ist auch im Schrifttum der Jugendbewegung festzustellen, daß religiöse Probleme, wo sie angeschnitten werden, nicht auf großes Interesse stoßen, weil ihnen der notwendige Resonanzboden fehlt. Das Erleben, an dem das Jugendalter an sich so reich ist, geht bei der Masse jedenfalls nicht in religiöser Richtung. Und es geht auch nicht tief. Denken wir dabei an die Nachwirkungen der wirklichen „Bekehrungen", wie sie *Starbuck* schildert, dann sind auch sie recht negativ (vgl. das Urteil *W. Sterns* auf Seite 32). Aus dem Schrifttum der Jugendbewegung kann in dieser Hinsicht kein sicherer Schluß gezogen werden. In den Kreisen der Jugendbewegung dürfte es sich — nach der Terminologie *Starbucks* und *James'* (s. S.17) — hauptsächlich um „Einmalgeborene" handeln. Die „Erweckungen" haben meistens andere Ursachen und Ziele als religiöse.[22]

[22] Persönliche Erfahrungen, besonders an zwei B. K.lern bestätigen die Angaben

haft religiös. Wie soll es da die Jugend sein?

E. *Spranger* bezeichnet als den *wesentlichen* Zug der Jugendbewegung die „Erweckung". Das ist richtig gesehen, da es sich in den Anfängen der Wandervogelbewegung wirklich um einen „Durchbruch des ungeteilten, ungehemmten Lebensstromes durch die einseitigen, erstarrten Formen der Kultur"[23] handelt. Nur sucht man vergeblich nach Momenten, die diesem „Durchbruch" einen „ethisch-religiösen"[23] Akzent geben. Der erste Wandervogel K. Fischer und sein Kreis wollten doch nichts weiter als wenigstens für einige wenige Stunden von dem lästigen Drucke der Großstadtkultur befreit sein. Und das war nur möglich, wenn man in die freie Natur hinauswanderte und dabei jeden Einfluß der Erwachsenen, der Vertreter der Gegenwartskultur, ausschloß. Das Unbewußte, Programmlose und Ziellose ist doch gerade das Schöne und das Echte dieser Bewegung. Die Opposition richtete sich keineswegs in erster Linie gegen die objektive Religion. Das zeitweise Voranstellen des religiösen Problems ist auf anderweitige Einwirkungen zurückzuführen, ist also nicht aus spontanen Trieben zu erklären. Dabei ist das religiöse Erleben und das Ringen um religiöse Fragen mehr oder weniger doch an die historischen *Formen* der Religion, die auch meistens für das *Wesentliche* angesehen werden, gebunden. Man kommt nicht weit über sie hinaus, kann sich auch nicht gänzlich von ihnen loslösen. Insofern kann es die Jugendbewegung nicht zu einer schöpferischen Tat auf religiösem Gebiete bringen, wie sie selbst auch resigniert zugibt. Ja es kann sogar festgestellt werden, daß sie hier den Kampf früher aufgegeben hat als auf anderen Gebieten. Wenn auch die Jugend im allgemeinen das Absolute vertritt und sucht, so scheint mit einer gewissen Einschränkung die Ansicht K. *Jaspers* auch auf die Jugendlichen zuzutreffen: „Wir ertragen nicht den Taumel aller Begriffe, die relativiert, aller Existenzformen, die fragwürdig werden. Es wird uns schwindlig, und es vergeht uns das Bewußtsein unserer Existenz. Es ist ein Trieb in uns, daß irgend etwas endgültig und fertig sein soll. Etwas soll ,richtig' sein, eine Lebensführung, ein Weltbild, eine Wertrangordnung. Der Mensch lehnt es ab, immer nur von Aufgaben und Fraglichkeiten zu leben. Er verlangt Rezepte für sein Handeln, endgültige Institutionen. Der Prozeß soll irgendeinmal zur Vollendung kommen: das Sein, die Einheit, die Geschlossenheit und die Ruhe werden geliebt."[24] Danach sucht auch der Jugendliche einen „Halt im Begrenzten".

Auch eine Entwicklung der Jugendbewegung *zum Religiösen hin* be-

---

der amerikanischen Religionspsychologen hinsichtlich der Dauer solcher „Bekehrungen". Wenn ich außerdem an die Haltung junger Studenten denke, deren Erleben ich in mehreren Verbindungen eingehend beobachten konnte, so ist auch hier das Ergebnis rein negativ. „Wissenschaftliche Abende" und Zeitschriften bieten jedenfalls eine Gelegenheit, religiöses Interesse wenigstens anzudeuten.
[23] *Spranger, E.*, Psychologie des Jugendalters. S. 336.
[24] *Jaspers, K.*, Psychologie der Weltanschauungen. S. 304.

146

wegung. Der eigentliche Jugendliche der Nachkriegszeit unterscheidet sich nicht in nennenswerter Weise von dem der Vorkriegsjahre. Das scheinen besonders die Autoren aus der konfessionell gebundenen Jugendbewegung (s. S. 35 f.) zu verkennen. Das Religiöse hat also nach wie vor für den Ausbau einer Jugendkultur durch die Jugendbewegung und für die Lebensgestaltung des einzelnen Jugendlichen keine ausschlaggebende Bedeutung. Daß sich die Gleichgültigkeit gegenüber der Religion bis zur Religions*losigkeit* steigert, braucht allgemein nicht angenommen zu werden. So tut *K. Bondy* recht, wenn er diese Frage auch für die radikalsten Kreise der proletarischen Jugendbewegung nicht zu entscheiden wagt. In dieser Hinsicht ein *objektives* Urteil fällen zu wollen, wäre Anmaßung. Denn hier kann man nur nach seinem *subjektiven* Empfinden urteilen. Die wissenschaftliche Forschung wird einstweilen nur von *Möglichkeiten* sprechen können. Da deckt sich wohl die am meisten vertretene Anschauung mit der *E. Sprangers,* auf die auch unser Quellenmaterial verweist: „Daß jemand ganz ohne Religiosität sei, halten wir für so ausgeschlossen wie ein Leben ohne — noch so primitiven — Lebenssinn." [25]

2. Pädagogische Richtlinien

Welche Schlüsse hat nun der Pädagoge aus einem solchen Ergebnisse zu ziehen? Es kann sich im Rahmen dieser Untersuchung nicht darum handeln, die Probleme religiöser Erziehung und Unterweisung in ganzer Breite aufzurollen, sondern doch nur darum, in allgemeinster Form *Richtlinien* aufzustellen, wie sie auf Grund der angeführten Ergebnisse wünschenswert erscheinen. Das einfachste Verfahren wäre wohl das, die Jugendbewegung selbst zu fragen, was sie für religionspädagogische Reformvorschläge zu machen habe, und dazu Stellung zu nehmen. Gerade hier sehen wir, wie sehr die Jugend auch auf religiösem Gebiete von den objektivierten Werten abhängig ist, d. h. nicht über sie hinaus weiter kommt. Sie lehnt aus dem Drange nach eigener schöpferischer Tätigkeit eine religiöse Unterweisung ab. Besonders radikal ist die Einstellung der „Anfang"-Jugend. Aber nachdem durch die Revolution ihre Forderungen im wesentlichen erfüllt sind, erlahmt auch ihr Interesse an dem religiösen Problem. Positive Vorschläge sucht man vergeblich, zu erwähnen wäre nur die Forderung auf religionsgeschichtlichen Unterricht.

Jedenfalls müssen wir von der Tatsache ausgehen, daß die Jugend im allgemeinen einer religiösen Erziehung, ganz gleich ob sie vom Elternhause, von der Kirche oder von der Schule ausgeht, gleichgültig oder gar ablehnend gegenübersteht. Dazu kommt die Erkenntnis, daß religiöses Erleben und religiöse Entwicklung individuell sind. Da drängt sich die Frage auf, ob religiöse Unterweisung überhaupt noch ratsam,

---

[25] *Spranger, E.,* Psychologie des Jugendalters. S. 298.

einer in sich geschlossenen Religion, könnten wir religiöses Leben und religiöses Interesse im Elternhause voraussetzen, dann stände ihm allein die verantwortungsvolle Aufgabe der religiösen Unterweisung zu. Doch es will scheinen, als ob die Eltern heute mehr als je die erzieherische Tätigkeit der Schule zuschieben möchten. In dieser ist im letzten Jahrzehnt vornehmlich um den Religionsunterricht ein heftiger Kampf ausgefochten worden. Gegenwärtig hat er an Schärfe verloren. Da scheint es an der Zeit zu sein, das Elternhaus auf seine Verantwortlichkeit für die religiöse Einstellung der kommenden Generation hinzuweisen.[26]

Im ganzen gesehen kann der Religionslehrer damit rechnen, daß sein Unterricht kühl aufgenommen wird. Er ist am meisten der Kritik der Schüler ausgesetzt und auch aus diesem Grunde der schwierigste. Erfordert er doch von dem Erzieher, daß er seine ganze Seele hineinlegt. Läßt die religiöse Unterweisung die innere Anteilnahme des Lehrers vermissen, dann wird der Religion die Seele genommen, und der Schüler wird nur noch gleichgültiger. Dabei spielt die Frage eine große Rolle, ob der Lehrer immer seine Parteinahme, die der Schüler ganz entschieden von ihm verlangt, offenbaren kann und soll.[28] Damit kommen wir zu einer grundsätzlichen Frage. Der Pädagoge muß damit rechnen, daß *jeder* Jugendliche — nur der katholische kann ausgenommen werden — zu einer Verneinung der objektivierten Religion kommt. In dieser Erkenntnis muß man den Konflikt bejahen. Er ist nicht tragisch zu nehmen, da er als entwicklungspsychologische Notwendigkeit zu sein scheint. In einem reiferen Alter kann der Schüler wissen, daß auch er einen Konflikt durchzumachen hat. Denn gerade die Religion ist der Ausdruck

---

[26] *Kabisch*, Wie lehren wir Religion? Göttingen 1917.
[27] Denn ich muß bekennen, daß ich zu der Erkenntnis gekommen bin, daß eine einzelne Religionsstunde wohl den Schülern eine innere Bereicherung bringen kann, wenn die erforderlichen psychologischen und stofflichen Bedingungen gegeben sind.
[28] Mir brennt diese Frage um so mehr auf der Seele, als ich vor einigen Wochen in der ersten Stunde des neuen Schuljahres in meiner Obertertia im Anschluß an das Osterfest die Auferstehungsgeschichte im Leben Jesu zu behandeln hatte. Ich wußte aus meiner eigenen Untersuchung, daß in diesem Alter zum mindesten bei einem Teile der Schüler mit einer starken Neigung zu Zweifeln zu rechnen war, aber nicht bei *allen*. Sollte ich nun meine persönliche Stellungnahme zu dieser Kardinalfrage darbieten? Mit Rücksicht auf die wenigen, von denen ich vermuten konnte, daß sie noch nicht grundsätzlich zweifelten, tat ich es nicht. Vom Osterfeste ausgehend zeigte ich ihnen, wie die Auferstehung in der Kunst dargestellt worden sei, um dann die Bedeutung des Auferstehungsgedankens für das Christentum herauszuarbeiten. Da aus Fragen und Antworten keine Anzeichen von Zweifeln zu erkennen waren, glaubte ich mich mit der reinen Darbietung des Stoffes einstweilen begnügen zu können, ja zu *müssen*. Wohl fühlen kann man sich als Lehrer bei solcher abwartenden Haltung nicht. Auf einer höheren Altersstufe würde ich die Gelegenheit *gesucht* haben, meine persönliche Anschauung der Klasse zu offenbaren.

schwer machen, weil der Jugendliche schon bald durch die starken Einflüsse außerhalb der Schule in diesem Kampf um ein Bildungsideal hineingezogen wird. Die Schule kann dem Jugendlichen dadurch ein Ziel geben, daß sie ihn zur innerlichen Erarbeitung der Religion an der objektiven Form seines Kulturkreises führt. Damit ist schon gesagt, daß wir uns für den konfessionellen Religionsunterricht entscheiden müssen, nur nicht in dogmatischer und autoritativer Form.[29] Es muß als ein Irrtum der Vertreter der neutralen Religionskunde bezeichnet werden, wenn sie im Sinne weiter Kreise der Jugendbewegung fordern, daß der Lehrer nur den Wesenskern aus der Mannigfaltigkeit der religiösen Anschauungen herauszuschälen habe, indem er sich darauf beschränkt, die subjektive Entscheidung des Jugendlichen *vorzubereiten*. Dem Zögling nur Kenntnisse zu vermitteln, ist eine psychologische und pädagogische Unmöglichkeit. Denn das Kind kommt nicht völlig unbeeinflußt in die Schule, sondern es bringt schon eine bestimmte religiöse Anschauung mit. Und diese Anschauung ist nicht gebildet an den mannigfaltigen religiösen Strömungen der Gegenwart, die bis heute noch keinen erkennbaren Niederschlag gefunden haben. Unser religiöses Fühlen und Denken wurzelt immer noch in den objektivierten religiösen Bewegungen der Vergangenheit. Die schicksalsmäßige Verbundenheit mit diesen können und dürfen wir nicht ignorieren. Wenn auch echter Religiosität noch so sehr konkrete Formen widerstreben, die Brücke zu der Vergangenheit kann nicht abgebrochen werden. Daher müssen noch immer die Konfessionen mit ihrem Glaubensgut, ihren kultischen Formen und nicht zuletzt mit ihren religiösen Heroen trotz aller Feindschaft gegen das Christentum im Mittelpunkte der religiösen Unterweisung stehen. Von ihnen aus muß der Pädagoge in persönlichem Geben auf das Kind und den Jugendlichen ethisch und religiös einzuwirken suchen. *Ch. Bühler* sagt in dem Juni-Heft 1929 der „Erziehung": „Wir haben zweimal in Kindheit und Jugend Perioden, wo im Anschluß an eine heftige Auseinandersetzung und einen Kampf mit der Umgebung sich eine außerordentliche

---

[29] *Richert, H.*, Die Ergebnisse der modernen Jugendpsychologie für die Gestaltung des Religionsunterrichts. S. 225 ff. und *Dehn, G.*, Die religiöse Gedankenwelt der Proletarierjugend. S. 74.

gionspädagogen von Wichtigkeit ist, erscheint zweifelhaft. Im Jugendalter werden wir kaum ganz allgemein von einer „Optimalzeit" für religiöse Erziehung reden können.

Mit diesen pädagogiscehn Richtlinien werden wir der religiösen Entwicklung gerecht, die nach dem Schrifttum der Jugendbewegung als die durchschnittliche angesehen werden darf, nämlich daß sich der junge Mensch in irgendwelcher Weise nach der Loslösung von der historisch geprägten Form der Religion doch mit einer mehr oder weniger festen Bindung an diese abfindet. Der Pädagoge kann dem Jugendlichen den Konflikt nicht ersparen, braucht ihn auch nicht zu verhüten zu suchen. Sein Streben muß darauf gerichtet sein, daß dieser ohne seelischen Schaden in die Kulturgemeinschaft hinein*wächst*, in die er hinein*geboren* ist.

Literaturverzeichnis
1. Methode

Bogen, H., Psychologie des Reifealters. Sammelberichte. Zeitschrift für angewandte Psychologie. 1925 und 1927.
Bühler, Ch., Tagebuch eines jungen Mädchens. Quellen und Studien zur Jugendkunde. Heft 1. Fischer. Jena 1922.
— Zwei Knabentagebücher. Mit einer Einleitung über die Bedeutung des Tagebuches für die Jugendpsychologie. Fischer. Jena 1925.
—, Das Seelenleben der Jugendlichen. 3. Aufl. 1925.
—, Die seelische Eigenart der beiden Geschlechter in der Zeit der werdenden Reife. In „Das kommende Geschlecht" III. 1925, 4.
Dilthey, W., Ideen über eine beschreibende und zergliedernde Psychologie. Sitzungsbericht der Berliner Akademie 1897.
Döring, M., Tagebücher Jugendlicher als Quellenschriften zur seelischen Entwicklung. Wissenschaftliche Beilage zur Leipziger Lehrerzeitung Nr. 14. 1921.
Fischer, A., Die Lage der Psychologie in der Gegenwart und ihre Folgen für die psych. Jugendkunde. Zeitschrift für Psychologie. 26. Jahrg. Heft 8/9. S. 385—401.
—, Religionspsychologische Untersuchungsmethoden im Dienst von Kinderforschung und Pädagogik. Zeitschrift für päd. Psychologie. 28. Jahrg. S. 10 ff.
Frischeisen-Köhler, M., Grenzen der experimentellen Methode. Berlin 1918.
Fuchs, H., Die Sprache des Jugendlichen im Tagebuch. Zeitschrift für angewandte Psychologie. Band 29.
Gruehn, W., Religionspsychologie. Jedermanns Bücherei. Breslau 1926.
Gruhle, H., Die Selbstbiographie als Quelle historischer Erkenntnis. München 1923.
Hermann, H., Zur Frage des religionspsychologischen Experiments. Gütersloh 1922.
Hug-Hellmuth, H., Tagebuch eines halbwüchsigen Mädchens. (Quellenschriften zur seelischen Entwicklung. Heft 1.) Leipzig und Wien, Intern. Psychoanalyt. Verlag 1919. 2. Aufl. 1921.
Jaensch, E. R., Über Gegenwartsaufgaben der Jugendpsychologie. Zeitschrift für Psychologie 94. 1/2. 38/53. 1924.
Krueger, F., Der Strukturbegriff in der neueren Psychologie. Fischer. Jena 1924.
—, Komplexqualitäten, Gestalten und Gefühle. München 1926.
Kupky, O., Tagebücher als Quellen zur Psychologie der Reifezeit. Pädagogisch-psychologische Arbeiten des Leipziger Lehrervereins. 13. Jahrg. S. 132 ff.
—, Jugendlichen-Psychologie. Ihre Hauptprobleme. Leipzig 1927.

[30] *Bühler, Ch.,* Jugendpsychologie und Erziehung. S. 532 und 534.

—, Die Anwendung der Psychoanalse auf Kindheit und Jugend. Ein Protest. Zeitschrift für angewandte Psychologie. 8. Band. S. 71 ff.

—, Zur Psychologie der reifenden Jugend. Kritische und methodische Betrachtungen. Zeitschrift für pädagogische Psychologie. 1927. S. 1 ff.

Tumlirz, O., Probleme und Zukunftsaufgaben der Jugendkunde. Wien 1925.

Volkelt, H., Über die Methoden der Jugendpsychologie (in „Psychologie der werktätigen Jugend"). Leipzig 1926.

2. Religionsphilosophie und Kulturphilosophie

Cordier, L., Die religiöse Krise der Gegenwart. Herborn 1924.

Dilthey, W., Gesammelte Schriften. Band 1/2. Leipzig und Berlin 1914. Teubner.

Foerster, Fr. W., Autorität und Freiheit. Betrachtungen zum Kulturproblem der Kirche. Kempten 1922.

Girgensohn, K., Der seelische Aufbau des religiösen Erlebens. Leipzig 1921.

—, Die Religion, ihre psych. Formen und ihre Zentralidee. Leipzig 1903.

Heiler, Fr., Das Gebet. München 1918.

Hellpach, W., Die geistigen Epidemien. Frankfurt a. M. 1906. Band 11.

Hofmann, P., Das religiöse Erlebnis, seine Struktur, seine Typen und sein Wahrheitsanspruch. Phil. Vortr. in der Kantgesellschaft 1925.

Höffding, H., Erlebnis und Deutung. 1927.

Jaspers, K., Psychologie der Weltanschauungen. 2. Aufl. Berlin 1922.

Kesseler, K., Das Problem der Religion in der Gegenwartsphilosophie. 2. Aufl. 1920.

—, Kulturproblematik und Religionsproblematik. Monatsblatt für den evangelischen Religionsunterricht. 17. Jahrg. S. 243 ff.

Litt, Th., Religion und Kultur. In „Die Erziehung", 2. Jahrg. Heft 2.

—, Individuum und Gemeinschaft. 3. Aufl. 1926.

—, Geschichte und Leben. Probleme und Ziele kulturwissenschaftlicher Bildung. 2. Aufl. Leipzig 1925. Teubner.

de Man, Hendrik, Zur Psych. des Sozialismus. Neue Aufl. Jena 1927. Diederichs.

Messer, A., Glauben und Wissen. 3. Aufl 1924.

Otto, R., Das Heilige. Breslau. 7. Aufl. 1922.

Scheler, M., Abhandlungen und Aufsätze. Band 1/2. Leipzig 1915.

—, Christentum und Gesellschaft. Halbband 1/2.

—, Schriften zur Soziologie und Weltanschauungslehre. Band 1. Leipzig 1923.

—, Vom Ewigen im Menschen. 1. Religiöse Erneuerung. Leipzig 1921.

Scholz, H., Religionsphilosophie. Berlin 1922.

Schweitzer, C., Das religiöse Deutschland der Gegenwart, 1. Band. Der allgemein religiöse Kreis. Berlin 1928.

Simmel, G., Das Problem der religiösen Lage, in „Weltanschauung". 1911.

—, Beiträge zur Erkenntnistheorie der Religion, in der Zeitschrift für Philosophie und philosopische Kritik. Band 119. 1901.

—, Der Konflikt der modernen Kultur. Ein Vortrag. 3. Aufl. München 1926.

—, Soziologie. 2. Aufl. München und Leipzig 1922.

Tillich, P., Die religiöse Lage der Gegenwart. Berlin 1926.

—, Religionsphilosophie der Kultur. 2. Aufl. Berlin 1921.

—, Kirche und Kultur. Vortrag. Tübingen 1924.

Troeltsch, E., Gesammelte Schriften. Band 2.

—, Zur religiösen Lage. Religionsphilosophie und Ethik. 1913.

—, Die Soziallehren der christlichen Kirchen und Gruppen. Gesammelte Schriften I. Tübingen 1912.

—, Religion und Wirtschaft. Leipzig 1913. Teubner.

—, Wesen der Religion und Religionswissenschaft. Kultur der Gegenwart, 1. Teil. Abt. 4. 2. Aufl. 1909. Band 2.

Wunderle, Aufgaben und Methoden der modernen Religionspsychologie, in „Christliche Schule" 1. Band. 1915.

3. Jugendpsychologie

Ament, W., Die Seele des Kindes. Stuttgart 1906.
Bernfeld, S., Vom dichterischen Schaffen der Jugend. Leipzig, Wien und Zürich 1924.
Broda-Deutsch, Das moderne Proletariat. Berlin. G. Reimer.
Bühler, Ch., Das Seelenleben der Jugendlichen. Jena. 3. Aufl. 1925.
Busemann, A., Die Sprache der Jugend als Ausdruck der Entwicklungsrhythmik. Jena 1925.
Classen, W., Das stadtgeborene Geschlecht und seine Zukunft.
Dehn, G., Großstadtjugend. 2. Aufl. Berlin 1922.
Dyroff, A., Über das Seelenleben des Kindes. 2. Aufl. Bonn 1911.
Gansberg, F., Die Welt der Großstadtkinder. Leipzig. Teubner.
Gaupp, R., Psychologie des Kindes. 1908.
Giese, F., Das freie literarische Schaffen bei Kindern und Jugendlichen. 2 Teile, Beiheft 7 der Zeitschrift für angewandte Psychologie. Leipzig 1914.
Goldbeck, E., Die jugendliche Persönlichkeit. Monatsschr. f. h. Schulen. Berlin 1921.
Groos, K., Das Seelenleben des Kindes. 3. Aufl. 1911.
—, Zur Psychologie der Reifezeit. Internat. Monatsschrift. 6. Jahrg. 1911.
Hall, St., Adolescence. New York 1918.
—, Ausgewählte Beiträge zur Kinderpsychologie und Pädagogik. Übersetzt von Stimpfle. Altenburg 1902.
Hoffmann, J., Handbuch der Jugendkunde und Jugenderziehung. 2. und 3. Aufl. Freiburg 1922. Herder.
—, Die Erziehung der Jugend in den Entwicklungsjahren. Freiburg 1913.
—, Über die religiösen Vorstellungen der reifenden Jugend. „Katechet. Blätter" 1916.
Hoffmann, W., Die Reifezeit. Grundfragen der Jugendpsychologie und Sozialpädagogik. 2. Aufl. Leipzig 1926. Quelle & Meyer.
—, Pubertätskrisen. Leipzig. Quelle & Meyer.
—, Das Pathologische in der Entwicklung der Jugendlichen. Zeitschrift für pädagogische Psychologie. 1923.
—, Psychologie der straffälligen Jugend. Leipzig 1919.
—, Die Psychologie der erwerbstätigen Jugend und ihre Bedeutung für die Arbeit an Berufsschulen, in „Die Erziehung". 4. Jahrg. Heft 8.
Jung, C. G., Die Psychologie der unbewußten Prozesse. 2. Aufl. Zürich 1918.
James, W., Psychologie. Übersetzt von M. Dürr. Leipzig 1909.
Kroh, O., Die Phasen der Jugendentwicklung. Württembergische Schulwarte. 2. 4. und 5. Jahrg.
Krueger, F., Über Entwicklungspsychologie. Leipzig 1915.
Küster, H., Erziehungsprobleme der Reifezeit. Vortragsreihen. Leipzig 1925. Quelle & Meyer.
Lau, E., Beiträg zur Psychologie der Jugend in der Pubertätszeit. 3. Aufl. Langensalza 1926.
Lindsey und *Evans*, Die Revolution der modernen Jugend. Deutsche Übersetzung von T. Harten-Hoencke und Dr. Friedrich Schönemann. Deutsche Verlagsanstalt Stuttgart, Berlin und Leipzig.
Mönkemüller, Das Pubertätsalter des Kindes. Leipzig 1927.
Nagy, Psychologie des kindlichen Interesses, in „Pädagogische Monographien". 9. Band. 1912.
Nohl, H., Charakteristik der Reifezeit, in „Die Erziehung". 2. Jahrg. Heft 3.
Preyer, W., Die Seele des Kindes 1887.

—, Die Seele des proletarischen Kindes. Dresden 1925.

Scupin, E. G. Bubis erste Kindheit. 1907.

Schlemmer, H., Die Seele des jungen Menschen im Entwicklungsalter. Stuttgart 1926.

Seidel, A., Bewußtsein als Verhängnis. Aus dem Nachlasse herausgegeben von H. Prinzhorn. Bonn 1927. Verlag Fr. Cohen.

Schopen, F., Beiträge zur Erziehung der männlichen Jugend. Mainz 1914.

Spranger, E., Psychologie des Jugendalters. Quelle & Meyer. 10. Aufl. Leipzig 1928. (Zitiert ist nach 3. Aufl. 1925.)

—, Von der ewigen Renaissance. Kultur und Erziehung. Leipzig 1919.

, Lebensformen. 2. Aufl. Halle 1921.

·, Humanismus und Jugendpsychologie. Berlin 1922.

Stern, E., Jugendpsychologie. Breslau 1923.

Stern, W., Zur Psychographie der proletarischen Jugendbewegung. Zeitschrift für pädagogische Psychologie. 1921.

—, Vom Ichbewußtsein des Jugendlichen. Zeitschrift für pädagogische Psychologie. 1922.

—, Über die Entwicklung der Idealbildung in der reifenden Jugend. Zeitschrift für pädagogische Psychologie 1923.

—·, Tatsachen und Ursachen der seelischen Entwicklung. Zeitschrift für angewandte Psychologie. 1908.

—·, Grundlinien des jugendlichen Seelenlebens. Küster, Erziehungsprobleme in der Reifezeit. 1925. S. 28—44.

—, Die Jugendkunde als Kulturforderung. Leipzig 1916.

—, Psychologie der frühen Kindheit. 1914.

Stern, Cl. u. W., Erinnerungen, Aussagen und Lügen in der ersten Kindheit. 1909.

Stockhaus, C., Die Arbeiterjugend zwischen 14 und 18 Jahren. Beiträge zum Problem der Arbeiterjugendpsychologie. Wittenberg 1926. Herrosé.

Schultz, Cl., Die Halbstarken. Leipzig und Eger 1912.

Tumlirz, O., Die Reifejahre. Leipzig 1924. Klinkhardt.

—·, Einführung in die Jugendkunde. Leipzig 1924. Klinkhardt.

Ziehen, Th., Psychologie des Jugendalters, in „Handbuch für Jugendpflege". Langensalza 1913.

—·, Das Seelenleben des Jugendlichen. Langensalza 1923.

4 Jugend und Religion

Arnold, E., Die Religiosität der heutigen Jugend. Ein Vortrag. Furche-Verlag. Berlin 1919.

Bohne, G., Die religiöse Entwicklung der Jugend in der Reifezeit. Auf Grund autobiographischer Zeugnisse. Leipzig. Hinrichs 1922.

—, Warum unsere Kinder den Glauben verlieren? Neudietendorf 1928.

—·, Das religiöse Erleben in der Pubertät, in Zeitschrift für Sexualwissenschaften. 10. Band. 1923.

Cordier, L., Was Jugend von der Kirche erwartet. 1925. Oranienverlag. Herborn.

—·, Die religiöse Jugend unserer Tage. 1927.

Dehn, G., Die religiöse Gedankenwelt der Proletarierjugend in Selbstzeugnissen dargestellt. Furche-Verlag. 2. Aufl. 1924.

Eichele, E., Die religiöse Entwicklung im Jugendalter. Gütersloh 1928. C. Bertelsmann.

Felden, E., Kind und Gottesglaube. 2. Aufl. Berlin 1921.

Frick, H., Die Religion der Jugend. Ihr Wesen und ihr Schicksal. 1928.

Frisch, Fr. und Hetzer, H., Die religiöse Entwicklung des Jugendlichen, in „Archiv für die ges. Psychologie". 1928. S. 409 ff.

Huth, A., Über die religiösen Vorstellungen der reifenden Jugend. Zeitschrift für pädagogische Psychologie. 1916.

—, Großstadtjugend und Religion. Zeitschrift für pädagogische Psychologie. 1917.

2. Jahrg. 1926. S. 61—79.

Kropp, E., Jugendbewegung und Religion. Ein Vortrag, in „Monatsblatt für den evangelischen Religionsunterricht". 18. Jahrg. Heft 6. S. 124—131.

Kupky, O., Die religiöse Entwicklung von Jugendlichen, dargestellt auf Grund ihrer literarischen Erzeugnisse. Arch. f. d. ges. Psych. Bd. 49. H. 1/2. S. 1—88.

Lehmann, v. H., Über Disposition zum Gebet und zur Andacht. Zeitschrift für angewandte Psychologie 10. Jahrg. 1915.

Leitner, H., Zur Psychologie jugendlicher Religiosität innerhalb des deutschen Methodismus. Leipziger Dissertation. 1929.

Merz, G., Der religiöse Gedanke in der Jugendbewegung, in „Bayerische Blätter für das Gymnasialschulwesen", 61. Band. 1925. S. 13—19.

Müller, H., Die religiöse Welt des Wandervogels, in „Christliche Freiheit". 36. Jahrg. Nr. 35.

Pfizenmaier, J., Die idealistische Jugendbewegung im Licht der christlichen Jugendarbeit. Zeitbücherverlag. Nürnberg 1920.

Piechowski, P., Proletarischer Glaube. Die religiöse Gedankenwelt der organisierten deutschen Arbeiterschaft, nach sozialistischen und kommunistischen Selbstzeugnissen dargestellt. Furche-Verlag 1927.

Pöhlmann, Vom Kinderglauben zum Männerglauben. Monatsbl. für den evangelischen Religionsunterricht. 1909.

Schlemmer, H., Die religiöse Bedeutung des Wandervogels, in „Protestantenblatt". 1916. Nr. 33.

—, Die moderne Jugend und die Religion in „Monatsbl. für den evangelischen Religionsunterricht". 1921. Nr. 9/10.

—, Die religiöse Persönlichkeit in der Erziehung. Mundus-Verlag. Charlottenburg 1920.

Schreiber, H., Der Kinderglaube. Langensalza 1909.

Stählin, O., Religiöse Strömungen in der Jugendbewegung, in „Zeitwende". München 1925. S. 127—142.

Starbuck, E. D., Religionspsychologie I und II, deutsch von Beda. Leipzig 1909.

Stärk, W., Das religiöse Erleben der westeuropäischen Judenheit. Furche-Verlag. Berlin 1926.

Tillich, P., Die Jugend und die Religion, in A. Grabowsky & W. Koch, Die freideutsche Jugendbewegung. Ursprung und Zukunft. Gotha 1910.

Weigl, Fr., Kind und Religion. Paderborn 1914.

Werner, H., Über magische Verhaltungsweisen im Kindesalter. Zeitschrift für pädagogische Psychologie. 29. Jahrg. S. 465—476.

5. Jugendbewegung

Ahlhorn, K., Die freideutsche Jugendbewegung. München 1924.

Berliner, C., Die Organisation der jüdischen Jugend in Deutschland. Berlin 1919.

Bernfeld, S., Vom Gemeinschaftsleben der Jugend. Leipzig 1922.

—, Das jüdische Volk und seine Jugend. Verlag R. Löwit. Wien.

Blüher, H., Wandervogel, Geschichte einer Jugendbewegung. 4. Aufl. 1919.

—, Die deutsche Wandervogelbewegung als erotisches Phänomen. Berlin-Tempelhof 1914.

—, Der Charakter der Jugendbewegung. Saal-Verlag. Lauenburg a. E. 1921.

Bondy, K., Die proletarische Jugendbewegung in Deutschland. Saal-Verlag. Lauenburg a. E. 1922.

Cordier, L., Evangelische Jugendkunde. Schwerin. 1. Band 1925, 2. Band 1926.

—, Jugendbewegung und Protestantismus in „Christdeutsche Stimmen". 6. Jahrg. Heft 4/5.

—, Die evangelische Jugend und ihre Bünde. Schwerin.

Fischer, A., Das Verhältnis der Jugend zu den sozialen Bewegungen der Gegenwart und der Begriff der Sozialpädagogik. Jugendführer und Jugendprobleme. Teubner. Leipzig 1924. S. 209—306.

—, Erscheinung und Gehalt der deutschen Jugendbewegung, in „Die Quelle" von Burger & Rothe. 77. Jahrg. 1927. Heft 6.

—, Die neue Jugendbewegung. Zeitschrift für pädagogische Psychologie. 1915.

Fischer, A., Die Zukunft der Jugendpflege, in „Europäische Staats- und Wirtschaftszeitung". 2. Jahrg. Nr. 8. S. 203 ff.

Foerster, Fr. W., Jugendseele, Jugendbewegung, Jugendziel. Rotapfel-Verlag. Zürich 1923.

Freideutsche Jugend. Zur Jahrhundertfeier auf dem Hohen Meißner. 1913. Festschrift. Diederichs. Jena 1913.

Frobenius, E., Mit uns zieht die neue Zeit. Eine Geschichte der Jugendbewegung. Verlag Deutsche Buchgemeinschaft. Berlin 1927.

Gerber, H., Über die Jugendbewegung. Gedanken für solche, die sie kennenlernen möchten. Verlag des deutschen Volkstums. Hamburg 1920.

Grabowsky, A. und *Koch*, W., Die freideutsche Jugendbewegung, Ursprung und Zukunft. Gotha 1920/21.

Guardini, R., Moderne Jugend und katholischer Geist. Mainz 1924.

Herrle, Th., Die deutsche Jugendbewegung in ihren kulturellen Zusammenhängen. Gotha und Stuttgart 1924.

—, Zur Psychologie der Jugendbewegung. Zeitschrift für pädagogische Psychologie. 28. Jahrg. S. 257—264.

Hoffmann, R. J., Fug und Unfug der Jugendkultur. Greiz 1914.

Jöde, F., Jugendbewegung oder Jugendpflege? Hamburg 1917. Saal.

Joél, E., Die Jugend vor der sozialen Frage. Jena 1915. Diederichs.

Jungdeutsches Wollen, Vorträge. Verlag des deutschen Volkstums. Hamburg 1919.

Die Religiosität der deutschen Jugend, in „Junge Menschen". 8. Jahrg. Heft 11. Artikelreihe.

Junge Saat, Lebensbuch einer Jugendbewegung. Neuwerk-Verlag. Schlüchtern 1921.

Keilhacker, Jugendpflege und Jugendbewegung in München.

Körber, N., Die deutsche Jugendbewegung. Zentralverlag. Berlin 1920.

—, Die Schicksalsstunde der deutschen Jugend.

Kronacher Bund, 3. Bundestag. Höxter, Pfingsten 1922. Greifenverlag Rudolstadt.

Lütken, Ch., Die deutsche Jugendbewegung, ein soziologischer Versuch. Frankfurter Societätsdruckerei 1925.

Lüth, E., Das Ende der Jugendbewegung vom Hohen Meißner. Ein Bekenntnis zu neuen Zielen. Der grüne Sichel-Verlag. Hamburg 1925.

Messer, A., Die freideutsche Jugendbewegung. 5. Aufl. Langensalza 1924.

—, Der freideutsche Gedanke, in „Philosophie und Leben", 3. Jahrg. Heft 4. S. 91 ff.

Natorp, P., Hoffnungen und Gefahren unserer Jugendbewegung. Jena 1914.

Reisinger, E., Dr. Wyneken, der „Anfang" und die „Freideutsche Jugend". München 1914.

Ritzhaupt, A., Die neue Schar in Thüringen. Tat-Flugschriften 38.

Schlemmer, H., Der Geist der deutschen Jugendbewegung. München 1923.

Schomburg, H. E., Der Wandervogel, seine Freunde und seine Gegner. Wolfenbüttel 1917.

Schröder, K., Jugendpflege und Jugendbewegung, in „Ratgeber für Jugendvereinigungen". 15. Jahrg. Heft 5/6. 1921.

Schulz, J., Das Jugendproblem in der Gegenwart. 1921.

Siemring, H., Die deutschen Jugendpflegeverbände. Ihre Ziele, Geschichte und Organisation. Berlin 1918. Teil I.

—, Die deutschen Jugendverbände. Ihre Ziele, sowie ihre Entwicklung und Tätigkeit seit 1917. Berlin 1923. Teil II.

Stählin, W., Über den gegenwärtigen Stand der Jugendbewegung, in „Die Erziehung". 2. Jahrg. Heft 8. S. 469—490.
—, Über die Jugendbewegung, in „Die Erziehung". 3. Jahrg. Heft 12. S. 701 f.
—, Der neue Lebensstil, Ideale deutscher Jugend. 4. Aufl. Dieterichs. Jena 1925.
—, Fieber und Heil in der Jugendbewegung. Hamburg. 4. Aufl. 1925.
—, Schicksal und Sinn der deutschen Jugendbewegung. Treue-Verlag. Sollstedt 1926.
—, Jesus und die Jugend. Sollstedt.
Stolier, H., Eine Geschichte deutscher Jugendbewegung. 1919.
In „Süddeutsche Monatshefte", 23. Jahrg. Juni 1926. Artikelreihe: Deutsche Jugendbewegung.
Troß, E., Die Tagung auf dem Hohen Meißner 1923, ein Sieg der Jugend.
Das Weimar der arbeitenden Jugend, Niederschriften und Bilder vom ersten Reichsjugendtag der Arbeiterjugend, bearbeitet von E. R. Müller, Magdeburg. Verlag des Hauptvorstandes des Verbandes der Arbeiterjugendvereine Deutschlands. 1921.

6. Pädagogik

Brethfeld, Religion, Religionsunterricht und religiöse Anlage des Kindes, in „Die deutsche Schule". 31. Jahrg. Heft 6/7.
Bühler, Ch., Jugendpsychologie und Erziehung, in „Die Erziehung". 4. Jahrg. Juni 1929. S. 530—539.
Cohn, J., Geist der Erziehung. Pädagogik auf philosophischer Grundlage. Teubner 1919.
Foerster, Fr. W., Religion und Charakterbildung. Psychologische und pädagogische Vorschläge, Rotapfel-Verlag, Zürich und Leipzig 1925.
Hellpach, W., Die Wesensgestalt der deutschen Schule, 2. Aufl. Quelle & Meyer. Leipzig 1926.
Litt, Ch., Möglichkeiten und Grenzen der Pädagogik. Teubner. Leipzig 1926.
—, Die Philosophie der Gegenwart und ihr Einfluß auf das Bildungsideal. 2. Aufl. Leipzig 1927.
—, Erkenntnis und Leben. Teubner. Leipzig 1923.
—, Ethik der Neuzeit. München 1927.
—, „Führen" oder „Wachsenlassen". Eine Erörterung des pädagogischen Grundproblems. Teubner. Leipzig 1927.
—, Wissenschaft, Bildung, Weltanschauung. Teubner. Leipzig 1928.
Mennicke, C., Wesen und pädagogische Bedeutung der Jugendbewegung in „Die Erziehung". 1. Jahrg. Heft 5. S. 263 ff.
Nohl, H., Zur deutschen Bildung. 4 Vorträge, Göttingen, Vandenhoek und Rupprecht. 1926.
—, Das Verhältnis der Generationen in der Pädagogik, in „Die Tat". 6. Jahrg. Heft 2. Mai 1914. S. 137 ff.
Richert, H., Die Ergebnisse der modernern Jugendpsychologie für die Gestaltung des Religionsunterrichts, in „Monatsblatt für den evangelischen Religionsunterricht". 7. Jahrg. 1914. 7/8 Heft. S. 209—230.

7. Zeitschriften

a) Evangelische Jugendbewegung

Christdeutsche Jugend, Mitteilungen des Neulandbundes junger Männer. Herausgegeben in Verbindung mit Pfarrer Lange von Pfarrer Lic. Dr. Cordier, Frankfurt a/Main. 1. Jahrg. 1921. Mit Beilage „Der Jungstreiter".
Degenfeld, Udo, Jesus in unserem Schülerleben. Bilder aus einer Jugendbewegung. 3. Auflage. Furche-Verlag 1926.

Jahrg. 1909.

Der Jung-Evangelische, Führerblätter der evangelischen Jugend. Schriftleitung Horst Schirrmacher, Bochum

Der Botschafter, früher „*Mitteilungen und Winke*", Zeitschrift der B.-K.

Mutiges Christentum, Blätter für tätiges Mitleid mit der Not von Deutschlands Volk und Jugend. 1.Jahrg. 1919.

Neuland, Ein Blatt für die geistig höherstrebende weibliche Jugend. Neuland-Verlag. Tambach/Thür. 1. Jahrg. 1915.

Neuwerk, Der Christ im Volksstaat, seit 1. April 1921. Ein Dienst am Werdenden. Neuwerk-Verlag. 1. Jahrg. Schlüchtern 1919.

Unser Blatt, Monatsblatt für junge Mädchen geb. Stände, herausgegeben vom Arbeitsausschuß für die deutsche Mädchen-Bibelkreisbewegung. Burckhardhaus-Verlag, Berlin-Dahlem. 1. Jahrg. 1901.

Unser Weg, Stimmen aus dem Bund der Köngener. 1. Jahrg. Tübingen 1920, jetzt Erfurt.

b) Katholische Jugendbewegung

Der Aufstieg, Deutsche Schülerzeitung. 1. Jahrg. 1. März 1919.

Die Burg, Illustrierte Zeitschrift für die studierende Jugend. Verlag Paulinius-Druckerei Mainz. Wochenschrift.

Die Großdeutsche Jugend, Beilage zur Monatsschrift „Heiliges Feuer". Jungfermannsche Buchhandlung. Paderborn. 1. Jahrg. 1913.

Die Heerfahrt, Schrift der Groß-Neudeutschen, herausgegeben von Alfons Lins. 1. Jahrg. 1923.

Kreuzfahrer, Werkblatt für Wanderer der D. J. K. 1. Jahrg. 1922.

Deutsche Jugendkraft, Monatsblätter des Reichsverbandes katholischer Jugendvereine. 1. Jahrg. 1920.

Johannisfeuer, anfangs „Jung David", später „Jungborn". Katholische Monatsschrift. 1. Jahrg. 1912.

Leuchtturm für Studierende, Organ des Verbandes Neudeutschland, Paulinius-Druckerei. Trier. 1. Jahrg. 1909.

Der Pfad, Ein Werkblatt für die Jugend. Verlag Deutsches Quickbornhaus, Burg Rothenfels/Main. 1. Jahrg. 1924.

Quickborn, Für die katholische Jugend. Burg Rothenfels/Main. 1. Jahrg. 1912.

Die Schildgenossen, Blätter der Großquickborner und Hochländer. 1. Jahrg. 1920. Verlag Deutsches Quickbornhaus, Burg Rothenfels/Main.

c) Jüdische Jugendbewegung

Freie Jugend, Monatsschrift für allgemeine Interessen, der jüdischen Jugend. 1. Jahrg. 1919.

Blau-Weiß-Blätter, Führerzeitung, hrsg. von der Bundesleitung der jüdischen Wanderbünde Blau-Weiß. Berlin-Wilmersdorf, Motzstr. 47. 1. Jahrg. 1919.

Jüdische Jugendblätter, Herausgegeben vom jüdischen Wanderbund Blau-Weiß. 1. Jahrg. 1921.

Jungjüdischer Wanderer, Fahrtenblätter des jungjüdischen Wanderbundes. 1. Jahrg. 1921

Jung-Juda, Zeitschrift für unsere Jugend. 1. Jahrg. 1900.

Kameraden, Verbandszeitschrift des Jugendverbandes jüdischer deutscher Kameraden, jüdischer Sport- und Turnerbund, jüdischer Jugendbund, jüdischer Wanderbund Kameraden. 1. Jahrg. 1920.

Jungvolk, Blatt für die Buben im Bund der „Kameraden".

d) Idealistische Jugendbewegung

Allgemeine Wandervogelzeitung, Monatsschrift für volkstümliches Wandern und Schauen. Leipzig. Fritz Stephan. April—Oktober 1918.

vögel. Ältere Blätter der geeinten Bünde, Wandervogel V. B. und Geusen. Verlag: Der Bund, Nürnberg, Theresienplatz 5.

Der Einbruch, 1. Rundbrief der Entschiedenen Jugend Deutschlands. 1. Jahrg. 1921. Lauenburg/Elbe. Bücherstube am Philosophenberg.

Freideutsche Jugend, Monatsschrift für das jüngere Deutschland. Freideutscher Jugendverlag. Adolf Saal, Lauenburg/Elbe. 1. Heft. Dezember 1914, seit 1. Januar 1922 „Die Bewegung".

Freideutsche Jugend, Leipzig 1915.

Führerzeitung für die deutschen Wandervogelführer, Unabhängige Zeitschrift der Wandervogelbewegung, Verlag Deutsche Kanzlei, Berlin-Steglitz. 1. Jahrg. 1912. 9. Jahrg. 1920.

Im Keilflug, Bundesblatt des Wandervogels deutscher Jugendbund e. V. und des österreichischen Wandervogels. Greifenverlag Rudolstadt.

Das junge Deutschland, Oberbündische Zeitschrift des Reichsausschusses der deutschen Jugendverbände.

Junge Gemeinde, Vom Willen. Weg und Werk der jungen Generation. Wochenblatt der wandernden Jugend. Melle/Hannover 1923.

Junge Menschen, Blatt der deutschen Jugend. Stimmen des neuen Jugendwillens. Hamburg. 1. Jahrg. Januar 1920.

Junge Republik, Bausteine zum neuen Werden, herausgegeben von Walter Hammer. Fackelreiter-Verlag. Werther bei Bielefeld.

Die junge Volksgemeinde, Blätter vom neuen Werden. Mitteilungsblätter für die Freunde der neuen Schar. 1. Heft. Oktober 1920. Dann in Verbindung mit den Thüringer Scharen bis 1921 Heft 5/6.

Jungwandervogel, Zeitschrift des Bundes für Jugendwandern. 1. Jahrg. 1910.

Der Landfahrer, Bundesblatt des Landfahrers e. V., Bund für deutsches Wandern. 1. Jahrg. Leipzig 1919.

Orplid, Eigenes aus deutscher Jugend. Reutlingen 1919.

Der Rufer, Eine Zweimonatsschrift. 1. Jahrg. 1924.

Der Sucher. Eine Zeitschrift für Gesinnungspfadfinder.

Stimmen der Jugend, Zeitschrift der Jugendlichen. 1. Jahrg. Hamburg 1919.

Der Vagant, Fahrtenblatt der Breslauer V.-B.-Jugens. Julimond 1920.

Volkswandervogel, Monatsschrift für deutsches Wandern. Verlag Schmalfeldt & Co. 1. Jahrg. Bremen 1920.

Vivos voco, Zeitschrift für neues Deutschtum. Vivos voco-Verlag. Leipzig, Roßstraße 14. 1. Jahrg. 1920.

Der Wanderer, Monatsschrift für Jugendsinn und Wanderlust. Wanderer-Verlag. Magdeburg.

Wandervogel, Altwandervogel, Gaublätter.

Wandervogel, Zeitschrift des Wandervogel e. V. und des Altwandervogel. Greifenverlag Rudolstadt. 1. Jahrg. 1905.

Wandervogel, Monatsschrift der Schweizer Wandervögel. 1. Jahrg. Zürich 1909.

Wandernde Volksjugend, Monatsschrift für volkstümliches Wandern. Leipzig 1919.

Der neue Weg, Kampfblätter der Entschiedenen Jugend. Rixbeck bei Lippstadt. 1. Heft. September 1920.

Der Weiße Ritter, Unabhängige, überbündische Führerzeitung. Verlag Regensburg. 1. Jahrg. 1919.

Weltjugendliga, Monatliche Mitteilungen über Jugendbewegung. Berlin NW 62, Calvinstraße 23. 1. Jahrg. 1920.

Wir Jungen, Stimmen der Jugend zur Neuschaffung der Bildung und Erziehung. Lauterbach/Hessen. 1. Jahrg. 1919.

Unser Wollen, Führerztg. d. Wanderv. Greifenverlag. 1. Jahrg. Hartenstein 1921.

Der Zwiespruch, Zeitung für die Wanderbünde. Amtliches Nachrichtenblatt des Bundes der alten Wandervögel. 1. Jahrg. Verlag Rudolstadt 1919.

Der Zwiestrolch, Schrift jugendlicher Offenbarung. Regensburg 1917.

Der Germane, Blätter zur Förderung eines echten Volkstums. Erfurt 1920.
Jungdeutsche Stimmen, Rundbriefe für den Aufbau einer wahrhaften Volksge-
meinschaft. Verlag des deutschen Volkstums. 1. Jahrg. Hamburg 1919.
Der Jungdeutsche Kamerad, Zweiwochenschrift für die nationale Jugendbewe-
gung. 1. Jahrg. 1921.
Das junge Deutschland, Zeitung für deutsche Jugendbewegung, Erziehung und
Schule. 1. Jahrg. 1919, seit 1921 Zeitung für völkische Arbeit, Politik und
Jugendbewegung. Verlag Berlin.
Die Leuchte, Völkische Zeitschrift zur Pflege des nationalen Gedankens in der
Jugend. 1. Jahrg. Charlottenburg 1921.
Der neue Wille, Monatsschrift für jungdeutsche Art und Arbeit. Jungdeutscher
Verlag Berlin. 1. Jahrg. 1920.
Neues Leben, Monatsschrift. 1. Jahrg. 1905. Beilage: Heiliger Frühling, Blätter
deutschvölkischer Jugend. Verlag Deutscher Orden, Sontra, Hessen.
Ringende Jugend, im jugendlichen Sinne zur deutschen Volksgemeinschaft.
Gera, Oktober 1920, seit 2. Oktober 1921 „Ringendes Deutschtum" mit der
Beilage „Ringende Jugend". Berlin-Lichterfelde W.
Wandervogel-Warte, Bundeszeitung des Wandervogel. V. B. Nürnberg.

f) Die proletarische Jugendbewegung

Die Arbeit, Zeitschrift für Theorie und Praxis der kommunistischen Jugend-
bewegung. 1. Jahrg. 1921. Verlag Junge Garde.
Arbeiterjugend, Monatsschrift des Vereins Arbeiterjugend. Berlin. 1. Jahrg. 1909.
Aufwärts, Freie Monatsschrift für das geistige Leben der jungen Arbeiter und
Arbeiterinnen Deutschlands. Hamburg. 1. Jahrg. 1919.
Die Fackel, Blätter für das junge Wollen. Berlin. 1. Jahrg. 1924/25.
Die Flamme, Zeitung der kommunistischen proletarischen Jugend. Vertrieb von
Max Müller, Breslau, Tauentzienstr. 65. 1. Jahrg. 1919.
Freie Jugend, Sozialistische Jugendzeitschrift. Verlagsgenossenschaft Freiheit,
Berlin W 116, Schiffbauerdamm 19. 1. Jahrg. 1919.
Freie sozialistische Jugend, herausgegeben im Auftrage des Bundes. Verlag
Helmut Drechsler, Berlin-Friedenau.
Freie Jugend, Monatsschrift der Jugend der U. S. P. Verlag, Junge Garde. Berlin.
Freie proletarische Jugend, Hamburg, Flüggestr. 12. 1. Jahrg. 1921.
Die junge Garde, Zentralorgan der freien sozialistischen Jugend. Berlin, Stra-
lauer Str. 12. 1. Jahrg. 1919, von Nr. 5, Jahrg. 3. Zentralorgan der kommu-
nistischen Jugend.
Der junge Genosse, Internationale Zeitung für Arbeiterkinder. 1. Jahrg. Berlin 1921.
Gottlose Jugend, Kampforgan der Wiener Freigeist-Jugendgruppen. 1. Jahrg. 1925.
Der junge Kommunist, Organ der kommunistischen Jugend. Tschechoslowakei.
1. Jahrg. Teplitz-Schönau 1921.
Die junge Menschheit, Blätter der syndikalistischen Jugend, vom Dezember 1920
an als monatliche Beilage zu dem „Syndikalist".
Jugendinternationale, Kampforgan der kommunistischen Jugendinternationale,
herausgegeben vom Exekutivkomitee. Deutsche Ausgabe. Verlag Junge Garde.
1. Jahrg. Berlin 1920.
Jungsozialistische Blätter, Vorwärts Berlin SW 68, Nr. 1. Januar 1928.
Die kommunistische Jugend, Organ der kommunistischen Proletarierjugend.
1. Jahrg. Wien Januar 1919.
Proletarierjugend, Sozialistische Jugendzeitschrift, 1. Jahrg. 1920. Fortsetzung,
Der junge Kämpfer.
Sonne, Jugendzeitschrift des deutschen Monistenbundes. Verlag Hamburg 35,
Kl. Fontenay. 1. Jahrg. 1920.

Einen Zeitschriftenkatalog gibt *Herrle* in „Die deutsche Jugendbewegung".

Lebenslauf

Ich, *Paul* Gustav August *Zimdars*, evangelischer Religion, wurde am 19. März 1892 als Sohn des Lehrers *Emil Zimdars* in Ruhnow in Pommern geboren. Nach Erlangung des Reifezeugnisses am Joachimsthalschen Gymnasium in Berlin (jetzt in Templin) studierte ich in Tübingen und Greifswald Religion, Geschichte und Deutsch. Im August 1914 unterbrach ich meine Studien, um mich als Kriegsfreiwilliger zum Heeresdienst zu melden. Am 30. April 1919 wurde ich als Leutnant d. Res. aus dem Heere entlassen. Meine Studien, die ich während meiner Verwundung bereits im W. S. 1918/19 in Königsberg wieder aufgenommen hatte, schloß ich in Leipzig ab und bestand am 24. September 1920 das Staatsexamen. Nach vorübergehender Tätigkeit an der Realschule in Oschatz, der Barthschen Privatrealschule und an der Nikolaischule in Leipzig wurde ich Ostern 1922 an der Lessingschule in Leipzig als Studienrat angestellt.

Der Germane, Blätter zur Förderung eines echten Volkstums. Erfurt 1920.
Jungdeutsche Stimmen, Rundbriefe für den Aufbau einer wahrhaften Volksgemeinschaft. Verlag des deutschen Volkstums. 1. Jahrg. Hamburg 1919.
Der Jungdeutsche Kamerad, Zweiwochenschrift für die nationale Jugendbewegung. 1. Jahrg. 1921.
Das junge Deutschland, Zeitung für deutsche Jugendbewegung, Erziehung und Schule. 1. Jahrg. 1919, seit 1921 Zeitung für völkische Arbeit, Politik und Jugendbewegung. Verlag Berlin.
Die Leuchte, Völkische Zeitschrift zur Pflege des nationalen Gedankens in der Jugend. 1. Jahrg. Charlottenburg 1921.
Der neue Wille, Monatsschrift für jungdeutsche Art und Arbeit. Jungdeutscher Verlag Berlin. 1. Jahrg. 1920.
Neues Leben. Monatsschrift. 1. Jahrg. 1905. Beilage: Heiliger Frühling, Blätter deutschvölkischer Jugend. Verlag Deutscher Orden, Sontra, Hessen.
Ringende Jugend, im jugendlichen Sinne zur deutschen Volksgemeinschaft. Gera, Oktober 1920, seit 2. Oktober 1921 „Ringendes Deutschtum" mit der Beilage „Ringende Jugend". Berlin-Lichterfelde W.
Wandervogel-Warte, Bundeszeitung des Wandervogel. V. B. Nurnberg.

f) Die proletarische Jugendbewegung

Die Arbeit, Zeitschrift für Theorie und Praxis der kommunistischen Jugendbewegung. 1. Jahrg. 1921. Verlag Junge Garde.
Arbeiterjugend, Monatsschrift des Vereins Arbeiterjugend. Berlin. 1. Jahrg. 1909.
Aufwärts, Freie Monatsschrift für das geistige Leben der jungen Arbeiter und Arbeiterinnen Deutschlands. Hamburg. 1. Jahrg. 1919.
Die Fackel, Blätter für das junge Wollen. Berlin. 1. Jahrg. 1924/25.
Die Flamme, Zeitung der übernationalen proletarischen Jugend. Vertrieb von Max Müller, Breslau, Tauentzienstr. 65. 1. Jahrg. 1919.
Freie Jugend, Sozialistische Jugendzeitschrift. Verlagsgenossenschaft Freiheit, Berlin W 116, Schiffbauerdamm 19. 1. Jahrg. 1919.
Freie sozialistische Jugend, herausgegeben im Auftrage des Bundes. Verlag Helmut Drechsler, Berlin-Friedenau.
Freie Jugend, Monatsschrift der Jugend der U. S. P. Verlag, Junge Garde. Berlin.
Freie proletarische Jugend, Hamburg, Flüggestr. 12. 1. Jahrg. 1921.
Die junge Garde, Zentralorgan der freien sozialistischen Jugend. Berlin, Stralauer Str. 12. 1. Jahrg. 1919, von Nr. 5, Jahrg. 3. Zentralorgan der kommunistischen Jugend.
Der junge Genosse, Internationale Zeitung für Arbeiterkinder. 1. Jahrg. Berlin 1921.
Gottlose Jugend, Kampforgan der Wiener Freigeist-Jugendgruppen. 1. Jahrg. 1925.
Der junge Kommunist, Organ der kommunistischen Jugend. Tschechoslowakei. 1. Jahrg. Teplitz-Schönau 1921.
Die junge Menschheit, Blätter der syndikalistischen Jugend, vom Dezember 1920 an als monatliche Beilage zu dem „Syndikalist".
Jugendinternationale, Kampforgan der kommunistischen Jugendinternationale, herausgegeben vom Exekutivkomitee. Deutsche Ausgabe. Verlag Junge Garde. 1. Jahrg. Berlin 1920.
Jungsozialistische Blätter, Vorwärts Berlin SW 68, Nr. 1. Januar 1928.
Die kommunistische Jugend, Organ der kommunistischen Proletarierjugend. 1. Jahrg. Wien Januar 1919.
Proletarierjugend, Sozialistische Jugendzeitschrift, 1. Jahrg. 1920. Fortsetzung, Der junge Kämpfer.
Sonne, Jugendzeitschrift des deutschen Monistenbundes. Verlag Hamburg 35, Kl. Fontenay. 1. Jahrg. 1920.

Einen Zeitschriftenkatalog gibt *Herrle* in „Die deutsche Jugendbewegung".

Arbeiterjugendverlag. Berlin 1923.

Fischer, A., Das Verhältnis der Jugend zu den sozialen Bewegungen der Gegenwart und der Begriff der Sozialpädagogik. Jugendführer und Jugendprobleme. Teubner. Leipzig 1924. S. 209—306.

—, Erscheinung und Gehalt der deutschen Jugendbewegung, in „Die Quelle" von Burger & Rothe. 77. Jahrg. 1927. Heft 6.

—, Die neue Jugendbewegung. Zeitschrift für pädagogische Psychologie. 1915.

Fischer, A., Die Zukunft der Jugendpflege, in „Europäische Staats- und Wirtschaftszeitung". 2. Jahrg. Nr. 8. S. 203 ff.

Foerster, Fr. W., Jugendseele, Jugendbewegung, Jugendziel. Rotapfel-Verlag. Zürich 1923.

Freideutsche Jugend. Zur Jahrhundertfeier auf dem Hohen Meißner. 1913. Festschrift. Diederichs. Jena 1913.

Frobenius, E., Mit uns zieht die neue Zeit. Eine Geschichte der Jugendbewegung. Verlag Deutsche Buchgemeinschaft. Berlin 1927.

Gerber, H., Über die Jugendbewegung. Gedanken für solche, die sie kennenlernen möchten. Verlag des deutschen Volkstums. Hamburg 1920.

Grabowsky, A. und *Koch, W.*, Die freideutsche Jugendbewegung, Ursprung und Zukunft. Gotha 1920/21.

Guardini, R., Moderne Jugend und katholischer Geist. Mainz 1924.

Herrle, Ch., Die deutsche Jugendbewegung in ihren kulturellen Zusammenhängen. Gotha und Stuttgart 1924.

—, Zur Psychologie der Jugendbewegung. Zeitschrift für pädagogische Psychologie. 28. Jahrg. S. 257—264.

Hoffmann, R. J., Fug und Unfug der Jugendkultur. Greiz 1914.

Jöde, F., Jugendbewegung oder Jugendpflege? Hamburg 1917. Saal.

Joël, E., Die Jugend vor der sozialen Frage. Jena 1915. Diederichs.

Jungdeutsches Wollen, Vorträge. Verlag des deutschen Volkstums. Hamburg 1919.

Die Religiosität der deutschen Jugend, in „Junge Menschen". 8. Jahrg. Heft 11. Artikelreihe.

Junge Saat, Lebensbuch einer Jugendbewegung. Neuwerk-Verlag. Schlüchtern 1921.

Keilhacker, Jugendpflege und Jugendbewegung in München.

Körber, N., Die deutsche Jugendbewegung. Zentralverlag. Berlin 1920.

—, Die Schicksalsstunde der deutschen Jugend. 1923.

Kronacher Bund, 3. Bundestag. Höxter, Pfingsten 1922. Greifenverlag Rudolstadt.

Lütken, Ch., Die deutsche Jugendbewegung, ein soziologischer Versuch. Frankfurter Sozietätsdruckerei 1925.

Lüth, E., Das Ende der Jugendbewegung vom Hohen Meißner. Ein Bekenntnis zu neuen Ufern. Der grüne Sichel-Verlag. Hamburg 1925.

Messer, A., Die freideutsche Jugendbewegung. 5. Aufl. Langensalza 1924.

—, Der freideutsche Gedanke, in „Philosophie und Leben", 5. Jahrg. Heft 4. S. 91 ff.

Natorp, P., Hoffnungen und Gefahren unserer Jugendbewegung. Jena 1914.

Reisinger, E., Dr. Wyneken, der „Anfang" und die „Freideutsche Jugend". München 1914.

Ritzhaupt, A., Die neue Schar in Thüringen. Tat-Flugschriften 38.

Schlemmer, H., Der Geist der deutschen Jugendbewegung. München 1923.

Schomburg, H. E., Der Wandervogel, seine Freunde und seine Gegner. Wolfenbüttel 1917.

Schröder, K., Jugendpflege und Jugendbewegung, in „Ratgeber für Jugendvereinigungen". 15. Jahrg. Heft 5/6. 1921.

Schult, J., Das Jugendproblem in der Gegenwart. 1921.

Siemring, H., Die deutschen Jugendpflegeverbände. Ihre Ziele, Geschichte und Organisation. Berlin 1918. Teil I.

—, Die deutschen Jugendverbände. Ihre Ziele, sowie ihre Entwicklung und Tätigkeit seit 1917. Berlin 1923. Teil II.

Der Jung-Evangelische, Führerblätter der evangelischen Jugend, Schriftleitung Horst Schirrmacher, Bochum

Der Botschafter, früher *„Mitteilungen und Winke"*, Zeitschrift der B.-K.

Mutiges Christentum, Blätter für tätiges Mitleid mit der Not von Deutschlands Volk und Jugend. 1.Jahrg. 1919.

Neuland, Ein Blatt für die geistig höherstrebende weibliche Jugend. Neuland-Verlag. Tambach/Thür. 1. Jahrg. 1915.

Neuwerk, Der Christ im Volksstaat, seit 1. April 1921. Ein Dienst am Werden-den. Neuwerk-Verlag, 1. Jahrg. Schlüchtern 1919.

Unser Blatt, Monatsblatt für junge Mädchen geb. Stände, herausgegeben vom Arbeitsausschuß für die deutsche Mädchen-Bibelkreisbewegung. Burckhard-haus-Verlag, Berlin-Dahlem. 1. Jahrg. 1901.

Unser Weg, Stimmen aus dem Bund der Köngener. 1. Jahrg. Tübingen 1920, jetzt Erfurt.

b) Katholische Jugendbewegung

Der Aufstieg, Deutsche Schülerzeitung. 1. Jahrg. 1. März 1919.

Die Burg, Illustrierte Zeitschrift für die studierende Jugend. Verlag Paulinius-Druckerei Mainz. Wochenschrift.

Die Großdeutsche Jugend, Beilage zur Monatsschrift „Heiliges Feuer". Jungfer-mannsche Buchhandlung. Paderborn. 1. Jahrg. 1913.

Die Heerfahrt, Schrift der Groß-Neudeutschen, herausgegeben von Alfons Lins. 1. Jahrg. 1923.

Kreuzfahrer, Werkblatt für Wanderer der D. J. K. 1. Jahrg. 1922.

Deutsche Jugendkraft, Monatsblätter des Reichsverbandes katholischer Jugend-vereine. 1. Jahrg. 1920.

Johannisfeuer, anfangs „Jung David", später „Jungborn". Katholische Monats-schrift. 1. Jahrg. 1912.

Leuchtturm für Studierende, Organ des Verbandes Neudeutschland, Paulinius-Druckerei. Trier. 1. Jahrg. 1909.

Der Pfad, Ein Werkblatt für die Jugend. Verlag Deutsches Quickbornhaus, Burg Rothenfels/Main. 1. Jahrg. 1924.

Quickborn, Für die katholische Jugend. Burg Rothenfels,Main. 1. Jahrg. 1911.

Die Schildgenossen, Blätter der Großquickborner und Hochländer. 1. Jahrg. 1920. Verlag Deutsches Quickbornhaus, Burg Rothenfels/Main.

c) Jüdische Jugendbewegung

Freie Jugend, Monatsschrift für allgemeine Interessen, der jüdischen Jugend. 1. Jahrg. 1919.

Blau-Weiß-Blätter, Führerzeitung, hrsg. von der Bundesleitung der jüdischen Wanderbünde Blau-Weiß. Berlin-Wilmersdorf, Motzstr. 47. 1. Jahrg. 1919.

Jüdische Jugendblätter, Herausgegeben vom jüdischen Wanderbund Blau-Weiß. 1. Jahrg. 1921.

Jungjüdischer Wanderer, Fahrtenblätter des jungjüdischen Wanderbundes. 1. Jahrg. 1921

Jung-Juda, Zeitschrift für unsere Jugend. 1. Jahrg. 1900.

Kameraden, Verbandszeitschrift des Jugendverbandes jüdischer deutscher Kame-raden, jüdischer Sport- und Turnerbund, jüdischer Jugendbund, jüdischer Wanderbund Kameraden. 1. Jahrg. 1920.

Jungvolk, Blatt für die Buben im Bund der „Kameraden".

d) Idealistische Jugendbewegung

Allgemeine Wandervogelzeitung, Monatsschrift für volkstümliches Wandern und Schauen. Leipzig, Fritz Stephan. April—Oktober 1918.

Das junge Deutschland, Zeitung für deutsche Jugendbewegung, Erziehung und Schule. 1. Jahrg. 1919, seit 1921 Zeitung für völkische Arbeit, Politik und Jugendbewegung. Verlag Berlin.

Die Leuchte, Völkische Zeitschrift zur Pflege des nationalen Gedankens in der Jugend. 1. Jahrg. Charlottenburg 1921.

Der neue Wille, Monatsschrift für jungdeutsche Art und Arbeit. Jungdeutscher Verlag Berlin. 1. Jahrg. 1920.

Neues Leben, Monatsschrift. 1. Jahrg. 1905. Beilage: Heiliger Frühling, Blätter deutschvölkischer Jugend. Verlag Deutscher Orden, Sontra, Hessen.

Ringende Jugend, im jugendlichen Sinne zur deutschen Volksgemeinschaft. Gera, Oktober 1920, seit 2. Oktober 1921 „Ringendes Deutschtum" mit der Beilage „Ringende Jugend". Berlin-Lichterfelde W.

Wandervogel-Warte, Bundeszeitung des Wandervogel. V. B. Nürnberg.

f) Die proletarische Jugendbewegung

Die Arbeit, Zeitschrift für Theorie und Praxis der kommunistischen Jugendbewegung. 1. Jahrg. 1921. Verlag Junge Garde.

Arbeiterjugend, Monatsschrift des Vereins Arbeiterjugend. Berlin. 1. Jahrg. 1909.

Aufwärts, Freie Monatsschrift für das geistige Leben der jungen Arbeiter und Arbeiterinnen Deutschlands. Hamburg. 1. Jahrg. 1919.

Die Fackel, Blätter für das junge Wollen. Berlin. 1. Jahrg. 1924/25.

Die Flamme, Zeitung der übernationalen proletarischen Jugend. Vertrieb von Max Müller, Breslau, Tauentzienstr. 65. 1. Jahrg. 1919.

Freie Jugend, Sozialistische Jugendzeitschrift. Verlagsgenossenschaft Freiheit, Berlin W 116, Schiffbauerdamm 19. 1. Jahrg. 1919.

Freie sozialistische Jugend, herausgegeben im Auftrage des Bundes. Verlag Helmut Drechsler, Berlin-Friedenau.

Freie Jugend, Monatsschrift der Jugend der U. S. P. Verlag, Junge Garde. Berlin.

Freie proletarische Jugend. Hamburg, Flüggestr. 12. 1. Jahrg. 1921.

Die junge Garde, Zentralorgan der freien sozialistischen Jugend. Berlin, Stralauer Str. 12. 1. Jahrg. 1919, von Nr. 5, Jahrg. 3. Zentralorgan der kommunistischen Jugend.

Der junge Genosse, Internationale Zeitung für Arbeiterkinder. 1. Jahrg. Berlin 1921.

Gottlose Jugend, Kampforgan der Wiener Freigeist-Jugendgruppen. 1. Jahrg. 1925.

Der junge Kommunist, Organ der kommunistischen Jugend. Tschechoslowakei. 1. Jahrg. Teplitz-Schönau 1921.

Die junge Menschheit, Blätter der syndikalistischen Jugend, vom Dezember 1920 an als monatliche Beilage zu dem „Syndikalist".

Jugendinternationale, Kampforgan der kommunistischen Jugendinternationale, herausgegeben vom Exekutivkomitee. Deutsche Ausgabe. Verlag Junge Garde. 1. Jahrg. Berlin 1920.

Jungsozialistische Blätter. Vorwärts Berlin SW 68, Nr. 1. Januar 1928.

Die kommunistische Jugend, Organ der kommunistischen Proletarierjugend. 1. Jahrg. Wien Januar 1919.

Proletarierjugend, Sozialistische Jugendzeitschrift, 1. Jahrg. 1920. Fortsetzung, Der junge Kämpfer.

Sonne, Jugendzeitschrift des deutschen Monistenbundes. Verlag Hamburg 35, Kl. Fontenay. 1. Jahrg. 1920.

Einen Zeitschriftenkatalog gibt *Herrle* in „Die deutsche Jugendbewegung".

www.ingramcontent.com/pod-product-compliance
Lightning Source LLC
Chambersburg PA
CBHW020858020726
47497CB00005B/1457